永遠の0（ゼロ）

Hyakuta Naoki
百田尚樹

王蘊潔 譯

永遠の0（ゼロ）

contents

本書出場人物

佐伯健太郎……………準備司法考試，待業中
佐伯慶子……………健太郎的姊姊。立志當記者
佐伯清子……………健太郎和慶子的母親
大石賢一郎……………健太郎的繼外祖父，律師
大石松乃……………健太郎的外祖母（已故）

宮部久藏……………松乃的第一任丈夫，在特攻中死亡

長谷川梅男……………前海軍少尉
伊藤寬次……………前海軍中尉
井崎源次郎……………前海軍飛行兵曹長
永井清孝……………前海軍維修兵曹長
谷川正夫……………前海軍中尉
岡部昌男……………前海軍少尉
武田貴則……………前海軍中尉
景浦介山……………前海軍上等飛行兵曹
大西保彥……………前海軍一等兵曹

高山隆司……………報社記者，慶子工作上的夥伴，
正在企畫製作特攻相關的特集報導

藤木秀一……………鐵工廠老闆，以前曾經在外祖父的事務所工作

序章

我記得那是戰爭快要結束的時候，正確的日期記不太清楚了，但我絕對不會忘記那架零式戰機，那架如同惡魔般的零戰。

我在航空母艦「提康德羅加號」擔任五英寸高角砲的砲手。我的任務是保護航空母艦免受神風特攻隊的攻擊，把那些像發了瘋似地展開攻擊的神風特攻隊打下來。

五英寸砲彈設置了近爆引信，砲彈前端向半徑五十英尺（約十五公尺）的範圍發出電波，一旦電波偵測到飛機就會爆炸，連續擊發數百發砲彈，是最強大的武器。大部分神風在靠近航空母艦之前，就被轟得粉身碎骨。

第一次看到神風特攻隊時，我內心感到恐懼不已。這種玉石俱焚的自殺式攻擊，簡直就是瘋子的行爲，很希望只是特別的例外，沒想到日本人接二連三地展開神風特攻。我覺得我們不是在和人打仗，那些日本人不僅不害怕死亡，甚至主動上門送死。他們沒有家人嗎？他們沒有親朋好友和女朋友嗎？難道沒有人爲他們的死感到難過嗎？我和他們不一樣，我慈祥的父母和未婚妻都在亞利桑那的鄉下等我回去。

我在一九四五年初被派到「提康德羅加號」航空母艦服役。雖然之前就曾經聽過神風特攻隊的傳聞，但是，當我親眼看到時，忍不住嚇得全身發抖，覺得他們會把我帶向地獄的盡頭。

但是，我軍的砲火威力十分強大，近爆引信的威力更驚人。所有艦艇都同時擊發，槍林彈雨讓天空都在瞬間變了色，幾乎沒有任何一架神風能夠突破砲彈的火力網。即使神風突破了砲火網，等待他們的是四十和二十毫米機關槍子彈雨的洗禮。幾乎所有的神風機都在空中爆炸，或是冒著煙墜入大海。

我內心的恐懼漸漸淡薄，隨之而來的是憤怒的情緒。那是對上帝失敬的行爲所產生的憤怒。不，也許是對於造成了我內心恐懼所產生的復仇心理。

我和其他槍砲手把憤怒灌注在大砲和機關槍上，猛烈開火。

最初的恐懼一旦消失，射擊就變成了遊戲。我們就像射泥鴿一樣，把神風機當成標靶打落。他們幾乎都是低角度飛入。那時候，日軍的飛行員都是新人，幾乎沒有人能夠突然拉低高度向我們進攻。我們的大砲幾乎可以因應所有的角度，但如果神風機以接近垂直的角度飛進來時，就無法順利瞄準。但是，如果戰機以這個角度飛來時，很難撞到航空母艦。聽精通戰機的人說，當飛行速度太快時，操縱桿就會不聽使喚。我曾經看過不少神風機急速下降，卻因爲目測失靈，直接衝進了海裡。

漸漸地，射擊神風機變成一種痛苦。雖然我們像玩射擊遊戲般射擊展開自殺式攻擊的日本兵，但畢竟標靶不是泥鴿，而是活生生的人。

別再來了！我不知道在內心吶喊了多少次。

但是，只要他們出現，我們就必須把他們打下來，否則，就換我們送命了。有不少艦艇被神風機撞擊後沉入大海。艦上有好幾千名官兵，一旦沉入大海，至少會有數百人喪生。一個日本人造成數百名美國官兵死亡，絕對不能允許這種情況發生。即使艦艇沒有沉入大海，一旦遭到神風機攻擊，至少會有幾個美國人一起陪葬。

五月的沖繩之戰後，我軍對神風特攻隊的防禦幾乎無懈可擊。我們艦隊在一百海里前方都配置了哨艦，可以在兩百海里前方，用雷達捕捉到神風機的蹤影，在遠離艦隊的海上迎頭痛擊。

那時候，神風機已經沒有戰機護衛。那些如同沒有牧羊犬帶領的羊群，帶著沉重的炸彈，動作遲鈍的神風機，根本不是我方最新式戰機的對手。

因此，大部分神風機甚至無法飛到機動部隊的上空。

進入夏季時，我們這些高角砲砲手整天無所事事。進入八月後，甚至有士兵說，戰爭馬上就會結束。

就在那時，那架惡魔般的零戰出現了。

第一章　亡靈

星際大戰的主題音樂把我吵醒了。是手機的來電鈴聲。一看時鐘，已經過了中午。電話是姊姊打來的。

「你在幹什麼？」

「在散步。」

「在睡覺吧？」

「我下午打算去找工作。」

姊姊沉默片刻，立刻回答：「你少騙人了，你到底要閒晃到什麼時候？像你這種人就叫尼特族。」

「妳知道尼特族是什麼的簡稱嗎？」

姊姊不理會我的問題。

「如果你現在沒事可做，我幫你介紹不錯的打工機會。」

又是這件事。我忍不住想道。

我也知道自己二十六歲，不去工作，整天晃來晃去很可恥。雖然對外宣稱在準備司法考試，但其實我今年甚至沒有報名。從大四那年開始連續考了四年，每年都榜上無名。第一年最令人惋惜，已經通過了被認爲是最難的論文式考試，卻在口試時犯下重大疏失，讓當時的指導教授大失所望。

翌年再度報考時，大家都以爲我十拿九穩。因爲通過論文式考試的人在隔年再度報考時，筆試的部分可以免試，沒想到我在口試時再度慘遭滑鐵盧。全都是因爲筆試免試，讓我太大意了。從此衰運連連，翌年連論文式考試也沒有通過，第四年應考之前，從學生時代開始交往的女友向我提出分手，我在精神狀態極差的情況下參加了考試，結果在短答式考試中就被刷了下來。

我從此失去了自信和幹勁，整天遊手好閒，碌碌無爲。原本大家都認爲我是全組中最有希望通過司法考試的人選，但如今在同屆的同學中，我已經淪爲後段班的學生。雖然偶爾去補習班打工上課，心情好的時候也會去做一些體力活，但都只是爲了打發時間。

雖然我相信只要全力以赴，就有自信通過司法考試，卻始終提不起勁。如果有良好的契機，發動引擎，就可以無往不利，只是遲遲找不到契機，就這樣虛度了一年多的時間。如今，法律書籍上都積滿了灰塵。

「打工？打什麼工？」

「當我的助理。」

「那就不必了。」

姊姊慶子比我大四歲，目前是自由撰稿人，才剛起步而已。她在一家出版資訊雜誌的出版社工作了四年後，成爲自由撰稿人。她目前接的大部分工作都是之前那份雜誌的採訪報導，但她有能力獨自在東京都內租屋而居，可見收入應該還不錯。雖然她立志成爲一流的記者，我覺得簡直就是癡人說夢。話說回來，姊姊很有野心。

「聽我說，正確地說，並不是擔任我工作上的助理，而是要調查外祖父。」

「要調查外公什麼？」

「不是外公，而是——外婆的第一任丈夫。」

「喔，原來如此。」

外婆的第一任丈夫在戰爭中喪生，他參加了特攻隊，結果在特攻中送了命。雖然他們的婚姻生活很短暫，在這段短暫的婚姻生活中留下老媽這個孩子。外婆在戰後再婚，再婚的對象就是現在的外公。

我是在六年前外婆去世時得知這件事。在滿七後不久，外公把我和姊姊找去，第一次告訴我們，他並不是我們的親外公。對我來說，得知原本以爲是親外公的人，其實和我沒有任何血緣關係這件事更受打擊。

外公從小把我和姊姊當成親生的外孫疼愛，和繼女，也就是我媽之間的關係也很好。外婆和外公再婚後，又生了兩個兒子（我的兩個舅舅），老媽和兩個舅舅感情也很好。

即使知道有親生外公這個人，我對他也沒有任何特殊的感情。他在我出生前三十年就死了，家裡也完全沒有他的照片，要我對他有感覺，簡直是天方夜譚。雖然這麼比喻不太恰當，但感覺好像家裡突然出現了一個亡靈。

外婆也幾乎沒有向外公提過她前夫的事，只知道他是參加神風特攻隊後陣亡的海軍航空兵。老媽對親生父親完全沒有記憶，因爲他死的時候，老媽才三歲，而且在那之前，她的父親就一直在戰地。

「爲什麼要調查那個人？」

我稱他爲「那個人」。對我來說，我的外祖父就是目前的外公，無法開口叫親生外祖父「外公」。

「因為媽媽之前提到，不知道死去的父親是怎樣的人。媽媽說，她對親生父親一無所知——」

「嗯。」我應了一聲，從床上坐了起來。

「聽到媽媽這麼說時，我很希望能夠為她做點什麼。我能夠理解媽媽的心情，因為畢竟是她的親生父親。當然，對媽媽來說，外公是很重要的人，也覺得外公是她眞正的父親，但是，該怎麼說，撇開感情不談，我相信她眞的很想知道親生父親到底是怎樣的人。」

「事到如今，還想要知道？」

「也可能和她上了年紀有關。」

「外公完全不知道那個人的情況嗎？」

「好像不知道。因為外婆生前好像幾乎沒有在外公面前提過前夫的事。」

「是喔。」

我很喜歡外公，也是受到當律師的外公影響，才想要參加司法考試。外公是一個勤奮的人，他以前是國鐵的職員，三十歲後，通過司法考試，成為律師。他是從早稻田大學法學院畢業的高材生，原本就有一定的基礎。他當上律師後，積極為窮人奔走。用一句老派的話來說，外公是一位清貧的律師，我就是看了外公的身影，才立志當律師。

即使我多次參加司法考試都榜上無名，整天遊手好閒，他也沒有對我說過任何一句重話。當老媽去找他商量時，他還說：「那孩子會振作起來的，不必擔心。」這句話讓老媽和姊姊很失望。

「對了，妳要調查那個人，和我有什麼關係？」我問。

「我很忙，沒辦法一直張羅這件事，而且，這件事和你也有關係。不過，我不會讓你做白工，我會付你錢。」

我苦笑了一聲，但覺得接下這個工作也無妨。反正我整天都很閒。

「問題是要怎麼調查？」

「你有興趣了嗎？」

「不，我只是在想，是不是有什麼線索——」

「沒有任何線索，也不知道他有沒有親戚。不過，既然知道他本名，應該可以查出他當時在哪個部隊。」

「該不會要我去找當時和他同隊的人，問他到底是怎樣的人吧？」

「健太郎，你太聰明了。」

「別鬧了。妳別忘了，是六十年前的事，即使有人認識他，現在或許也忘了。而且，恐怕大部分戰友都已經死光光了吧。」

「你不要說得事不關己，那可是你的親外公。」

「我知道啊，但我並沒有很想知道他的事。」

「我想知道！」姊姊加強語氣說道，「我很好奇我的親外公是怎樣的人。因爲這是我的祖先，也是你的祖先。」

即使姊姊這麼說，也無法打動我，但我無意否定她的話。

「怎麼樣？你答應還是不答應？」

「好啦，我答應。」

我並不是完全不想瞭解外祖父，但我接受姊姊建議的眞正原因，只是想要打發時間，況且還有錢可以賺。

翌日，我和姊姊約在澀谷一家連鎖義大利餐廳見面。我們打算一邊吃午餐，一邊談這件事。不用說，當然是姊姊請客。

姊姊一如往常，臉上未施脂粉，穿了一件舊牛仔褲。

「不瞞你說，這次我有可能會接一個大案子。明年是終戰六十周年，我加入了報社做相關報導的企劃團隊。」

姊姊有點得意地說完，告訴我一家大報社的名字。

「喔，眞厲害啊。從名不見經傳的雜誌一下子連升好幾級。」

「哪是名不見經傳啊。」姊姊嘟著嘴。

我趕緊道歉。

「如果順利的話，搞不好還可以出書。」

「眞的嗎？怎樣的書？」

「就是蒐集曾經參戰的人的談話，現在還不知道會不會出。我猜想應該是幾個人合著，反正就是有這麼一回事。」

姊姊雙眼發亮地說。原來如此，我終於恍然大悟。對姊姊來說，調查外祖父的事也算是預習。雖然我猜想她眞的想瞭解外祖父的事，也想爲了老媽調查，但更希望藉由這次的調查，展現她身爲撰稿人的實力。因爲以前我從來沒有聽她提過外祖父的事。

說句心裡話，我覺得姊姊並不適合當記者。雖然她很好強，但太在意別人，面對採訪者時，恐怕無法問一些會讓對方不高興的問題，也無法打破砂鍋問到底。而且，她內心的想法很容易寫在臉上的性格也對記者工作很不利。這種事不用我提醒，她自己應該更清楚。因此，她很希望藉由這次終戰企劃一展身手。

「外祖父眞的是參加特攻隊陣亡的嗎？」我問。

「外公是這麼說的。」

姊姊用叉子捲起義大利麵說道，然後事不關己地說：「沒想到我們家有這麼厲害的人。」

我也事不關己地附和說：「對啊。」

「但是，特攻隊其實和恐怖分子差不多。」

「恐怖分子？」

「這是我工作上認識的一個報社的人說的，他說，如果以現在的觀點來看，神風特攻隊根本就是恐怖分子。他們所做的事和那些把飛機開進紐約雙子星大廈的人沒什麼兩樣。」

「我覺得特攻隊和恐怖分子不太一樣吧。」

「我也不是很清楚，反正有人這麼覺得。聽那個人說，因爲時代和背景不同，所以感覺好像不一樣，但其實本質完全相同，兩者都是狂熱的愛國分子，也都做出了殉教式的行爲。」

雖然這種意見很大膽，但姊姊的這番話似乎也有些道理。

「說這句話的人很優秀，他之前是政治部的記者。上次我和他一起吃飯時，說到我外祖父是特攻隊員，他借了一本專門蒐集了特攻隊員遺書的書給我，裡面都是報國啦、忠孝之類的文字。令人驚訝的是，那些特攻隊員完全不怕死，甚至有些文章似乎對死在戰場上感到喜悅。看了之後，我忍不住覺得，原來日本也曾經經歷過有那麼多盲目愛國者的時代。」

「是嗎？但我很難想像自己的外祖父是恐怖分子。」

「伊斯蘭那些自殺式攻擊恐怖分子的孫子，可能在六十年後也會這麼說。」

姊姊吃著義大利麵說道，然後咕嚕咕嚕地喝著水，完全沒有女人味。雖然我這個當弟弟的不該這麼說，她的外形很不錯，卻從來不注意自己的衣著打扮和舉止。

「外祖父有沒有留下遺書？」

「好像沒有。」

「他的人生軌跡完全空白嗎？」

「所以才要調查啊。」

「我具體該怎麼做？」

「我希望你去找認識外祖父的戰友。我最近很忙，沒時間做那些事，所以拜託你去調查。我先付訂金，那就拜託你了。」

姊姊一口氣說完，從皮包裡拿出一個信封交給我。

「反正你閒著也是閒著，有電話和傳眞就可以調查了。只要找到外祖父生前的戰友，我會去和他見面採訪。」

我接過信封時心裡有點不耐煩。

「如果外祖父還活著，今年幾歲？」

姊姊從口袋裡拿出記事本翻了一下。

「他是大正八年（一九一九年）出生的，如果現在還活著，今年八十五歲。」

「恐怕很難見到他的戰友，如果從開戰時就投入戰爭的人，再過幾年，可能眞的全都死光光了。」

「嗯，」姊姊說，「也許眞的有點晚了。」

雖然我接下了這份工作，但一個多星期過去了，我什麼都沒做。

姊姊多次打電話來催促，我才終於很不甘願地開始調查。既然收了訂金，總不能什麼都不做。

向厚生勞動省調查後，得知了外祖父的軍歷。

「宮部久藏，大正八年出生於東京。昭和九年（一九三四年）進入海軍，昭和二十年（一九四五年），死於南西群島海上。」

如果要用一行字概括，外祖父的人生就這麼簡單。當然，想要寫得詳細一點，還有很多內容可以補充。他最初進入海兵團擔任兵器員，之後又成爲飛行生，最後成爲飛行員。昭和十二年（一九三七年）參加中日戰爭，昭和十六年（一九四一年）搭乘航空母艦參加珍珠港襲擊，之後轉戰南方各島嶼，昭和二十年（一九四五年）回到內地，在終戰數天前，參加神風特攻隊陣亡。他把十五歲到二十六歲的十一年，也就是人生的黃金時期獻給了軍隊，後期的八年時間都擔任飛行員，最後加入特攻隊送了命。最不幸的是，如果戰爭早結束幾天，他就可以活下來。

「久藏先生，你眞是生不逢時啊。」

我忍不住嘀咕道。

至於私生活方面，他在昭和十六年（一九四一年）和外祖母結了婚，老媽是在十七年出生的。他們的婚姻生活只維持了短短四年，而且他幾乎都輾轉各地的戰場。即使回到內地，也不知道他們實際在一起生活了多長時間。外祖母從來不曾在改嫁的丈夫面前提及前夫的事，或許並不是刻意隱藏，而是根本沒什麼好說的。

即使看了外祖父在軍中的履歷，也完全看不出他的爲人。除非找到仍然記得外祖父的人，否則恐怕很難知道他以前是怎樣一個人。但是，即使外祖父還活著，今年也已經八十五歲了，他當年的戰友大概都死得差不多了。

也許眞的有點晚了。我在心裡嘀咕著姊姊之前說過的話，但換一個角度，現在或許是最後的機會。

我從厚生勞動省那裡得知，前海軍相關人員組成了一個「水交會」，我打電話過去後，對方告訴我幾個戰友會的名字。

戰友會的形式有很多，有的是海兵團同梯的人，也有的是同一個航空隊或航空母艦上的成員組成的。但隨著會員逐漸高齡化，許多戰友會在這幾年陸續解散，這意味著曾經參加過戰爭的人正逐漸從歷史舞台上消失。

這幾個戰友會中，不知道有沒有人認識外祖父，即使眞的找到了，對於六十年前的事到底記得多少？如果六十年後，有人向我打聽現在認識的朋友，我到底能夠想起什麼？

但是，即使再怎麼煩惱也沒用，我寫信給所有戰友會，詢問有沒有人認識我外祖父。

兩個星期後，其中一個戰友會回信給我，告訴我有一個人曾經和外祖父一起在拉包爾當飛行員。寫信給我的是戰友會的幹事，寫得一手非常漂亮的字，但我很多字都看不懂，所以帶著那封信去找姊姊。

姊姊工作很忙，終於在深夜的芳鄰餐廳見到了她。

文學院畢業的姊姊看這些「非常漂亮的字」也很費力。

「相差六十歲，連字也看不懂了。」

我對正張大眼睛看信的姊姊說，完全不提自己也看不懂。

「因爲我們只認識簡體文字，完全沒有學過正體漢字，有些字和正體漢字有點像，又不太像。比方說這個字——」

姊姊指著信中的一個字問我：「你會唸這個字嗎？」

我不會。

「我剛好認識，所以可以唸出來。這是聯合艦隊。」

「這個字是『聯』字嗎？長得一點都不像。」

姊姊笑了起來。

「而且，這封信是用草書寫的，看起來很辛苦。」

我嘆了一口氣，「我覺得對方和我們好像是完全不同的人種。」

「一樣啦。你覺得外公也是不同的人種嗎？喔，我說的是現在還活著的外公。」

「我並不覺得外公是不同的人種，但遇到外面那些八十多歲老人，眞的差不多就是不同的人種了。」

姊姊把信放在桌上，喝著冰咖啡說：

「搞不好對方也這麼想。」

想到自己要去找這些人，心情不由得沉重起來。

第二章　膽小鬼

前海軍少尉長谷川梅男住在埼玉縣郊區。長谷川原本姓石岡，可能在戰後入贅改了姓氏。

從東京搭了一個小時的車，走出車站時，附近還有城市的感覺，但沒走幾步，四周就是一片農田。太陽高掛在頭頂，天空沒有一片雲。雖然才剛七月，陽光卻很曬人，昆蟲也叫得特別大聲。

不同於城市的炎熱，這裡的陽光曬得皮膚感到刺痛，讓我見識到什麼是眞正的夏天。

「眞熱啊。」

我對走在身旁的姊姊說。

「我很期待喔。」

根本牛頭不對馬嘴。我暗自想道，忍不住有點浮躁。

姊姊之前說，她會負責採訪工作，但出發前要求我陪她一起來。「只有這次而已，拜託了。」被姊姊再三拜託，我難以拒絕，只好點頭答應，但走在熱得發燙的鄉間道路上，我後悔極了。

「有沒有事先研究一下戰爭的事？」

「我哪有這種閒工夫？」姊姊說，「而且，我希望採訪時避免一些不必要的成見。」

雖然我覺得她老是這麼以自我爲中心，但並沒有吭氣。

從車站走了大約三十分鐘，全身大汗淋漓，姊姊走到半路之後，就沒有開過口。

我們按照住址找到長谷川先生家，發現那是一棟很小的農舍。

那是一棟平房，屋齡恐怕超過五十年了。周圍是一片農田，玄關前的空地上停了一輛小貨車，整體感覺很落魄。原本以爲前海軍少尉應該會住在豪華氣派的房子，所以忍不住有點失望。我轉頭看著姊姊，發現她也仔細打量那棟房子，似乎在觀察。

我按了玻璃門旁的門鈴，但等了很久都沒有人回答。門鈴似乎壞了。

我打開玻璃門叫了一聲，屋內立刻有一個宏亮的聲音回答：「請進。」

走進玄關，發現一個乾瘦的老人站在那裡。看到他時，我嚇了一跳。因爲老人穿著短袖襯衫，左側袖子下方空無一物。他就是長谷川。

他帶我們來到玄關旁的客廳。四帖榻榻米大的狹小房間內放了一張木桌，牆上掛著複製畫，天花板上垂著廉價的水晶燈，感覺很做作，而且可能這間客廳是用組合屋的建材增建的關係，房間內的空氣很悶熱。一走進客廳，全身開始噴汗，但又不敢開口叫他開冷氣。

長谷川穿了一件藍色襯衫配灰色長褲，一頭白髮向後梳，留著鬍子。他瞇著眼睛打量我們。

姊姊對著不發一語的長谷川說明了這次登門拜訪的目的，也就是我們想瞭解自己的外祖父宮部久藏是怎樣的人。

在姊姊說話時，長谷川輪流看著我們姊弟的臉。房間太熱了，汗水不停地流。

「寫信給我的是男人的名字。」

長谷川說。

「我請我弟弟幫我聯絡。」姊姊向他解釋。

長谷川點了點頭，似乎終於瞭解了，然後，又仔細打量了我們的臉。

「長谷川先生，」姊姊開了口，「請問您認識我外祖父嗎？」

「認識，」長谷川立刻回答，「他是海軍航空隊數一數二的膽小鬼。」

我內心忍不住感到驚訝。

「宮部久藏最怕死了。」

姊姊立刻漲紅了臉。我在桌下把手放在姊姊的腿上。姊姊握住了我的手，似乎告訴我：「我沒事。」

姊姊努力用冷靜的聲音問。

「請問您這句話是什麼意思？」

「這句話是什麼意思？」

長谷川重複了姊姊的話。

「就是他非常非常怕死。我們飛行員把命交給了國家。我當上飛行員時，就覺得生命不再屬於自己，知道自己絕對不可能死於安樂，所以，考慮的只有一件事，那就是怎麼死。」

長谷川說完，用右手摸了摸左肩。沒有手的左側袖子晃了晃。

「我隨時都做好了死的準備。無論在哪一個戰場，都願意爲國捐軀，但宮部久藏不一樣，他只想逃命，比起打贏戰爭，他最大的心願就是活命。」

「我認爲珍惜生命是很自然的感情。」

長谷川瞪了姊姊一眼。

「這是女人的感情。」

「什麼意思？」

我小聲叫了一聲「姊姊」，但她充耳不聞。

「我認爲男女都一樣，珍惜自己的生命是理所當然的事。」

「這位小姐，這是天下太平時代的想法。我們當年爲決定日本這個國家的存亡而戰，即使我死了，只要這個國家還在就好，但宮部的想法不一樣，他在戰場上只想逃命。」

「我認爲這是很棒的想法。」

「很棒?!」長谷川叫了起來，「戰場上，如果士兵只想逃命，還打什麼仗？」

「如果大家都這麼想，戰爭就不會發生。」

長谷川目瞪口呆。

「妳在學校裡到底都學了什麼？沒有學世界史嗎？人類的歷史是戰爭的歷史。戰爭當然是惡，是最大的惡。誰都知道這一點，但沒有人能夠消除戰爭。」

「您的意思是說，戰爭是必要之惡嗎？」

「我們在這裡討論戰爭是不是必要之惡也沒有意義，妳可以回到公司，和上司、同事盡情地討論。如果找到消除戰爭的方法，可以寫成書，寄給世界各國的領袖，搞不好明天就不會再有戰爭。妳也可以去目前還在打仗的地區告訴大家，只要大家都逃命，戰爭就會消失。」

姊姊咬著嘴唇。

「妳聽好了，戰場是打仗的地方，不是逃命的地方。不管那場戰爭是侵略戰爭，還是爲了自衛而戰，都和我們士兵沒有關係。士兵只要上了戰場，就要討伐眼前的敵人，這是士兵的義務，和平、停戰是政治家的工作，難道不是嗎？」

長谷川說話時，再度用右手摸著沒有手臂的左肩。

「宮部在戰場上只想著逃命。」

姊姊沒有答腔。

「您似乎很討厭我外祖父。」我對他說。

長谷川看著我說：

「因爲他是飛行員，所以我才說他是膽小鬼。如果他是被一張紅紙徵召的士兵，即使他怕死，我也不會說什麼，但是，他是志願兵，是自願想要當軍人，才當上了航空兵，所以我無法原諒他。你們還想聽我說下去嗎？」

我代替沒有說話的姊姊說：「拜託您了。」

長谷川哼了一聲。

我問他可不可以錄音，長谷川回答無所謂。我按下錄音筆開關，長谷川說：

「好，那我就說給你們聽。」

我在昭和十一年（一九三六年）春天進入海軍。出生在埼玉縣的我，在家中八個兄弟中排行老六。我家是佃農，家裡很窮，勉強可以餬口。

你們別急，先聽我說下去。如果你們不瞭解軍隊和飛行員的情況，就無法理解我爲什麼這麼討厭他。

我從尋常小學[1]開始，功課就很好。不是我在炫耀，我向來都是第一名，卻沒辦法上中學，讀高等小學已經很勉強了[2]。村裡的孩子幾乎都是這樣，只有村長的兒子才能上中學。老師對我父親說：「這麼優秀的孩子不上中學太可惜了」，但付不起學費也沒辦法。我的三個哥哥功課一樣很好，但也都沒辦法上中學。

我從高等小學畢業後，為了減少家裡吃飯的人口，立刻被送去別人家做事。我被送去大阪的一家豆腐店，每天工作很辛苦，從清晨做到深夜，尤其冬天，更是苦不堪言。手浸在冰冷的水中時，手指完全沒有感覺。我的手很容易生凍瘡，冬天的時候，雙手長滿凍瘡，手指變成了紫黑色，皮破血流。傷口還沒有好，又有其他地方破皮。只要把手浸在冷水裡，就會感到陣陣劇痛。

我哭了不止一次，但老闆很兇，說我吃不了苦，才會長凍瘡。他說他做豆腐幾十年，從來沒長過凍瘡。

我常常挨老闆的打。現在回想起來，他那種殘忍的性格簡直到了病態的地步。他喜歡打人，幾乎每天打我，我甚至懷疑他僱我就是為了打我。只要聽到我哭，他就會拳打腳踢。

當初去豆腐店時，他答應讓我讀中學的夜間部，卻立刻反悔了。

但是，我只能忍耐，因為我無處可逃。兩年後，我的身高將近一百八十二公分，體重也將近七十五公斤。

老闆似乎沒有察覺我的身體變化。有一天，他心情不好，像往常一樣對我拳腳交加。我根本沒有做錯任何事，忍不住怒不可遏，第一次打了老闆。老闆氣瘋了，拿起木棒打我，說要打死我。我搶走他手上的木棒，反過來打他。他突然哭著向我道歉，跪在地上，一次又一次哀求我原

❶ 日本舊制學校，對滿六歲兒童實施義務教育的學校。
❷ 尋常小學畢業後，進入高等小學接受兩年的初等教育，但不是義務教育。

諒他。老闆娘也衝了過來，求我原諒老闆。以前我被老闆打得皮開肉綻時，她從來沒有出面制止過，看到自己老公挨打，就哭著向我求饒。一看到老闆娘求饒，我更火大了。原來這些年，我一直挨這種人的打。我把老闆娘踢倒在地，用木棒連續打了老闆好幾次。他哭著求我原諒他，但很快昏了過去。

我衝出豆腐店，跑向車站。我只能回老家，但還沒等到頭班車，就被警察抓了。因爲我未成年，所以沒有被關進監獄，卻被警察打得半死，鼻子被打爛了，下巴也被打斷了。

我只剩下從軍這條路了。我志願報名參加海軍，順利從軍。

進入海軍後，我在巡洋艦上當輪機兵，在那裡也每天都挨打。全世界恐怕只有日本的軍隊會這樣打人，聽說陸軍打人的情況很嚴重，但海軍更慘。因爲陸軍士兵手上有槍，一旦上了前線，子彈不一定是從前面飛過來的。如果長官欺人太甚，在戰場上就會遭人暗算，所以在打人的時候也會手下留情，但是，海軍士兵手上沒有槍，長官打人時簡直是往死裡打。雖然我不知道這些傳聞是眞是假，但我眞的挨了很多打。

加入海軍的第三年，我得知召集航空兵的消息。我一直夢想可以成爲航空兵，所以拚命讀書。在艦隊值勤結束後，利用僅有的時間用功讀書。

我通過了考試。聽說競爭很激烈，我覺得自己很了不起。

於是，我順利進入海軍操練所，成爲飛行生。我記得宮部那傢伙也是海軍操練所畢業的，他比我早幾期畢業。

霞之浦航空隊的訓練很嚴格，但和之前的艦隊勤務相比，就不覺得辛苦了。我愛上了飛行，喜歡飛行訓練的一切。

自從小學畢業，我有生以來，第一次感受到生命的喜悅。我覺得那裡才是我的家。當時，飛行員必須隨時做好爲國捐軀的心理準備。一旦發生戰爭，必須隨時進攻敵營，和敵人正面交鋒，有時候也必須和深入我軍陣營的敵人作戰。即使沒有打仗，飛行員也隨時與死亡爲伍。當時的飛機性能不佳，經常發生故障。事實上，在訓練中也有不少人犧牲，但我從來沒有感到害怕。我們並不是爲了平時安全飛行進行訓練，而是訓練在緊要關頭，如何用自己的生命，爲我軍換取更大利益。

我決定把自己的一切交給戰機，用整個身心投入訓練。這種說法完全沒有半點誇張。

大部分飛行生的想法都和我一樣，每個人在訓練時都把生死置之度外，眞的是完全不怕死。因爲並不是所有的飛行生都可以成爲飛行員，會根據每個飛行生的適性進行考量，一旦被認爲不適合成爲飛行員，就會成爲轟炸機或攻擊機的偵察員或通訊員，無法成爲飛行員的人都難過得哭了。

成爲飛行員之後，再根據每個人的技術和適性，分別駕駛戰機、轟炸機和攻擊機，只有最優秀的飛行生才能駕駛戰機。我幸運地成爲戰機飛行員。

昭和十六年（一九四一年）年初，我從海軍操練所畢業後，被分配到第十二航空隊，前往中國漢口。

我在中國第一次駕駛九六式艦上戰機。雖然沒有零式戰機那麼厲害，但也是很不錯的戰機。我用九六艦戰擊落了好幾架中國的飛機。

那年年底，爆發了大東亞戰爭。當我得知襲擊珍珠港時，懊惱得拚命跺腳。

我的夢想是登上第一航空艦隊的航空母艦「赤城」，希望成爲船上的一分子和美國打仗。即使死在「赤城」上，我也無怨無悔。

但是，我的願望沒有實現。雖然我駕駛的戰機從九六艦戰換成了零戰，但並沒有接到調往航空母艦的命令，每天都和中國空軍打仗，只不過那時候中國空軍徹底避開和零戰交鋒，所以，我沒有機會用零戰擊落他們的飛機。

隔年三月，我被派往第三航空隊，前往婆羅洲。台南航空隊在前一年摧毀了菲律賓的美軍基地，日軍勢如破竹地乘勝追擊，從東南亞到印度各地的戰區，日軍所向無敵。

我們也隨著日軍的進攻，轉戰婆羅洲、西里伯斯、蘇門答臘和爪哇等地。在爪哇時，無論走到哪裡，都可以看到黑皮膚的原住民，男人和女人都幾乎一絲不掛，我忍不住聯想到漫畫《冒險灘吉》的世界。

最後，我們來到帝汶島的古邦基地，那裡是進攻澳洲達爾文港的據點。

我在那裡終於有機會和英美的戰機打仗了。第一次出擊，就擊落了一架P40戰機。原本聽說英美戰機和中國空軍大不相同，所以還有點緊張，結果發現根本沒什麼了不起。

我深刻體會到零戰的威力，的確是非常出色的戰機。英美的戰機也完全不是零戰的對手，在戰鬥中相互纏鬥時，零戰可以輕輕鬆鬆地繞到敵機後方，再用二十毫米機槍射擊，敵機就粉身碎骨了。P39、P40、颶風戰機，還有據說在歐洲讓德國空軍陷入苦戰的英國噴火戰機，都不是零戰的對手。

零戰簡直就像是戰爭中的天之驕子，每次出擊，都可以擊落多架敵機，整個部隊應該擊落了超過一百架敵機，我軍的損失卻不超過十架。我一個人就擊落了五架敵機。

我總是深入敵機陣營後掃射，戰友都稱爲「石岡肉搏戰法」。那時候我姓石岡。子彈要打中敵機並不容易。雖然在訓練時，長官要求我們在一百公尺的距離射擊，一旦進入實戰，大部分人因爲恐懼，在兩百公尺外就開始射擊。這樣當然不可能打中目標。我總是逼近到五十公尺後才射擊。當距離這麼近時，敵機的機影完全超出了照準儀的範圍，根本不可能打偏，所以我在按下發射鍵時，幾乎沒有打偏過。

實戰是最理想的訓練，那時候，我們的飛行技術進步神速。雖然航空母艦上的人員都很優秀，其實在實戰經驗方面根本不如我們。雖然他們被分配到航空母艦時，每個人的技術都很優秀，但充其量只是在航空母艦上的起降，和模擬空戰技術比較厲害而已。

即使模擬空戰再怎麼厲害，畢竟不是實戰，每天是否冒著生命危險在戰場上廝殺，結果也會大不相同，就好像道場的劍法和實戰劍法之間總是會有一段落差。即使用竹刀再怎麼厲害，用眞劍時未必能贏，反而是曾經砍過人的人更厲害。我自認比航空母艦上的人員更厲害，也爲此感到驕傲。

我在昭和十七年（一九四二年）秋天被派往拉包爾。

在那年夏天展開的瓜達康納爾島攻防戰中，第三航空隊中有一部分人被派到拉包爾，我們必須聽從台南航空隊的指揮。

瓜達康納爾島的戰況非常激烈，必須從拉包爾飛行一千公里才能到瓜達康納爾島，以前從來沒有飛過這麼長的距離，單程就要三個小時。而且，敵軍的戰機比在達爾文港的那些傢伙更驍勇。第一天出擊時，和我一起來到拉包爾的兩名第三航空隊資深飛行員就沒再回來。

這下情況眞的很不妙。我忍不住這麼想。

我們幾乎每天出擊，每次都有不少架戰機有去無回。在古邦時，幾乎很少發生這種情況，但拉包爾的人對這件事並不感到驚訝。因爲在那裡，這是理所當然的事。飛回來的飛機也都彈痕累累，很少有飛機可以毫髮無傷地回來。

但是，宮部每次回來時，總是毫髮無傷。即使遇到出擊的戰機有半數被擊落的激烈戰鬥，他仍然可以一派輕鬆地飛回來，他的機身也和出擊時一樣乾淨，他率領的機隊也都毫髮無傷。

你們一定以爲他的技術高超，但其實並不是這麼一回事。

我曾經問一位在拉包爾的資深飛行員，爲什麼宮部總是可以毫髮無傷，是他的技術特別好嗎？結果那位飛行員苦笑著說：

「因爲他很會逃。」

你們要知道，空中的戰場和地面不同。一旦和敵軍的戰機陷入混戰，根本分不清敵我。從某種意義上來說，在空中打仗比平地戰場時更加可怕。天空中沒有戰壕，全都曝露在外。敵人不僅會出現在前後左右，甚至連上下都有。看到敵機從眼前逃走，就會立刻追上去，然後有另外的敵機跟上來，更後面又是僚機。在空中作戰時，不像在地面上時，可以清楚分出敵方和我方。

那一次，我終於親眼看到了。

我記得那是九月中旬的時候。在瓜達康納爾島的上空，我們和埋伏的敵軍戰機陷入了混戰。敵軍的是格魯曼F4F，是那款又短又粗、機身很牢固的戰機，雖然沒有零戰的輕快性，但很耐打。

我和機隊失散了，被兩架格魯曼夾擊，這兩架格魯曼巧妙地向我展開攻擊。我飛到其中一架格魯曼後方，另一架立刻跟在我的後方。我甩開了身後那架敵機，飛到它的後方時，前面那架敵機又飛到我的後方。我軍規定在編隊戰鬥時，要彌補僚機的死角位置，但無法像那次的敵機完成得那麼徹底。我猜想因爲是無線電性能不同的關係。當時，我們機上的無線電很粗糙，什麼都聽不到，只聽到雜音。我們都拆掉無線電，用鋸子把天線鋸掉。因爲無線電根本沒有用，所以乾脆拆掉減輕重量，鋸掉天線後，也可以減少一些空氣的阻力。

以零戰的性能，一對二並不至於太吃力。格魯曼不知道第幾次繞到我後方時，我假裝慌忙逃走，飛到另一架鎖定的格魯曼前方，一下子變成了兩架格魯曼同時跟在我身後的狀況。那兩架格魯曼同時追了上來，我就在等待這一刻。

我把操縱桿用力向後拉，在空中翻轉。兩架敵機同時翻身追了上來。這個舉動是他們的致命傷。零戰的翻轉機能比任何一架飛機更優秀，旋轉半徑很小，雖然敵軍也知道這一點，但遇到可以殲滅我的機會，他們一下子忘了這件事。我翻身一次，就繞到其中一架格魯曼的後方，一連串掃射後，格魯曼就噴了火。另一架敵機急速下降後逃走了。我原本打算追上去，但因爲在翻轉時降低了速度，所以就打消了追擊的念頭。

這時，我發現自己遠離了戰場。飛機在多次改變飛行方向後，飛行高度會大幅下降。我和那兩架格魯曼作戰時，飛行高度降低了兩千公尺左右。上空有很多戰機打成一團。我拉起機頭，準備再度回到戰場。這時，我突然抬頭看向上空，發現在遠離戰場的地方，有三架零戰悠然地飛行。那是宮部率領的小隊。

他帶著兩架僚機很早就離開了戰場隔岸觀火。當然，我沒有證據，他們可能和我一樣，只是剛好遠離戰場而已，但是，我深信並不是這麼一回事。

——你問我爲什麼？因爲他是出了名的膽小鬼。

他在飛行中的戒備簡直到了偏執的地步。對飛行員來說，戒備極其重要。一流飛行員的眼力都很好，他們隨時戒備，搶先發現敵人。但是，宮部的戒備已經超出了正常程度。他在飛行過程中始終左顧右盼，大家都很受不了他，有好幾個人都在背後說，他眞的太膽小了，很難相信在響噹噹的拉包爾航空隊，居然有這種飛行員。

拉包爾被稱爲是飛行員的墳場，他居然能夠在那種地方活下來。哼，他當然可以活下來，他整天逃離戰場，怎麼可能會死？

他的「愛惜生命」在隊上也淪爲笑柄，隊上沒有人不知道他的「名言」。他的名言就是「我想活著回去」。我不知道這句話是從哪裡傳出來的，但既然大家都在說，可見他不止說過一次。

帝國海軍軍人絕對不會說這種話，更何況航空兵，寧死也不會說這種話。我們並不是被一張紅紙徵召的士兵，而是自願加入海軍，主動成爲航空兵，居然有人說「想要活著回去」。很遺憾，我並沒有親口聽他說過這句話，所以覺得很惋惜。如果被我聽到，我一定會當場揍他。當時，他是一等飛行兵曹[3]，我是三等飛行兵曹。一旦毆打長官，就會被關禁閉，但我早就有了心理準備。

我說了很多次，我們是飛行員。對飛行員來說，「死亡」隨時都在身邊打轉。從飛行生時代開始，我們就和死亡爲伍，在我們同期，有好幾個人在練習旋轉訓練和急速下降訓練時喪生。聽說零戰誕生時，也有幾名試飛的飛行員殉職。

沒想到居然有人上了戰場，還整天嚷嚷「想要活著回去」。

每天都有戰友喪生，但大家仍然搏命奮戰，他居然只想著自己活命。眞搞不懂他的腦袋在想什麼。

我還沒說完呢，還有一件事可以證明宮部有多膽小。那就是降落傘。

他在降落傘的檢查工作上從不懈怠。我曾經爲這件事挖苦他。

「宮部一飛曹，你打算用降落傘降落到哪裡？」

他聽到我的挖苦，笑著回答說：

「降落傘很重要，我也會要求僚機都裝上降落傘。」

你們似乎露出了不解的表情。我猜你們想說，降落傘是飛行的必需品。這種想法大錯特錯。不要忘了，我們是在一望無際的太平洋上空打仗，而且戰場幾乎都是敵軍陣地的上空。即使用降落傘降落，也會被敵軍打死。當從敵軍陣地返回途中，飛機發生故障而跳傘，下面是一片茫茫的大海，不是溺水身亡，就是在海裡餵魚。

當時，我們這些戰機飛行員都不帶降落傘。很抱歉，說一件低俗的事，我們都在降落傘裡小便。飛行員一上飛機就是好幾個小時，即使中途有了尿意，也不能像開車一樣，把車子停在路邊撒尿。雖然機上有小便用的紙袋，但在操縱飛機的同時，把自己的東西掏出來，放進紙袋裡撒尿太麻煩了。敵人很可能在你撒尿時突然出現，分心的時候最危險。而且，尿完後，還要把尿液丟到機外。通常都會把防風罩打開一條縫，再把紙袋裡的尿液倒掉，但如果風向不對，尿液很可能會淋到自己頭上。所有戰機的飛行員應該都被尿液淋過。所以，我們平時都尿在降落傘裡。把降落傘夾在雙腿之間，讓尿液慢慢滲進去。拉包爾的戰機飛行員幾乎都這麼做，所以，大家的降落

❸ 日本前海軍下士官的階級。

傘都臭不可聞，根本不願想像裡面到底有多臭。

到了戰爭末期的本土防空戰時，很多飛行員裝了降落傘。因爲那時候跳傘降落時，降落的地點是日本。而且，和之前展開進攻時不同，不可能在上空連續飛好幾個小時，也不會爲小便的問題發愁。

但是，即使在拉包爾時，宮部也必定會準備降落傘，而且還會定期打開仔細檢查，以防萬一。我眞希望他有機會可以用一下降落傘。

有一天，我對正在折降落傘的宮部說：

「你檢查得那麼仔細，絕對不可能發生萬一打不開的情況吧。」

他似乎沒有察覺到我在挖苦，不以爲意地回答：

「眞希望沒機會用降落傘。」

聽到他的回答，我說不出話了。

對了——說到降落傘，我想起一件事。

他曾經打死一個跳傘的美國士兵，地點就在瓜達康納爾島，他在空戰中擊落了一架格魯曼，那個飛行員跳傘時，他竟然用機關槍把對方打死了。這件事在隊上出了名，我沒有親眼看到，是那時候和他一起出擊的戰友告訴我的，當時還有好幾個目擊證人。

當初我聽到這件事時，忍不住感到厭惡，覺得他簡直丟海軍軍人的臉。

在空戰時，一旦把敵機擊落，勝負就已經定了。美軍的飛行員的確是敵人，但是已經棄機跳傘逃命了，有必要殺他嗎？戰場上也要講究武士精神嘛。他的行爲簡直就像在戰場上砍死喪失武器，失去了戰力，倒地不起的戰士。我聽說這件事後，打心眼裡厭惡宮部那傢伙，我相信有不少人和我有同感。

我在空戰以外，也曾經開過機關槍，但都是對著高射砲或是艦船開槍，從來沒有對手無寸鐵的人開過槍，只有卑鄙小人才會做那種事。

你們這下知道了吧？他就是這種人，在危險的戰場上總是忙著逃命，卻可以毫不猶豫地射殺沒有抵抗能力的人。不，正因爲他是這種人，才會做出這種事。

我成爲戰機的飛行員後，就打算在戰場上英勇作戰，英勇地爲國捐軀，反正我覺得這條命已經不是自己的了，所以，希望死的時候也很勇敢，很有男人的樣子。在空戰時，我從來沒有逃過，這是我的勳章。雖然我並沒有眞的得到勳章，但我爲自己感到驕傲。

昭和十七年（一九四二年）十月，我在瓜達康納爾島的空戰中失去了一隻手。

那天，我擔任中攻的掩護機。中攻是海軍的中型轟炸機「一式陸攻」的簡稱，轟炸機的飛行速度很慢，一旦被敵軍的戰機盯上就完了，所以，中攻出動時，都由零戰擔任護衛機。零戰本來就是護衛戰機。

中攻那天的目標是瓜達康納爾島上的敵軍運輸船團，十二架中攻，十二架零戰一起出動。宮部那傢伙也在其中。

美軍的戰機在瓜達康納爾島的上空等候已久，那天邀擊的火力很強大。邀擊就是迎擊的意思，帝國海軍稱爲邀擊。敵機應該有四十多架，我們在保護中攻的同時迎戰格魯曼。

我捨命保護中攻，但敵人避開和零戰交鋒，緊追著中攻不放。當我去追敵機時，又有新的敵機瞄準中攻。中攻接二連三地中彈，墜落海裡，簡直就像被狼群包圍了。

掩護任務必須以保護中攻爲優先，確保中攻不被擊落比起擊落敵機更重要。如果因爲追敵機離開中攻，就會有其他敵機趁虛而入，攻擊中攻。中攻上有七名機組人員，機上載著要轟炸敵軍機場的炸彈。中攻的機組人員冒著生命危險執行轟炸任務，掩護隊必須挺身保護中攻的安全，這是我們的任務。

當中攻隊即將進入轟炸範圍時，隊列的上方出現了空隙，有兩架格魯曼趁虛而入。我一看苗頭不對，立刻飛到中攻隊和敵軍戰機中間。這並不是在思考後做出的行動，而是身爲護援機的本能反應。

下一剎那，我的頭頂上方就中彈了，防風罩被吹走，頭部受到重擊，眼前頓時一片漆黑，但我立刻恢復了意識，往後一看，中攻安然無恙。

這時，我發現左臂一陣劇痛。低頭一看，肩膀下方被鮮血染紅了。我暫時撤離空戰區域，檢查了飛機。雖然機翼和機身已經被打得千瘡百孔，所幸燃油箱和發動機沒有中彈。

空襲結束後，我幾乎是用一隻手開回了拉包爾。中途有好幾次差點因爲貧血昏過去，但我拚命往回飛。那天的戰況很激烈，有六架中攻沒有回來，也失去了三架零戰。順利歸來的零戰機身都彈痕累累。

後來我才知道，那一次宮部的機身完全沒有任何彈痕。即使在出擊的所有飛機都中彈的戰場上，他仍然可以毫髮無傷地回來。那天他也是掩護隊的成員之一，在我和敵人拚命時，他到底在哪裡？在我失去左臂時，他飛去哪裡了？

最後，我失去了左臂。如果在內地治療，或許不必截肢。

我在拉包爾前後不到兩個月的時間，我不知道是長是短。我前後開了一年半的直升機。

我戰後的人生充滿苦難。

爲國家獻出一隻手的我遭到世人的歧視，我復員時是少尉，但這種頭銜在戰後的社會根本派不上用場，而且，我是在終戰後進級的所謂「波茨坦少尉」。一隻手的人根本找不到工作，小時候，爲了減少家裡吃飯的人口，我被趕出老家，最後又不得不回到老家。

之後，因爲有人牽線，所以也娶了老婆。不，我是入贅的，所以不能說是我娶老婆。但畢竟我只有一隻手，好女人當然不可能嫁給我。如果我的手沒斷，一定會有更美好的人生。不，如果我的手沒斷，說不定就死在天上了。但即使死在天上也很好，我一點都不怕死，比起在這種鄉下地方過悽慘的生活，在戰場上英勇犧牲不是更像大男人嗎？

到了現在這個年紀，回想當年，我仍然很希望能夠加入特攻隊爲國捐軀，如果我四肢健全，一定會自願報名參加。

我失去手臂的兩年後，宮部在特攻中送了命。我猜想他應該不是自願參加的，一定是因爲長官的命令，很不甘願地執行特攻任務。在戰場上不怕死的人活了下來，那麼愛惜生命，那麼怕死的男人卻死了。

這難道不是人生的諷刺嗎？

雖然已經過了六點，但天色還很亮。

走回車站的路上，我的步伐越來越沉重。姊姊應該也一樣，她的表情很嚴肅。

姊姊皮包裡的錄音筆錄下了長谷川剛才說的話，我很懷疑，她會不會再拿出來聽。

這是一次很不愉快的對談。不，不是對談，因爲只有長谷川一個人說而已。

他越說越想起內心對外祖父的痛恨，在我們面前也毫不掩飾。他充滿惡意和敵意的眼神讓我感到心裡毛毛的。

「這個人眞討厭。」

走出長谷川家一段時間後，我忍不住說。

「他一定痛恨自己的人生。戰後，他因爲只有一隻手，可能覺得自己的人生被帶走了，他把失去一隻手的事也怪罪在外祖父身上。」

姊姊沉默片刻後，淡淡地說：

「他很可憐。」

我說不出話了。

「我第一次聽說戰爭的事，聽了之後很難過。我似乎能夠體會他的心情，我相信他在戰後吃了很多苦。」

我無言以對。聽了姊姊的話，對自己剛才的毒舌感到羞恥。

我們默默走在幾個小時前曾經走過的路。

「但是，久藏的事不像是他編出來的。」

聽到我這麼說，姊姊輕輕嘆了一口氣。

「對啊，所以，老實說，我對外公有點失望。因爲之前聽說他是特攻隊員，還以爲他很英勇，沒想到居然是膽小鬼——。我向來反戰，雖然並不期望外公是勇敢的士兵，但現在是另一種失望。你會不會感到失望？」

我不發一語地點點頭。外祖父是膽小鬼這句話也沉重地留在我心裡，他是爲了保命，在天空中四處逃竄的膽小鬼。這時，我發現內心認為「膽小鬼」這幾個字其實是在說我，因為我一直在逃避。難道是因為我身上流著外祖父的血嗎？

當然，外祖父是在逃避「死亡」，和我的情況完全不同，但他還是逃避了戰機飛行員應盡的義務。

但是，我又在逃避什麼呢？

「唉，這項調查變成一件痛苦的事了。」

姊姊自言自語地說，我也有同感。

第三章　珍珠港

和長谷川見面的隔週，我去了外公家，打算把正在調查外祖父的事告訴他。雖然姊姊說，沒必要特地告訴外公，但我很喜歡外公，不希望背著他偷偷做這件事，而且，我認爲外公不會因爲這種事情不高興。

但是，我還是有點顧慮。因爲外公自從去年心臟出了問題後，一直在家療養。外公在幾年前退休後，律師事務所也交給別人打理，生活起居都由每天上門的幫傭處理。

「你趕快考上律師，來我的事務所工作。」這句話是外公的口頭禪，但最近不再說這句話了，這也讓我感到有點難過。對曾經當了十年國鐵職員後再參加司法考試的外公來說，可能覺得走三、四年的彎路是小事一椿。

有客人在外公家裡。他是以前在外公的事務所打工的藤木秀一。

藤木以前是以司法考試爲目標的窮學生，畢業後，仍然在外公的事務所打工，繼續努力拚考試，幾年前，他父親病倒，他只好放棄司法考試，回老家繼承家裡的鐵工廠。

他昨天來參加大學時代的同學會，今天來探視外公。

「藤木先生，好久不見。」

「好久不見了。」

我已經有兩年沒見到藤木了。藤木每次來東京，都會來探視外公。

「沒想到你長這麼高了，我離開的時候，你還是高中生。」

我記得他上次也說同樣的話。

我很怕他會問我：「今年的情況怎麼樣？」因爲他以前一直發自內心地對我說：「我從來沒有看過像你這麼聰明的人，你應該在畢業之前就去考司法考試。」他一直很疼愛我，但他今天沒有問我的近況，我感受到他的體貼。

「你家的鐵工廠怎麼樣？」

「生意不好。」藤木笑著說，「越做越虧本，雖然很想乾脆關廠，但工廠有員工，也不能說關就關——」

藤木說完，抓了抓夾雜了白髮的腦袋。我覺得他已經變成一個疲憊的中年人了。看到向來開朗，好像永遠都不會老的藤木目前的身影，我不禁有點難過。他因爲沒有考取司法考試才會變成今天這樣，我好像看到了未來的自己。

「藤木先生，你結婚了嗎？」

「不，還沒有，我整天忙工廠的事，不知不覺就三十六歲了。」

藤木說完笑了笑。

不一會兒，他向外公和我打了招呼就告辭了。

藤木離開後，外公說：

「他當年來事務所的時候，我還在律師界打拚呢。」

然後，他陷入了沉思。

「外公，」我鼓起勇氣開了口，「我正在調查宮部久藏先生的事。」

我覺得外公似乎皺了皺眉頭，我心想「慘了」，外公果然聽了很不舒服。

「是松乃的前夫吧？」

我慌忙把姊姊拜託我，以及老媽想知道她親生父親的事告訴了外公。

「清子喔——」外公停頓了一下，然後小聲地嘀咕說：「原來是這樣。」

「我能夠理解我媽的心情。」

外公注視著我的眼睛，我覺得他的眼神有點可怕。

外婆去世時，外公抱著外婆的屍體放聲大哭。我第一次看到外公哭，而且他哭得那麼激烈，連醫院的護士也忍不住跟著哭了起來。外公發自內心地愛著外婆。

正因爲這樣，對外公來說，外婆以前曾經是其他男人的妻子這個事實或許是很痛苦的回憶。聽說老一代的男人都希望女人很純潔，更何況外婆和別的男人生了孩子。對外公來說，絕對不喜歡宮部久藏這個男人。

「我在調查後發現，外婆幾乎沒有和宮部久藏一起生活過，他結婚後就一直在軍隊。」

我顧及外公的心情這麼說，但外公只是輕輕地點頭而已。

「你用什麼方法調查？」

「我寫信給幾個戰友會，尋找認識宮部久藏的人。我們已經去拜訪過一個人，他和久藏一起在拉包爾相處了兩個月，他們都是開飛機的。」

「他怎麼說？」

我猶豫了一下，把實話告訴了外公。

「聽說久藏是個膽小鬼，在戰場上只顧著逃命——」說到這裡，我帶著自嘲的口吻補充說：

「我搞不好是因爲繼承了久藏外公的血液，才會這麼沒種。」
「不要胡說八道！」外公斥責道：「清子從小就很努力，無論遇到任何情況都不會示弱。她老公——也就是你的父親——死了之後，一個女人家扛起整家會計事務所，把你們養育成人。你姊姊慶子也繼承了你媽的血液，做事很努力，你的體內沒有膽小鬼的血液。」
「對不起，我不是這個意思。」
外公看到我沮喪的樣子，親切地安慰我。
「健太郎，你比你自己想的更加優秀，總有一天，你會瞭解這一點。」
「外公，你對我眞好。雖然這麼說有點那個，就是——」
「雖然我們沒有血緣關係嗎？」
「嗯，差不多……」
「我疼愛你，是因爲你是一個善良的孩子。你姊姊慶子雖然很好強，但也是一個善良的女孩。」
外公說完笑了笑。
「說到善良，藤木也很善良。他即使自己再怎麼苦，也會爲了別人努力。正因爲是這種個性，所以目前工廠的事也讓他傷透腦筋。」
我點了點頭。藤木的確是耿直善良的人。
「那種人才應該當律師——」
外公懊惱地說。
藤木來外公的事務所打工時，我還是一個小學生，姊姊是中學生，他教了我們很多事。有趣的小說、歷史故事，以及偉大的藝術家的傳奇，我和姊姊都很喜歡聽他說這些事。他告訴我律師是多麼優秀的職業，也告訴我外公是多麼出色的律師，也許我想要當律師也是受到藤木的影響。在小時候的我眼中，他是一個超人，我很喜歡他。

很遺憾的是，他並不優秀，應該說，他不適合司法考試。比起法律書，他更愛小說和音樂，所以，他就連短答式考試也遲遲無法通過。姊姊常常調侃他，但這是姊姊內心愛意的表現。

藤木回老家前一週，他租了車子，帶我和姊姊去箱根。當時，我是高三的學生，姊姊讀大四。箱根之行是我很久以前拜託他的，我早就忘了，但他很守信用地完成他和我的約定。姊姊在車上說：「你努力了十年，結果全白費了。」然後又笑他說：「所以，你要回去山口縣的鄉下，當即將倒閉工廠的老闆了。」那天，姊姊的調侃中沒有往日的親密，但藤木沒有生氣，只是露出為難的笑容，反而是我聽了很氣姊姊。

我希望藤木幸福。

那天晚上，我難得和老媽一起吃晚餐。

老媽經營一家會計事務所，所以晚上都很晚才回家，我們很少有時間一起吃晚餐。原本她和老爸一起開了這家事務所，但老爸在十年前病故後，老媽就變成了所長。

「媽，妳對外祖父一無所知嗎？」

「外婆什麼都沒告訴我，也許當初並不是因為喜歡而在一起。因為以前好像很多人相親一次就結婚了。」

「妳有問過外婆，是不是喜歡外祖父嗎？」

「十幾歲的時候問過一次。」
「外婆怎麼說？」
老媽露出回首往事的表情。
「她說，妳希望我怎麼回答？」
「什麼意思？」
「我當初覺得那是不喜歡的意思——但是，現在回想起來，也許不是這個意思。」
「是喜歡的意思嗎？」
「不知道。即使眞的喜歡，外婆應該也不會說，因爲外婆很愛現在的外公。」
我點了點頭。的確，在我的記憶中，外婆凡事都爲外公著想。無論遇到任何事，開口閉口都是「老公」。外公也很疼惜外婆。其實外婆的年紀比外公大，但完全看不出來。所以，得知外婆嫁給外公之前，曾經和其他男人結婚時，我眞的很驚訝。
「我的親生父親是不是愛母親，我的母親是否愛我的親生父親將是一個永遠的謎，但是，我想知道我的父親以前是怎樣的年輕人。」
「年輕人？」
「對啊，他死的時候才二十六歲，和你現在一樣大。」
我在腦海中回想著宮部久藏的履歷，再度認識到他眞的是英年早逝。
「外婆沒有告訴我他生前是怎樣的年輕人。」
我鼓起勇氣，問了難以啟齒的問題。
「如果久藏外公的風評不好呢？」

「是這樣嗎？」

「不，我只是假設，假設在調查時，發現了不如不知道的事。」

「這個問題很難回答，」老媽想了一下說：「我也曾經想過，也許是因爲不知道比較好，外婆才沒有告訴我。」

聽了老媽的話，我心情有點沉重。

隔週，我去了四國的松山，去見另一位認識外祖父的人。

原本姊姊打算自己去，卻在行前提出要求：「我臨時有工作走不開，拜託你代替我去。」我很想拒絕，但聽到姊姊哀求「自由撰稿人要看別人臉色做事」，我就無法拒絕了。雖然我不認爲姊姊在說謊，但我猜想她內心深處應該不想再聽到類似長谷川說的那些事。

因此，我只好一個人大老遠地跑去四國。我很受不了自己人太好了，但隨即換了一個角度思考，打算用姊姊給我的雙倍日薪好好享受一趟小旅行，隨便採訪一下之後，再去道後溫泉好好泡湯。

前海軍中尉伊藤寬次的住家位在市中心的住宅區，房子很大。

伊藤是個瘦小的老人，但腰桿挺得很直，動作也很靈活。雖然八十五歲了，但看起來像七十幾歲。

伊藤帶我走進一間大客廳，向我打招呼後，遞上一張名片。名片上印了很多頭銜，他似乎是本地商工會的大人物，還擔任什麼物產的總裁。

「您自己開公司嗎？」

「不，已經交給兒子接班了，現在每天悠哉悠哉地過日子，而且也不是什麼大公司。」

幫傭把茶送了上來。

「快八月了，每到八月，我就會想起戰爭的事。」

伊藤深有感慨地說。

「你是宮部的孫子？沒想到他有孫子。」

他仔細打量我的臉。

「我沒想到戰爭結束後六十年，宮部的孫子會來找我。這就是人生啊。」

我想起長谷川的話，不由得感到緊張，於是就一口氣說：

「我對外祖父的事一無所知。我的外祖母在戰後改嫁了，在死之前，沒有向家裡任何人提過外祖父的事。我媽對外祖父也沒有任何記憶。所以，這次拜訪認識外祖父的人，想要瞭解自己的祖先，也想知道外祖父生前是怎樣一個人。」

伊藤默默聽著我說話。

他微微搖了搖頭，好像在喚醒古老的記憶，然後，他注視著天花板，似乎在思考該從何說起。

我搶先開了口。

「聽說我外祖父是一個膽小的飛行員。」

伊藤露出納悶的表情看著我。

「膽小？宮部嗎？」

伊藤用問句的方式重複了我的話，但他並沒有否定我的話，抬起眼睛想了一下。

「宮部的確不是勇敢的飛行員，但他是優秀的飛行員。」

我在電話中也已經說了，我並沒有太多關於宮部的記憶。我曾經和他聊過幾次，但畢竟是六十年前的事了，很難完全記得。

從珍珠港到中途島期間，我和宮部在同一個戰場戰鬥了半年多，我們都是航母「赤城」上的成員。

航母是載運飛機的軍艦，航空母艦的簡稱，整艘軍艦就像是一個小型機場，可以讓飛機起降。航母是在大東亞戰爭中最強大的軍艦。

我從高等小學畢業後，進入了預科練[4]。我從小就看著老家附近岩國海軍航空隊的飛機長大，所以從小就立志要當飛行員，算是典型的軍國少年。當時的預科練很熱門，競爭率差不多有一百倍。合格的時候，我欣喜若狂、雀躍不已。預科練和海軍操練所不同，預科練進入海軍時就是航空兵，海軍操練所是從水兵中召募航空兵。宮部是海軍操練所畢業的。

結束飛行訓練後，我立刻被分配到橫須賀航空隊，在橫須賀航空隊兩年後，昭和十六年（一九四一年）春天，成爲「赤城」的成員，第一次駕駛新銳戰機零戰。沒錯，就是零式戰機，只是我們當時稱爲新型戰機或零戰。

——爲什麼叫「零戰」？

零戰是在皇紀[5]二六〇〇年開始採用，所以在命名時就用尾數的零。皇紀二六〇〇年就是昭和十五年（一九四〇年）。現在已經沒有人用皇紀了，但在前一年的皇紀二五九九年採用的轟炸機，命名爲九九式艦上轟炸機，兩年前採用的攻擊機稱爲九七式艦上攻擊機，這些飛機都是在珍珠港攻擊時的主力。零戰的正式名稱是三菱零式艦上戰機。

零戰是很優秀的飛機，是日本眞正在全世界引以爲傲的戰機。

零戰的戰鬥性能超強，旋轉能力和翻轉能力最驚人，可以在非常短的半徑旋轉，所以，在戰鬥中絕對不會輸。而且，零戰的速度很快，在開戰當時，應該是全世界速度最快的飛行機，也就是說，零戰不僅速度快，而且還很靈活。

對戰機來說，這兩種能力相互抵觸，往往無法兼顧。一旦重視戰鬥性能，就必須放棄速度；想要提升速度，戰鬥能力就會變差，但是，零戰同時具備了這兩種能力，堪稱是一架有魔力的戰機。堀越二郎和曾根嘉年這兩位滿腔熱情的年輕設計人員嘔心瀝血，才終於完成了這項不可能的任務。

零戰上的機關槍從傳統的七點七毫米改爲力量強大的二十毫米機關槍，七點七毫米機關槍的子彈可以打穿飛機，但二十毫米機關槍的子彈是榴彈，一旦打中敵機，敵機就會爆炸，馬上就可以終結對方。唯一的缺點，就是二十毫米機關槍的發射初速慢，子彈數量很少。

但零戰眞正可怕的武器並不是這個，而是驚人的續航距離。

零戰可以輕輕鬆鬆飛三千公里。當時，單座戰機的續航距離都只有數百公里，可見三千公里這個數字有多麼驚人。

我想起一件事，德國最終無法攻下英國，是因爲德國的海軍能力不足，所以，才用轟炸機攻打英國，這就是那場「不列顛戰役」。德軍的轟炸機連日穿越多佛海峽進攻英國，但英國動員了

❹ 海軍飛行預科練習學校的簡稱。

❺ 以神武天皇即位的公元前六百六十年爲元年的紀元。

所有空軍迎擊，最後，德國空軍只好放棄轟炸英國的計畫。

德國空軍之所以敗在英國空軍手下，是因爲他們沒有用戰機護衛轟炸機，轟炸機載著沉重的炸彈，速度變慢，也很不靈活，一旦被敵方敏捷的戰機攻擊，很快就完蛋了。因此，轟炸機都需要戰機護衛，但德國空軍沒有派戰機護衛。

德國的梅塞史密特戰機很優秀，但這架戰機有一個致命的缺點，就是續航距離很短。因此，在英國上空只能戰鬥幾分鐘而已，一旦戰鬥拖延，回程時就無法飛越多佛海峽，墜入大海中。在只有四十公里的多佛海峽上空來回都很吃力。

零戰可以在倫敦上空戰鬥一個多小時，一定可以控制整個倫敦上空。雖然這種設定很無聊，但如果德國空軍有零戰，英國就會潰不成軍。

零戰之所以有這麼長的續航距離，是因爲那是必須在太平洋上空和戰軍戰鬥的戰機。在海上迫降意味著死亡，所以，需要三千公里的長距離飛行，而且，當時也想到可能會在中國大陸作戰，一旦在中國大陸迫降，就和在海上迫降一樣，都是死路一條。

馬跑完千里之後，必須能夠再跑千里回來，才能稱爲千里馬。零戰絕對是眞正的千里馬。

零戰是兼具卓越的戰鬥能力、高速和很長續航距離的無敵戰機，更令人驚訝的是，它不是陸上機，而是可以在航空母艦狹小的甲板上起降的艦上機。

當時，日本的工業被認爲無法和歐美等國家相提並論，卻突然製造出世界最高水準的戰機，的確成爲日本人的驕傲。

雖然戰爭經驗不值得驕傲，但我至今仍然把曾經駕駛著零戰在天上飛這件事，視爲我人生中的驕傲。我今年八十五歲，在八十五年的生涯中，駕駛零戰不到兩年的時間很短暫，但這兩年是我人生中最充實的時光。如今到了人生的晚年，更有這種感覺。

啊呀，和你這個年輕人說這些也沒用，我在戰爭結束後，也忘了自己開戰機的事。因爲那時候忙著塡飽肚子，養家餬口，養兒育女，眞的是賣命工作。

到了晚年，回顧自己的人生時，才看到年輕時的光輝燦爛。你也會變老，當你回顧人生時，會對目前的自己有完全不同的認識。

我扯太遠了。

宮部是在十六年（一九四一年）夏天成爲航母「赤城」的成員。他從中國大陸的部隊調來「赤城」，當時，除了他以外，還有好幾個戰機飛行員從中國調來航空母艦。

他們成爲「赤城」成員後的第一件事，就是練習著艦。航空母艦的甲板搖晃得很厲害，比在陸地跑道降落時難很多，第一次著艦時會很害怕。

海軍的飛機和陸軍的飛機不同，必須採取三點降落法，因爲必須讓尾部的捕捉鉤勾到艦上的攔截鋼索。攔截鋼索是一道鋼索，如果無法順利勾住，就無法在航母的短甲板上降落。

三點降落時，由於必須壓低機尾，所以機頭必須抬起，坐在駕駛座上時，由於飛行甲板被機頭擋住，完全看不到，只能憑直覺降落在甲板上。如果速度太快，會用力撞上艦尾；如果因爲害怕而過度謹愼，捕捉鉤就無法勾到攔截鋼索，會撞到設在艦首附近的制動板，稍不留神，就會衝過艦首，掉進海裡。事實上，戰機因爲降落失誤掉進海裡的情況屢見不鮮，因此，在航艦進行降落訓練時，後方一定有一艘被稱爲釣蜻蜓的驅逐艦，因爲用起重機把降落失敗，掉進海裡的飛機吊起來時，好像在釣蜻蜓，所以才會有這個暱稱。

攔截鋼索偶爾也會發生斷裂的情況，斷裂時很可怕。斷裂的鋼索像鞭子般在飛行甲板上亂竄。我曾經親眼目睹一名維修員的腳就這樣活生生地被打斷了，當天我一整天都吃不下飯。當然，之後在戰場上見識了更多令人鼻酸的景象，對這種程度的事已經麻木了。

我們都聚集在飛行甲板上看他們的降落訓練，想看看從中國來的那幾個人到底有多大的本領。

果然不出所料，他們的第一次降落慘不忍睹。他們都是熟練的飛行員，在大陸戰場身經數戰，雖然有人勉強降落，但也有人降落失敗，掉進了海裡。我們都捧腹大笑。

但是，有一名飛行員的降落無懈可擊，他用很小的角度飄然在正中央附近降落，勾到最靠近艦首的攔截鋼索，剛好在制動板前停了下來。那是最理想的降落。

從艦尾到艦首總共有十根左右攔截鋼索，勾到最靠艦首的鋼索時，維修員整理飛機時就會很方便，後續的飛機可以立刻降落，避免時間的浪費。但是，想要勾住最靠近艦首的攔截鋼索，卻沒有成功時，飛機很可能會撞到制動板，從艦首衝進海裡。那架飛機輕輕鬆鬆地勾到了最前方的鋼索順利降落了。

我們忍不住發出驚嘆聲。駕駛那架飛機的就是宮部。

「只是運氣吧。」有人說道。

當宮部降落後，我主動向他打了招呼。一方面因爲我和他都是一飛曹，而且我很敬佩他降落時的高超技術。宮部個子很高，差不多有一百八十公分左右。

「你的降落太出色了。」

聽到我這麼說，宮部笑了笑。他的笑容很親切。

「我第一次在航艦上降落，沒想到按照前任飛行員教我的方法，就順利完成了。」

只有對飛機性能相當熟悉的人才能第一次在航艦上降落就這麼出色，那時候，我在航艦上降落的次數大約有三十次，每次降落都很緊張。

「我對航艦一無所知，請多指教。」

宮部說完，向我鞠了一躬。我有點驚訝，因爲很少有軍人說話這麼彬彬有禮。我們對長官說話時當然畢恭畢敬，否則就會挨打，但是宮部和同軍階的人或是軍階比他低的人說話時都很客氣，帝國海軍很少有這種軍人。

我相信很多飛行員看不起宮部，和他的這種說話方式有很大的關係。

海軍在某些地方很粗魯，尤其是飛行員的世界，說句不好聽的話，海軍算是烏合之衆聚集的地方，有很大一部分原因是因爲誰都不知道自己有沒有明天，身處這樣的環境，年輕人也會慢慢被帶壞，只有宮部例外。

不知道爲什麼，我第一次見到宮部就很喜歡他，可能因爲我和宮部相反，我這個人脾氣火爆，在隊上也經常和別人打架。因爲我們的性格完全不同，所以才被他吸引吧。

雖然軍階比宮部低的人都很看不起他，但宮部完全不放在心上，待人總是親切客氣，所以別人就更不把他放在眼裡。

話雖如此，沒有人敢當面對宮部出言不遜，因爲他的駕駛技術是一流的。

他第一次在航艦上降落時，那幾個缺德鬼說他是靠運氣，但事實並非如此。宮部之後每次都降落在艦首附近，久而久之，大家都搶著看宮部的降落，搞不好他是帝國海軍技術最好的飛行員。

當然，降落能力和戰鬥能力是兩回事，但宮部的模擬空戰能力也不容小覷。聽說他在中國大陸擊落了超過十架敵機，當時，擊落五架敵機的人就稱為勇士了，外國則稱為王牌飛行員。他的能力和平時的言行舉止落差很大，更容易讓人在背後說閒話。

想要理解我們的戰爭，首先必須瞭解「艦攻」和「艦轟」這兩件事。你對這個字眼應該很陌生，日美兩國都在「艦攻」和「艦轟」中犧牲了很多人，死亡率也最高。

「艦攻」是三人座的艦上攻擊機的簡稱，主要目的是用魚雷攻擊敵艦。魚雷並不是潛水艇上特有的武器，魚雷的攻擊稱為「雷擊」，對軍艦來說，是最可怕的武器。因為魚雷會把船腹炸出一個大洞，大量的水會流入艦內，軍艦就會沉入水中。被認為是不沉戰艦的「大和」和「武藏」也都因為被魚雷擊中而沉船了。

「艦轟」是兩人座的艦上轟炸機的簡稱，會在空中急速下降，執行轟炸任務。轟炸機從兩千多公尺的高空急速下降，投下炸彈進行轟炸，所以也是很可怕的攻擊。炸彈會衝破軍艦的甲板，在艦內引起爆炸。軍艦上載滿了砲彈和燃油，一旦引燃，後果不堪設想。如果炸毀推進器，就會造成致命的損傷。

面對這些空中攻擊，可以用艦上的高射砲和機關槍抵抗，但命中率並不高。要用大砲和機關槍打落秒速超過一百五十公尺的飛機並不是一件容易的事。

戰機可以有效防止軍艦受到「艦攻」和「艦轟」的威脅。我剛才也說過，艦攻和艦轟上都有沉重的炸彈和魚雷，根本不是輕巧的戰機的對手，因此，必須由戰機負責護衛任務。「艦戰」，也就是艦上戰機有兩大任務，一是保護軍艦免受敵軍的艦攻和艦轟，同時要護衛我軍的艦攻和艦轟。

我和宮部是艦上戰機的飛行員。

我們成爲「赤城」的成員後，就開始沒日沒夜地訓練。

連續刻苦訓練了好幾個月，完全沒有休息，根本不知道什麼是假日。當時，第一航空戰隊和第二航空戰隊隊員的飛行時間都超過一千個小時，個個都是超級資深飛行員。雖然我自己說有點那個，當時，我們的戰鬥能力絕對是全世界最強的，原因很簡單，因爲全世界最棒的飛行員駕駛了全世界最棒的飛機。

在九州佐伯灣完成了嚴格訓練後，十一月中旬，機動部隊開始北上。所有飛行員都領到了防寒衣，但完全不知道要去哪裡。雖然隱約猜到要做一件特別的事，至於要做什麼，就完全沒有頭緒了。

當時，日中戰爭打得如火如荼，光是對付中國就有點焦頭爛額了，誰都沒有想到會和美國開戰，但是，我們都知道英美給日本很大的壓力，同盟國德國和英國之間已經進入了戰爭狀態，大家都覺得日本也可能會和英美開戰。而且，海軍長期都是以美國爲假想敵國進行訓練。

我們來到擇捉島的單冠灣，我記得十一月的鄂霍次克海非常冷。冰冷的霧中，聚集了聯合艦隊的無數艦艇，實在太壯觀了。

十一月二十六日，飛行隊長召集了航艦上所有成員。飛行隊長告訴我們，將在宣戰的同時攻擊珍珠港的美軍艦隊。

我很驚訝，但同時覺得「該來的終於來了」，全身湧現出前所未有的緊張感覺。我相信其他人也有相同的心情，沒有人對攻擊珍珠港感到害怕，因爲大家都很期待好好教訓可惡的美國。

之後，公布了編隊名單。

攻擊隊的名冊中並沒有我的名字。看到名單，我頓時感到眼前發黑。我的任務是掩護艦隊，要在艦隊上空警戒，避免航艦受到敵軍攻擊機的攻擊。

我哭著向飛行隊長懇求，讓我參加珍珠港的攻擊行動，最後還是無法改變原來的決定。雖然我明知道不可能改變，仍然忍不住提出這樣的要求，其他無法加入攻擊隊，或是被安排擔任候補成員的飛行員也都哭著向長官哀求。在名單公布的當天夜晚，有好幾個飛行員和別人打架。我能夠理解他們的心情，大家熬過那麼辛苦的訓練，就是爲了迎接這一天的來臨。只要作戰成功，就死而無憾了。尤其是艦轟和艦攻的飛行員被分配擔任候補時，個個都失望透頂。

那天晚上，宮部在後方甲板叫住了我。「赤城」的飛行甲板下方，艦首和艦尾都有甲板，因爲是將原本的巡洋戰艦改造的航艦。

「伊藤兄，艦隊的掩護工作是很重要的任務。」

宮部被編入攻擊隊的制空隊。

「你能體會我的失望嗎？」

「我認爲掩護比攻擊更重要，保護航艦是在保護很多人的生命。」

「那我和你交換。」

「如果可以，我也很想交換。」

「那就來交換啊！」

但是，我們都很清楚，這是根本不可能的事。飛行員不能擅自改變飛行隊長決定的編隊。

我一屁股坐在甲板上，懊惱的眼淚又忍不住流下。宮部在我旁邊坐了下來。

我茫然地看著深色的大海，天空中沒有星星。雖然是冰冷的寒夜，但我不覺得冷。

宮部一言不發地坐在我旁邊。坐了一會兒，我的心情漸漸平靜下來。我猜想應該和宮部有關。

宮部突然淡淡地說：

「我之前跟你說過，我已經結婚了吧？」

我點點頭。

「從上海回國，去大村之前，我結了婚。只過了一個星期的新婚生活。」

我第一次聽說這件事，所以有點驚訝。

「如果知道自己會參加珍珠港攻擊行動，當初就不會結婚了。」

宮部說完，笑了起來。

雖然他沒有繼續說下去，但不知道爲什麼，我清楚地記得當時的對話。不知道宮部當時爲什麼會和我聊這些話。

——他們是不是戀愛結婚？不，我沒問，只是在我們那個年代，很少有人戀愛結婚，都是周圍的長輩安排的。有很多人都是上戰場前匆匆結婚，可能是父母和親戚覺得既然可能死在戰場上，至少讓他們先結婚，可能同時也希望在死之前留下後代。

在我們那個年代，結婚並不是什麼了不起的事。應該說，大家都覺得結婚是必須要做的事，從來沒有想過爲什麼要結婚。

現在的年輕人想法就不一樣了，只有在找到人生最理想的伴侶時才會結婚。我孫女也有這種想法，已經三十多歲了，至今仍然是單身，如果找不到理想的對象，她好像打算一輩子單身，眞傷腦筋。

我不知道宮部為什麼急著結婚，可能是戀愛結婚。他說如果知道自己會參加攻擊珍珠港的任務，就不會結婚這句話，好像兩種方向都可以解釋。

雖然大家在名單公布的那天晚上打架吵鬧，但第二天，包括我在內的所有飛行員都沒有任何遺憾，盡最大的努力完成各自的任務。我也繃緊了神經，決定要完成保護航空母艦的任務。

十二月八日，我在黎明時分起飛，在艦隊上空警戒。

不久之後，第一波攻擊隊就啟程了。我向機隊敬禮，目送他們遠去。

作戰時，沒有任何一架敵機出現在航艦上空，我沒有作戰就結束了任務。

你也知道，珍珠港的突襲大獲成功。

史上第一次只有戰機出動攻擊艦隊的任務在二波攻擊後，敵軍的五艘戰艦沉沒或是沉入水中，有三艘損傷嚴重，炸毀了超過兩百架基地飛機，獲得了空前的戰果。

珍珠港攻擊大獲成功後，航艦上所有人和飛行員都欣喜若狂。

只有宮部鬱鬱寡歡。

「宮部，你怎麼了？難道你不高興嗎？」

「今天有二十九架飛機沒有回來。」

我也知道這件事。

「眞遺憾，但戰果這麼輝煌，我方可說是幾乎沒什麼損失。」

宮部默默點頭，看到他的表情，我覺得好像被潑了冷水。

「戰爭總會有人死。」我說。

「今天我親眼看到艦攻自爆了。」

宮部靜靜地說。

「在雷擊之後，經過敵軍戰艦上空時，被高射砲彈打中了。艦攻先飛向上空，我靠近那架飛機，看到燃油從機翼流了出來，變成一條白線，幸好沒有著火。艦攻原本機首朝向歸艦的方向，但突然掉頭，再度衝向珍珠港的方向。我也掉了頭，飛在旁邊護衛。飛行員看著我，指向下方，然後急速下降，撞向敵軍的戰艦。」

聽了宮部的話，我不由得全身發抖。我也聽說今天沒有歸艦的戰機大部分都是自爆的。長官命令我們，一旦在攻擊中不幸中彈，判斷飛機無法返航時就要自爆。因爲長官一直以來都教導我們，絕不接受活著被俘的恥辱，所以我認爲這麼做是理所當然的。

「在急速下降之前，三名機組人員面帶笑容向我敬禮。」

「他們是眞正的軍人。」

宮部也點了點頭。

「從他們一度飛到上空，到再度掉頭飛向珍珠港才短短幾分鐘而已，這段時間內，他們確認了飛機的受害情況，放棄歸艦。可能是認爲燃油不夠，或者是發動機中了彈。總之，在那麼短的時間內，三個人一致決定自爆。」

艦上攻擊機上有飛行員、偵察員和通訊員三個人。海軍稱搭同一架飛機的機組成員爲搭檔，搭檔必須同心協力。如果搭檔的意見不一，就無法完成出色的雷擊，搭檔的關係比普通的友情更牢固，不，這種關係無法用友情來形容。刎頸之交這個詞形容生死與共的朋友，攻擊機和轟炸機上的搭檔正是刎頸之交。

八成是機長決定自爆後，告訴另外兩名機組人員，另外兩名搭檔聽到機長的決定後，立刻表示同意。

「他們的笑容很爽朗，完全不像是赴死的人。」

「因爲他們獲得了理想的戰果。」

聽到我這麼說，宮部想了一下回答說：「是啊。」

「我希望自己死的時候也可以有輝煌的戰果，心滿意足地死去。」我說。

宮部沉默了很久，然後小聲地說：「我不想死。」

我聽了十分驚訝，沒想到這句話會出自帝國海軍軍人之口。

軍人也是人，當然也不想死。但是，軍人必須消除這種本能。人生活在人類社會必須壓抑很多本能和欲望，軍人也必須消除「想要活下去」的欲望，這是非常重要的事。難道不是嗎？如果把活命放在首位，根本無法打仗。

我軍在這次戰鬥中大獲全勝，但還是有二十九架飛機沒有回航，總共五十五人犧牲了。現在我知道，對那些在戰鬥中喪生的機組人員的家屬來說，比起勝利的喜悅，他們更爲失去的家人感到難過。無論是造成數千人身亡的戰鬥，還是只有一名戰士身亡的戰鬥，對家屬來說，都痛失了無可取代的家人。如果有數千人身亡，只是悲劇的數量增加，但每個家庭所面臨的悲劇是一樣的。

但是，當時我並不瞭解，聽到宮部說「我不想死」，令我產生了極度的厭惡感。帝國海軍軍人，而且是戰機的飛行員絕對不應該說這種話。我們在成爲飛行員的那一刻，就做好了「無法死於安樂」的心理準備。

「爲什麼不想死？」

聽到我的發問，宮部靜靜地回答：

「我有妻子，爲了我的妻子，我不能死。對我來說，生命最重要。」

我一時說不出話。當時的心情眞的很不舒服，就好像問小偷「你爲什麼偷東西？」時，聽到他回答「因爲我想要這個東西」一樣。

「每個人的生命都很寶貴，每個人都有家屬，我雖然沒有妻子——但我也有父母。」即使這樣，我也沒說自己不想死。我好不容易才把這句話吞下去。

宮部苦笑著說：「我好像丟了帝國海軍的臉。」

「是啊。」我回答。

宮部默默地低下頭。

伊藤突然沉默不語。

他抱著雙臂，閉上眼睛不說話。過了很久，才小聲嘟噥說：

「宮部是一個很奇特的人。那時候，我們飛行員都生活在非日常的世界，那是一個不合理的世界，我們活在一個與死亡爲伍的世界，或者說，活在生死參半的世界，如果怕死，就無法在那個世界生存。但是，宮部很怕死，他雖然身處戰爭中，卻活在日常的世界。在那場戰爭中，他爲什麼可以保持那樣的感覺？」

伊藤似乎在問我，但那是我無法回答的問題，所以，我想他可能在問自己。

「戰後，我退了伍，結婚有了家庭之後，才終於瞭解宮部爲了妻子不想死的心情，但是——」

伊藤語氣強烈地說：

「但是，那個時候，我無法認同宮部說生命最重要這句話，戰爭並不是一個人打仗，有時候必須犧牲小我。」

「我不瞭解這種感覺。」

「曾經發生過這樣一件事。昭和十七年（一九四二年）一月，在空襲達爾文港時，宮部因爲機關槍故障，提前回來了。護衛戰機即使不開機關槍，也可以驅趕敵人，對艦轟來說，有零戰在一旁護衛就會感到安心，但是，宮部毫不猶豫地撤退了。」

「是嗎？」

「雖然聽起來像在說大話，但如果是我，就會繼續作戰。即使因此被擊落也無所謂。」

我默默點頭。

「你不要誤會，我不是在指責他的信念，只覺得他的想法絕對不夠英勇。也許我不該在他的孫子面前說這種話，請你見諒。」

伊藤說完，深深地向我鞠了一躬。我可以感受到伊藤這位老先生的誠意。

這時，有人敲門，一位優雅的老婦人走了進來。

「這是內人。」

伊藤太太把冰咖啡和蛋糕放在桌上，說了聲：「請慢用。」轉身走了出去。

「我和她是在戰後結婚的。」伊藤說完，靦腆地笑了笑，「我們是相親結婚的。」

伊藤瞥了一眼旁邊的小桌，那裡有一張他們夫妻的合影，似乎在旅行時拍的。

「你太太看起來脾氣很好。」

「這是她唯一的優點，她眞的把整個心思都放在我身上。」

伊藤深有感慨地說。

「那張照片是在哪裡拍的？」

「夏威夷。三年前，我們金婚紀念去旅行時拍的。」

聽到夏威夷時，我有點驚訝。伊藤似乎察覺到我的表情，補充說：「那是我第一次去夏威夷。」

我再度看了一眼照片。伊藤立正站在藍色的大海前，右手牢牢地握住了他太太的手。

「孫子小時候，我經常對他說，爺爺以前去過夏威夷，但其實我從來沒有飛過夏威夷的天空。事隔六十年，我至今仍然耿耿於懷。」

「是嗎？」

「但如果我去了夏威夷的上空，搞不好就不會有孫子，甚至無法遇見內人。」

伊藤說完笑了笑，我想起在珍珠港喪生的那五十五名機組人員。伊藤似乎也想起這件事，垂下了眼睛。

短暫的沉默後，伊藤開了口。

「珍珠港攻擊中有一件事很令人遺憾。」

「什麼事？」

「我們的攻擊變成了沒有事先宣戰的『偷襲』。」

「宣戰詔書的確晚了一步。」

「對，長官告訴我們，在頒布宣戰詔書的同時攻擊珍珠港，但事實並不是這樣。我方駐美大使館職員沒有及時把宣戰詔書的暗號翻譯出來，耽誤了送到美國國務卿手上的時間。因爲前一天，大使館職員開歡送會還是什麼派對，喝到很晚，所以第二天很晚才去上班。」

「原來是這樣。」

「一部分大使館職員的疏失，讓我們背負了『偷襲』的污名，不，日本民族都因此被貼上了『卑鄙無恥的國民』的標籤。我們以爲在宣戰的同時攻擊珍珠港，沒想到變成這樣——沒有比這更令人懊惱的事了。」

伊藤皺起眉頭。

「當時，美國一直對日本施壓，但美國國內的輿論反對加入戰爭，我們在戰前聽說美國這個國家沒有歷史，民族缺乏愛國心，很不團結，國民都是個人主義至上，只顧享受，不像我們日本人願意爲了國家，或是爲了天皇陛下捐軀。山本上將打算在戰爭初期就一舉殲滅美軍在太平洋上的艦隊，徹底擊垮美國國民的鬥志。」

「結果完全相反。」

「沒錯。美國輿論大力抨擊那是卑劣的偷襲，提出『牢記珍珠港的教訓』，然後立刻改變態度，認爲『必須教訓日本』，很多民衆自願加入陸軍和海軍。」

伊藤繼續說了下去。

「而且，如果以爲日本在戰術上大獲成功，其實並不是這麼一回事。因爲我軍並沒有展開第三波攻擊。我軍的確殲滅了美國艦隊和航空隊，但碼頭、石油儲備設備，以及其他重要的陸上設施都毫髮無傷。如果徹底破壞這些設施，夏威夷基地就完全喪失了功能，我方完全掌握了太平洋。飛行隊長都要求展開第三波攻擊，但是長官不同意。司令南雲忠一中將選擇了撤退。現在回想起來，南雲中將並不適合當指揮官。之後，日本海軍多次在太平洋上喪失了決定性的機會，都是因爲指揮官缺乏決斷力和勇氣造成的。」

伊藤重重地嘆了一口氣。

「我又離題了。事到如今，批判當年的海軍也無濟於事，繼續談宮部的事吧。」

珍珠港攻擊結束，回日本的途中，我們在飛行員室內聽參加夏威夷攻擊的戰機隊成員說了攻擊珍珠港的情況，大部分飛行員都讚嘆我方攻擊隊的出色攻擊。我們這些航艦掩護隊的人個個聽得心潮澎湃，又同時感到嫉妒和羨慕。

有人突然問宮部：「美軍的艦船怎麼樣？」宮部回答說：「沒有一艘航艦。」所有人都很驚訝，宮部繼續說道：

「珍珠港停靠的都是戰艦。」

大家都知道這件事，因爲攻擊隊的飛行員都很懊惱在珍珠港沒有看到航艦的身影，所以，事到如今，宮部提起這件事很莫名其妙。

宮部絲毫不介意我們的心情。

「美國的航艦早晚會報復，會用相同的方式對待我們，所以，眞希望可以炸掉他們的航艦。」

「是啊，我們早晚要和美國的航艦交鋒。」

有人說道。

「所以，好戲還在後頭嗎？」

有人開玩笑說，大家都笑了起來，我也笑了。

掩護隊的其中一人說，也該留一點給我們打，另一個人說：「對啊，下次希望不是爲航艦的掩護，可以直接參加攻擊隊。」

那天航艦掩護隊的飛行員都紛紛表示同意，所有人都笑了起來。

只有宮部沒有笑。

「這天早晚會出現的。」宮部說。

「眞有那麼一天，就要把美國的航空母艦打得落花流水，對吧？」

聽到有人這麼說，宮部第一次露出了笑容。

「對，今天第一次見識了艦轟和艦攻的攻擊，眞的太漂亮了，他們的技術簡直就是神技。美國的航艦恐怕也不堪一擊，雖然我不知道美國的攻擊機技術怎麼樣，但應該比不上我們的。」

這番話不是有勇無謀的人在說大話，而是宮部這麼理性的人淡淡地說出口，反而更有說服力。大家都知道他的技術，所以，這番話更有份量。

當時，我對無法在珍珠港見識到我軍攻擊隊百發百中的攻擊感到由衷的遺憾。

「應該可以打贏他們吧？」

聽到我的話，宮部回答說：

「只要認眞作戰，我方可以獲得壓倒性的勝利。」

從某種意義上來說，宮部的話完全正確，但從另一種意義上來說，他又說錯了。

之後，南雲中將率領的機動部隊橫掃太平洋。機動部隊就是航艦部隊。航艦比戰艦速度更快，富有機動性，所以稱爲機動部隊。

我軍在南自新幾內亞，西至印度洋的區域都所向無敵，航艦上的艦載機擊沉了無數敵軍艦船，正如山本五十六上將所說的，我軍「叱吒了整整半年的時間」，在海上屢戰屢勝。

我軍的機動部隊也曾經數度遭到敵方軍機的攻擊，但護衛航艦的零戰隊讓敵軍完全沒有機會碰航艦的一根毛髮。當時，沒有任何戰機可以打贏零戰。雖然自己說有點那個，但南雲部隊戰機飛行員的技術絕對是世界第一。

攻擊隊的技術也幾乎到了出神入化的程度。轟炸隊在印度洋上擊中英國巡洋艦和小型航艦的命中率將近百分之九十，這在急降轟炸中是十分驚人的數字。

南雲艦隊稱霸太平洋。以前是擁有最強戰艦的國家所向無敵，那時候，已經變成擁有最強航艦的國家才能掌握制海權，這個事實打破了以往的軍事常識。

長期以來，世界都是「大艦巨砲主義」，向來認為進行海戰時，都是戰艦之間相互較勁決定勝負，戰艦是史上最強的武器，只有強大的戰艦，才能獲得制海權。大英帝國之所以可以稱霸世界，就是因為有好幾艘強大的戰艦。從美國的黑船來到浦賀後，曾經令幕府多麼驚訝，就知道戰艦是多麼強大的武器。戰艦建立了世界歷史。

第一次世界大戰後才出現航空母艦，但當時的飛機是複葉機，航空母艦也只是扮演輔助角色的船艦。雖然有人主張飛機攻擊的有效性，但通常認為飛機可以擊沉小型艦船，但不可能擊沉戰艦等大型船艦。

但是，之後隨著飛機驚人的發展，漸漸增加了航艦的力量。

成為開戰導火線的珍珠港攻擊向世界證明了這一點。戰機的攻擊一舉擊沉了五艘戰艦，在那一剎那，數百年來，成為爭奪制海權之戰主角的戰艦不得不把寶座讓給航空母艦。

還有另一場具有象徵意義的戰役，也證明了海上戰鬥的主角不是戰艦，而是戰機。

那是珍珠港攻擊的兩天後，在馬來半島東方海域上，英國引以爲傲的東洋艦隊新銳戰艦「威爾斯王子」，和巡洋戰艦「反擊號」都在戰機的攻擊下沉入大海。三十六架九六式陸上攻擊機從西貢基地出發，用魚雷攻擊兩艘英國戰艦，並順利地擊沉了。這也是之後邱吉爾口中「第二次世界大戰中最震驚事件」的海戰。

珍珠港攻擊時，是奇襲停泊在港灣的戰艦，而將這些戰艦擊沉，但英國的兩艘戰艦完全是在戰鬥狀態下遭到擊沉，從某種意義上來說，造成的衝擊比珍珠港攻擊時更大。這場海戰充分證明了沒有護衛戰機的戰艦，將完全成爲敵方戰機的食餌。

那時候，不可能再像日俄戰爭那樣，發生由戰艦和戰艦進行艦隊決戰的情況，航艦和航艦之間的戰鬥才是眞正的艦隊決戰。當時，我軍有六艘正規航艦，美國太平洋艦隊有五艘航艦。我們個個摩拳擦掌，期待戰鬥的日子早日來臨。

開戰半年後，這個機會終於出現了。

昭和十七年（一九四二年）五月，新幾內亞莫士比港進攻作戰中，負責支援陸軍運輸船的我軍航艦，和試圖阻止莫士比港進攻作戰的美軍航艦，發生了正面衝突。這是世界海戰史上第一次正規航艦和航艦作戰，至今爲止，只有日美的航艦正面交鋒過。

很遺憾，我搭乘的「赤城」並沒有參加這場戰鬥。我方參戰的航艦是第五航空戰隊的「翔鶴」和「瑞鶴」，敵方是「列星頓號」和「約克鎮號」。

在這場珊瑚海戰役中，我方擊沉了「列星頓號」，「約克鎮號」也損傷慘重。我方只有「翔鶴」受到中等程度的損傷，「瑞鶴」毫髮無傷，在史上第一次航艦作戰中，日本海軍占了上風。

當時，「赤城」和「加賀」所屬的第一航空戰隊，簡稱一航戰的飛行員技術最優秀，其次是「飛龍」和「蒼龍」所屬的二航戰，「翔鶴」和「瑞鶴」的五航戰飛行員的技術比較差一點。我們之間經常開玩笑地哼唱：「蝴蝶、蜻蜓也算鳥，五航戰當然也算鳥。」我們這些一航戰的飛行員得知珊瑚海海戰後，個個都惋惜地說：「如果是我們出動，絕對可以把兩艘美軍航艦都擊沉。」

我們都希望早日和敵軍的航空母艦交戰，一個月後，終於等到了那個機會。

沒錯，就是中途島海戰。

這場戰役太有名了。日本海軍最強的部隊，也是日軍引以爲傲的一航戰「赤城」和「加賀」，以及二航戰的「飛龍」和「蒼龍」，這四艘航空母艦居然在這場戰役中一舉被擊沉。

戰後，我看了很多書，瞭解了中途島敗北的原因。我軍的驕傲自滿是敗戰的最大原因。

美軍事先就知道了日方的中途島作戰計畫，因爲美軍破解了日軍的密碼。但是，當時美軍的密碼破解組不知道日軍進攻目的地「AF」到底是哪裡，於是，就從中途島的基地，用白話文發了一封「海水過濾裝置故障，淡水不足」的假電文。日軍當天就發了「AF的飲用水不足」的暗號文，於是，美軍就知道「AF」就是指中途島。

美軍做好了萬全的準備，等待我軍上門。聯合艦隊司令部當然預料到這種情況，況且，中途島進攻作戰的目的之一，就是要誘出美軍航艦部隊，一舉加以殲滅。反過來說，美軍航艦出動剛好中了我方的計。

整個海軍都以爲不費吹灰之力，就可以打贏美軍，好幾位參謀甚至認爲美軍航艦會害怕我軍而不敢出動。戰後我才知道，在作戰時，某位司令在參謀室內問航空甲參謀源田實參謀，「萬一敵軍的航艦出現在中途島時怎麼辦？」時，源田參謀回答說：「他們根本不堪一擊」，我完全不感到意外。在那之前，多位參謀在廣島的柱島用地圖進行中途島戰役的模擬演習時，日本的航艦被九發砲彈擊中，這時，宇垣參謀長說：「減少到三分之一的三發就好」，然後繼續進行演習，完全沒有重新考慮作戰方案。完全搞不懂他們模擬演習的眞正目的是什麼。

還不止這樣，原本在夏威夷的海上配置了潛水艇部隊，一旦美國航艦部隊出動，就立刻通知我軍，實際上卻是在美國航艦離開夏威夷後，潛水艇部隊才抵達。我猜想應該是軍方高層認定美軍的航艦應該不會出動，所以才沒有及時派兵。

即使過了六十多年，我仍然清楚記得那天的事。對海軍而言，不，對日本來說，那是一個災難的日子。雖然之後還有多次更嚴重的敗北，但中途島戰役絕對是噩運的開始。

那天，我一大早就出動了。轟炸隊要對中途島的陸上基地展開攻擊，我擔任轟炸機的掩護機參加了攻擊。

中途島作戰就是攻擊中途島的陸上基地，但是因爲不知道敵軍是否有機動部隊，所以必須保持警戒。因此，隨時會派出偵察機。

航艦和航艦作戰時，偵察工作決定了一切。如果在廣闊的太平洋上巡邏的機動部隊能夠早一秒發現敵人，就可以立刻展開攻擊。這就是航艦的作戰。

我剛才也說了，「珊瑚海海戰」是第一次航艦和航艦對戰。當時，發生了很奇妙的事。日美雙方都發現了對方，並派出了攻擊隊，但雙方都無法和敵軍交鋒，第一波攻擊無疾而終。就在這時，發生了狀況。

我方五航戰的攻擊隊找不到敵軍的機動部隊。於是，在夜間飛回航艦，夜間的降落非常困難，所以，第一架戰機錯失了降落的機會，飛過了航艦的上空。就在這時，驚訝地發現那是美國的航艦。當時，飛行員一定很驚訝，因爲差一點誤把找了半天都沒有發現的敵軍航艦當成是我方的航艦降落。

高速機動部隊的戰鬥就是這麼危險。雙方的航艦以每小時五十公里左右的高速移動，兩個小時後，敵我的距離可能會相差兩百公里。因此，我方的攻擊隊在飛回母艦時，當然會和出擊時的位置大不相同。因此，才會差一點發生降落在敵軍航艦上的事件。敵軍航艦應該也捏了一把冷汗。

攻擊隊順利逃離了敵軍，回到了我軍的航艦，眞的是笑話一樁。

翌日早晨，雙方的航艦部隊再度派出偵察機尋找敵人的蹤跡。這時，「翔鶴」的偵察機發現了敵軍的航艦後，持續和敵軍艦隊保持接觸，通知我方敵軍的確切位置，直到燃油幾乎耗盡。「翔鶴」和「瑞鶴」立刻派出攻擊隊，攻擊隊在中途遇到了返航的偵察機。這時，偵察機立刻掉轉頭，把我方的攻擊隊帶向敵軍的航艦。偵察機既然已經在返回航艦途中，代表他們的燃油已經用盡，但仍然繼續帶領我方攻擊隊前往敵軍的航艦，這麼一來，他們完全沒有生還的機會。

那架偵察機是九七式艦上攻擊機，機長是偵察員菅野兼藏兵曹。同機的飛行員是後藤繼男一飛曹，電信員是岸田清治郎二飛曹，他們三個人願意用自己的生命，來換取我軍攻擊隊的勝利。

對不起，到了這把年紀，很容易流淚。

攻擊隊並沒有浪費菅野兵曹他們的犧牲，他們對敵軍機動部隊展開攻擊，擊沉了「列星頓號」，也擊毀了「約克鎭號」。

相同的時候，「翔鶴」和「瑞鶴」也遭到了敵軍攻擊機的攻擊，但在上空掩護的零戰威力驚人，幾乎完全殲滅了敵軍的轟炸機和攻擊機。「翔鶴」雖然中了三彈，但「瑞鶴」沒有受到任何攻擊。當時擔任瑞鶴掩護工作的是之後成爲日本第一王牌飛行員的岩本徹三先生。

有人認爲，這場戰役雖然在戰術上獲得了勝利，在戰略上卻失敗了。因爲日軍原本的目的是攻擊莫士比港，卻沒有達成這個任務。

五航戰的任務是護衛陸軍登陸部隊的運輸船團，但在航艦作戰後，井上成美將軍命令運輸船團撤退。雖然敵軍的機動部隊已經退到後方，但將軍仍然因爲害怕而中斷了作戰，這個決定讓在第一線勇敢作戰的士兵付諸的努力化爲泡影。最後，陸軍在進攻莫士比港時，只給士兵帶了單程的糧食，從陸地翻越歐文斯坦利山脈，這種魯莽的作戰決定導致數萬名士兵白白犧牲了生命。

先不談戰略問題，之前在珊瑚海上，航艦和航艦作戰，也就是雙方的飛行員作戰時，我軍並沒有輸。這次的中途島作戰派出了比五航戰更厲害的一航戰和二航戰，任何人都覺得不可能輸。

五航戰並沒有參與中途島戰役，據說是因爲在珊瑚海海戰中，損失了大量戰機和飛行員。但是，我覺得這種說法並不合理。因爲戰機的補充應該不是太大的問題，至少「瑞鶴」並沒有任何損傷，照理說應該可以參加，我猜想是聯合艦隊司令部掉以輕心，認爲根本不需要派所有的航艦參戰。

美軍的態度完全不同。美軍在三天之內，就緊急搶修了照理說需要一個月才能修好的「約克鎮號」，讓它參加了中途島海戰。聽說參戰當時，艦上還有不少修理人員在繼續修理。海賽爾海軍上將說，即使不幸沉入海中，也要參加中途島戰役。我們之前以爲美國人只是個性開朗，沒有毅力，但完全不是這麼一回事。他們很有膽量。

說回六月五日中途島的事。

我從中途島的第一波攻擊回來後，正在待命所休息。這時，在甲板上待命的攻擊機突然開始卸下魚雷，改裝陸地用炸彈，好像是長官突然決定對中途島展開第二波攻擊。之前，攻擊機都裝上了攻擊艦船專用的魚雷，以防敵軍機動部隊的進攻，但可能根據偵察狀況判斷，周圍沒有敵軍的機動部隊，所以再度改爲攻擊陸地的基地。現在回想起來，這是最初的失算。

把魚雷換成炸彈並不像換鞋子那麼容易。必須用升降機把每一架飛機降至停機庫，在停機庫內卸下魚雷，換上炸彈，再用升降機把飛機送回飛行甲板。每一架飛機都必須重複這樣的過程，而且，因爲拆裝的是炸彈和魚雷，必須十分小心謹愼。總共有數十架飛機，卸下所有飛機的魚雷，換上炸彈要花兩個小時左右。在這段時間內，出現了幾架來自中途島基地的攻擊機，但都被在上空負責掩護的零戰隊趕走了。

終於換裝結束時，偵察機傳來情報，發現了敵軍的機動部隊。我們不由得感到興奮，「美國航艦終於來了！」但是，飛行甲板上的攻擊機裝的都是陸地攻擊用的炸彈。我們的運氣實在太差了。

南雲司令命令再度拆下陸地用炸彈，換成魚雷。我認爲這個決定很正確。因爲陸地用炸彈雖然可以炸傷敵軍的航艦，卻無法把航艦擊沉。這次中途島作戰的最大目的，就是把美軍機動部隊，也就是美軍航艦艦隊引出來一舉殲滅。只要把美軍航艦炸沉，太平洋上就沒有敵人了。因此，絕對要用雷擊——也就是魚雷攻擊，讓美軍航艦葬身汪洋。

所有航艦都開始把炸彈換成魚雷，等於重來一次剛完成的作業。

我焦急不已地看著這項作業的進行，因爲敵軍的機動部隊就在兩百海里前方，我很希望可以立刻展開攻擊。想到如果剛才沒有把魚雷換成炸彈，攻擊隊早就可以出發了，就覺得很不甘心。

宮部不知道什麼時候來到我身旁。

「到底在磨蹭什麼啊，必須馬上展開攻擊。」

宮部難得用焦慮的語氣說。

「陸地用炸彈無法把航艦炸沉。」

「即使炸不沉也沒有關係，必須先發制人。」

「但既然要攻擊，當然希望一舉把航艦炸沉，如果只是把他們炸傷，然後被他們逃走的話，不就賠了夫人又折兵嗎？」

「但有打總比沒打好。」

「這次的作戰目的是殲滅敵軍的航艦，如果被他們逃走了，不是失去了意義嗎？」

「既然這樣，爲什麼剛才要把魚雷換成炸彈？既然最大的目的是航艦，就應該不要拆下魚雷，等待發現敵軍航艦的情報。」

我說不出話。聽他這麼一說，覺得的確有道理。這次的中途島作戰有兩大目的，從兵法的角度來說，這種戰法必須格外謹慎。

「繼續磨蹭下去，搞不好敵人就來了。」

宮部自言自語般說道。駑鈍的我在他的提醒下，才發現這件事。之前我竟然覺得只有我方會發現敵軍的機動部隊。

這時，長官決定增加上空的巡哨機，我們戰機隊接到了命令。飛行隊長命令宮部和其他幾個人在上空掩護。

宮部向我輕輕揮了揮手說：「我先走了。」，跑向甲板上的零戰方向。這是我最後一次和宮部說話。

宮部他們起飛後，魚雷仍然遲遲沒有裝好，我們隨時可能被敵軍的機動部隊發現。我第一次體會在知道敵人的位置，卻無法展開攻擊有多麼令人焦急。我雖然沒有參加攻擊隊，但也覺得等不及了，攻擊隊的人個個都急得像熱鍋上的螞蟻。

這時，突然聽到有人大叫一聲：「敵機！」抬頭一看，左舷前方有十幾架敵人的機隊低空逼近，距離大約有七千多公尺。這時，在上空掩護的戰機已經迎向敵機。敵機是雷擊機。雷擊機就是載著魚雷的飛機，一旦被魚雷轟炸，就會造成航艦的致命傷。

緊張和恐懼貫穿了全身，我忍不住在心裡祈禱：「掩護機，拜託了。」

零戰像獵犬般攻擊那群雷擊機，雷擊機在轉眼之間就噴著火，墜入了海中。在短短幾分鐘內，零戰隊漂亮地殲滅了所有敵軍的雷擊機。由於太漂亮了，甲板上的維修員也忍不住爲他們鼓掌。

這時，又聽到有人叫了一聲：「右舷！」回頭一看，八架雷擊機正逼近右舷，但已經有三架零戰跟在後方，雷擊機在進入射程前，就接二連三地被擊落了。最後兩架敵機丟下魚雷後想要逃去上空，也立刻被零戰擊落了。

在甲板上待命的攻擊隊飛行員爲零戰隊的精湛技術發出讚嘆的聲音。

在後方，打算攻擊「加賀」的雷擊機也被零戰一一擊落。

我再度見識到零戰的威力。不，我見識了握著零戰操縱桿的那些飛行員的厲害，他們都是以一擋千的勇士。

戰鬥斷斷續續持續了將近兩個小時，敵軍總共有四十多架雷擊機進攻，幾乎都被零戰殲滅了，沒有任何一發魚雷打中我軍的航艦。

遭到攻擊時，航艦的停機庫內仍然忙著拆換彈藥。

就在這時——聽到了偵察員慘叫般的聲音。我一輩子都不會忘記那個聲音。

抬頭一看，幾架轟炸機像惡魔般地急速下降。

「完了。」我絕望地呆然注視著那群惡魔。我看到四架轟炸機投下炸彈，雖然時間只是短短一眨眼的工夫，卻好像是慢動作的影像。四顆炸彈緩緩地，好像發笑似地落下，撕裂空氣的聲音正是惡魔的笑聲，一定是在嘲笑我們的大意和驕傲自滿。

隨著聲聲巨響，飛行甲板大爆炸。我的身體彈了出去，撞到了艦橋。如果沒有艦橋，我就被彈到海上了。

我呆然地望著冒出熊熊大火的甲板。一架又一架飛機燒了起來，飛行員全身冒著火，從駕駛艙衝了出來。螺旋槳已經開始轉動的飛機失去了控制，在甲板上自行移動，有的撞成一團，有的掉進海裡，甲板上亂成一團。停機庫內也不斷發出爆炸聲，火災引爆了魚雷和炸彈。每次爆炸，巨大的航艦就搖晃一次。往右舷的方向一看，「加賀」也冒著煙，遠處後方還有另一艘航艦冒著火光。三艘航艦同時被炸毀了。

我逃離了燒成一團的飛行甲板，來到後甲板，艦攻的飛行員都聚集在那裡，每個人的神情都很嚴肅。

甲板上有好幾個人受了傷，也有很多斷手、斷腳的人，甲板上被大量鮮血染紅了，簡直就像在地獄。

停機庫內持續發出爆炸的聲音，我們用水桶裝了水滅火，但根本是杯水車薪。不一會兒，連水都沒了，我們個個束手無策。

艦上的火光有數十公尺，黑煙竄了數百公尺，整艘航艦熱得像火爐。鐵製的梯子變得滾燙，鞋子都快要熔化了。如果不小心碰到手，會把手都燒傷。我們被困在後甲板，不知道該怎麼辦，只能呆然而立。

這時，看到司令部的幕僚從艦首的方向撤離航艦，南雲指揮官和其他多名軍官坐上長官艇離開了航艦。我們看了忍不住感到失望，原來司令部已經棄艦了，「赤城」已經完蛋了。

不一會兒，驅逐艦上的小艇靠過來營救我們。

我們坐上小艇，離開了「赤城」。我坐在小艇上回頭望著「赤城」，看著「赤城」被從未見過的巨大火海包圍。火災產生的熱量很驚人，即使駛離一百公尺後，仍然可以感受到熱浪。

但是，「赤城」沒有沉入海中。因爲並沒有受到魚雷的攻擊，而是被炸彈攻擊，所以艦上燒成一團，卻沒有沉入海中，反而像是活活忍受折磨的地獄。艦上的鐵塊被燒得通紅，漸漸開始熔化，黑煙竄到一公里的上空。

再仔細一看，天空中還有另外兩道黑煙。三艘航空母艦都毀了。

我忍不住流下眼淚。坐在小艇上的很多飛行員都哭了。

有好幾艘失去母艦的零戰在上空無助地盤旋，我猜想宮部也在其中。

這就是我看到的中途島戰役。

戰後，把當時的情況稱爲「命運的五分鐘」的說法很出名。這種說法認爲，只要再多五分鐘，我方的攻擊機就可以全數換上魚雷，起飛迎擊敵軍，即使遭受到相同的轟炸，也可以避免誘爆甲板上的炸彈，航艦就不會沉船。而且，我軍攻擊隊一定可以發揮神勇的攻擊，把敵軍的航艦炸得片甲不留。所以，我軍只是運氣不好。

那是一派胡言。在遭到敵軍轟炸時，裝備才換到一半。雖然我不知道還有多少時間才能完成，但絕對不可能是「五分鐘」。

歷史沒有假設，那場戰役也不是因爲運氣不好。只要有決心，應該可以更早迎戰。即使機上載的是陸地用炸彈，也可以先行起飛，轟炸敵軍的航艦，先發制人，但我軍太驕傲自滿，才會錯失了先機。

當時，美軍的雷擊機在沒有護衛戰機的情況下出擊，雷擊機在沒有戰機的護衛下展開攻擊，等於是自殺行爲。事實上，零戰也擊落了所有的雷擊機，但最後那些雷擊機發揮了暗度陳倉的圈套效果，護衛航艦的零戰被雷擊機吸引了注意力，沒有注意觀察天空。晚一步出現的敵軍轟炸機趁這個機會急速下降，展開了攻擊。

這的確可以說是運氣，但我並不認同這種說法。事後我才知道，美軍發現日本的航艦部隊時，爲了立刻展開攻擊，即使戰機配備不及，立刻派已經準備就緒的攻擊隊先行起飛攻擊。

每次想到美軍雷擊機飛行員當時的心情，都不由得感到心潮澎湃。他們很清楚在沒有戰機護衛下展開攻擊所代表的意義，他們也充分瞭解「零戰」有多麼可怕。他們一定做好了赴死的心理準備，但是，仍然勇敢地出擊。

他們全力攻擊我方的航艦，被零戰一一擊落。然而，正因爲他們的捨身攻擊，讓我方的航艦掩護機聚集在低空，成功地掩護了轟炸機，他們的轟炸機才能夠成功地完成攻擊任務。

我認為美軍雷擊隊才是中途島的眞正勝利者。在珊瑚海海戰時，我方偵察機飛行員明知道燃油不足，仍然引導我軍前往敵軍航艦，他們和當時美軍的雷擊機都為了打勝仗而犧牲了自己的生命。

並不是只有日本人願意為國捐軀。我們可以說是為了天皇陛下願意犧牲生命，但美國人不可能為了總統捐軀，那他們到底為什麼而戰？——應該是為國家吧。

其實，我們日本人也不是眞的為天皇陛下捨身，而是基於愛國精神。

日軍在這次戰役中損失了四艘寶貴的航艦，美軍只損失了一艘。那艘正是在珊瑚海海戰中嚴重受傷的「約克鎮號」。在斯普魯恩斯上將的命令下，「約克鎮號」採取了應急措施，滿身創傷地參加中途島之戰的航艦，對日本的航艦艦隊造成致命的打擊後，也功成身退地沉船了。這就是美國精神吧。

相較之下，同樣參加了珊瑚海之戰，沒有受到任何損傷的「瑞鶴」卻在瀨戶內海悠閒地休養——中途島戰役在開戰之前已經輸了。

我方也有一點值得稱讚，就是在唯一躲過敵軍攻擊的「飛龍」英勇奮戰。在另外三艘航艦遭到攻擊後，「飛龍」在二航戰的司令官，也就是猛將山口多聞少將的率領下，孤軍和敵人的三艘航艦奮戰，最後和「約克鎮號」玉石俱焚。山口少將也和「飛龍」一起陣亡了。當南雲中將命令再度把炸彈換成魚雷時，山口少將曾經強烈反對，提議必須立刻讓攻擊隊出發。在珍珠港攻擊時，也強烈主張應該展開第三波攻擊。

「飛龍」攻擊隊的飛行隊長友永丈市大尉駕駛的九七式艦上攻擊機燃油箱被打破，只能載單程燃油，但他仍然勇敢地出擊。

如果是運動比賽，「約克鎮號」和「飛龍」的機組成員在戰鬥結束後，或許可以建立友情，但是，那是一場戰爭，雙方殺得你死我活，兩艘航艦都死傷無數。

有人說，很多熟練的飛行員在中途島喪生，對日本海軍造成了重大的損失，這種說法並不正確。沉船的三艘航艦上的大部分飛行員都獲救了，反而是戰到最後一刻的「飛龍」人員幾乎全軍覆沒。

從那年秋天開始的瓜達康納爾戰役，才損失了大批熟練的飛行員。

——宮部嗎？他應該一直在上空盤旋，直到燃油耗盡，迫降在海上吧。也許降落在「飛龍」後，參加了對「約克鎮號」的攻擊。

總之，他活著回到了內地，但我在那次之後沒有再見過他，他駕駛戰機離開「赤城」時，是我最後一次看到他。我聽說在中途島戰役後，他和很多飛行員一起被派去拉包爾。

我的雙眼受到炸彈爆炸時爆震波的影響，視力都只剩下零點二，無法繼續開戰機。回到內地後，我在預科練擔任教職。如果我的眼睛沒有受傷，之後會轉戰各地戰場，可能無法活到今天。事實上，被派到拉包爾的很多航艦飛行員都死在所羅門群島的海上。

所羅門群島的海上才是飛行員的墳場。從昭和十七年（一九四二年）下半年後，「調往拉包爾的命令」就被視爲是單程車票。

聽說宮部在那個地獄般的戰場活了一年多。也許正因爲他膽小，才能夠活那麼久。因爲在天空中，越勇敢的人死得越快。

菅野兵曹在珊瑚海海戰中放棄回航，把我方攻擊隊帶往敵軍船艦；友永大尉在中途島海戰中，即使只有單程燃油，仍然勇敢出擊。宮部和他們那些人完全不同，但不能因爲他膽小就指責他。

有一件事我要特別聲明，宮部的飛行技術是一流的。雖然我這麼說有點不好意思，但他會被派到第一航空戰隊，就代表他是一流的飛行員。之後，他能夠在瓜達康納爾的地獄戰場活那麼久，也證明了他是擁有卓越飛行技術的飛行員。

眼前兩杯冰咖啡中的冰塊已經融化了，我一直忘了喝。前海軍中尉伊藤寬次的話深深吸引了我，之前對太平洋戰爭一無所知的我聽得驚訝連連。

雖說是航空母艦之間的作戰，但到頭來，還是人和人在打仗，並不是戰力差異決定勝敗，而是勇氣、決斷力和冷靜的判斷力決定了勝負和生死。

當時的士兵生活的世界太殘酷無情了。在六十年前，這樣的戰爭發生在眞實生活中，我的外祖父也是身處這種戰場的士兵之一。

伊藤說，外祖父雖然是膽小鬼，卻是技術高超的飛行員。這句話給我帶來一絲安慰。

「宮部是參加特攻隊死的嗎？」

伊藤突然問我。

「聽說他在昭和二十年（一九四五年）八月戰死在南西群島的海上。」

「八月嗎？所以是在終戰快結束的時候，所以，那時候，像宮部那樣資深的飛行員也被派去駕駛特攻機囉。」

「資深的飛行員通常不參加特攻嗎？」

「在特攻中喪生的許多飛行員都是預備學生❻，或是年輕的飛行兵，陸軍和海軍速成培養他們成爲特攻飛行員，讓他們去送死。」

伊藤露出痛苦的表情。

「我身爲教練，教過很多預備學生，要培養一名飛行員至少要兩年的時間，但那些學生在不到一年的時間就完成了飛行訓練，可能對自殺式攻擊的飛行員來說，這樣就足夠了。」

伊藤的眼中眨著淚光。

「太慘了。」我說。

「是啊，但以戰術來說，讓熟練的飛行員在一次特攻中就送命太可惜了。熟練飛行員的任務是將特攻機一路護送到敵方艦隊，而且，還必須在本土防空時發揮作用。在戰爭即將結束時，已經呈現出決定性的敗北態勢，戰到最後一兵一卒、全機特攻的氣氛很濃厚，所以，像宮部那樣的資深飛行員才會接到特攻出擊的命令。」

我第一次稍稍能夠理解外祖父內心的不甘。他在日中戰爭中奮勇作戰，但在最後關頭，卻被派去當特攻隊送死。一心想要活命的外祖父不知道有多麼不甘心。

「我想請問一件事，」我說，「我的外祖父有沒有說，他愛我的外婆？」

伊藤露出凝望遠方的眼神。

「他沒有說愛，話說回來，我們這個年紀的人，很少有人會把愛掛在嘴上。宮部也一樣，他說，爲了妻子，他不想死。」

我點了點頭。

伊藤繼續說：

「在我們的世代，這句話就代表了愛。」

❻ 海軍預備學生的簡稱，日本海軍招募有高等學歷者入伍後，接受一年的軍官教育，成爲預備軍官。

第四章 拉包爾

「我太驚訝了。」

姊姊在電話中劈頭說道。

從四國回來的翌日，我把錄下伊藤談話內容的錄音筆寄給姊姊，她隔天就打電話給我。

「我一口氣聽完了。」

姊姊的聲音有點激動。她似乎很高興知道外祖父是飛行技術高強的飛行員，但得知外祖父愛外祖母這件事更讓她深受感動。

姊姊簡短地告訴我感想後，問我要不要晚上見面，邀我和她合作的報社人員一起吃飯。

「他得知我們的調查後很感興趣，所以問你要不要一起吃頓飯。」

我剛好沒事，所以就答應了。

來到約定的赤坂某家飯店，只有姊姊一個人。她說報社的人臨時有事，要晚一點過來。

我和姊姊先去了餐廳，一邊吃飯，一邊等他。

「所以，外婆的第一任丈夫很愛她。」

點完餐後，姊姊深有感觸地說。

「不知道外婆愛不愛他。」

聽到我的問題，姊姊想了一下。

「外婆很愛外公，難以想像在外公之前，她還愛過別人。」

我點了點頭。據我的記憶所及，外婆是一個可愛的人，整天黏著外公，即使在孫子面前，仍然可以面不改色地向外公撒嬌。雖然她比外公大，但完全看不出來。

「但是，人心很微妙，也許外婆以前也愛過宮部先生。」

姊姊稱外祖父爲宮部先生。

「但是，在四年的婚姻生活中，他們幾乎沒有共同生活的經驗，所以在他戰死之後，要忘記他也很容易吧？」

聽了我的話，姊姊既沒有肯定，也沒有否定。

不一會兒，一個身穿西裝的高個子男人出現了。他是報社記者高山隆司，他爲遲到道了歉，然後又說因爲臨時有緊急的工作，所以不能坐太久。

高山的五官很柔和，看起來比三十八歲的實際年齡更年輕。

「你就是健太郎吧？你姊姊在工作上幫了我很多忙。」

高山向服務生點了咖啡，露出親切的笑容說道。聽姊姊說，他很能幹，我以爲他是那種充滿自信，態度很強勢的人，沒想到出乎我的意料，他身段柔軟，待人也很客氣。

他說，明年剛好是戰後滿六十年，報社企劃了幾個回顧戰後的特集報導，所以，從姊姊口中得知我們正在調查在特攻中身亡的外祖父後，對這項調查產生了興趣。

「我很希望在戰爭的特集報導中結合神風特攻隊的主題，」高山說，「我覺得神風特攻隊的人都很悲壯。」

他露出感傷的表情，默禱般地閉上眼睛，雙手在桌上交握著。

「但是，神風特攻隊絕對不是過去的問題。這是非常令人難過的事，從九一一恐怖攻擊也可以發現，世界上仍然存在著和當年神風特攻隊相同的自殺式恐怖攻擊，到底是爲什麼呢？」

高山輕輕嘆了一口氣，然後微微探出身體說：

「爲了瞭解這一點，我認爲應該從不同的角度重新瞭解日本的神風特攻隊。」

「你的意思是，自殺式恐怖攻擊和日本的神風特攻隊本質相同嗎？」

聽到我的問題，高山點了點頭。

「綜觀世界史，只有日本的神風特攻隊和伊斯蘭的自殺恐怖攻擊，是有組織的自殺式攻擊，這是非常罕見的行爲，因此，會很自然地思考這兩者之間有什麼共同點。事實上，這兩者的確有明顯的共同點，美國的報紙也把自殺式恐怖攻擊稱爲神風特攻隊。」

高山看著姊姊的臉說話，似乎並不是在回答我的問題。

於是，我知道之前姊姊說的那番「向別人現學現賣的」關於特攻隊的意見，原來就是出自他的口。我在調查過程中，也從網路上得知有不少評論家主張「特攻＝恐怖攻擊」，這種意見並不罕見，有幾位知名主播也這麼說。很遺憾，對特攻隊一無所知的我沒有資格對此表達意見。

高山說：

「看了特攻隊員的手記，發現很多隊員帶著宗教的殉道精神奉獻了自己的生命，也有隊員覺得出擊的那一天是無上喜悅的日子。但是，這並不值得大驚小怪，因爲戰前的日本是受到活人神支配的神國，很多年輕人都爲能夠爲國捐軀感到無比喜悅。」

高山垂下雙眼。

「說白了，這就是殉道精神。他們的殉道精神正是和現代伊斯蘭激進派自殺式攻擊之間的共同點。」

高山的邏輯條理清楚，但我無法完全接受，可能因爲我不願意承認外祖父是恐怖分子吧。

高山問姊姊：「妳外公是神風特攻隊的隊員吧？」

姊姊點了點頭。

「雖然我很不願意這麼說你們死去的外公——」

「沒關係，你有話就直說吧。」

高山猶豫了一下，聽了姊姊的話，輕輕點了點頭後開了口。

「我認爲神風特攻隊的人是爲了國家和天皇奉獻生命的狂熱愛國分子。」

姊姊點著頭，但我忍不住反駁。

「聽說我外祖父很愛惜生命，他爲了家人愛惜生命。」

「無論在哪一個時代，都存在著對家人的愛，但是在戰前，許多人接受的教育，認爲天皇陛下是活人神，這並不是你們外祖父的錯，而是那個時代的問題。」

「我不是很瞭解，但我不認爲我的外祖父把天皇陛下看得比家人更重要。」

高山點了點頭，喝了一口送上來的咖啡。

「你不瞭解那個年代。戰前的日本是一個狂熱的國家，大部分國民都被軍部洗了腦，完全不認爲爲天皇陛下而死有任何痛苦，他們反而對此感到榮幸。我們記者背負著使命，絕對不能讓這個國家再度發生相同的情況。」

「但是，就我記憶所及，從來沒聽我外婆說過天皇陛下萬歲這種話，我的家人也沒有人對我說，天皇陛下很偉大。」

「這是因爲他們已經從洗腦中清醒過來了，戰後，很多思想家和我們的前輩記者努力喚醒了國民。我之所以當記者，就是希望向這些前輩學習，目前仍然以此爲目標。」

高山說完，靦腆地笑了笑。他看起來很誠實，姊姊一臉信賴地看著高山的臉龐。

我在腦海中回味著高山的話，他說的話大致正確，但內心深處覺得他這番話有什麼地方不太對勁，又不知道哪裡有問題。

我想了一下說：

「我不認爲日本人和伊斯蘭激進派的精神結構相同——」

「我並不是說所有日本人，只是討論特攻隊員和自殺攻擊的恐怖分子的共同點。」

「你的意思是，特攻隊員很特殊嗎？」

高山偏著頭納悶，「什麼意思？」

「你的意思是，特攻隊員和其他人很不一樣嗎？我認爲應該沒什麼不同，他們只是普通的日本人，只因爲他們剛好是飛行員，其他方面都和普通人沒有差別。」

高山閉上眼睛，沉默了片刻。

「這是很基本的事，參加特攻隊的軍人都不是因爲徵兵加入軍隊的士兵，他們不像普通士兵那樣，因爲收到紅色召集令而被迫上戰場。如果神風特攻隊的隊員也是因爲徵兵上戰場的人，我就會有不同的看法，但是，當時的飛行兵都是自願上戰場的軍人，無論預備學生和少年飛行兵都一樣，恕我直言——所有特攻隊員都是自願成爲軍人，想要參加戰鬥的人。」

原來是這麼一回事。

「我記得你的外祖父在十五歲時加入了海軍，所以——他不是被徵兵入伍，而是志願從軍。」

我還沒有開口，姊姊搶先回答。

「高山先生，你的意思是說，徵兵和志願兵的精神結構不一樣嗎？志願從軍的人有接受特攻的基礎嗎？」

「沒錯，但其實並不是完全不同，只是志願兵的人願意為國捐軀的想法比普通人更強烈。」

高山的話很有道理，徵兵和志願兵的確無法相提並論，外祖父內心有願意接受特攻的基礎嗎？外祖父為什麼會加入海軍？

長谷川是為了逃避現實加入了海軍，伊藤則因為嚮往飛行兵而加入了海軍。外祖父也是嚮往飛行兵的軍國少年嗎？

「佐伯，我有一件事想拜託你，我可不可以把你這次調查外祖父的事寫成報導？」

「寫我嗎？」

「雖然也可以寫你姊姊，但我覺得年輕男生比較好，雖然目前還沒有決定用什麼方式來寫，但我認為對戰爭一無所知的現代年輕人，為了尋找在特攻行動中陣亡的外祖父的足跡，拜訪他生前戰友是一個很有意義的企劃。」

「這有點——」

我想要拒絕。

「健太郎，應該沒問題吧？」姊姊在一旁插嘴說，「讓他考慮一下。」

「當然，可以慢慢考慮。」

高山離開後，我問姊姊：

「這是怎麼一回事？爲什麼要寫我的事？他一開始就是這個目的嗎？」

「才不是呢。這是高山先生今天才臨時說的，好像是聽了我的話之後想到的。」

姊姊看起來不像在說謊。

「他喜歡妳，對嗎？」

姊姊沒有否認。別看她一副邋遢相，以前就很有異性緣。雖然今年三十歲了，但看起來比實際年齡年輕好幾歲，而且也很漂亮。

「他是單身嗎？」

「對啊——。只是離過一次婚。」

聽姊姊說，她在年初因爲工作關係認識了高山，在高山的介紹下，接到了報社旗下周刊雜誌的工作，也是在他的邀約下，參加了明年終戰六十周年的企劃。

「因爲他喜歡妳，才會這麼幫妳吧？」

「別這麼說嘛。」

「那妳呢？妳喜歡他嗎？」

「嗯，」姊姊想了一下，「我也不太清楚，只知道不討厭他，也覺得他很不錯。」

「他有沒有向妳示好？」

「很積極，」姊姊說完笑了笑，「我並不討厭積極的人，而且，我的年紀也差不多該安定下來了，他也是很不錯的結婚對象。」

「聽起來好像充滿算計。」

姊姊露出生氣的表情。

「對男人來說，結婚不會對人生造成太大的影響，但是，對女人來說，結婚在生命中的比重完全不一樣，可以說是人生中最大的求職。難道不是嗎？和怎樣的男人結婚，將決定一輩子的收入和生活，所以，這叫做慎選結婚對象，才不是什麼算計！」

「對不起。」我向她道歉，姊姊也立刻說：「沒關係，是我太認眞了，但是，包括我在內，遲遲不結婚的女人有點像是結婚自由業。在工作上，即使換工作，也不會登記在戶籍資料上，一旦離婚，就會留下紀錄，所以難度更高了。」

姊姊說完笑了起來，但她的笑容有點落寞。

和高山見面的那個週末，我和姊姊一起去拜訪了前海軍飛行兵曹長井崎源次郎。

井崎目前住在東京都內某大學醫學院附屬醫院的病房，他女兒打電話聯絡我。這次我原本就打算和姊姊一起去採訪，自從上次聽了伊藤的話後，我對外祖父的調查產生了興趣。

到了醫院，井崎的女兒——一個五十多歲的女人等在那裡。她自我介紹說：「我叫江村鈴子，是井崎的女兒。」並介紹了站在她身旁的年輕人：「他是我兒子。」

那個年輕人傲慢地揚了揚下巴。他的年紀大約二十歲左右，染了一頭金髮，穿著花俏的夏威夷衫，左手拿著機車安全帽，安全帽上好像寫了飆車族的名字。

「我父親身體不太好，所以不能談太久。」

「請不要勉強。」姊姊說。

「我之前也聽我父親提過宮部先生，我父親常常說，多虧了宮部先生，他才能活到今天。」

「是嗎？」

「我可沒聽說。」

那個年輕人冷冷地插了嘴。他的母親江村不理會他。
「我父親從戰友會那裡得知，宮部先生的孫子聯絡了戰友會時很驚訝。」
「聽護士說，那天晚上他哭了。」
年輕人又在一旁插嘴。
「我父親的身體狀況很差，醫生要求我們不能讓他太激動，但我父親非要見你們，怎麼勸都不聽。」
「不好意思。」
姊姊深深地鞠躬。
「我父親希望我兒子也一起聽，所以今天找他一起來，沒問題吧？」
「當然沒問題。」
那個年輕人嘀咕了一句「眞麻煩」，但他母親似乎沒聽到。
井崎住在個人病房，打開病房門走進去，發現一個乾瘦的老人跪坐在病床上。
「爸爸，你怎麼可以坐起來？」
「我沒事。」
老人很有力地回答，對我和姊姊鞠了一躬說：「我是井崎源次郎，不好意思，這身打扮見客。」
井崎穿著醫院的睡衣向我們道歉，目不轉睛地看著我們。
「我做夢也沒有想到，戰爭結束六十年，宮部先生的孫子會來看我。」
「我是在外祖父死去三十年後才出生的，」姊姊說，「宮部先生是在特攻隊喪生的吧？」

「對，」井崎閉上了眼睛，「接到你們的聯絡後，這一個星期，我回想起宮部先生的很多事。我躺在病床上，回想起六十年前那段戰爭的日子。多年來，埋藏在記憶深處的事，遺忘的事都統統想了起來。」

然後，他對他的外孫說：

「誠一，你也一起聽。」

「這和我有什麼關係？」

「雖然沒有關係，但我希望你一起聽。」

誠一擺了擺手，似乎說他知道了。井崎轉頭看著我們的方向，再度端正了姿勢。

「我在拉包爾遇到宮部先生——」

井崎娓娓訴說起來。

昭和十七年（一九四二年）二月，我在茨城的谷田部結束飛行生的訓練後，最先被分配到台南航空隊。那一年，我虛歲二十歲，足歲十八歲。

我從高等小學畢業後，在本地的紡織工廠上班，十五歲時，加入了海軍。第一年在戰艦「霧島」上當砲手，但得知正在向水兵募集航空兵，就去參加了海軍操練所的考試，順利成爲航空兵。

——爲什麼要加入海軍？

嗯，爲什麼呢？當時，一到二十歲就要被徵兵入伍，既然都要從軍，當然還是加入海軍比較好。我雖然在紡織工廠工作，但薪水很低，工作也很辛苦，更沒有前途可言。現在回想起來，因爲這個理由就主動加入可能會送命的軍隊太奇怪了，但是，當時大家都這麼想，只是現在回想起來，我之所以加入海軍，是因爲家裡太窮了。

日本在前一年的十二月開始和美國打仗，我在谷田部航空隊時，聽說了珍珠港的事。

翌年，我去了菲律賓的克拉克基地。那裡之前是美軍的基地，但在開戰的第二天，台南航空隊發動空襲後，炸毀了基地的飛機，之後就被日軍占領了。台南航空隊的三十四架零戰把六十架美軍戰機殺得片甲不留，我方只損失了一架飛機。

我去菲律賓時，美軍已經被一掃而空，那裡很平靜。

台南航空隊內有許多久經戰場的勇士，我根本只是菜鳥。當時，我的軍階是一等飛行兵——也就是普通士兵而已。海軍的軍階有士兵、士官和軍官。

我一到克拉克基地，一位前輩士官立刻對我說：「我們來空戰。」所謂空戰就是模擬空戰，和實際空戰時一樣，要繞到對方的戰機後方。

「我好久沒有實戰了，想找你練習一下。」

那名士官雖然嘴上這麼說，但顯然想給我一個下馬威。其他前輩也都笑了起來。

「那就請多指教了。」

我謙虛地說，但其實我對模擬空戰很有自信，在谷田部航空隊，我的飛行技術數一數二，我想讓這些前輩飛行員見識一下我的本領。

空戰從我占據有利位置後拉開了序幕。因爲我對環境不熟悉，所以這是事先說好的。在空戰時，占據高空的位置更有利。

我從高空俯衝下來，對方旋轉後立刻逃走了，但我仍然處於有利的位置。我利用速度緊逼對方，對方在空中翻轉後試圖逃走，我也追了上去，但下一個瞬間，那架飛機從我的視野中消失了。我第一次遇到這種狀況，但即使左顧右盼，仍然遍尋不著對方的身影。當我回頭時，才發現對方緊緊跟在我身後。

前輩飛到我旁邊，打開防風罩，用手勢示意我再來一次。正合我意。

第二次再度從我占據有利的位置開始，但結果還是相同。原本我在追對方，但對方不知道什麼時候繞到了我的背後。

前輩說再來一次，我又再度挑戰，幾分鐘後，前輩又繞到了我的背後。

回到基地後，那些士官都笑我，「憑你這點本領，不管有幾條命都不夠。」

邀我模擬空戰的是林三飛曹，他比我大一歲。

「我輸了，」我充滿眞誠地說：「林三飛曹，你太厲害了。」

「我在台南航空隊算是技術很差的，宮崎飛曹長和坂井一飛曹比我厲害多了。」

「是嗎？」

「這叫天外有天，山外有山。」

林三飛曹笑著拍了拍我的肩膀，我完全喪失了自信。

開飛機不像開車那麼簡單，只要轉動方向盤就可以搞定。飛機掉頭時，必須踩住腳下的油門踏板，使飛機旋轉，方向舵的控制也因爲和速度有密切的關係而變得十分複雜，而且，飛機除了水平方向以外，還會在垂直方向移動。我之前對自己的駕駛技術很有自信，但一流飛行員的技術完全超乎我的想像。

之後，前輩也經常和我一起進行模擬空戰，和之前在谷田部航空隊的模擬空戰完全不一樣，那才是眞正的實戰訓練，我也在那裡努力提升自己的飛行技巧。我能夠在那場戰爭中僥倖活下來，有很大一部分原因是因爲當時那些前輩提供了寶貴的訓練機會。

雖說是前輩，但其實他們也只有二十出頭而已。士官中最年長的坂井三郎一飛曹當時才二十五歲左右，但在我的眼中，他們已經是大叔了。

現在回想起來，大家眞的都很年輕。

那時候，南雲機動部隊不斷進政南方島嶼，海軍在那裡建立了前進基地。內地的航空隊不斷進駐這些前進基地。

不久之後，台南航空隊也接到了前進拉包爾的命令。拉包爾位在赤道下方的新不列顛島，在新幾內亞的東北方。當時稱爲拉包爾，那是日軍在昭和十七年（一九四二年）二月新占領的島嶼，離日本有六千公里。那裡也成爲南太平洋最前線的基地。

我們在十七年的春天搭運輸船前往拉包爾。

航海途中，我們接獲消息，我們的運輸船被潛水艇盯上了，在抵達拉包爾之前，我們感到極度不安。運輸船名叫「小牧丸」，只有一艘小型驅潛艇擔任護衛，一旦敵軍的潛水艇展開攻擊，恐怕完全不堪一擊。運輸船抵達拉包爾的翌日，就在港口被敵機炸沉了，那艘船之後命名爲「小牧棧橋」。

事後回想起來，如果「小牧丸」在海上被炸沉，台南航空隊和帝國海軍將損失慘重，一下子失去衆多優秀的戰機飛行員無疑是重大的損失。那時候，聯合艦隊的大多數艦艇都悠然地停靠在楚克島，爲什麼不派一兩艘驅逐艦保護我們這些飛行員？可能在軍方高層眼中，飛行員根本不重要，要多少有多少吧。

拉包爾是個美麗的地方。

海水清澈蔚藍，天空透明如洗，海岸上種著椰子樹，可以看到遠方的火山。

機場附近有戰前留下來的古城，留下了洋人以前居住的房子，當然都是歐式房子，那是一個很有情調的城鎮，但除了城鎮以外，島上幾乎都是一片自然風景，機場也只是一片原野而已。我們來的時候，機場內沒有飛機，只有海灣內有幾架水上機而已。拉包爾是天然的理想港口，之後成爲艦船的停靠港。

我覺得自己來到了南海的樂園，做夢都不會想到，這裡之後變成了飛行員的墳場。

之後，名爲「春日丸」的改造航艦運來了零戰，我們領到了戰機，第一次體會了在航空母艦上起飛的經驗。沒想到比想像中更加容易。

「我以爲航艦上的起飛很困難，沒想到並沒有那麼難嘛。」

回到拉包爾後，我對前輩士官說。

「等你學會在航艦上降落後再說這句話。」

前輩士官的回答很嚴肅，當時，我還以爲他在嚇唬我，直到後來成爲航艦上的飛行員時，才充分體會降落在航艦上有多麼可怕。

之後，我們從拉包爾出發往南前進，來到新幾內亞的萊城基地，那裡是爲了進攻同樣是新幾內亞的莫士比港所建立的前進基地，拉包爾到莫士比港的距離超過四百海里，大約是七百公里，即使飛行距離很長的零戰也很難來回飛行，因此在那裡建了基地。

萊城比拉包爾更荒涼，戰前這裡曾經有澳洲人居住的小城鎮，但我軍的空襲幾乎把整個小城都燒光了，幸好有幾棟房子躲過一劫，留了下來，我們這些飛行員就帶了簡易床住了進去，把那裡當成宿舍。

莫士比港位在新幾內亞的南側，和萊城之間隔了歐文斯坦利山脈。我們每天都擔任中攻的護衛任務，飛越大海，進攻莫士比港。中攻是有兩台發動機的中型攻擊機的簡稱，當時的主力是搭載七人的一式陸上攻擊機。

英國和美國的飛機是莫士比港航空部隊的主力，我們每天在那裡和英美戰機打仗。

我在那裡經歷了生平第一次空戰。

那天，我架著第三小隊的三號機參加了莫士比港的空襲。那時候，日本的戰機隊小隊都是由三架戰機組成，由小隊長率領兩架飛機作戰。我的任務是負責敵軍基地上空的制空。

來到莫士比港上空時，小隊長突然急速掉頭，二號機也幾乎同時掉頭，我慌忙跟了上去，但那兩架飛機的動作很快，轉眼之間就和我拉開了距離。整個中隊的動作都迅雷不及掩耳，我完全搞不清楚狀況，但還是緊緊跟著小隊長駕駛的戰機。當時，零戰上雖然有無線電，卻完全無法發揮作用，我們只能靠心電感應，可是心電感應畢竟有限。如果那時候有性能良好的無線電，一定能夠更加輕鬆地作戰。

總之，小隊長機和二號機時上時下地飛行，我拚命在後面追趕，完全不知道自己是怎麼在飛的。幾分鐘後，兩架飛機終於進入水平飛行，我才追上他們。

我莫名其妙地回到了基地，才知道剛才和敵機發生了空戰。

我太驚訝了。因爲我完全沒有看到任何一架敵機。小隊長告訴我，總共有十幾架敵機，小隊長和二號機擊落了一架敵機，我完全在狀況外。在那場戰鬥中，我軍總共擊落了將近十架敵機。我很沮喪。原來在自己完全沒有看見敵機的情況下發生了空戰，但二號機的林三飛曹安慰我說：「我在一開始也完全看不到敵機。」

奇妙的是，在第二次空戰時，我終於清楚地看見了敵機。第一次應該是我太緊張了。我終於理解前輩爲什麼說，菜鳥只要在第一次空戰時沒被打下來，活命的機會就很大。我的第二次空戰也是在莫士比港的上空。

我們和迎戰的敵軍戰機發生了空戰，這一次，我清楚看到了敵機的機隊，但是，在出擊前，小野小隊長嚴厲命令我：「絕對不能離開隊伍。」所以，我拚命跟在小隊長機後方。

我們立刻陷入了混戰。機關槍的曳光彈在空中穿梭，可以看到飛機墜落，但是，我甚至分不清到底那是敵機還是僚機。曳光彈的彈頭在飛行中會發亮，機關槍的子彈中，每四發就有一發是曳光彈。由於在飛行時會發亮，可以確認彈道，飛行員可以藉此修正瞄準位置。敵機的機關槍也有曳光彈，當飛機中彈時，就可以看到曳光彈飛過來。

我看到小隊長和二號機擊落了一架敵機，之後，小隊長又擊落了另一架敵機。看到敵機在我眼前被擊落，我也湧起了鬥志，想要親自擊落敵機。看到我軍把敵人打得落花流水，我也終於放鬆了心情。

我東張西望，發現右下方一千五百公尺的地方有一架敵機，敵人並沒有發現我。我離開了小隊長機，向敵機逼近。敵機仍然沒有發現我。可以把敵機擊落——我暗自想道。

緊張和喜悅讓我全身緊張，我不小心犯下了疏失。在用照準儀捕捉到敵機之前，就發射了機關槍。敵人立刻發現了我，翻身飛了過來。

看到敵機掉頭，我也慌了手腳，胡亂地開著機關槍朝敵機飛了過去。敵機慌忙轉向，這時，我的機關槍打中了敵機。敵機冒著火墜入海裡。

這是我第一次成功地擊落敵機。我興奮得渾身發抖，確認敵機有沒有墜入海中。敵機打著轉，失速墜入海中。太好了。我在心裡歡呼起來。下一剎那，我慌忙環顧周圍。周圍完全看不到任何一架飛機。我剛才太投入了，離開了空戰的區域。我將機身傾斜，往後一看，身後居然有兩架敵機。我感到不寒而慄。

這時，我慌忙急速下降，試圖逃走，有一架機身上掛著太陽旗的零戰飛到我旁邊。是小野小隊長的戰機。原本以爲是敵機，沒想到是僚機。林三飛曹的戰機跟在小隊長機後方。

他們兩人看到我離開機隊去追敵機時，跟在我的後方援護。他們一直暗中保護我，讓我有機會擊落敵機，一旦遇到危險情況，隨時準備出手救援。這些都是回到基地之後，我才知道的。

我第一次擊落敵機的過程成爲隊上的笑話。因爲我在離敵機五百公尺外就開始開機關槍，這麼遠的距離根本不可能打中，只會讓敵機發現自己的存在而已。但是，敵機翻身向我飛來是對方犯的重大疏失。當雙方有高度差時，從下方翻身，機首對機首作戰等於是自殺行爲。敵機立刻發現了自己的疏失，想要掉頭離開，這更是糟糕的決定，我的機關槍子彈剛好打中機身。前輩飛行員說，那是「菜鳥和菜鳥打架」。

我爲了擊落那架飛機，打光了所有的子彈。這件事也淪爲前輩們的笑話。

「爲了一架敵機就打光所有子彈，無論有再多子彈也不夠打。」

小野一飛曹笑著說。小野一飛曹和林三飛曹都是優秀的長官，他們都曾經參加過日中戰爭，但都在那一年的瓜達康納爾戰役中喪生。

萊城讓我受益良多。我學到了很多在飛行訓練中學不到的寶貴經驗。對戰機飛行員來說，空戰經驗是最好的學習，只是和學校的學習不同，萬一出了差錯，就會送命。學校的考試即使不及格，最多只是留級而已，但在空戰中，留級就代表死亡。

因此，我們絲毫不敢鬆懈。從某種意義上來說，拉包爾出現了很多王牌飛行員是理所當然的事。他們是經過死亡的篩選後留下來的。知名的坂井三郎先生、西澤廣義先生、笹井醇一中尉都是在這裡磨練出來的王牌飛行員。

笹井中尉是海軍兵學校畢業的飛行員。王牌飛行員中很少有海軍兵學校畢業的軍官，大部分海軍的王牌飛行員都是士兵出身，都是預科練和海軍操練所出身的士官，海軍兵學校畢業的軍官飛行技術和空戰技術不可能比士官出色。但是，日本的軍隊只重視軍官，在編列中隊以上的機隊時，擔任指揮官的分隊長必定是海軍兵學校畢業的軍官。事實上，經驗豐富的士官飛行員比軍官更具備優秀的飛行能力和判斷力，但在帝國海軍，無論士官的飛行技術再優秀，也絕對不可能擔任中隊以上的分隊長。

因爲分隊長的判斷錯誤，導致戰況不利的情況不勝枚舉。有好幾次我都覺得，如果由宮崎儀太郎飛曹長和坂井一飛曹擔任分隊長，情況就會大不相同了。

在空中作戰時，軍階根本沒有任何意義，經驗和能力決定了一切，經驗更是無可取代的重要武器。當時，拉包爾的勇士是藉由無數實戰經驗獲得了這些寶貴的經驗，那是「搏命」換來的經驗。海軍兵學校畢業的軍官缺乏經驗，自尊心卻特別強，根本不願意向我們這些士官和士兵學習。只有笹井中尉不同，他積極和坂井一飛曹等士官交朋友，不恥下問。坂井一飛曹也在笹井中尉身上感受到超越軍階的友情，因爲坂井一飛曹的熱心指導，笹井中尉的飛行能力進步神速。

士兵和士官在海軍航空隊受到的待遇很差。軍官的宿舍是單人房，還有隨從兵，但士官以下只能一大堆人一起睡在大房間，而且宿舍離得很遠，彼此之間幾乎沒有交流，聽說飲食也有天壤之別。明明都是在天空中作戰的飛行員，境遇卻完全不同。在飲食方面，航空兵還算吃得不錯，聽說維修員和兵器員的飲食更差。總之，軍隊中完全是一個階級社會，我之後搭上了航空母艦，那裡甚至有軍官專用的武器庫。

說一件不怎麼光彩的事。拉包爾有慰安所，軍官和士官以下的慰安所不同，言下之意，就是陪士官和士兵的慰安婦沒資格接待軍官。

坂井三郎先生花了十多年的時間，才終於升上少尉，但海軍兵學校的學生一畢業，就是儲備少尉，這種情況有點像目前官員也分特考組和非特考組一樣。而且，士兵升上來的少尉稱爲特務軍官，地位不如海軍兵學校畢業的軍官。海軍就是這樣的地方。

我退伍前的軍階是飛曹長，但那是終戰後升了一級的關係。也就是所謂的波茨坦兵曹長。

言歸正傳。

零戰在太平洋戰爭初期的威力十分驚人。

可以說，一旦交鋒，零戰絕對不會輸。雖然敵軍的飛行員很勇敢，正面向零戰迎戰，但那根本是自殺行爲。零戰的空戰能力超群，幾乎所有的敵機都在進入巴戰後，在旋轉三次之前就被擊落了。巴戰就是在對戰時，相互打轉，想要繞到對方後方的戰鬥方式，美國人稱爲「dog fight」，也就是纏鬥。

那時候，聽說在擊落的敵軍戰機中找到的教戰手冊上，看到了相當驚人的內容。教戰手冊中指示，如在飛行中，「遇到雷雨或零戰」時，可以中止任務回航。

戰後，我曾經遇見幾個盟軍的飛行員，也遇見一位曾經在莫士比港打仗的澳洲飛行員查理·班茲。他個性開朗，身高有一百九十公分。他對我說：

「零戰眞的太可怕了，飛行速度快得驚人，我們完全無法預測零戰的行蹤，簡直就像鬼火。每次交戰，都會感到自卑。長官命令我們，不得和零戰展開空戰。」

「我曾經聽說過這個命令。」

「我們知道日本的新型戰機取名爲『零』，覺得這個名字太可怕了，『零』不是代表什麼都沒有嗎？而且，那架戰機以令人難以置信的速度，向我們施展魔法，我們以爲這就是東洋的神祕。」

我告訴他，當初我們很拚命，訓練時也很拚命。

「我們覺得開零戰的傢伙都不是人。不是惡魔，就是戰鬥機器。」

我告訴他，我是人。如今爲了養家餬口而戰，我在經營運輸公司，開的不是零戰，而是大貨車時，他大笑起來。

「我在自己的牧場騎馬。」

查理是澳洲某個牧場主人的兒子。

我和他之後仍然通信，保持聯絡。五年前，他的家人通知我，他生病去世了。

我一再重申，零戰眞的是無敵的戰機。盟軍沒有可以和零戰較勁的戰機，英國空軍引以爲傲的「噴火」戰機也根本不是零戰的對手。在不列顛戰役中，曾經擊敗德國的梅塞史密特、保衛了倫敦的名機，在零戰的面前也只有挨打的份。

一方面是因爲敵人不知道怎麼和零戰交手。一旦雙方陷入纏鬥，沒有任何戰機能夠戰勝零戰。盟軍不瞭解這一點，總是和零戰正面交鋒，才會造成悲劇性的結果。

另一方面，也和他們根本不把日本這個國家放在眼裡有關。飛機的製造是一個國家工業技術精華的總結，他們一定認爲三流國家的黃皮膚猴子不可能製造出優秀的戰機。當時，日本造不出一輛像樣的車子，但是，我們這種三流國家製造出零戰這種奇蹟似的戰機。那是年輕的技術人員廢寢忘食創造出來的傑作，敵人卻毫不知情地衝了過來。

但是，零戰並不是打不敗的戰機。一旦遭到砲火攻擊就會噴火，也會被擊落。零戰的最大弱點，就是防禦能力很弱。零戰雖然在正攻法的戰鬥中驍勇善戰，陷入混戰後，很可能被流彈波及；去追眼前的敵機時，也可能被其他的敵機打中。

最可怕的就是奇襲。一旦敵機從死角悄悄逼近，就連零戰也不堪一擊。和坂井三郎一飛曹同樣是飛行高手的宮崎儀太郎飛曹長，也遭到了敵人的奇襲。那天，宮崎飛曹長抱病參加了攻擊，稍不留神，就被敵機擊落了。宮崎飛曹長戰死後，軍階連升兩級，並在全軍公告，可見軍方多麼重視他。

當我軍的攻擊機完成空襲任務後，不小心聚集在一起準備回航而遭到奇襲時最危險。敵軍和零戰在多次空戰中都一味地挨打，知道正面交鋒沒有勝算，所以經常使用這種奇襲或是埋伏的戰法。

莫士比港的戰鬥開始一個月左右，盟軍在同等兵力的情況下，不敢再和零戰交鋒。只有當兵力是日軍的一倍時，敵軍才會展開空戰，但對我們來說，二比一的兵力差距比單挑更簡單。我在萊城多次參戰後，技術進步神速，也產生了自信。從四月開始的四個月期間，萊城基地戰機隊總共擊落了三百架敵機，我方只損失了二十多架而已。

查理也說，當時，英美的飛行員都稱我們這些零戰飛行員「惡魔」，說「他們是握著操縱桿的魔鬼」。我認為這種形容一點都不誇張，萊城的資深飛行員真的很厲害，即使在我們眼中，也覺得坂井先生和西澤先生是「魔鬼」。

關於他們兩個人，有一個愉快的故事。

坂井一飛曹和西澤一飛曹，還有太田一飛曹三個人曾經在敵軍基地上空列隊翻跟斗。太田一飛曹是坂井一飛曹的僚機，飛行技術絲毫不比另外兩位遜色。當時，他們三個人總共擊落了超過一百架敵機，坂井先生之前就計畫在空中翻跟斗，那天出擊前，和另外兩個人約定「今天來試試」。

在空襲和空戰結束後，三架戰機合作無間，在敵軍機場上空完成編隊，並表演了翻跟斗，而且連續表演了三次。他們的表演非常出色，三架飛機的動作整齊，簡直就像是一架飛機。我們事先完全不知情，個個看得目瞪口呆。

三架飛機更大膽地降低了高度，再度翻了跟斗。這次的表演更加精湛，只有這三位飛行高手，才能完成這麼優美的編隊翻跟斗。

令人驚訝的是，在他們表演時，敵軍機場完全沒有發射任何高射砲彈。他們在第二次表演編隊翻跟斗時，高度壓得相當低，只要用高射砲射擊，擊落的機率相當大。但是，敵軍具備了騎士精神和幽默，所以並沒有這麼做。如果換一個立場，海軍兵學校畢業的軍官一定會激動得漲紅了臉大叫：「開砲！開砲！快把它們打下來！」

太田一飛曹十分肯定敵人的肚量，他說：「他們很成熟。」

幾天後，敵軍來到萊城的機場展開空襲，這時，一架敵機丟下一封信，信上寫著——「前幾天的編隊翻跟斗很精采，歡迎下次再來。」

在充滿殺戮的戰場上，也會發生這種小插曲，但只有飛行技術精湛的飛行員，才能在拉包爾譜寫這樣的插曲。

當時，拉包爾航空隊的零戰隊戰力絕對是世界第一。

昭和十七年（一九四二年）七月中旬，宮部先生來到拉包爾。

當時，不斷有飛行員從內地被送來拉包爾，其中有好幾個人曾經在航空母艦上飛過。

雖然當時沒有公布，但飛行員之間都在傳聞，六月的時候，我軍的四艘航艦都被敵軍擊沉了。雖然覺得情況很不妙，但我們並沒有產生太大的危機感。因爲我們幾乎百戰百勝，覺得英美的戰機根本沒什麼了不起，只要有零戰，就可以所向無敵。

得知這次新來的飛行員中，有曾經是第一航空艦隊的戰機飛行員，我們也不由得產生了競爭意識。航艦上的飛行員固然優秀，但並沒有每天都參加空戰。我們每天在這裡和生命打交道。而且，我們甚至覺得，如果那些戰機飛行員果真那麼優秀，就不會讓母艦被敵軍擊沉了。

宮部先生他們在中攻的引導下，開著零戰從日本經由台灣、菲律賓島和楚克島，飛行了六千公里，來到了拉包爾。

相互介紹結束之後，一名飛行員主動向我打招呼。他就是宮部先生。

「請多指教。」

宮部先生身材高大。我看了他的軍階章，發現他是一飛曹。一飛曹是士官中軍階最高的。

我慌忙大聲回答：「彼此彼此，請多指教。」

宮部先生笑了笑問：「拉包爾的戰鬥情況怎麼樣？」
「是。」我應了一聲，但不知道怎麼回答。
「敵軍戰機的情況如何？」
「是，敵軍也很優秀。」
「請你不吝分享戰鬥經驗。」
聽到宮部先生說話這麼彬彬有禮，我十分驚訝。在軍隊中，軍階代表了一切。對一飛兵來說，一飛曹根本高不可攀。
我大聲地回答：「我是一等飛行兵井崎！」
「井崎一飛兵，我是宮部久藏一飛曹，請多指教。」
宮部先生說完，微微向我欠身。我不知道該用什麼態度和他說話。雖然我的軍旅生涯很短暫，但第一次遇到這樣的長官。我覺得他不是家境很好，就是腦筋不好。
「宮部一飛曹，你之前在航艦上飛嗎？」
宮部先生馬上沉默起來，我立刻想起中途島的事是軍方機密，慌忙想要改變話題，但我還沒說話，宮部先生就搶先開了口。
「我之前在赤城上。」然後，又立刻說：「以後再也去不了了。」
傳聞似乎是眞的。
「千萬不能小看美軍，他們都很頑強。」
宮部先生用明確的語氣說道。我沒有繼續追問。兩個人都沉默了很久。
之後，我告訴宮部先生這裡平時的作戰方法，敵軍和我們一樣，會採取編隊空戰的方式，以及隨時趁機奇襲，經常在我軍空戰結束，聚集在一起時趁虛而入。宮部先生聽得很認眞。

宮部先生的態度讓我感到很意外。事實上，很多在中國大陸有作戰經驗的熟練飛行員都爲自己的戰鬥經驗感到自豪，很少有人會向我們請教。在中國的空戰主要是一對一作戰，但在這裡，敵軍會用無線電相互聯繫，用編隊的方式展開空戰，有不少戰機以爲這裡和在中國大陸時一樣，是一對一的纏戰，對敵機緊追不放，結果就被其他敵機擊落。

翌日，我們去莫士比港出擊。

我們在出擊時擔任制空隊的任務，總共有三小隊，九架戰機。宮部先生擔任橋本一飛曹的二號機，我是三號機。

那一天，新幾內亞一帶有不少積狀雲。飛行員都很討厭雲，因爲當敵人躲在雲後，就會難以察覺。如果是前方的雲還問題不大，如果在側面或是後方，就會令人提心吊膽，因爲敵機可能突然從雲中冒出來，對我們展開攻擊。雖然我方也可以利用這一點對敵軍展開攻擊，但雲層通常都對埋伏迎擊的一方比較有利。

我在飛行時，曾經多次觀察宮部先生。宮部先生在飛行時始終心神不寧，不停地左顧右盼，有時候爲了觀察周圍，甚至改變了飛機的角度。他也不時採取機頭朝下的飛行方式，仔細確認位在死角的下方。我覺得他是「很小心謹愼的人」，我們拉包爾的飛行員個個都很謹愼，但宮部先生的謹愼已經超出了正常範圍。

出擊後將近一個小時左右，所有人都因爲他的奇妙行動忍不住發笑。因爲在整齊的編隊飛行中，只有他那架飛機左搖右晃，不停地觀察周圍的情況。

我忍不住想，他不是膽小鬼，就是個性極度謹慎的人。

不久之後，歐文斯坦利山脈出現在前方，那是海拔四千公尺的壯觀山脈，這個山脈把新幾內亞縱向分成兩半，山脈的南側是莫士比港，北側就是萊城。

我很喜歡這座山脈，整座山有一種險峻的美感。每次飛越那座山脈時，都會令我產生極大的勇氣。

飛越歐文斯坦利山脈，莫士比港即將出現在眼前時，敵機突然從眼前的雲層縫隙中出現，對我方展開奇襲。我們立刻掉頭飛向左側，但我們小隊位在機隊最後方，來不及掉頭，敵機的一號機鎖定了我。而且，我剛好背對著敵人。「完蛋了！」我忍不住這麼想。

這時，鎖定我的敵軍戰機突然冒著火爆炸了，爆炸的碎片也打到了我的飛機。同時，一架零戰以驚人的速度超越了我。那是宮部先生駕駛的二號機。他又擊落了另一架敵機，掉轉頭，以很小的角度切入想要逃走的敵機背後，一陣掃射後，把另一架敵擊也擊落了。整個過程不過短短幾秒鐘的時間。

太神準了！動作太敏捷了！

我渾身起了雞皮疙瘩，因爲我完全不知道前一刻還飛在我旁邊的宮部，什麼時候把飛機移動到可以迎擊敵軍的位置。

我軍的零戰機隊穩住陣腳後，和敵軍戰機展開了猛烈的激戰。由於敵方在優勢位置，我們一開始陷入了苦戰，但很快就扳回了劣勢。我也在穩住之後，擊落了一架敵機。

敵方陷入劣勢後，立刻打算撤退。我們並沒有追上去，再度重新編隊，直接飛向莫士比港的上空。這次奇襲並沒有造成我方任何損失。

莫士比港上空沒有敵機埋伏，只有高射砲火的攻擊。

空襲結束，回到基地後，我立刻向宮部先生道謝。宮部先生只對我笑了笑。

「那時候，你看到了躲在雲裡的飛機嗎？」

「對，我看到他們在雲裡若隱若現，我開了機關槍，想要通知隊長機，然後再拉高高度，飛到編隊的前方，但是，敵人下降的速度太快了，我來不及。如果再早一點通知，應該就不會遭到突襲。」

我忍不住在心裡嘀咕。今天的零戰隊成員都是拉包爾的猛將，包括我在內，其他人都沒有發現埋伏在那裡的敵人，只有宮部先生及時發現了敵人，反過來把他們打得落花流水，可見他是一級飛行員。

但是，有一件事讓我耿耿於懷。因爲陷入混戰後，宮部先生的表現和遭到奇襲時驚人的表現判若兩人。他身爲僚機，必須援護小隊長，但我總覺得他沒有盡力，似乎沒有積極加入戰局。比起擊落敵機，他似乎更在意自己不要被敵機打中。

宮部先生很快就成爲隊上的話題人物。因爲他每次飛行，都會緊張地東張西望。

有一次，幾名飛行員聚在一起時，聊到這個話題。

「謹愼當然是好事，但他未免太過度了。」

一位資深飛行員說。

「我們遇到可能有敵軍埋伏的地方，也會充分警戒。但是，那個傢伙只要一離開拉包爾，就繃緊神經，一直到回基地爲止。」

「像他那樣的話，精神會崩潰吧。」

「可能以前有過什麼慘痛的經驗吧。」

「或者天生就是膽小鬼。」

在場的所有人都笑了，我也笑了。

但只有一個人沒有笑。他是西澤廣義一飛曹。

「我們也要向他學習。」

聽到西澤廣義一飛曹這麼說，其他人都沉默不語了。

西澤一飛曹的空戰能力在拉包爾數一數二，之後成爲美軍口中的「拉包爾魔王」，令美軍聞風喪膽。他和坂井一飛曹的眼力特別好，總是能夠搶先發現敵人的蹤跡。

說到空戰，大家都會聯想到像柔道一樣扭打成一團的纏鬥，雖然的確是這樣，但如果可以搶先發現對方，從有利的位置展開攻擊，就可以提升作戰效率。因爲，眼力好是很大的武器。但眼力好並非指視力而已，還需要集中力，或者說是直覺。在上下左右三百六十度開放的空間內，要發現像罌粟般大小的敵機聽起來簡單，但實際並沒有那麼容易。徒有好視力無法發現敵機，在空中，只要搶先一秒發現敵人，情勢就會對自己相當有利。

總之，西澤一飛曹當時的一句話，讓在場的所有人都住了嘴。

即使如此，仍然有不少人認爲宮部先生的謹愼源自他的膽小。

——我是怎麼想的？嗯，老實說，我也這麼認爲。謹愼和膽小只有一線之隔，但宮部先生似乎屬於膽小。

所以，第一次出擊時的活躍，也是因爲他的膽小帶來的僥倖。我知道他救了我一命，這麼說他很不應該。

不久之後，宮部先生就當上了小隊長，我擔任他的僚機。

我趁成爲他僚機的機會對他說：「請你以後對我說話不要這麼彬彬有禮，你是小隊長，可以像其他長官一樣對我嚴厲一點。」

「讓你不自在嗎？」

「這也是原因之一，但更重要的是其他小隊的人會覺得很奇怪。」

宮部小隊長想了一下，笑著說：「好，就這麼辦。」

即使當上小隊長後，宮部先生出擊時仍然像以前那樣異常警戒。

他在沿途頻頻回首，因爲他在回頭觀察時，戰機的角度也會改變，所以，擔任僚機的我也會很緊張。而且，他還不時機頭向下飛行。

對飛機來說，下方幾乎都是死角，但敵軍通常都是從上方利用有利的高度展開攻擊，所以幾乎不必過度擔心下方的問題。正因爲這個原因，幾乎很少人會注意下方，從某種意義上來說，下方也變成最危險的區域。事實上，坂井先生在發現敵人後，經常繞到敵機後方的下方，朝向敵機的腹部開火。採取下方攻擊的方式時，一旦在展開奇襲之前被敵人發現，敵人就可以在優勢的位置展開攻擊，爲自己帶來很大的危險。我在前面也曾經提到，在戰機作戰時，位在高處時比較有利。

雖然知道警戒越謹慎越好，但宮部先生的謹慎眞的太誇張了。

宮部先生在空戰時的表現，也讓我覺得他很膽小。我在擔任宮部小隊長的僚機後才發現，他絕不會長時間停留在空戰區域內。一旦陷入混戰，他會立刻離開，鎖定同時從戰區中逃離的敵機。

當時我很年輕，一旦陷入混戰，很希望能夠擊落一架敵機。但是，當小隊長離開空戰區域時，擔任僚機的我也不得不跟著離開，導致我失去了好幾次只差一點就擊落敵機的機會，令我懊惱不已。

有一次，我不理會他的教導，緊追著敵人不放。

我緊跟在一架攻擊中攻後，試圖逃離的P40背後。敵機急速下降，試圖甩開我，我繞到敵機的背後。敵人拚命想要逃走，但我緊咬不放，一直追到海面附近，用七點七毫米和二十毫米的機關槍一陣掃射後，敵機墜入海中。就在這時，曳光彈擦過我的機身。是從我身後飛過來的。

回頭一看，兩架P40在我背後夾擊。我前一刻回頭看時，完全沒有發現他們的蹤影。

雖然距離還很遠，但敵機急速下降，和我之間的距離越來越短。曳光彈同時從我的兩側飛過，我無論往左或是往右，都會中彈。我做好了陣亡的心理準備。

下一剎那，從兩側夾擊的曳光彈消失了。回頭一看，一架敵機冒著火光，失速墜落海中。另一架急速下降後逃走了。有一架零戰跟在我的身後。是小隊長機。這是宮部小隊長第二次救我一命。

回到瓜達康納爾時，我對宮部小隊長說：

「小隊長，今天眞的謝謝你。」

「井崎，你聽好了，」宮部小隊長神情嚴肅地說：「不被敵機擊落比擊落敵機更重要。」

「是。」

「還是說，你要用一命換美國人一命嗎？」

「不。」

「那你覺得自己一命換敵人的幾命才値得？」
我想了一下後回答：
「十個就差不多了。」
「笨蛋，」
宮部小隊長這才露出笑容，難得用輕鬆的口吻說：
「你的命這麼不値錢嗎？」
我也忍不住笑了起來。
「即使敵機逃走了，只要能夠活下來，就有機會再度擊落敵機，但是——」
小隊長收起了笑容。
「一旦被擊落，就再也沒有機會了。」
「是。」
最後，小隊長用命令的語氣對我說：
「所以，努力活下來是首要任務。」
宮部小隊長的話在我內心引起了很大的反響。因爲我前一刻才和死亡擦身而過，所以這句話聽起來更沉重。
之後，我之所以能夠在不計其數的空戰中多次化險爲夷，就是因爲記住了宮部小隊長當時對我說的話。
我從宮部小隊長身上學到的並不是只有這句話而已。
小隊長總是在半夜離開宿舍，一個多小時後才回來。每次回來時都是大汗淋漓，喘著粗氣。

說出來不怕你們笑話，我以爲宮部小隊長去遠離宿舍的地方打手槍。

我們都是二十歲左右的健康小夥子，雖然每天在戰場上殺得你死我活，不知道能不能活到明天，但性慾並沒有減少。不，因爲隨時都有死亡危機，搞不好性慾變得更強了——老實說，我也不是很清楚。因爲我們的青春只有一次，無法和另外的人生進行比較。

說起來很丟臉，我自己也常常打手槍。有時候是晚上躲在被子裡，有時候去廁所，有時候遠離宿舍，在周圍沒有人的野外解決。拉包爾有慰安所，我去過幾次，但在邊境的萊城並沒有這種地方，性慾的問題常常令我很困擾，像宮部小隊長那樣結過婚的人，應該有更強烈的欲望吧。

所以，即使小隊長半夜離開宿舍，我也從來不問他去哪裡。

有一天傍晚，我獨自去離開宿舍有一段距離的河邊釣魚，聽到草叢中傳來呻吟。我嚇了一跳，但克制不了內心的好奇，躡手躡腳地緩緩走向聲音的方向。

我躲在草叢後，看到一個男人把什麼東西舉了起來。那個男人正是宮部小隊長。小隊長裸著上半身，右手抓著報廢的戰機機槍的槍身，一次又一次舉了起來。我悄悄地走了過去，但也不能突然自報姓名上前打招呼，只能繼續躲在草業中偷看。

宮部小隊長全身練得通紅，最後大叫一聲放了下來。

休息片刻後，他把雙腳倒掛在樹枝上，整個人倒吊在樹下，然後持續維持倒吊的動作。他的臉漲得通紅，額頭上的血管都浮了起來，好像隨時都會破裂。我忘了他到底練了多久，只記得很久很久。

我終於知道宮部小隊長爲什麼要這麼做了。他是爲了空戰鍛鍊身體。戰機在旋轉或是翻跟斗時，操縱桿會變得格外沉重。尤其當G力❼產生時，操縱桿變得很重。戰機飛行員必須在一隻手控制操縱桿的同時和敵人作戰，我們平時都要練伏地挺身和單槓鍛鍊臂力，但從來沒有看過宮部小隊長那樣的練習方式。倒吊練習也是爲了適應空戰倒立旋轉和翻跟斗時，全身血液衝上腦門所進行的訓練。

宮部小隊長離開後，我試著抓起小隊長剛才舉起的槍身，想要舉起來時不禁啞然。因爲我完全舉不動。無論我用再大的力氣，槍身仍然像黏在地面上般一動也不動。

我又試著雙手抓住槍身，用盡了渾身的力氣，才終於舉了起來。宮部小隊長可以單手舉起、放下，需要多大的臂力——他精湛的駕駛技術就是來自這種神奇的臂力。

翌日，當宮部小隊長離開宿舍時，我叫住了他。

「我可不可以和你一起去？」

小隊長露出驚訝的表情，立刻露齒一笑。

「被你看到了嗎？」

「對不起，我無意偷看，昨天去釣魚回來時剛好看到。」

「沒關係，反正我也沒有要隱瞞。」

小隊長去了昨天的地點，開始做和昨天相同的體能訓練。小隊長在一旁鍛鍊，我當然不能袖手旁觀，所以就開始做伏地挺身。

做完運動，我們一起坐在地上時，我對小隊長說：

「小隊長，你太厲害了。我昨天試著想要拿起來，結果完全拿不起來。」

「習慣就好，接下來就是持續的毅力。只要願意堅持，就會漸漸有力量了。」

「是嗎？」

我欣喜地回答後，才發現是小隊長在安慰我。

「小隊長，你眞的很優秀。」

「沒什麼優秀，大家都在練。」

「是嗎？」

「坂井先生和西澤先生也都在練。」

「我完全不知道。」

宮部小隊長笑了笑。

「只是沒有人會故意在別人面前練。」

聽到小隊長這麼說，我才想起經常看到坂井先生利用宿舍的橫樑倒吊，我還以爲那是坂井先生的興趣，以爲坂井先生天生就是飛行天才。那時候才發現自己有多愚蠢。

我在練習航空隊當練習生時，每天都要被迫練長跑、長距離游泳和倒吊。當上飛行員後，還暗自慶幸不需要被迫做這些訓練，現在才知道實在太慚愧了。仔細思考一下就知道，這些練習都是爲了自己。

「但是，這樣很累吧？」

我好像在自我辯解似地問小隊長。

「的確不輕鬆，但是，和死亡的痛苦相比就不足掛齒了。」

❼ G-Force，指高速移動時承受力道的單位。飛行員常因受墜落過程產生的強大負G力而死亡。

我覺得小隊長好像生氣了。

「小隊長，你每天都練嗎？」

宮部小隊長默默點頭。

「出擊的日子也不例外嗎？」

小隊長再度點頭。我不由得感到佩服。執行出擊任務的晚上，我經常累得不想動彈，沒想到──

「你從來沒想過要休息一天嗎？」

小隊長沒有回答，緩緩從胸前口袋裡拿出一個布袋。布袋裡有一張折起的紙，打開那張紙，裡面有一張照片。那張照片仔細地用塑膠紙包了起來。

「這是我家人的照片。」

「可以借我看一下嗎？」

宮部小隊長小心翼翼地把他珍藏的照片遞給我，我也用雙手接過照片。照片上，一個年輕女人抱著剛出生不久的嬰兒。

「聽說是去住家附近的照相館拍的。」

我發現宮部小隊長說話的語氣很溫柔。不知道是因爲我們單獨相處的關係，還是他想起妻兒，語氣自然而然地變得溫柔了。

「她叫清子。清純的清。」

「清子太太眞漂亮。」

小隊長害羞地笑了笑。

「我內人叫松乃，清子是我女兒的名字。」

我羞愧得臉都紅了，慌忙說：「你女兒眞可愛。」

「她是六月出生的，我從中途島回來後不久出生的，但我無法申請到休假，沒辦法見到她，所以至今還沒見面。」

我之前聽說在中途島戰役中倖存的飛行員遭到了軟禁，沒想到眞有其事。

「每次感到很痛苦，想要放棄的時候，我就會看這張照片。只要看到照片，就會湧起勇氣。」

宮部小隊長說完，靦腆地笑了笑。

「看這種照片才能鼓起勇氣，是不是很沒出息？」

「不會。」

雖然我這麼回答，但宮部小隊長沒有聽到我的聲音，他用銳利的雙眼看著照片。然後，宮部小隊長把照片放進胸前的口袋，小聲嘟噥說：

「爲了見到女兒，我無論如何都不能死。」

他的表情很可怕，完全看不到平時的溫和。

那天之後，我對宮部小隊長的看法和之前不一樣了。因爲，我覺得他用實際行動告訴我，活下來是多麼重要。

無論宮部小隊長說什麼，我都願意接受。

宮部小隊長在出擊前一定會叮嚀我：「絕對不要離開編隊。無論發生任何狀況，都不要主動離開。」

多虧了宮部先生的教誨，我現在才能坐在這裡和你們說話。

空中的混戰非常可怕，不知道敵人會在什麼時候從背後攻擊，生死只能靠運氣。我在年輕時，也覺得萬一遇到這種情況，只能說是命，但是，宮部先生不願意賭這種運氣。

之前，我立志有朝一日，要成爲像坂井先生那樣的王牌飛行員，但擔任宮部小隊長的僚機後，開始覺得活下來比任何事更重要。

但是，不久之後，就發生了很難活命的戰役。那就是瓜達康納爾島之戰。和瓜達康納爾島戰役相比，莫士比港的戰鬥只能算是前哨戰。

瓜達康納爾打開了對飛行員而言的地獄之門。

瓜達康納爾島是南太平洋上所羅門群島中的一個小島嶼，位在拉包爾所在的新不列顛島的東方，未開墾的孤島上都是叢林。如果沒有太平洋戰爭，世人恐怕永遠不會知道這座島嶼的名字。

當時，日軍希望切斷美國和澳洲之間的聯絡線路，打算在瓜達康納爾島建立機場，把那裡打造成永遠不沉的航空母艦，睥睨整個南太平洋。昭和十七年（一九四二年）春天，日軍進軍瓜達康納爾島，開始在那裡設置機場。一旦機場完成，就打算把拉包爾的飛機都轉移到瓜達康納爾島。

海軍建設隊在瓜達康納爾島的原始叢林中披荊斬棘，花了一個月的時間，好不容易完成跑道時，立刻遭到美軍的猛烈攻擊，剛建好的機場被美軍占領了。美軍一直在等待跑道完成的日子，在瓜達康納爾島上的日軍幾乎都是建設隊的隊員，根本不是美軍的對手，轉眼之間就被殺得片甲不留。

這些事都是我在戰後才知道的，當時，我們完全沒聽過瓜達康納爾島的名字，也不知道海軍打算在那裡建設基地。

大本營恐怕做夢都沒想到美軍會攻擊這個小島，他們認爲充其量只是一場小型島嶼戰，沒想到這個默默無聞的島嶼成爲太平洋戰爭最大的激戰地。

昭和十七年（一九四二年）八月七日，那是命運的日子。

我們在數天前，從萊城回到了拉包爾，約有半數的飛行員回到了拉包爾，一方面是因爲飛機要進行維修，另一方面，也讓飛行員利用這個機會休假，彷彿早就預知了這一天的到來。

那天早上，瓜達康納爾被美軍奪走的消息傳到了拉包爾，我們立刻暫停了原本要對莫士比港展開的空襲，轉而攻擊瓜達康納爾的敵軍運輸船團。

「瓜達康納爾在哪裡？」

我問同分隊的齋藤三飛曹。

「不知道，我從來不知道那個島上有機場。」

飛行員中，沒有人知道那個島在哪裡，但很快就得知在瓜達康納爾對岸的圖拉吉島上的守備隊全軍覆沒，隊上瀰漫著異樣的沉重氣氛。

我們聚集在司令部前，很快拿到了航空地圖，這才知道是在距離拉包爾五百六十海里的地方。五百六十海里大約有一千公里。

「沒辦法。」

有人輕聲嘀咕道。是宮部小隊長。

「距離太遠了，沒辦法打仗。」

宮部先生發出悲痛的聲音，這時，我聽到有人大聲咆哮。

「是誰說沒辦法的？」
一名年輕軍官怒髮衝冠，氣勢洶洶地問。
「你剛才說什麼？」
軍官話音剛落，就揮拳打向宮部先生的臉。
「今天早上，友軍在圖拉吉島英勇犧牲了，圖拉吉島的水上飛機部隊也全軍覆沒了，身爲軍人，我們不是應該爲憑弔他們而戰嗎？」
「對不起。」
雖然宮部先生這麼說，但軍官又向宮部先生揮了一拳。宮部先生的嘴角被打破了。
「你叫宮部是嗎？我聽說過你的傳聞，你這個膽小鬼！」
軍官大聲喝斥道。
「下次你再敢說像剛才那種沒出息的話，我絕對饒不了你！」
軍官說完，揚長而去。
「小隊長，你不可以說那種話。」
我用自己的圍巾擦了擦小隊長嘴邊的鮮血。
宮部先生露出黯淡的眼神小聲對我說：
「這次的戰鬥將會和之前完全不一樣。」
「你知道瓜達康納爾嗎？」
「不，我不知道，但我知道五百六十海里的距離有多遠。」宮部先生小聲地說，「那個距離超出了零戰的能力範圍。」

那天早上，被挑選加入制空隊的都是笹井中尉、坂井一飛曹、西澤一飛曹、太田一飛曹這些拉包爾的勇士，其中沒有宮部先生的名字，當然也沒有我。

坂井三郎一飛曹——我之前多次提到這個名字。他是天才王牌飛行員，海軍的飛行員沒有人不知道他的名字。那時候，他已經擊落了超過六十架敵機，他的視力很好，白天也可以看到天上的星星，空戰技術已經達到了出神入化的地步。西澤一飛曹日後成爲美軍最害怕的王牌飛行員。笹井中尉和太田一飛曹也是很了不起的高手。

除此以外，還有高塚寅一飛曹長、山崎市郎平二飛曹、遠藤桝秋二飛曹等，那天早晨加入瓜達康納爾島攻擊隊的零戰隊成員都是高手級的狠角色。

司令部也知道前往五百六十海里遠方的敵軍陣地展開攻擊相當危險，所以精挑細選了十八名高手參加這次攻擊。

上午七點五十分，二十四架一式陸攻從山上的瓦納卡那機場起飛，十八架零戰從山下的東機場出發，但其中一架因爲發動機出了問題，在中途返航。

十七架零戰在拉包爾上空排成漂亮的編隊，飛向朝霞滿天的東方。我至今仍然無法忘記日本海軍最優秀的飛行員組成的編隊，美得宛如一幅畫。我們一直向空中揮手，遲遲不願意放下。

稍晚之後，九架九九式艦上轟炸機也啟程展開攻擊。由於九九艦轟續航距離不足，所以飛行員在出發之前就知道自己有去無回了，在對瓜達康納爾的敵軍運輸船團展開攻擊後，將迫降在預定海域，等待水上飛機的救援。當我得知他們殊死出擊後，忍不住渾身緊張起來。

「應該沒問題吧？」

目送零戰隊離開後，我問身旁的宮部先生。

「有坂井先生和西澤先生在，稍微的困難應該難不倒他們，」宮部先生說完後，又補充說：「但單程五百六十海里的距離難度很高，以巡航速度飛行，恐怕要三個多小時，在瓜達康納爾上空的戰鬥時間只有十分多鐘。」

「只有那麼一點時間嗎？」

「考慮到回程的燃油問題，空戰時間太久恐怕很危險。中攻的續航距離比零戰長，偵察員會計算航線，所以不必太操心，但零戰只有飛行員一個人，萬一迷失了方向，稍微繞一點遠路，就可能無法順利回航。」

「但他們是跟著中攻一起去，應該不會失散吧。」

「去程應該沒問題，但在瓜達康納爾上空展開空戰，編隊會失散，只能靠自己回到拉包爾。靠地圖和指南針在大海上飛五百六十海里並不是一件容易的事。」

聽了宮部先生的話，我覺得他不愧是曾經在航空母艦上作戰的飛行員。他曾經無數次在沒有任何標記的一片汪洋上朝向敵軍的艦艇飛行數百海里，在完成攻擊任務後，再回到母艦。

那天上午，整個基地都瀰漫著凝重的氣氛。

即使在出擊當初，激動地揚言要爲憑弔瓜達康納爾守備隊成員而戰的基地飛行員，在冷靜下來之後，也終於瞭解到前往五百六十海里外的島上攻擊是怎麼一回事。

從地圖上來看，只要沿著島嶼向東飛，就可以到達，也就是說，即使離開了編隊，只要反向往回飛，就可以回到基地，但是，如果天空中有厚雲，看不到可以成爲標記的島嶼，就只能靠地圖和指南針了。

中午過後，終於聽到了熟悉的引擎聲。我們衝出宿舍，抬頭望向天空，發現了我方的軍機。

在出擊七個多小時後，攻擊隊終於從瓜達康納爾島飛回來了。

回到機地的飛機沒有編隊，三三兩兩地降落，中攻的機身上幾乎都有彈痕。可見戰況多麼激烈。

令人震驚的是零戰機的數量，在十七架零戰中，只有大約半數的十架回航，竟然有將近一半的零戰被擊落了。

飛行員走出零戰，站在跑道上時，個個都滿臉疲憊，西澤一飛曹也一臉憔悴，好不容易才從飛機上走下來。事後我才知道，西澤一飛曹那天擊落了六架格魯曼，戰果相當輝煌。

他們立刻前往指揮所報告戰況。

我跑到西澤一飛曹的身旁。

「坂井一飛曹呢？」

「他比我資深，應該不會有問題的。」

西澤一飛曹說。

「他不可能輕易被敵人打敗的。」

西澤一飛曹笑著拍了拍我的肩膀，但他滿臉疲憊，似乎好不容易才擠出這個笑容。

出擊時，飛機經常會在敵軍陣地上空失散，三三兩兩地回到基地，所以並不需要特別擔心，但坂井一飛曹也是尚未回到基地的七架零戰之一，讓我倍感不安。

坂井一飛曹是小隊長，我之前也說過，每個小隊有三架零戰組成，坂井一飛曹是非常優秀的小隊長，至今爲止，從來不曾讓小隊中的任何一架僚機遭遇危險。雖然大家只注意到坂井三郎先生曾經擊落數十架敵機的英勇事跡，但我認爲他從來不曾失去自己小隊中的僚機這一點更加了不起。西澤先生也從來沒有失去過小隊中的僚機，唯一的例外，就是他生涯中最後一次空戰。

總之，坂井一飛曹不顧僚機，離開編隊的事態很不尋常。

不一會兒，我們收到消息，有五架零戰迫降在拉包爾東方的布卡島。因爲燃油用盡，無法順利回到拉包爾，但坂井一飛曹並不在其中。

又過了一個小時，坂井一飛曹仍然沒有回來。照理說，他的燃油應該已經用完了。

下午四點多時，機場遠方突然出現了一架零戰。基地響起了歡呼聲。

那架零戰搖搖晃晃地準備降落。大家都覺得不對勁。坂井一飛曹降落時不會這麼不穩。

零戰緩緩地降落。仔細一看，發現戰機的防風罩被打破了。防風罩被打破代表駕駛座也中了彈。

零戰在地面用力彈了一下後終於降落了，簡直就像是菜鳥在操縱飛機。戰機在跑道上慢慢減速，終於停了下來。

飛行隊長中島少佐和笹井中尉爬上機翼，打開被打破的防風罩，把坂井一飛曹從駕駛座上拉了出來。一看到坂井一飛曹，趕過來的所有人都倒吸了一口氣。坂井一飛曹滿臉是血，上半身也沾滿了鮮血。

坂井一飛曹走下飛機後，大聲地說：「報告。」笹井中尉喝斥說：「先去治療。」笹井中尉和西澤一飛曹兩個人在兩側攙扶著坂井一飛曹的身體，我也在後方扶著。他全身發出的血腥味很刺鼻。

「不，我要先報告。」

坂井一飛曹口齒清楚地說，我忍不住想，他是魔鬼嗎？

西澤一飛曹問：「你瞭解自己的傷勢嗎？」但坂井一飛曹還是自己走去指揮所。坂井一飛曹在指揮所報告完畢後，立刻被抬去醫務室。

坂井一飛曹的事跡立刻在飛行員中傳開了，坂井一飛曹在瓜達康納爾島完成攻擊任務的返航途中，誤把敵軍艦上轟炸機的編隊當成是戰機編隊，從後方展開了攻擊。

沒想到坂井一飛曹會犯下這種疏失。一人駕駛的戰機後方毫無防備，但艦轟的後方座位有一名機關槍手，手上有兩挺旋轉機關槍。坂井一飛曹從後方衝進八架艦轟編隊，轟炸機上的旋轉機關槍比戰機的固定機關槍命中率低很多，但同時被八架轟炸機的旋轉機關槍瞄準，情況就很不妙。坂井一飛曹衝進了十六挺旋轉機關槍發射的彈雨中。

機關槍的子彈打中了坂井機的駕駛座，並擊中了坂井一飛曹的頭部，駕駛座的玻璃碎片刺進了他的眼睛，他的雙眼受了傷。

他的視野頓時變得模糊，而且左手麻痺，靠著右手回到拉包爾時，頭上還流著血。

「只有坂井一飛曹才能飛回來，他太了不起了。」

宮部小隊長說，他的聲音在發抖。

「坂井先生眞是太了不起了。」

小隊長又重複說道，我只能默默點頭。

「但是，我們不是坂井先生。西澤一飛曹和坂井一飛曹是眞正的高手，並不是每個人都能像他們一樣。這次的戰鬥眞的很嚴峻。」

小隊長在說這些話時，不再是感動的語氣，而是充滿了悲壯，似乎預料到接下來的戰爭會很嚴峻。

這天，有五架中攻未返航，包括在布卡島迫降的零戰在內，共有七架零戰沒有返航。最悲慘的是只有單程燃油的九架艦轟機，原本決定攻擊結束後，在預定海域迫降，但水上飛機只救出四名飛行員。這次行動一下子失去了十四名熟練的飛行員。

翌日上午八點，我擔任宮部小隊長的二號機飛向瓜達康納爾，總共有十四架零戰出擊，這是拉包爾所有的零戰。中攻隊共有二十三架，這天都裝了魚雷。打聽之下才知道，昨天攻擊時，中攻裝的都是炸彈。因爲原本打算攻擊莫士比港，突然改變計畫，決定去轟炸拉包爾的運輸船團，但來不及換上魚雷。

我們零戰隊陪隨著中攻一起飛行，但無論怎麼飛，放眼望去，都只看到雲和海，再度感受到瓜達康納爾有多麼遙遠。

中攻的飛行速度很慢，和零戰之間有速度差，零戰只能採取所謂鋸齒飛行，也就是曲折飛行的方式。零戰的續航距離比較短，所以必須盡可能節省燃油，但曲折飛行很不舒服。零戰隊在去程時跟著中攻，但搞不好必須單機回程，因此，我在飛行時，不時用指南針和尺在地圖上標示位置。

出擊前，宮部小隊長再三叮嚀我：「並不是只有空戰才是戰鬥，在回到基地之前都是戰鬥。」我之前就曾經聽說，有不少飛機在海洋中迷失了自己的位置，導致無法返航。一旦無法返航，只有死路一條。

一看時間，快十一點了。瓜達康納爾應該就在前方。

穿過雲層，看到瓜達康納爾島就在遙遠的前方。

當我看向瓜達康納爾的海面時，忍不住倒吸了一口氣，因爲那裡停靠了無數艘艦艇。美軍爲了搶奪這個小島，居然動用了這麼多的艦艇。面對數量這麼龐大的敵人，二十三架中攻的攻擊到底能夠發揮多大的戰果？

我的心情不由得鬱悶起來，但無論如何都要展開攻擊。我重新激起了鬥志。

這天，我擔任中攻的掩護機。護衛機分成兩隊，分別是制空隊和掩護隊。制空隊負責敵軍陣營上空的制空，掩護隊必須守在中攻隊旁，避免中攻受到敵軍戰機的攻擊。

敵軍的戰機出現在前方。搶先一步出擊的制空隊和敵軍的迎擊激烈交戰，制空隊努力奮戰，不讓敵機接近中攻，但敵軍的戰機閃避了制空隊的攻擊，向中攻飛來。

敵軍的戰機是我第一次看到的格魯曼。我在戰後才知道，當時，美軍的戰機隊是「薩拉托加號」、「企業號」和「大黃蜂號」這三艘航艦的艦載機，美軍為了搶奪瓜達康納爾，動用了所有的航空母艦。

敵機利用高度從上空展開進攻，採用「打完就跑」的戰法，從高空衝下後掃射一番，然後往下方逃走。

敵軍戰機的目標並不是零戰，只鎖定中攻隊。我們的任務是護衛中攻隊，所以，主要目的是趕走敵軍的戰機，而不是展開空戰。而且，掩護隊不能離開中攻，敵軍就在等待零戰離開中攻的時間。擔任掩護隊時，即使犧牲自我，也要完成保護中攻的使命。

制空隊必須考慮到回程燃油的問題，所以不會追擊敵機太遠。逃到下方的敵機再度拉起機頭，用相同的方式展開攻擊。

制空隊負責對付位在上空的敵軍戰機，但敵機閃過制空隊，向中攻隊撲來。這天的戰鬥中多次遇到這樣的反覆攻擊。

我們掩護隊拚命保護中攻，敵軍執拗的反覆攻擊導致中攻接二連三被擊落，眼看著敵軍艦船就在前方，但一架架中攻噴著火墜入海裡，實在令人心有不甘。

稱為中攻的一式陸攻是代表日本海軍的轟炸機，但弱點就在於防禦能力很弱。美軍為中攻取了一個討厭的綽號「超級打火機（one shot lighter）」，沒錯，就是「一打就會著火」的意思。因這種轟炸機的飛行速度緩慢，燃油箱卻完全沒有防彈功能，也幾乎沒有保護駕駛座的裝甲。因此，一旦遭到敵軍戰機的攻擊，一下子就會被擊落了。昭和十八年（一九四三年），聯合艦隊司令山本五十六上將就是搭乘一式陸攻遭到擊落。

但是，中攻隊還是克服重重困難靠近了敵軍運輸船團。敵軍戰機才剛消失，取而代之的是猛烈的高射砲火攻擊。掩護機為了避開高射砲火撤退到上空，但中攻隊為了進行雷擊，在猛烈砲火中繼續降低高度。

不一會兒，中攻隊在靠近海面的位置準備展開雷擊。敵艦發射的猛烈高射砲火，在中攻周圍擊起無數水柱，一架又一架中攻中彈沉入海中，但勇敢的中攻隊仍然在砲火中前進。我真正見識到什麼叫視死如歸。

我看到必殺魚雷擊中敵軍運輸船的船腹。

雷擊結束後，中攻隊準備撤離時，敵軍戰機再度進攻。零戰隊也再度向敵機迎戰。敵機展開一波又一波攻擊，零戰隊有點招架不住了。

這天的戰果輝煌，擊沉了兩艘敵艦和九艘運輸船，但在戰後看了美軍的紀錄，發現只有擊沉驅逐艦和運輸船各一艘而已。

這天，我們在早上八點出擊，回到基地是下午三點，在駕駛座上整整坐了七個小時。初次體驗前往瓜達康納爾的攻擊讓我感到極度疲勞，在拉包爾降落時，我差點昏過去。我第一次遇到這種情況，渾身的骨頭好像散了架，費了九牛二虎之力，才終於爬出飛機。我記得走去宿舍時，感覺地面在搖晃，眞希望可以直接趴在地上睡覺。

這次我方有十八架中攻，兩架零戰沒有回到基地。出擊的二十三架中攻中，只有五架平安歸來。

短短兩天內，就損失了九架九九艦轟、二十三架一式陸攻和十架零戰。拉包爾的攻擊機幾乎全數損失，零戰也只剩下一半，總共有一百五十名人員死亡。一式陸攻上有七名機組人員，只要一架被擊落，就一下子失去七條人命。這些飛行員、偵察員、機關槍員、通訊員都是各個領域的一流人才，花了好幾年歲月培養的寶貴機組人員，在短短兩天內，就失去了一百五十名好手。

我再度回想起宮部先生說的「這次的戰鬥很嚴峻」這句話。

這天的損失絕對不是例外。

第五章　瓜達康納爾

「我可以休息一下嗎？」
井崎說完，躺在床上。他的女兒江村按了護士鈴，找來了護士。
「你還好嗎？」
聽到我的問話，井崎躺在床上，微微舉起右手回應。
不一會兒，護士來了。
「我覺得有點痛。」
井崎對護士說。護士爲他打了針，井崎閉上眼睛，躺在病床上。
「那我們就不繼續打擾了。」
姊姊對江村說。井崎聽到姊姊的聲音，立刻大聲說：「等一下，我還有話沒說完。」
「爸爸，你身體吃得消嗎？」
井崎的女兒江村鈴子擔心地問。
「沒問題，已經不痛了。」
井崎坐了起來，但看他的表情，知道他仍然忍著痛。
「我們改天再來拜訪。」
「不必在意，」井崎說，「活了八十年，身體出點狀況是很正常的事。」
護士坐在椅子上，她說自己剛好下班，所以可以繼續坐在這裡。

「有護士陪在旁邊就安心了。」
井崎笑著說，但他的笑容似乎是硬擠出來的。江村鈴子一臉擔心地看著父親。
「年輕時，我對自己的體力很有自信，當年在拉包爾時——年紀和誠一差不多。」
那個叫誠一的年輕人表情突然緊張起來。
「井崎先生，看來您和我外祖父關係很密切。」
姊姊說。
「我說了很多次，我能活到今天，是因爲擔任宮部小隊長的僚機。多虧了小隊長的帶領，我才能夠在那場戰爭中倖存。因爲活了下來，所以反而瞭解到死亡的可怕。事隔這麼多年，我可以說，剛到拉包爾時，完全不怕死。十九歲的年輕人根本不瞭解生命的可貴。說一個不是很恰當的比喻，假設帶了一點本錢去賭場賭博，覺得自己不可能贏，所以即使輸完所有的錢也不在乎。但結果莫名其妙地一直贏，於是就越來越害怕，越來越不想輸。這兩種感覺應該差不多。」
「我似乎能夠理解。」
「十七年的秋天之後，不斷有在中途島戰役中活下來的資深飛行員從內地被送來拉包爾，但對那些很熟練的飛行員來說，拉包爾也是一個嚴峻的戰場。」
「那裡被稱爲飛行員的墳場。」
聽到姊姊的話，井崎點了點頭。
「佐伯小姐，我們還算幸福的，眞正在地獄中生活的——」
井崎靜靜地吐了一口氣。
「是在瓜達康納爾島上作戰的陸軍士兵。」

你們聽過陸軍士兵在瓜達康納爾島上的作戰情況嗎？

——原來是這樣。我猜想現在的年輕人都不知道這些事。

雖然這和宮部小隊長的事沒有關係，但我希望你們也聽聽陸軍士兵在瓜達康納爾島上作戰的情況，不，日本人不能忘記這場悲劇。我希望誠一也要知道這件事。

如果不知道陸軍在瓜島的戰爭，就無法理解我和宮部小隊長所在的拉包爾航空隊為什麼要那麼拚命。

我是在戰後才知道瓜達康納爾發生了什麼事，當我知道之後，認為瓜達康納爾是太平洋戰爭的縮影。大本營和日軍最愚蠢的部分，在瓜達康納爾島的戰役中完全曝露了出來，不，那場戰爭曝露了日本這個國家最糟糕的部分。

正因為這樣，我希望所有日本人都瞭解瓜達康納爾島發生了什麼事。

持續了半年的這場戰役是太平洋戰爭真正的分水嶺。

八月七日，美軍攻擊瓜島時，大本營以為只是局部性的戰鬥，判斷美軍認為瓜達康納爾島的防禦薄弱，所以才會展開攻擊。這些都是我在戰後才知道的。

我剛才提到，我們拉包爾航空隊立刻對美軍運輸船團展開了攻擊，大本營在翌月，派了陸軍士兵前往瓜達康納爾島，試圖奪回機場。這個決定也成為悲劇的開始。

大本營事先沒有充分偵察敵情，認定美軍的兵力大約有兩千人左右，所以只派了九百多人的部隊前往瓜達康納爾。

我不知道他們怎麼計算出兩千這個數字，但令人驚訝的是，他們認爲只要派一半的兵力，就可以奪回島嶼和機場。可能他們認爲帝國陸軍軍人很英勇強大吧。但事實上，美軍的海軍陸戰隊派了一萬三千名士兵在島上。

我在戰後看了相關書籍後得知，在突襲的前一天晚上，陸軍的登陸部隊覺得自己穩操勝券。指揮官一木大佐是一個性格剛烈的人，在接獲作戰命令時，他問司令：「除了瓜達康納爾島以外，我們可以同時攻下對岸的圖拉吉島嗎？」

那場戰役是日本陸軍和美國海軍陸戰隊第一次對決。陸軍士兵一定想趁這個機會把那些不中用的美國兵殺個片甲不留。當時，軍方高層一直告訴我們，美國人多麼膽小軟弱，他們把家庭放在第一位，一旦回國，就可以開開心心地過好日子。美國國民討厭戰爭，認爲生命最寶貴。所以，面臨嚴峻的戰鬥，他們就會毫不猶豫地繳械投降，根本比不上寧死也不願意當俘虜的帝國軍人誓死不屈的決心，所以，即使和他們交戰，日軍也不可能輸。也許是基於這種成見，所以認爲只要派敵人一半的兵力就足夠了，也就不能責怪一木支隊的士兵笑著說：「明天贏定了。」

但是，結果——我連提起這件事，都覺得很痛苦，總之，一木支隊在最初的夜襲中全軍覆沒。在美軍壓倒性的火力前，日軍的人肉突襲根本無法發揮任何作用。

日本陸軍打仗向來都用刺槍突襲。士兵奮不顧身地衝進敵軍陣營，用刺槍刺殺敵人，但是，美軍使用的是重型砲、重機關槍和輕機關槍，美軍用砲火猛烈攻擊日本兵，用機關槍掃射拿著刺槍突襲的日本兵。

在這樣的戰鬥中，日軍根本不可能贏。日軍簡直就像在長篠之戰中，武田的馬兵團去挑戰織田信長的砲火隊，到底爲什麼會執行這麼愚蠢的作戰計畫？參謀總部到底在想什麼？我完全搞不懂他們爲什麼認爲可以用戰國時代的打仗方式打贏美軍。

戰後，我曾經看過在這波突襲行動後所拍的照片。在戰鬥結束的翌日早晨，不計其數的日本士兵陳屍在沙灘上，不知道是否被海水沖走了血，屍體上沒有任何血跡。照片上都清楚地拍到了屍體的表情，他們都是家有父母或是妻小的人，我淚流滿面，無法正視那些照片。

據說在參加突襲的八百人中，一天晚上就死了七百七十七人。一木隊長焚燒了軍旗自我了斷。美軍方面的死亡人數屈指可數。

接獲一木支隊全軍覆沒的消息後，大本營立刻決定派五千名士兵進攻，他們認爲這樣足以對付美軍。

但是，美軍的人數原本就遠遠超出這個數字，在擊退日軍後，他們預料到日軍會派比之前更多的兵力進攻，於是，將守備隊的人數增加到一萬八千人。

大本營那些參謀的作戰完全是走一步，算一步。事先根本沒有調查敵軍有多少兵力，只是一廂情願地隨便估算，派了不到一千人的支隊展開突襲。被敵軍打敗後，就覺得五千人應該夠了。這種作戰方式稱爲「逐次投入兵力」，是最不可取的作戰方式，大本營那些菁英參謀居然連這種基本的軍事知識都不知道。孫子兵法中提到，「知己知彼，百戰不殆」，在完全不瞭解敵軍的情況下，根本不可能打勝仗。

最可憐的就是那些在這種走一步，算一步的作戰中，被當成棋子的士兵。

日軍在第二次攻擊中也被打得潰不成軍，許多士兵都逃進了叢林。隨之而來的是飢餓的折磨。瓜達康納爾簡稱爲瓜島，但也有人稱之爲「餓島」。之後，大本營一再逐次投入兵力，這些士兵都飽受飢餓的折磨，很多士兵不是死在戰場上，而是死於飢餓。

瓜島的士兵通常都用以下的標準判斷生命跡象——

「還能站者三十天，還能坐者三星期，躺著不動一星期，躺著小便剩三天，說不出話剩兩天，不眨眼者剩一天。」

最後，總共投入了三萬多名兵力，其中有兩萬名士兵在這座島上送了命。兩萬名士兵中，死在戰場上的只有五千人，其他都是餓死的。聽說活著的士兵身上都長了蛆，由此可知當時的情況有多慘。

日軍除了在瓜島以外，在新幾內亞，在雷伊泰島，在呂宋島，在英帕爾戰役中，都有數萬名官兵飢餓而死。

——爲什麼會餓死呢？因爲軍方並沒有爲他們準備充足的糧食，日本陸軍把士兵送上戰場時，只準備作戰計畫天數內的糧食。作戰計畫天數就是要在這截止日之前奪下敵軍陣地，之後的糧食可以在敵軍陣地內搶奪。一旦搶下敵軍陣地，就可以再補充糧食。軍方可能認爲，沒有糧食的士兵等於沒有了退路，所以會拚死作戰。在一木支隊後，被派去瓜達康納爾島的川口支隊的士兵，稱美軍的糧食是「羅斯福獎品」，他們打算搶奪美軍的糧食。

但是，戰爭無法按照計畫。事實上，我剛才提到的很多場戰鬥中，日軍非但沒有殲滅敵人，自己的部隊反而被打敗了，之後，就在叢林中對抗飢餓。打仗一定要有兵站，兵站就是補充軍隊的糧食和彈藥，戰國時代的武將認爲兵站是戰鬥中最重要的環節，大本營的那些參謀卻根本沒有想到這些事。他們都是陸軍大學頂尖的人才，當時的陸軍大學頂尖菁英和東大法學院的頂尖菁英不分上下。

瓜達康納爾上有三萬名孤立無援的官兵，當然不能棄他們不顧。於是，海軍派出衆多艦艇，為瓜達康納爾島補充彈藥和糧食，但運輸船的速度很慢，在抵達瓜達康納爾島附近之前，就被從瓜達康納爾機場起飛的飛機擊沉了。

最後，只能派高速的驅逐艦運輸糧食，把白米裝在大油桶內，讓油桶漂向海岸。驅逐艦的艦長都自嘲說，那是「老鼠運輸」。雖然驅逐艦冒著生命危險運輸糧食，但一艘驅逐艦所送的糧食只夠超過兩萬名官兵撐幾天而已，而且，不少驅逐艦都被埋伏的敵人擊沉了，許多油桶也被美軍戰機的機關槍打得千瘡百孔，沉入了海底。

最後，潛水艇只能卸下比生命更重要的魚雷，承擔運輸白米等糧食的任務。

在這段時間，所羅門海也發生了很多海戰。有時候是聯合艦隊打敗美軍，但其他戰役中，美國艦隊擊沉了日本的艦艇。

但其實在瓜達康納爾海戰中，日軍曾經有很大的機會可以打贏美軍。

我在前面提到，八月七日，美軍突然襲擊了瓜達康納爾島，當時，駐守在拉包爾的第八艦隊立刻出擊，攻擊了瓜達康納爾的敵軍運輸船團。第二天的八日夜晚，在薩沃島的海上遇到了護衛運輸船團的美軍艦隊。那是稱為「第一次所羅門海戰」的海上戰役，但在這次戰役中，三川軍一司令率領的第八艦隊幾乎完全打敗了美國巡洋艦的艦隊。日本海軍用擅長的夜間奇襲獲得了成功。

但是，三川艦隊很快就撤退了。當時，如果繼續前進，攻擊敵軍的運輸船團，幾乎可以徹底殲滅運輸船團。

巡洋艦「鳥海」的早川艦長強烈要求繼續前進，消滅運輸船團，但三川司令並不同意。

三川司令害怕美國的航艦。即使消滅了運輸船團，如果在隔天早上被美國航艦上的艦載機攻擊，對沒有護衛戰機的艦隊來說，將是一場絕望的戰鬥。

然而，事實上，美國的三艘航艦當時都遠離了瓜達康納爾。在前一天，也就是七日經過坂井一飛曹、西澤一飛曹的奮戰，以及那天上午，我和宮部小隊長參加的拉包爾零戰隊殊死的攻擊下，美軍航艦的艦載戰機損失相當嚴重，率領航艦的弗萊徹指揮官察覺到日本的航艦部隊正在逼近，研判在失去多架戰機的狀態下，無法對抗日本航艦的攻擊，於是就向東方撤退。在拉包爾零戰隊的殊死攻擊下，美軍的航艦隊撤離了。

但是，三川艦隊並沒有把握這個勝利的時機。當時，敵軍運輸船團的重砲等武器還沒有上岸，只要三川艦隊展開攻擊，美國運輸船團的大部分武器彈藥都會沉入海中。這麼一來，一木支隊和川口支隊的攻擊就會有完全不同的結果。第一線的官兵殊死奮戰，卻因爲司令部的怯懦而錯失了打勝仗的機會，眞的令人感到惋惜。

我在戰後得知，三川司令被派去任第八艦隊的司令時，軍令部的永野總司令對他說：「我國的工業很落後，盡可能不要讓船艦沉船。」眞不知道他們在想什麼，他們把士兵和飛行員的生命視如糞土，眼中只有昂貴的軍艦。

我還聽到另一個傳聞。在成爲艦隊司令最高榮譽的金鵄勳章的評選標準中，如果在海戰中擊沉敵軍的軍艦，就可以得到高分。戰艦的分數最高，其次是巡洋艦和驅逐艦，無論擊沉幾艘運輸船都沒有分數，但一旦失去自己的艦船，就會扣很多分數。有人說，三川司令是因爲這個原因，才會在擊沉巡洋艦和驅逐艦後，根本對運輸船不屑一顧，難道這種說法太苛薄了嗎？

總之，三川艦隊的撤退，爲瓜達康納爾戰役留下了極大的遺憾。

之後，日本艦隊多次痛擊美國艦隊。八月時，我軍的潛水艇「伊二六」用魚雷攻擊美國大型航艦「薩拉托加」，使之無法繼續作戰。九月時，「伊一九」又擊沉了美軍的航艦「黃蜂號」。

十月二十六日，在中途島之後的第一次航艦對決「南太平洋海戰」中，我軍的航艦飛行員展開了殊死的攻擊，擊沉了美軍航艦「大黃蜂號」，讓「企業號」受到重創。「大黃蜂號」就是執行東京空襲任務的航艦，當時，我軍的航艦飛行員進行了長距離攻擊，終於擊沉了「大黃蜂號」，但也因此犧牲了不少人。

「南太平洋海戰」後，美軍陷入了十分危急的狀況，在太平洋上完全沒有任何可以作戰的航艦，但日軍並不知道這個情況。那天是美國海軍紀念日，被稱爲「史上最糟的海軍紀念日」。當時，美軍打算撤走在瓜達康納爾的守備隊。

戰後，美國很多戰史家都一致認爲「如果日本的聯合艦隊當時投入所有兵力，就可以奪回瓜達康納爾」。但是，帝國海軍捨不得投入兵力，錯過了千載難逢的大好機會，相反地，美軍在關鍵時刻投入了所有兵力。

全世界最大的戰艦「大和」停在拉包爾北方一千數百公里的楚克島，從未前往瓜達康納爾出擊。山本司令和其他司令部幕僚在軍樂隊演奏的音樂聲中，享受著豪華午餐，向在第一線作戰的官兵下達命令。你們知道水兵怎麼叫「大和」的嗎？他們稱爲「大和飯店」。

前線作戰的官兵很努力。負責「老鼠運輸」的驅逐艦，在隆加海上遭到美軍重巡洋艦的奇襲，失去一艘驅逐艦，但擊沉了敵軍一艘重巡洋艦，重創了三艘重巡洋艦，建立了極大的功勳。照理說，驅逐艦和重巡洋艦根本無法較量，就好像用小客車去撞大卡車一樣，但指揮官田中賴三司令勇敢地反擊，對重巡艦隊造成了沉重的打擊。

田中司令建立了這麼大的功勞，美國海軍也給予他最棒的稱讚，稱他爲「日本海軍中，最勇敢不屈的將軍」，但在那次海戰後，他竟然莫名其妙地遭到降職。「伊二六」潛水艇重創了「薩拉托加」，使之三個月無法參戰，卻因爲中了敵軍的一發魚雷，艦長和艦上所有人員都沒有得到任何榮譽。他們因爲那一擊而承受莫大痛苦，而且在遭到雷擊後十二小時，持續遭到炸彈和魚雷的攻擊，最後還是成功生還，卻沒有得到任何表彰。

帝國海軍對在第一線冒著生命危險作戰的官兵很殘酷無情，海軍大學畢業的將官即使犯了錯，仍然可以步步高升，從基層做起的將官卻無法獲得正當的待遇。以優秀成績從海軍大學畢業的人未來有保障，但海軍兵學校畢業的人在軍中很難升遷。

我們這些士兵和士官一開始就被當作工具。對司令部的幕僚而言，士兵和士官的生命就像砲彈一樣。

大本營和軍令部那些傢伙根本不是人！

——對不起。我太激動了，言歸正傳吧。

雖然有些戰鬥戰果輝煌，但在不少戰鬥中損失慘重。

薩沃島海上的夜戰中，重巡洋艦因爲美軍艦隊的雷達射控系統而被擊沉，在第三次所羅門海戰中，也因爲雷達射控系統失去了兩艘舊式戰艦。當時，聯合艦隊也不願意派出「大和」，只派了二線級的戰艦。

但是，比起各場海戰，運輸作戰幾乎都不順利這件事影響更大。

最主要的原因，就在於缺乏制空權。即使派出戰機護衛艦隊，畢竟瓜達康納爾離拉包爾五百六十海里的距離太遠了。之後，在拉包爾和瓜達康納爾之間的布干維爾島上的布因設置了航空基地，情況才稍微有所改善，但仍然因爲距離遙遠而無法獲得制空權。

最後，只剩下靠航空母艦援護的方法，但航艦靠近敵軍火力強大的陸上航空基地，是極其危險的行為，更何況四艘航艦在中途島沉沒之後，軍令部和聯合艦隊司令部不敢建立這麼危險的作戰方案。雖然我認為其實必須這麼做。

日本陸海軍為什麼在這種無法有武器和糧食供應的地方作戰？

總之，戰爭拉開了序幕。為了奪回瓜島的機場，必須殲滅敵軍的航空部隊。

這個任務就落在我們拉包爾航空隊身上。在那之後，拉包爾才變成「飛行員的墳場」。

拉包爾航空隊的飛行員在瓜達康納爾之戰後急速消耗。

航空隊連日出擊，每次都有飛機無法返航。

一式陸攻的中攻隊死傷人數最多。我剛才說過，一式陸攻的防禦能力很弱，美軍稱之為「超級打火機」。零戰也是防禦能力很弱的戰機，但可以靠罕見的旋轉能力和戰鬥能力克制薄弱的防禦力。一式陸攻的速度很緩慢，一旦被戰機鎖定，就只有死路一條。

十七年的秋天，中攻隊的出擊機數有半數無法回航，有時候甚至還會發生全機覆沒的情況。中攻隊的飛行員都對自己的生存不再抱任何希望。這也難怪，因為一旦出擊，就有超過一半的機率會被擊落，而且，出擊任務很頻繁。飛行員臉上沒有生氣，全身散發出對戰鬥的疲憊，但他們仍然勇敢作戰到最後，毫無怨言地完成任務。之後的神風特攻隊成員，個個捨身執行出擊任務，其實拉包爾中攻隊的飛行員，也是抱著誓死的決心執行任務。

零戰隊每次出擊，都會喪失一兩架飛機。飛行員寢室內就會留下沒有主人的軍用品，打包後送到內地的家屬手上。有人在遺物中留下了遺書。飛行員中有人寫遺書，有人沒寫。為了以防萬一，我寫了遺書，但有不少人覺得一旦寫了遺書，就會眞的死在戰場上，所以都決定不寫。

失去戰友時，最痛苦的並不是在戰鬥剛結束時，而是走進食堂吃晚餐的時候。早晨還在一起吃早餐的戰友，晚上卻不在了。晚餐都會準備所有人的份，雖然每個人的座位並沒有固定，但大家通常都會基於習慣，坐相同的位置。就像公司開會時，每個人坐的座位也都大致相同。

晚餐時如果有空位，就代表原本坐在那裡的戰友沒有回來。如果剛好是平時坐在自己旁邊的人，打擊就更大了。因爲昨天，不，今天吃早餐時，還在一起談笑的人現在已經離開人世了。飛行員死的時候，連屍體都沒有，如果那天的戰況激烈，可能會一下子空出好幾個座位，所以，吃晚餐的時候，從來沒有人說笑。

九月的某一天，我在谷田部航空隊時的前輩東野二飛曹在吃早餐時大聲地說：

「好想吃大福，哪怕只有一次也好！」

我在一旁聽了，也忍不住想像大福的味道，用力吞著口水。自從來到拉包爾後，就沒再吃過大福。

「我們拚死作戰，吃一次大福不爲過吧。」

聽到東野二飛曹的玩笑，所有人都笑了。

那天晚餐時，餐桌上放著大福。炊事員聽到東野二飛曹的話，設法做了大福，但是，東野二飛曹沒有回來。沒有人伸手去拿放在他桌上的大福。

不久之後，這種情況也成爲日常生活的一部分。

坂井一飛曹單眼失明後，回到了內地。飛行技術和坂井一飛曹不相上下，被視爲「拉包爾第一王牌飛行員」的笹井醇一中尉，在瓜達康納爾戰役開始後不出三週就沒有再回來。九月時，資深的高塚寅一飛曹長，以及年紀雖輕，但被稱爲空戰達人的羽藤一志三飛曹都相繼陣亡了；十月時，曾經和坂井一飛曹、西澤一飛曹一起在莫士比港表演編隊翻跟斗的太田敏夫一飛曹也陣亡了。

這種情況讓人難以置信。因爲他們並不是經驗不足的菜鳥飛行員，而是日本海軍航空隊引以爲傲的高手級飛行員，居然連續在戰場上陣亡。

仔細思考之後，就發現這種情況不足爲奇。因爲我們連日出擊時，都要飛行往返超過兩千公里的距離，並且在敵軍陣地的上空作戰。每次出擊，就要在駕駛座上坐七個小時左右，而且，這段時間隨時都與死亡爲伍，這種疲勞非比尋常。

抵達瓜島之前，沿途都不能鬆懈，因爲不知道敵人什麼時候會展開攻擊。來到敵軍陣地上空時，必須和迎戰的敵機對決。敵軍靠優秀的電探事先掌握了我方攻擊隊的行蹤，每次都在優勢的位置等待我們上門。電探是電波探測器的簡稱，也就是雷達，當時，日美的雷達技術有很大的差距。

對零戰來說，從劣勢位置展開的空戰並不輕鬆，而且零戰隊肩負著保護中攻的重要任務，無法自由作戰，同時因爲載了回程的燃油，機身很重，行動很不敏捷。

當中攻隊結束轟炸任務後，必須擺脫糾纏的敵機，再度往回飛一千公里。回程上也可能會遇到虎視眈眈的敵人，所以絲毫不能鬆懈，使肉體和精神承受了前所未有的疲勞，而且，回程一旦和友軍的編隊失散，就必須靠地圖和指南針計算航路。

如果在戰鬥中不幸中彈，即使沒有立刻墜機，通常也會發展成重大的損傷。我一再重申，拉包爾和瓜達康納爾之間相距一千公里，飛機是很敏感的機器，只要發動機稍有故障，就無法再繼續飛行。

除此以外，燃油也是一個很大的問題。我剛才也說過，零戰上載的燃油只夠往返瓜達康納爾。如果在瓜達康納爾上空因爲空戰消耗大量燃油，回程就會發生燃油不夠的問題。一旦燃油箱中彈，燃油外漏，也無法回到基地；當中途搞錯航向，迷失所在的位置，當然也無法回基地，甚至稍微繞一下遠路，也可能變成致命的錯誤。

像坂井三郎先生那樣身負重傷，還能單機返航，簡直就是奇蹟，這種飛行員可遇不可求。

出擊一次，休息一兩天根本無法消除疲勞，但我們的疲勞還沒有完全消失，就會再度接到出擊命令。一個星期出擊三、四次是家常便飯，包括我在內，許多飛行員都快要撐不下去了，我相信有不少飛行員因爲疲勞導致疏失，結果被敵人擊落。笹井中尉就是在擔任中隊長，連續五天出擊時被敵人擊落。不光是笹井中尉，我相信很多飛行員如果有時間充分休息，就不會送命。

沒有出擊任務的時候，我總是大睡特睡。這是宮部先生教我的。

「井崎，你給我聽好了，一有時間就馬上睡覺。多吃、多睡，勝負就取決於能睡多久。」

我忠實地遵守了宮部小隊長的教誨，只要一有空，我就倒頭大睡。睡覺是一門技術，一旦決定無論如何都要睡，即使周圍再怎麼吵，光線再怎麼亮，也都可以睡著，實在很奇妙。

我在戰後開了一家運輸公司，不厭其煩地叮嚀員工，一定要好好休息，千萬別以爲可以靠毅力或意志力撐過去。不知道是否我的這些叮嚀奏了效，我們公司幾乎沒有發生過重大車禍。

但是，有些飛行員在背後議論宮部小隊長在擔任中攻掩護任務時的作戰方針。

我們負責中攻的掩護任務時，必須挺身保護中攻。掩護隊的任務就是徹底保護帶著炸彈，向敵軍機場挺進的中攻，努力讓他們的轟炸任務獲得成功。因此，許多優秀的零戰飛行員都爲了保護中攻而送了命。

中攻遭到攻擊時，宮部小隊長會趕走敵軍戰機，卻不會爲了保護中攻擋子彈，也不允許我們這麼做。某些飛行員認爲這種作戰方針「太狡猾了」，我因爲經常擔任宮部小隊長僚機，也被認爲是宮部小隊長的同路人。

——問我對這個問題的看法嗎？眞難回答。

零戰上只有一個人，中攻上有七個人。如果犧牲一個人，可以保護七個人的生命，從戰術上來說，或許應該犧牲。但是，一旦失去像宮部先生那麼優秀的飛行員，恐怕會造成更多人的犧牲——這樣算不算是回答？我不知道宮部先生是怎麼想的，不過我猜想，他只是不想死。

昭和十七年（一九四二年）下半年後，美軍完全改變了和零戰的戰鬥方式。

雖然在此之前，美軍也很少向零戰正面迎戰，但在十七年之後，他們徹底避開和零戰纏鬥，開始貫徹打完就跑，以及二機一組的攻擊方式。美軍的新戰法讓我們感到不知所措。

戰爭結束很久之後我才知道，美軍在十七年七月，得到了一架完整的零戰。在徹底調查之後，研究出對零戰的戰鬥方式。

那是在阿留申戰鬥時，飛行員迫降在阿庫丹島的零戰，飛行員在迫降時喪生，之後，美軍的哨戒機發現了這架零戰。

在此之前，零戰是美軍眼中的神祕戰機，雖然他們努力想要得到零戰，但每次都只找到殘骸而已，因此，當相關人員得知發現了幾乎完好的零戰時，個個欣喜若狂。

零戰被送回美國，進行了徹底的測試。在美軍眼中的神祕戰機，終於被揭開了神祕的面紗。

美軍的航空人員對測試結果大感驚訝。沒想到他們眼中的黃猴子，他們根本沒放在眼裡的日本鬼子，居然能夠製造出這麼可怕的戰機，同時，他們也認識到，在目前的時間點，美國並沒有可以和零戰一較上下的戰機。對他們來說，這個結論太可怕了。

但是，美軍也同時發現了零戰的弱點。零戰完全沒有防彈裝備，而且在急速下降時，速度會有限制，在高空時的性能也不理想。於是，美軍研究出徹底利用零戰弱點的戰法。

美軍向所有飛行員指示，遇到零戰時，必須貫徹「三不」原則，也就是「絕對不要和零戰交戰」、「在時速三百英里以下時，不可以和零戰做相同的動作」、「低空時，不得追擊上升中的零戰」。一旦違反「三不」，就會被零戰擊落。

美軍對零戰採取了徹底的打完就跑的戰術，並規定必須同時有兩架飛機應付一架零戰。美軍的物資豐富，所以才能採取這種戰術。面對這項以大量生產為背景的新戰法，我們只能一味消耗。

美軍不僅物資豐沛，也很重視飛行員的生命。

秋天時，美軍的飛行員被我方俘虜後，送到了拉包爾。

我方的驅逐艦救起在瓜達康納爾島的空戰中，被我方擊落的美軍戰機飛行員，成為我方的俘虜，他告訴我們的情況令我們驚訝不已。他們在前線打仗一週後，就送去後方休息，在那裡充分休息後，再度回到前線。打了幾個月的仗之後，就不必再上前線。

我們這些飛行員輾轉聽到這些情況時，都說不出話來。因為我們根本沒辦法休假，幾乎每天都要出擊。

基地的資深飛行員也一個又一個地犧牲了。嗯，反而是經驗豐富的飛行員先死。因為，經驗不足的飛行員很可能被敵軍擊落，導致失去寶貴的飛機，所以都優先派出熟練的飛行員。在軍方高層眼中，飛機比飛行員更重要。我還要再說一次，我們每次出擊，都必須飛行單程三個小時以上的距離，在敵機埋伏的空中護援中攻隊，然後再花三個多小時回到基地。幾乎每天都出任務，體力和注意力都會逐漸衰退。只要一有疏失，性命就不保了。職棒有句名言，「一球失誤就會致命」，但對飛行員來說，「一球失誤」眞的會「致命」。

我想起一件事。我在戰後看到德國的王牌飛行員的紀錄時很驚訝。以曾經擊落三百五十架飛機的哈特曼爲首，有幾十名王牌飛行員都曾經擊落超過兩百架飛機。在日本海軍內，根本不可能有這種情況，但因爲他們是在德國上空作戰，所以才能完成這項壯舉。這是很大的地利之便。因爲即使他們駕駛的飛機被擊中，他們也可以跳傘逃命；一旦發動機發生異常，也可以隨時迫降。哈特曼就曾經數度被擊中，靠跳傘撿回了一命。另一個重要原因就是他們都是參加迎擊戰，他們的任務是迎擊上門的敵人，所以可以事先埋伏，也不必擔心燃油的問題，但我們只有一次機會，在這種不利情況下，仍然擊落了超過一百架飛機的岩本徹三先生和西澤廣義先生眞的是飛行高手。

總之，在十七年下半年後，戰況變得非常嚴峻。

失去飛機後，無法及時補充，飛行員也無法及時補充。不，飛行員的問題更嚴重。飛機的問題，只要有新飛機來，就可以解決問題，熟練的飛行員卻很難找。通常要花幾年的時間，才能培養熟練的飛行員，當然不是想補充就有辦法補充。

日美雙方爲了爭奪南太平洋上小島，動員了所有的兵力。

但是，敵人打了又來，打了又來，他們的人力和物資似乎無窮無盡。

我剛才說過，我第一次飛去瓜達康納爾時，被不計其數的艦艇嚇到了，那是我一輩子都難以忘記的景象。昭和十七年（一九四二年）九月，我軍的空襲和零戰隊的奮戰獲得了輝煌的戰果，擊落了無數敵機，也炸毀了地面上的許多飛機。但是，兩天後，當我再度看到瓜島的機場時，發現那裡的飛機數量和兩天前一樣。看到那一幕時，我不由得心生恐懼，覺得自己在和可以死而復生的妖怪打仗。

說到這裡，我又想起一件事。宮部小隊長曾經開槍射擊一個跳傘的美國士兵。

那是在瓜達康納爾開打後一個月左右。那天，瓜達康納爾的空襲結束，在回拉包爾的路上，突然遭到兩架格魯曼機的奇襲。地點位在距離瓜達康納爾大約一百海里左右，格魯曼突然從上空的雲層中竄出來，急速下降，向我方的編隊展開攻擊。由於太出乎意料，我看到一架零戰在我面前噴火。

我立刻急速下降追了上去，但轉眼之間，就和對方之間拉開了距離。零戰急降的速度很慢，根本追不上。我很不甘心，但也無可奈何。

這時，我看到一架零戰追向格魯曼。是宮部小隊長。小隊長察覺到敵人的奇襲，提前急速下降，繞到敵機的下方。我看到小隊長的機關槍噴著火，一架格魯曼機爆炸了。

這時，另一架格魯曼掉頭飛向小隊長。小隊長似乎也感到很意外，我以爲兩架飛機會在空中相撞，但小隊長在千鈞一髮之際閃開了。下一剎那，格魯曼燒了起來。飛行員從墜落的飛機中逃了出來，我看到降落傘在下方張開。

我鬆了一口氣，再度佩服小隊長的能耐。

沒想到，接下來發生了令人驚訝的事。

小隊長的戰機掉頭後，把機首朝向跳傘的士兵，用機關槍向他掃射。降落傘被子彈打破了，美國士兵和萎縮的降落傘一起往下掉。

看到這一幕時，我不由得感到戰慄。我覺得沒必要趕盡殺絕。雖然我們失去了一位戰友，但畢竟是在戰場上，這是無可奈何的事。我覺得沒必要向跳傘脫生，手無寸鐵的飛行員開槍。

好幾個人都看到了那一幕。

回到拉包爾時，編隊長對宮部小隊長大發雷霆。

「你這個王八蛋，難道沒有一點武士的同情心嗎？」

其他飛行員雖然沒有說話，但都向小隊長露出指責的眼神。擔任小隊長僚機的我也覺得坐立難安。

「你已經把飛機打下來了，沒必要趕盡殺絕。」

「是。」

宮部小隊長回答。

「戰機飛行員必須有武士精神，下次不許再用武器攻擊手無寸鐵的敵人。」

「是。」

這件事很快就在隊上傳開了，很多飛行員都在談論這件事，也傳入了我的耳朵，大部分都是說他「丟男人的臉」。

三號機的小山一飛兵也對小隊長的行爲感到義憤填膺，他向我抱怨：「我不想當宮部小隊長的僚機。」

「開什麼玩笑，別忘了小隊長之前救了你多少次。」

「這是兩回事，你覺得小隊長這樣做對嗎？」

「有一位戰友在我們面前死了，當然會想要報仇。」
「只要把敵機擊落，不就報了仇嗎？沒必要殺那個飛行員。」
我不知道該怎麼反駁。
小山之前就對宮部小隊長感到不滿，他無法忍受別人說我們這個小隊「很狡猾」。
過了幾天，我鼓起勇氣，直接問了宮部小隊長。
「小隊長，我有事想要請教。」
「什麼事？」
「幾天前，你爲什麼要開槍打那個降落傘？」
小隊長直視我的雙眼說：
「因爲要殺那個飛行員。」
說句心裡話，我希望聽到小隊長告訴我「我很後悔」，但是，小隊長的話完全出乎我的意料。
「我們是在打仗，打仗就是要殺敵人。」
「是。」
「美國的工業能力很強大，戰機造得很快，所以，我們必須殺飛行員。」
「喔，但是——」
這時，小隊長大聲咆哮：
「我覺得自己是劊子手！」
我忍不住回答「是」。

「美軍戰機的飛行員也是劊子手，一架中攻被擊落，就有七個日本人送命，但是，如果中攻轟炸船艦，就有更多美國軍人送命。美軍飛行員爲了避免這種情況發生，所以要殺中攻的機組員。」

「是。」

我以前從來沒有見過小隊長用這麼激動的語氣說話。

「雖然敵人是飛機，但我認爲飛行員才是眞正的敵人。如果可以，我希望不要在空中打仗，而是在地面用槍殺了他們！」

「是。」

「那名飛行員的技術很好，他預料到我們回航的航線，一直躲在雲層中。當他的飛機在掉頭時，一發子彈打中了我駕駛座的防風罩，只要相差一尺，就會打中我的身體——他的飛行技術很高超，搞不好曾經擊落過好幾架日本戰機。我只是運氣好，才能贏他。如果讓他生還，還不知道會有幾個日本人死在他手裡，而且——搞不好我就是其中一個。」

我恍然大悟。

我似乎在那一刻才認識到這就是戰爭。我們的戰爭並不是兒戲，不是你死，就是我活。戰爭就是如何在自己活命的情況下多殺一個敵人。

那是我第一次看到小隊長那麼激動。看到他的樣子，我猜想他在開槍打那個跳傘的美國兵時，內心一定很痛苦。

這件事還有更驚人的後續發展。

那個跳傘的美國飛行員其實並沒有死。戰後的昭和四十五年（一九七〇年），我在美國聖路易斯舉辦的「第二次世界大戰航空展」上遇到了他。

美國、德國和日本的很多前戰機飛行員，都去參加了那次航空展，當地的報紙大幅報導了這場紀念典禮，稱之爲「偉大的重逢」，很多曾經隸屬瓜達康納爾仙人掌航空隊的美國海軍陸戰隊飛行員也出席了航空展。

有好幾個美國飛行員都親切地和我聊天。說起來很奇妙，在見面的時候，有一種和老朋友久別重逢的感覺，我也見到了一位曾經擊落二十多架日本機的王牌飛行員。冷靜思考一下，就知道對方殺了二十幾個我的同袍，但我完全沒有感到任何憎恨。不知道是不是時間沖淡了一切，還是因爲在天空中光明磊落地打過仗的關係。對方似乎也有相同的想法。

他們紛紛對我說：「零戰的飛行員都很厲害。」

我在那裡見到了曾經駐守瓜達康納爾亨德森機場的湯尼．培里前海軍陸戰隊上尉。昭和十七年至十八年期間，湯尼在瓜達康納爾，原來我們在相同的時期，在同一個戰場。

我們核對了記事本，發現有七天都曾經同時上戰場。我們相互擁抱。是不是很有意思？

這時，湯尼說了一件很奇怪的事。他說曾經被零戰擊落，還問是不是我把他打下來的。

一問之下，發現那天是十七年九月二十日。正是我出擊的日子。

湯尼的話太讓人震驚了。那天，他和僚機一起躲在雲層裡，打算在日本機回程時進行突襲，但是，剛發動襲擊，就被一架零戰發現，把他的僚機擊落了。他看到戰友被打死時沒有逃走，立刻試圖反擊，但被零戰正面攻擊，引擎中了彈，他只能跳傘。

聽到他這番話，我忍不住全身發抖。

「你是不是當時那個飛行員？」

湯尼問我，我搖了搖頭，然後反問他：

「我問你，當你跳傘時，是否有人向你開槍？」

「喔喔！」湯尼驚叫著攤開雙手，「你怎麼知道？」

「因爲我親眼看到的，我以爲你死了。」

「我也以爲自己會死。雖然降落傘被打穿了，但離海上很近，所以在速度變快之前就掉進了海裡。我運氣很好。」

「太好了。」

「你也認識把我擊落的飛行員嗎？」

「他是我的小隊長。」

他再次「喔喔！」地叫了起來，「他還活著嗎？」

「他死了。」

「被擊落的嗎？」

「不——是參加神風特攻死的。」

他目瞪口呆，然後自言自語著，「——怎麼會這樣？」

雖然口譯人員沒有翻譯這句話，但我聽懂了。下一剎那，湯尼皺著臉哭了起來。

「他叫什麼名字？」

「他叫宮部久藏。」

湯尼一次又一次重複著「宮部久藏」這個名字。

「眞希望可以見到他。」

「你不恨他嗎？」

「爲什麼要恨他？」

「因爲當你跳傘時，他開槍打你。」

「那是戰爭，他這麼做是應該的，當時還在打仗，他並不是開槍打俘虜。」

原來如此。

「他對我說，你是很厲害的飛行員，所以，對於開槍打你感到很痛苦。」

湯尼閉上了眼睛。

「宮部是眞正的王牌飛行員。那次之後，我也曾經多次和零戰交鋒，但都沒有再遇過像他那麼優秀的人。」

「他眞的很了不起。」

湯尼頻頻點頭，似乎在說，他知道。

「瓜達康納爾島的美國飛行員都很厲害。」

聽到我這麼說，湯尼搖了搖頭。

「我們能夠贏，是拜格魯曼所賜，格魯曼太牢固了。我能夠活到今天，都是駕駛座背板的功勞。」

「我曾經好幾次打中格魯曼，但始終打不下來。」

「我們一直都很害怕零戰，四二年當時，日本的飛機數量不多，但每個飛行員都是狠角色，每次迎擊，都會把我們的飛機打成蜂窩，不知道有幾架飛機被打成了廢鐵。我們挨打十次，才終於有機會還手一次，但只要打中一槍，零戰就爆炸了。」

他說的完全正確。

「瓜達康納爾造就了很多王牌飛行員，我也是其中一個——」

湯尼調皮地笑了笑。

「但是，包括我在內的所有人都曾經被打下來。史密斯、卡爾、福斯、艾伯頓，海軍陸戰隊的王牌飛行員都曾經被零戰打下來。把日本王牌飛行員笹井醇一打下來的卡爾也曾經被零戰擊落，我們能夠活下來，是因爲有主場優勢。」

「是嗎？原來把笹井中尉擊落的馬利昂·卡爾也曾經被擊落。」

湯尼點了點頭。

「零戰的飛行員都很出色，這不是奉承話。我開的飛機好幾次都被打得千瘡百孔，零戰飛行員中有好幾個都是狠角色。」

我忍不住流下了眼淚，他很驚訝。

「死在拉包爾空中的戰友聽到你這番話，應該會很欣慰。」

他頻頻點頭。

「我也有不少戰友陣亡了，搞不好他們正在天堂裡說笑。」

希望如此。我忍不住爲曾經和眼前這麼親切的人相互殘殺感到難過。

湯尼開朗爽利，他說他有五個孫子，還給我看了照片。不知道他現在好不好——

之前對我說「不想當宮部小隊長僚機」的小山一飛兵不久之後就陣亡了。

曾經擔任宮部小隊長三號機的小山一飛兵在十月的某一天，在瓜達康納爾上空無視小隊長的命令，緊追敵機不放。雖然他成功地擊落了兩架格魯曼，建立了功勳，但也成爲他生涯最後一場戰鬥。

空戰後，我們小隊和其他飛機失散，三架飛機一起飛回拉包爾。

飛了一小時後，小山一飛兵飛到宮部小隊長機旁，示意「我要飛回去」。

我也飛到他旁邊。他的燃油似乎不夠了。他說既然回不去了，就飛回瓜達康納爾自爆。

長官指示我們這些戰機飛行員，不，不光是戰機飛行員，而是所有海軍的飛行員，如果因為飛機出了狀況，研判無法順利回航時，就要飛向敵軍的船艦或是敵軍基地自爆。尤其在敵軍陣營上空中彈時，一定要這麼做。我曾經在瓜達康納爾親眼看到幾架中攻飛向敵軍機場自爆。當時都覺得這是理所當然，也決定自己遇到相同情況時，要毫不猶豫地衝向敵軍基地或船艦自爆。

現在回想起來，這種風氣也許成為了日後神風特攻隊誕生的基礎。

但是，看到戰友因為燃油不足而在自己的眼前自爆時，我總是忍不住想，眞的無計可施了嗎？在谷田部航空隊時，小山比我晚一年進來，我們曾經吃同一鍋飯，在拉包爾時，我們是最要好的朋友。

我轉頭看向小隊長，發現他也用手勢比劃著。

當時，我們的飛機上雖然有無線電，但完全派不上任何用場，只聽到一堆雜音，聽不到說話聲音，因此，飛行員之間只能用手勢交談。在攻擊珍珠港時，也因為無線電無法發揮作用，攻擊隊員之間只能用信號彈相互聯絡。

「還可以撐多久？」宮部小隊長問，小山回答說：「可以飛到離布因一百海里的地方。」一百海里就是一百八十公里。

宮部小隊長向他示意：「撐一下，努力回基地。」小山一飛兵回答說：「瞭解。」

我飛到他旁邊，想爲他加油，用機翼拍了拍他的機翼。他發現後，向我舉起拳頭，作勢要打我，但他臉上帶著笑容。我也笑了。說起來眞的很奇怪，在這種時候，竟然還能夠笑出來。

小隊長機緩緩上升。飛機在高空飛行時，因爲空氣阻力和發動機的空氣混合比例的關係，可以減少燃油的消耗。當燃油用盡時，在高空時的滑翔距離比較長，但由於空氣比較稀薄，氣溫較低，對飛行員的身體是一大考驗。而且，急速上升會很耗燃油。

小隊長機考慮到這一點，所以緩緩上升。

小隊長還向他指示了如何控制節流閥和速度。

小山很有精神，當我對他露出笑容時，他也露出了微笑。

零戰毫無異常地飛回拉包爾，不久之後，布干維爾島出現在前方。我心想，很快就到了。

我們繼續飛行，來到距離布干維爾島三十海里的地方。之前曾經有一架飛機在離布因一百海里的地方墜落，結果一直撐到這裡。還差一點。只要繼續飛十分鐘，就有機會生還。

我並沒有想到小山會死。我無法相信對我露出笑容的小山會死。

但是，他的死亡正在慢慢逼近。在看到布因時，小山的戰機突然開始下降。

我和小隊長跟在他的後方。令人驚訝的是，即使在下降時，小隊長仍然不時轉動飛機，觀察周圍的情況。

小山的戰機在下降時，螺旋槳停止了，然後繼續緩緩下降，終於墜落在海面上。飛機在海面上載浮載沉。小山從駕駛座爬了出來，站在機翼上，仰頭看著天空。我在他的上空盤旋，大聲呼喊著小山的名字。我猜想他也大聲叫著我，他揮著白色圍巾，不知道叫著什麼，臉上仍然帶著笑容。

不一會兒，小山的飛機機首向下，沉入水中。飛機還沒完全沉入水中，小山就跳進了海裡。聽說救生衣可以撐七個小時，我把攜帶的糧食用圍巾包起後丟給他。

我不願離去，在他的上空一次又一次盤旋。

但是，我不可能一直留在那裡，因爲我的燃油也所剩不多了。最後，我盤旋了很大一圈後，機身一斜，準備離去。小山也一邊游泳，一邊向我敬禮。

我拉起機首離開了。小隊長一直在稍高處等待。以小隊長的個性，他一定在警戒敵機可能會突然出現。

我們在布因的機場降落後，立刻報告了小山一飛兵落水的位置。水上機立刻出發前往營救，但一小時後，水上機落寞地回航了。落水地點不見小山一飛兵的身影，只有幾尾鯊魚在那裡游來游去。

聽到消息後，我的心揪緊了。我無法相信小山被鯊魚吃掉了。不知道他當時多痛苦，多不甘心。

小山最後的笑容浮現在我腦海中。他努力到最後一刻，在即將回到基地時失去生命，眞的太不甘心了。如果有性能良好的無線電，或是機上載著像轟炸機一樣的電信設備，就可以事先求助。想到這裡，就越發爲小山感到惋惜。

回宿舍的路上，突然感到怒不可遏。

「小隊長，」我開了口，「爲什麼不讓小山自爆？」

宮部小隊長停下腳步。

「比起被鯊魚吃掉，小山衝向敵軍陣營自爆的死法更絢麗，更幸福。」

「但在那個時間點，還有生存的機會。」
「你認爲他可以活下來嗎？」
「這我就不知道了，但只要持續飛，就還有機會。一旦自爆，就永遠沒有機會了。」
「但是，生存的可能性很渺茫啊，既然這樣，就應該讓他死得像個英勇的飛行員。」
我懊惱地哭著說道，宮部小隊長注視著鬧彆扭的我說：
「隨時都可以死，生存卻需要努力。」
「反正我們不可能活下來，如果我不幸中彈，請你讓我自爆。」
宮部小隊長立刻抓住我的胸口。
「井崎！」小隊長叫著我的名字，「不許胡說，每個人都只有一條命。」
我被宮部小隊長的態度嚇到，說不出話來。
「你沒有家人嗎？難道沒有爲你的死感到難過的人嗎？還是說，你是孤獨無依的孤兒？」
小隊長的眼中冒著怒火。
「井崎，回答我！」
「我父母在老家。」
「就只有父母嗎？」
「還有弟弟。」
當我這麼回答時，五歲的弟弟太一的臉龐突然浮現在腦海中。
「如果你死了，家人不會爲你感到難過嗎？」
「會。」

這時，我似乎看到了太一哭得淚流滿面的樣子，我的眼中也流下了淚水，但已經不是因爲不甘心而流的淚了。

「既然這樣，就不能輕易送死，無論再怎麼痛苦，都要努力活下去。」

小隊長鬆開我的衣服，走向宿舍的方向。

這是宮部小隊長唯一一次對我發脾氣，但是，他當時說的話深深地烙在我的心中。

一年之後，我再度想起宮部小隊長說的話。

那時，我已經離開了拉包爾，成爲航艦「翔鶴」上的飛行員。

在昭和十九年（一九四四年）的馬里亞納海戰中，我和埋伏的敵軍戰機在激烈空戰時，燃油箱被打穿了。

幸好沒有引起爆炸，但我知道自己絕對無法飛回母艦。不，不要說飛回母艦，被衆多敵機包圍，絕對會被擊落。而且，那時候，敵軍的新銳戰機格魯曼F6F比之前的F4F更優秀，零戰根本不是它的對手。更何況我被好幾架敵機包圍，根本沒有勝算。我曾經經歷多次激烈戰鬥，都幸運地活下來，這次恐怕是躲不過了。

與其被敵人擊落，還不如衝向敵機，玉石俱焚。

這時，宮部小隊長的怒吼聲在我腦海中響起。

「井崎！」

那個聲音清楚地響起。

「你還不瞭解嗎！」

同時，太一的臉浮現在我眼前。

下一剎那，我急速下降逃離戰區。格魯曼緊跟在後。格魯曼的急速下降速度比零戰更快，我數度急轉彎後閃躲，終於來到海面附近，然後貼著海面飛行。敵人從上方無法瞄準我，否則就會衝進海裡，但是，緊跟在我身後的那兩架格魯曼的飛行員技術都很高超，在後方緊咬不放，不時向我開火。我大叫著：「你們也會這一招嗎？」然後繼續降低高度，螺旋槳幾乎快要拍到海面了。其中一架格魯曼衝進海裡，另一架也終於放棄，升向空中。我繼續貼著海面飛行。那架格魯曼在上空追了我三十多分鐘，最後終於放棄，掉頭飛回去了。我終於甩開了格魯曼。

但是，我的命運也看到了終點。我的戰機沒油了。

我迫降在海面上。

然後，我跳進了大海。那時候距離關島大約二十海里，游泳是自救的唯一方法。一旦我搞錯方向，就剩下死路一條。游到一半沒有力氣，也剩下死路一條。一旦被鯊魚攻擊，也絕對會沒命。但是，此刻的我還活著，還可以爲自己的生存而戰。

我脫下長褲，解開兜襠布，讓它們在身後拖得長長的。因爲軍中長官曾經告訴我們，鯊魚不會攻擊體型比自己更大的對象。

我游了九個小時，終於游到了關島。救生衣在七個小時左右就失效了，我只能光著身體，靠意志力繼續在海中游。我很驚訝自己還有這麼多力氣。

我好幾次都想放棄，但想起弟弟的臉，就激起我的力量。太一總是哭著叫我：「哥哥，哥哥。」

但是，我相信眞正救我的是宮部小隊長。

再說回拉包爾的事。

我們咬著牙和敵人奮戰。

零戰的確是優秀的戰機，在戰爭剛開始時，盟軍的戰機根本無法和零戰抗衡，但是，我剛才也說了，在瓜達康納爾時，美軍學會了和零戰交手的方法。

而且，敵軍有地利優勢，即使中了彈，也可以立刻飛回基地；即使戰機被打落，也可以跳傘自救。燃油和子彈的補充也不成問題，所以，他們可以盡情地展開攻擊，也可以盡情地掃射。只要有一顆子彈打中我們，就可能造成致命傷。

我永遠記得有一次，宮部小隊長撫摸著零戰的機翼說的話。

「我痛恨製造這架飛機的人。」

我很驚訝。因爲，我認爲零戰是全世界最棒的戰機。

「恕我反駁，我認爲零戰是優秀的戰機，就以續航距離來說——」

我說到這裡，小隊長打斷了我。

「續航距離的確很驚人，難以想像單座戰機能夠飛一千八百海里，能夠飛八個小時的確很厲害。」

「我認爲這是很了不起的能力。」

「我也這麼想，能夠在一望無際的太平洋一直飛、一直飛的零戰眞的很優秀，我之前在航艦上駕駛零戰時，也有騎著千里馬般的信心，但是——」

宮部小隊長說到這裡，向四周張望，確認周圍沒有人後說：

「但是，這種罕見的能力讓我們深陷痛苦。每次都要飛五百六十海里，在那裡完成作戰之後，又要飛五百六十海里回來。正因爲零戰具備了這樣的能力，才會建立這麼可怕的作戰方案。」

我能夠理解小隊長的意思。

「可以持續飛八個小時的飛機很了不起，但是，設計飛機的人並沒有考慮到飛行員的問題。在八個小時內，飛行員完全不能有片刻的大意。我們不是民用航空機的飛行員，必須在不知道什麼時候會出現敵人的戰場上飛行八小時，已經超過了體力的極限。我們不是機器，而是活生生的人，製造出可以飛八小時飛機的人，有沒有想到必須有人來開飛機？」

我無言以對。小隊長說得沒錯，在駕駛座上連續坐八個小時的確超過了體力的極限，我們是靠意志力在撐下去。

如今，我終於瞭解宮部先生當時說的話有多麼正確。現代人討論零戰時，都對它驚人的續航力讚不絕口，但正因爲零戰具有驚人的續航力，才會想出那種毫無人性的作戰方案。戰後，一位航空自衛隊的戰機教練曾經說，戰機飛行員的體力和注意力最多只能持續一個半小時。根據他的說法，當我們花三個多小時到瓜達康納爾時，就已經耗盡了體力和注意力。當然，教練說的是噴射戰機的情況，但我相信螺旋槳戰機的情況也不會相差太遠。

我必須一再重申，這場戰爭眞的很嚴峻。

瓜達康納爾島的爭奪戰終於在昭和十八年（一九四三年）落幕了。從十七年八月拉開序幕，持續了半年的激烈戰鬥，終於落幕。

大本營終於放棄奪回瓜島，用驅逐艦載著留在島上的一萬名官兵撤退。當時，驅逐艦上的人員看到瓜島上那些骨瘦如柴的官兵，驚訝得說不出話。

持續半年的瓜達康納爾島之戰造成無數傷亡，陸地戰中約死了五千人，有一萬五千人是餓死的。

海軍也大失血。總共有二十四艘艦艇沉沒，失去八百三十九架飛機，共有兩千三百六十二人死亡。雖然付出了這麼大的代價，但還是在瓜達康納爾戰役中慘敗。

戰鬥結束時，曾經是海軍引以爲傲的熟練飛行員幾乎都陣亡了。

現在回想起來，當時已經註定了日本的敗北，但是，之後又繼續和美國打了兩年仗。

失去瓜達康納爾島之後，所羅門海域仍然是日美雙方戰力交鋒的重要戰場。

四月，山本五十六司令爲了殲滅敵機，下達了「伊」號作戰命令。

這項作戰將爲數不多的航空母艦機和飛行員送到拉包爾周圍的基地，集中所有的力量殲滅敵機。

山本司令親自來到拉包爾指揮，聯合艦隊的司令直接對我們前線的官兵下達命令，激勵了飛行員的士氣。

「伊」號作戰獲得了成功，原本預定十五天完成的計畫只花了十三天就結束了，但是，這項戰果是損失無數飛機和飛行員換來的。

悲劇還在後面。作戰結束後，山本司令搭乘一式陸攻機從拉包爾前往更前線的基地布因島基地時，被敵軍戰機擊落了。

美軍攔截了日軍的密碼後破解了密碼，在空中埋伏。雖然有六架零戰護衛司令搭乘的飛機，但仍然無法預防躲在雲層中埋伏的敵軍奇襲。

山本司令的死是海軍的重大損失。

我還想告訴你們，當時護衛長官失敗的六名飛行員發生的悲劇。

這六名飛行員連日被派去執行出擊任務，好像在懲罰他們。短短四個月期間，就有四個人陣亡，一個人斷了右臂，只有杉田庄一飛長勇猛奮戰，在戰場上活了下來，並留下擊落超過一百架敵機的輝煌紀錄，簡直就像是為了憑弔山本司令而戰。但是，在終戰那一年，他死在九州的鹿屋基地。我在戰後，從別人口中得知了他死前的情況。那天，當敵軍的戰機來襲時，杉田上飛曹打算駕駛飛機迎擊，但敵人已經逼近。坂井少尉大叫著：「來不及了，趕快回來。」沒錯，他就是在瓜達康納爾奇蹟似生還的坂井一飛曹。當時，他是三四三航空隊的少尉。但是，杉田不顧坂井少尉的制止，勇敢地跳進紫電改戰機，在跑道上準備起飛。就在他準備起飛的剎那，被上空的敵機擊中，他的戰機墜落在跑道上。

「伊」號作戰結束後，為了補充航艦的成員，我被派去航艦「翔鶴」。「翔鶴」在珍珠港攻擊後，曾經經歷多次戰鬥，和姊妹艦「瑞鶴」一起擔任第一航空戰隊，成為機動部隊的中心。但是，機動部隊已經沒有往日的氣勢，和逐漸發展成巨大勢力的美軍機動部隊之間的戰鬥也越來越絕望。

宮部小隊長繼續留在拉包爾，前一年的十一月，士官以下的稱呼都改變了，宮部一飛曹變成了上等飛行兵曹，我從一等飛行兵變成了飛行兵長，同時升了一級，變成二等飛行兵曹。二飛曹不是士兵，而是士官。

奪回瓜達康納爾的作戰雖然延期，但拉包爾仍然是南太平洋的要衝。不，已經成為反攻敵軍的重要基地。那時候，來自新幾內亞的敵軍幾乎每天都展開空襲。

以當時的情況，留下來是地獄，離開也是地獄。

當我接到命令，要去航艦當飛行員即將離開拉包爾時，和宮部上飛曹一起看著花吹山聊天。

「井崎，千萬別死。」

宮部上飛曹說。

「我才不會死呢。」

「即使母艦沉了，也不要輕易自爆。」

「我怎麼會輕易死呢？我在拉包爾活了一年多，才不會輕易去死。而且，你救了我兩次，如果輕易送死，太對不起你了。」

宮部上飛曹笑了起來。

這時，花吹山噴出煙霧。

「今天的火山爆發眞激烈。」

宮部上飛曹說。

「今天可能是我最後看這座山了。」

宮部上飛曹沒有回答，想到以後再也看不到平時看膩的花吹山，突然倍感懷念，想要深深地烙在眼中。

即使現在，只要閉上眼睛，眼前就會浮現出那座山的景象。在戰後五十多年，那座火山大爆發，街道和機場都埋在灰中，當年懷念的一切都不見了。也許那座山在告訴我們，忘了有關戰爭的一切。

戰爭結束後，我一直希望有機會再度造訪拉包爾，直到今天，都沒有機會再踏上那片土地，所幸我也不至於爲此感到遺憾。

「我的祖父是德川幕府的御家人[8]。」

宮部上飛曹突然小聲地說。

「小時候，我祖父經常告訴我以前的事。小時候跟著祖父去上野時，他一定會告訴我當年他參加彰義隊（由德川幕府成員組成），在上野的山上和政府軍打仗的事。不光是上野，只要和祖父走在街上，他就會告訴我那裡以前曾經發生的事，聽起來感覺很奇妙。江戶時代的事感覺像是說書或是戲劇，但沒想到我祖父那時候曾經和西鄉隆盛打仗。」

宮部上飛曹忍不住笑了起來。

「那時候，我幼小的心靈覺得很可怕，祖父身上還有當時留下的彈痕，他說，還有子彈留在體內。」

「是嗎？」

「如果我祖父知道他孫子現在和美國人打仗，一定會很驚訝。」

宮部上飛曹說完，又笑了起來。

「不知道我以後有沒有機會和自己的孫子聊這場戰爭的事，坐在簷廊上曬著太陽，對孫子說，爺爺當年曾經開著戰機和美國打仗——」

聽著他說話，我有一種奇妙的感覺。我無法想像宮部上飛曹說的幾十年後的事，但在想到未來會有這麼一天時，產生了一種難以言喻的奇妙感覺。

我對他說：

「不知道那時候的日本會變成怎樣的國家。」

宮部上飛曹露出凝望遠方的眼神。

「搞不好我孫子會覺得我說的話是遙遠的事，就好像我在聽我祖父說江戶時代的事，也覺得像在聽民間故事一樣。」

我忍不住想像著在某個下午，我坐在簷廊上，孫子來找我，央求我說故事給他聽。於是，我就對孫子說：「爺爺以前曾經在南方島嶼打仗……」

「希望是一個和平的國家。」

我被自己不由自主的嘀咕嚇了一跳，好像不是從我嘴裡說出來的。殊死奮戰的戰機飛行員，在這場戰爭中做好死亡準備的我居然會說這種話。

宮部上飛曹沒有說話，用力點了點頭。

翌日，我一清早就離開了拉包爾，宮部上飛曹揮著帽子，目送我離開。

我起飛後，在機場上空盤旋，看到宮部上飛曹不知道對著我大叫什麼。看他的嘴形，似乎在對我說：「不．要．死。」那是我看到宮部上飛曹最後的身影。

我向他敬了禮，離開了拉包爾。

我聽說宮部先生在特攻中陣亡了。

戰爭結束的翌年得知這個消息時，我忍不住放聲大哭。我很不甘心，覺得讓這麼優秀的人在特攻中送死的國家乾脆滅亡算了。

姊姊從後半段開始，就忍不住嗚咽起來。

---

❽ 指幕府的武士。

井崎目不轉睛地看著姊姊，他的眼中也噙著淚水，然後靜靜地說：

「不瞞你們說，我得了癌症。」

我驚訝不已。

「半年前，醫生就說我只剩下三個月的壽命，沒想到一直活到今天。」

井崎直視著我們說：

「我現在終於知道爲什麼可以活到今天，是因爲我有義務把這些事告訴你們。在拉包爾道別的那天，宮部先生對我說那些話，是希望我有朝一日，可以代替他轉告你們。」

這時，井崎的孫子放聲大哭起來。他不顧旁人的眼光嚎啕大哭。井崎的女兒和護士也頻頻拭淚。

井崎看著天花板說：

「小隊長，你的孫子來看我了，兩個人都很出色。你孫子很像你，是優秀的年輕人。小隊長——你看到了嗎？」

姊姊用雙手捂住眼睛。井崎閉上眼睛，倒在床上。

「對不起，我有點累。」

「你還好嗎？」

護士立刻衝上前。

「我沒問題，但要稍微休息一下。」

護士用眼神向我們示意。

「謝謝。」

事。

我道謝後站了起來，但井崎沒有聽到我說話，他似乎用盡生命最後的力氣對我們說完了這些事。

我把手放在擦著眼淚的姊姊肩上，姊姊默默點頭後站了起來。

「他可能累了，讓他休息一下。」

護士說，井崎一臉平靜地睡著了。

我向熟睡的井崎深深鞠了一躬，離開了病房。

來到大廳時，江村母子追了上來。

「這是我第一次聽我父親說那些事。」

「我也是第一次聽外公說那些事。」

淚水仍然不停地從他眼中滑落。

「外公太過分了，居然從來沒有對我說過以前那些事。我眞希望可以在簷廊上聽他說以前的事。」

然後，他哭著轉向他母親的方向：

「媽——對不起，我——」

最後完全聽不清他在說什麼，他母親看到兒子的樣子，也哭了起來。

「對我們來說，今天是一個寶貴的日子，謝謝你們。」

江村拭著眼淚，深深鞠了一躬。

「多虧了宮部先生，我父親才能從那場戰爭中活著回來。我父親剛才說的那些事讓我深受感動，眞的很感謝。」

我不知道該說什麼，只能向他們鞠躬。

我感到很羞愧。雖然不知道原因，只覺得很羞愧。井崎最後說的那句「你孫子很像你，是個優秀的年輕人。」深深刺進了我的心。

走出醫院後，姊姊始終不發一語，我也沒有說話。

來到馬路上，走了一段路之後，姊姊淡淡地說：

「外公是一個優秀的人。」

「嗯，」我回答說：「應該是。」

「不知道外公有沒有見到媽媽，有沒有見到外婆。」

「不知道，他應該不可能一直都在戰場——」

「不知道能不能查出來。」

我無法回答這個問題。

「我想要認眞調查。」

「妳之前不認眞嗎？」

姊姊沒有理會我說的話。

我和姊姊在地鐵入口分道揚鑣。我們要搭相反方向的地鐵。

臨別時，姊姊對我說：

「外公這麼愛外婆，我覺得外婆眞的很幸福。」

我看到姊姊的眼中再度含著淚水，但是，我還來不及開口，姊姊說了聲「再見」，就走下樓梯。

我回味著姊姊說的話。外婆眞的幸福嗎？她眞的因爲外公愛她而感到幸福嗎？我無從得知。

第六章　裸照

「調查有進展嗎？」

造訪井崎的翌日，吃晚餐時，老媽突然問我。我還沒有把外祖父的事告訴她，因爲姊姊說，在瞭解所有情況之前先別說，我也同意不要把關於外祖父的負面評價告訴老媽。

所以，我只告訴她，這兩個星期中，已經見了三個人。

「那麼多！他們都記得外公嗎？」

我聽出老媽的聲音有點緊張。

「打聽到很多情況，會整理後再告訴妳，但外公——該怎麼說，他很愛外婆和妳。」

老媽眼中露出喜悅的光芒。

「外公生前說，爲了妻子，他無論如何都不能死。」

老媽抿著嘴，仰望著天花板。我接著說：

「而且，外公是飛行技術很厲害的飛行員，但很愛惜生命，幾乎到了怕死的地步。」

「眞是一個矛盾的人。」

「我難以理解的是，既然那麼怕死，爲什麼要參加海軍？而且還志願去當航空兵。聽說那時候當飛行員很危險，很多父母都勸兒子，至少不要當飛行員。」

「我一點都不覺得奇怪。」

老媽放下筷子看著我的臉。

「應該是年輕氣盛，十幾歲的時候都想要冒險，即使是危險的事，也覺得無所謂。我反而對他在結婚後，爲了你外婆和我珍惜生命感到高興，這代表他愛你外婆和我。」

母親說到後來有點哽咽。我看到她的眼中閃著淚光，只好低頭吃飯。

「調查還要繼續嗎？」

「對，還有幾個人記得外公。」

「太了不起了。」

老媽說得沒錯。開始調查時，我以爲可以找到一個記得外祖父的人就很不錯了，沒想到已經見了三個人，好像有一雙奇妙的手在操控一切。

老媽叫我加油。

回到房間後，我再度思考外祖父的事。兩個星期之前，外祖父對我來說，還是一個一無所知的陌生人，如今好像影子般站在我身後。

感覺只要一回頭，就可以看到他的身影。

三天後，我和姊姊見了面。這天，我們要一起去拜訪住在和歌山的前海軍維修兵曹長。雖然是非假日，但姊姊爲了此行推掉了一個工作。

我在飛機上把幾天前和老媽的對話告訴了姊姊。姊姊點了點頭。

「我能理解，年輕時不怕死的人在愛上外婆後，開始珍惜自己的生命，我覺得這樣很棒。」

我不置可否。

「怎麼了？有什麼不對勁嗎？」

「不是，我能理解他愛外婆後開始珍惜生命，但不覺得他是因爲年輕氣盛加入軍隊。」

「爲什麼？」

「不太符合我對宮部久藏的印象，反正覺得格格不入，但是，這只是我的想法而已，搞不好他小時候也是軍國少年。」

「我不希望他是軍國少年。」

「我也一樣，可能因爲之前聽了報社的高山先生說了那些話的關係。」

姊姊沒有說話。

「外公最後參加特攻時，不知道是否爲自己捐軀感到高興……」

「我認爲不可能，他參加特攻時，絕對不可能感到高興，」姊姊說完後，又小聲地補充說：「我覺得高山先生說的並不對。」

從關西新機場轉搭幾班電車後，在和歌山的一個叫粉河的車站下了車。一來到車站前的圓環，就聽到有人叫著：「請問是佐伯先生嗎？」

一個皮膚黝黑，身穿工作服，五十多歲的男人自我介紹說：「我是永井的兒子。」

原來他特地來車站接我們。

「你們特地從東京來這裡聽我父親聊往事，辛苦了。」

男人在車上笑著說。

「仔細想一下，原來我父親去打過仗，雖然現在是走路蹣跚的老人家了，年輕時曾經和美國人打仗，眞是太厲害了。聽說我父親在拉包爾時，曾經和你們的外公在一起？」

「對。」

「我不知道我父親對以前的事還記得多少，希望對你們有幫助。」

「謝謝。」

前海軍維修兵曹長永井清孝家務農，房子雖然老舊，但很大。屋前有一個很大的庭院，樹木修整得很好。

永井拄著拐杖等待我們。

「爸爸，你沒問題吧？」

「沒問題。」永井笑著說。

「那我去農協辦點事。」

永井的兒子對他父親說完後，又轉頭對我們說：「你們要離開時記得打我手機，我會送你們去車站。」

說完，他開車離開了。

永井把我和姊姊帶到朝南的大和室。

「宮部先生的事我記得很清楚，」永井說，「我在拉包爾見到他。我是零戰的發動機——也就是引擎的維修兵。」

飛機和汽車不一樣，不是只要發動引擎就馬上可以跑，必須隨時進行維修。當飛完規定的時數時，就要拆下發動機進行維修。我記得零戰只要飛一百個小時就要拆下維修。

拉包爾是火山島，我們稱爲花吹山的火山隨時都在噴火，所以，機場到處都是火山灰。飛機起飛時，跑道上總是一片塵埃，連眼睛都張不開。

早晨起床後，第一件事就是用椰子葉掃掉飛機翼上的火山灰，所以，火山灰也會鑽進發動機內，維修時很費力。如果因爲維修不周導致發動機在中途罷工，飛行員就會送命，所以我們都不敢大意。

和我同期的木村平助兵長在他維修的零戰因爲發動機不良，導致飛行員在返航途中墜海身亡時，就切腹自殺了。老實說，我無法做到像他那樣，但在維修時眞的不敢有半點馬虎。

我雖然只是區區維修兵，但覺得自己和零戰一起作戰。看到自己維修的飛機出擊後無法返航，內心會很痛苦，好像失去了自己的兒子。再加上也同時失去了飛行員，所以那種痛心是雙重的，很擔心是否因爲自己維修不良，導致飛行員在空戰中落敗，擔心是不是在返航途中，因爲發動機出了狀況，導致飛機墜入海裡。想到這裡，就會心如刀割。

出擊的飛行員如數返航的情況少之又少，通常都是早上還在談笑風生的人，到了傍晚時分，已經離開了人世。一開始時，我很受打擊，好幾天都吃不下飯，但時間一久就習慣了。在拉包爾，這種情況司空見慣，但如果是陸攻被擊落，一下子就死七個人，心裡眞的會很難過。陸攻的機組員稱爲搭檔，經常稱爲「某某家族」，家族的人都很要好，死的時候也在一起。在拉包爾，總共有超過一千名陸攻的機組員陣亡。

現在回想起來，航空兵眞的很可憐。幾乎每天都要去瓜達康納爾出擊打仗，每天出擊都是生死的考驗。

雖然那些參謀都開玩笑說：「飛行員是消耗品」，但我猜想這是他們的眞心話。在他們口中，「維修兵是備品」。

說句心裡話，其實我原本想當航空兵。

因爲航空兵個個都英姿煥發，而且都很帥氣，我常常覺得「啊，這才是男人」。當時，我虛歲快二十歲，足歲大概是十八還是十九，完全不怕死，那時候根本還是小鬼而已。空襲很可怕，病死也很可怕，但是，該怎麼說，覺得在空戰中光明磊落地和敵人對戰後陣亡很英勇。雖然這種想法大錯特錯，只是當年的我的確這麼想。當時我很懊惱，覺得如果在內地，就可以參加飛行生的考試。

但如果我當了航空兵，恐怕就活不到今天了，所以，應該慶幸自己沒有當上航空兵——我想當航空兵還有一個不單純的動機，就是航空兵都吃得很好，他們吃的食物都很有營養，而且美味，維修兵的伙食根本和他們無法相比。我們這些維修兵在拉包爾吃得很差，所以看得直流口水。

我們這些維修兵的最大樂趣，就是聽航空兵的空戰報告，最喜歡聽飛行員回來告訴我們「今天打落了幾架敵機」。我總是纏著他們告訴我，有些飛行員很健談，會手舞足蹈地詳細告訴我作戰的情況，我總是興奮地聽得出了神，好像自己也在空中和敵人打仗。

宮部先生和其他航空兵不太一樣。

哪裡不一樣——我說不清楚，在他身上完全感受不到所謂的英勇。他說話彬彬有禮，好像是時下很有品味的上班族，一點都不像是戰機的飛行員。即使我央求他告訴我空戰的事，他也從來不說。

有不少關於他的負面傳聞。嗯，到底都說些什麼呢？我不太記得了……

——希望我有話直說嗎？嗯，好像有人說他是「膽小鬼」。

的確有幾名飛行員這麼說他，老實說，我也認爲這種傳聞不是空穴來風。

因爲他幾乎很少中彈。無論再優秀的飛行員，不可能每次都毫髮無傷，尤其擔任中攻隊的掩護工作時，通常都會挨幾顆子彈。掩護機在保護中攻時，必須爲他們擋子彈，所以，很難不中彈。現在回想起來，很多優秀的飛行員都在執行掩護任務時陣亡了。

但是，他的飛機每次回到基地時都完好如初，我猜想他並沒有挺身保護中攻，所以，我認爲別人在背後議論他的事八九不離十。

還有另一個原因讓我覺得宮部先生可能是「膽小鬼」。他的子彈每次都沒有用完。這代表他並沒有積極參與空戰。

帝國海軍的航空兵並不是每個人都是優秀的軍人，也有些讓人忍不住皺眉頭的航空兵。比方說，有些人大肆吹噓「我今天擊落一架敵機」，在維修他的飛機時，卻發現彈匣內一顆子彈也沒少。他又不是柔道家三船十段，會用空氣摔的絕招，可以不發一顆子彈就打落敵機。

菜鳥飛行員常常會一發未擊，代表也沒有加入空戰。因爲新人總是很緊張，甚至找不到敵機在哪裡，即使發生了空戰，也在東逃西竄中就結束了。如果能夠平安歸來，就算是幸運的。雖然我說得好像是親眼看到的一樣，其實都是聽飛行員說的。

指揮官機上的子彈也幾乎都是全數未擊發。海軍航空隊的指揮官出動時，都會挑選技術高超的士官擔任僚機，代替保鑣的功能。因此，在高空時，不會加入空戰，只負責戰鬥的指揮工作。當時，飛機上的無線電功能很差，空中指揮也無法發揮太大的作用。

總之，我在維修宮部先生的戰機時，猜想他並沒有積極參加空戰，應該像有幾個飛行員說的那樣，他很擅長閃躲。

還有一點是關於私人情緒的問題，我覺得宮部先生很煩人。

他對飛機的維修意見很多，當維修兵完成發動機的維修後，他還會挑剔「我覺得不太對勁」，說白了，就是他在要求「可不可以重新維修？」他對發動機很神經質，不，不光是發動機而已，只要他覺得輔助翼或其他部分稍有異常，就會馬上來找我們。我猜想這也是別人說他是「膽小鬼」的原因之一。

我剛才也說了，零戰每飛行一百個小時，就要拆下發動機進行維修，但是，宮部先生經常未滿一百個小時，就要求我們拆下來維修。只要發動機的聲音稍微有點異常，他就非常敏感。只要覺得有一點不對勁，就立刻來找維修兵，所以，有不少整備兵討厭他。

這麼說似乎有點自相矛盾，其實宮部先生並非只是神經質而已。當他說發動機有異狀時，幾乎都會發現有問題的地方，有時候甚至可能是維修兵沒有注意到的問題。

他從來不會忘記向維修兵表達感謝。「多虧了你們的維修，才能讓我放心地在前線打仗。」這句話是宮部先生的口頭禪。

那些毒舌的維修兵都在背後說：「他根本沒打什麼仗，還眞敢說。」

不知道爲什麼，宮部先生似乎對我特別有好感。

「永井，只要是你維修的，我就很放心。」

聽到他這麼說，我每次都很高興。每個人都喜歡聽好話。

老實說，我對自己的維修技術很有自信，能夠得到別人的認同，當然覺得高興。在當時的海軍中，很少有士官會稱讚士兵，所以，我雖然討厭宮部先生的膽小，卻很欣賞他的爲人。

爲宮部先生的飛機維修時很輕鬆，因爲他在飛行時不會勉強飛機做不合理的動作。

飛機這種東西很精密，如果飛行時操作不當，我們維修員一眼就看出來了。比方說，過度急速下降時，機翼的金屬就會產生皺褶，或是出現細微的裂縫。當機關槍連續發射時，槍身會過熱，造成故障，嚴重時，甚至會發生機關槍打到螺旋槳的情況。在正常情況下，機關槍和螺旋槳的旋轉同步，子彈會經過螺旋槳旋轉的縫隙射出去，但當槍身過熱時，熱量會導致機關槍的子彈爆炸，於是就會打到螺旋槳。

但是，宮部先生的飛機總是沒有任何損傷。

對維修員來說，看到飛行員這麼愛惜飛機當然很高興。俗話說「平安無事才是好馬」，無論從正面或是負面來說，宮部先生都完全符合這個條件。

零戰是好飛機，但昭和十八年（一九四三年）開始，品質持續下降。品質比以前粗糙，但只有我們維修兵才能發現這種差異。

令人驚訝的是，宮部先生也發現了。

「最近送來的零戰的品質是不是變差了？」

有一天，我正在維修發動機，宮部先生突然問我。我內心不由得佩服宮部先生的慧眼，但我無法坦誠地向他承認。

「沒有太大的變化啊。」我停下手，一動也不動地回答。

「是嗎？那可能是我太敏感了。」

宮部先生說完，微微向我欠了欠身。我覺得有點不好意思。

「的確比以前稍微馬虎了點，但不會對飛行產生影響。」

「那我就放心了。」

「宮部飛曹長，你怎麼會發現的？」

聽到我的問題，宮部先生反而露出訝異的表情。

「一開就知道了。」

我佩服不已。

「我只是聽說——」我壓低了嗓門，「技術好的工人越來越少了，陸軍發了很多徵兵的徵召令，所以，工廠的工人也都變成了士兵。」

「是這樣嗎？」

「你也知道，零戰有很多曲線，不光是外側，內部的構造也有很多曲線。如果不是技術高強的工人，很難用車床車出這麼微妙的曲線。這種資深的工人一旦離開，對工廠是很大的損失。」

「我之前完全不知道，原來零戰出自這些高手之手。原來如此，被你這麼一提醒，我發現零戰的確是很美的戰機。」

宮部先生說著，撫摸著零戰的機翼，然後小聲地說：

「原來戰爭在工廠的時候就開打了。」

「對，一架飛機要靠很多人的努力才能飛上天。」

我故意暗示他維修員的重要性。

「我同意，工廠的工人和維修人員很重要。」

我反而有點不好意思了。

「雖然我這麼說有點那個，優秀的工人可遇不可求。如今，內地的中學生、婦女、兒童都被動員去工廠工作，他們根本無法取代一流的工人。」

「所以，日後可能會越來越糟嗎？」

「完全有這種可能性，但是，最可怕的是——」
我說到一半，就開始後悔。
「最可怕的是什麼？」
我鼓起勇氣說：「最可怕的是發動機的問題。」
「發動機也需要技術精湛的工人。」
「這當然也是一個問題，但如果製造發動機的機器逐漸磨損，發動機的製造數量就會減少。」
「製造發動機的機器？」
「對，發動機是非常精密的機器，需要以百分之一毫米爲單位的正確度切割金屬，如果沒有好的製造機器，就不可能製造出好的發動機。一旦製造機器耗損，生產量就會減少。」
「那不是日本製造的吧？」
我不發一語地點點頭。這是我聽教育航空隊的教練說的，教練以前曾經在製造發動機的工廠工作，他說在那裡看到了美國進口的機器，並且讚不絕口。他經常說：「日本絕對沒有這麼好的機器。」
宮部先生聽了我的話，重重地嘆了一口氣。
「我們在和那樣的國家打仗。」
「零戰的『榮』發動機是日本製造的，雖然是用美國的機器製造，但是日本人製造出這麼優秀的發動機。而且，使用『榮』發動機的零戰也是日本人製造的。」
「但是，美國很快就會製造出更優秀的戰機。如果我們要製作與之抗衡的戰機，就需要比

『榮』更優秀的發動機。」

「也許吧，但美國也未必能夠輕易製造出優秀的戰機。」

「希望如此。」

宮部先生不安地說。

不幸的是，宮部先生的不安成眞了。十八年（一九四三年）的年底，性能超越零戰的戰機「格魯曼F6F」出現在拉包爾的上空。

有關宮部先生打仗以外的事嗎？——但拉包爾除了打仗以外，眞的什麼也沒有啊。

對了——我想起來了。宮部先生喜歡下圍棋。我居然會忘了這件事。

我們維修兵在閒暇的時候經常打花牌，下將棋或圍棋。

我們在飛行員出擊前和出擊返航後會忙成一團，除此以外，中午的時間很空閒。吃完午餐，睡午覺的時候，各科的將棋愛好者、圍棋愛好者都會聚集在維修科宿舍屋簷下的陰涼處。當然，在瓜達康納爾之戰開打前，才有這種閒工夫，十八年之後，根本沒空下什麼圍棋。

那是十七年（一九四二年）秋天的事，大家像往常一樣在士兵宿舍前下圍棋，艦隊司令部的參謀月野少佐突然來到維修科的士兵宿舍。拉包爾除了航空隊駐紮以外，因爲是軍港的關係，所以很多艦艇都把這裡當成基地，還有陸軍，所以有很多陸軍士兵。

在我們這些士兵眼中，艦隊司令部的少佐簡直就像是雲端的人，所以看到他的出現，大家都緊張得不得了。但月野少佐叫我們放輕鬆，一屁股坐在草上看我們下圍棋。看了幾局之後，對維修科中棋藝最好的橋田兵曹說：「可不可以和你下一局？」橋田嚇了一跳，我們也都嚇到了。因爲士兵根本不敢隨便和少佐說話，更何況要和少佐下圍棋。我記得橋田兵曹當時一臉快哭出來的表情看著我們。

現場的氣氛很緊張，因爲有少佐在場，所以無法像平時一樣說說笑笑，在旁邊看棋時，也都站著不敢動。少佐叫我們隨便坐。

「下棋的時候不必在意軍階，但空襲警報一響，就要聽我的。」

大家聽了，都忍不住笑了起來。那時候，偶爾會有來自莫士比港的空襲。一旦接到敵機來襲的消息，維修員就要轉動發動機，讓飛行員可以隨時出動迎戰。如果來不及迎戰，或是那些不出擊的飛機，就要藏進掩護戰壕內。

即使少佐要我們「放輕鬆」，但並不是說放鬆就能放鬆的。看到我們緊張的樣子，少佐說了聲：「好，那就這麼辦。」，然後說：「我命令你們放輕鬆。」隊員都哈哈笑了起來，才終於紛紛坐在地上或是長椅上。

我這麼說，你們可能會以爲對月野少佐來說，圍棋只是消遣而已，其實並不是這麼一回事。他的棋藝很精湛，就連維修科中最厲害的橋田兵曹也經常敗在他的手下。月野少佐曾經說：「我和專業棋士相差兩子。」我不知道這代表何種程度的棋藝，但看到他輕輕鬆鬆地贏了當時維修科中最厲害的橋田兵曹，可見他眞的是高手。

那天之後，少佐會不時來看維修兵下棋，每次來的時候，都會帶些饅頭之類的當伴手禮，所以我們都很高興。少佐通常都是面帶笑容地在一旁看我們下棋。

少佐很喜歡圍棋，似乎認爲圍棋比將棋更高一等。

有一次，他曾經說：

「聽說山本司令很喜歡下將棋，但不會下圍棋。如果他懂圍棋，這次的戰爭恐怕就不一樣了。」

這句話意味深長。雖然是在比較將棋和圍棋，卻像在指桑罵槐，好像在批評山本司令。

「少佐，我想請教一下，將棋和圍棋不一樣嗎？」有人問道。

少佐回答：

「將棋只要取敵軍司令的首級就算結束了。即使兵力處於劣勢，即使被打得一敗塗地，只要能夠殺了敵軍的司令就結束了。」

「對。」

「打一個比方，就像只有兩千兵力的織田信長，也可以打敗兩萬兵力的今川義元。照理說，兩千兵力不可能勝過兩萬，但只要殺了義元，戰爭就結束了。這就是將棋。」

「圍棋不一樣嗎？」

「嗯，」少佐輕輕點了點頭說：「圍棋是來自中國的遊戲，從三百六十一個格子來看，原本可能是用來占卜一年的事，但久而久之，發展爲戰爭遊戲。之後又逐漸發展爲爭奪廣大的中國大陸的遊戲。說起來，圍棋就是在爭奪國土。」

「就好像和美國在爭奪太平洋嗎？」

「也可以這麼說。之前日俄戰爭時，聯合艦隊打敗了波羅的海艦隊，獲得了勝利。從此之後，聯合艦隊就認爲只要擒王，也就是打敗主力艦隊，就可以贏取戰爭，但在這場戰爭，並不是只要擒王就可以結束。」

少佐的話讓我們心情格外沉重。因爲，要和物資和人力極其豐沛的美軍爭奪太平洋並不是一件容易的事。

我看著眼前的棋盤。戰後，我也開始下圍棋，那時候我對圍棋一竅不通，但看著棋盤上的棋局，仍然有一種奇妙的感覺。散在棋盤上的白子和黑子看起來就像太平洋上的島嶼。這種奇妙的感覺也促使我在戰後開始學圍棋。

月野少佐輕聲嘀咕說：「山本司令推動了一場辛苦的戰爭。」

我爲什麼囉哩囉嗦了這麼一大堆，是因爲我剛才提到曾經看過宮部先生下圍棋，而且，和他對弈的不是別人，正是月野少佐。

那天，月野少佐也剛好來維修科宿舍玩，像往常一樣，看著隊員下棋。

這時，少佐突然看到了宮部先生，問他說：

「你會下圍棋嗎？」

也許是因爲很少在維修兵中看到航空兵吧。

宮部先生回答說：「會。」少佐點點頭說：「好，那我們來下一局。」

宮部先生深深地鞠了一躬說：「請多指教。」在少佐面前坐了下來。

「那就由我先下。」

宮部先生說著，把黑子拿到自己面前。我們都很驚訝。因爲就連維修兵中最厲害的橋田兵曹被少佐讓兩子後，仍然也敵不過他。

但是，少佐並不介意，默默地拿起了白子。

他們開始對戰。剛開始，少佐下得很快，但宮部先生慢慢地下每一顆棋子。

雖然我很希望可以向你們說明他們的棋盤，但我是在戰後才學會下圍棋，完全看不懂他們當時下棋的內容。只記得在中間之後，月野少佐常常陷入沉思，宮部先生仍然和剛開始一樣慢慢下。當少佐下完棋後，他停頓片刻，再慢慢拿起棋子放在棋盤上。他放下棋子的動作很柔軟，幾乎沒有聲音，和那些維修兵下棋時好像在敲石頭般的感覺完全不一樣。

棋局進入尾聲時，少佐不時發出「嗯」的呻吟，我以爲少佐快輸了。如果少佐輸了，就眞的是大快人心。我雖然和少佐無怨無仇，但即使是遊戲，看到士官贏軍官，心裡仍然覺得痛快。我們內心充滿了期待。

棋局結束，在計算目數時，發現少佐贏了一目。

包括我在內的所有圍觀者都稱讚月野少佐的勝利，但內心很失望。

「謝謝。」

宮部先生深深鞠了一躬，少佐也慌忙鞠躬說：「不，彼此彼此，謝謝。」

但是，少佐的雙眼仍然盯著棋盤。

「你叫什麼名字？」

宮部先生起身報上自己的姓名和軍階。

「宮部一飛曹——可不可以再陪我下一局？」

「好。」

宮部先生深深鞠了一躬。

少佐露齒一笑，把黑子拿到自己面前。所有人都很驚訝。我不知道你們是否瞭解，在圍棋中，實力較強的人執白子。因爲黑子先行棋，比較有利，後行棋的白子必須有足夠的技巧在棋盤上扳回這種不利。目前的職業圍棋中，由先行棋者額外補貼給對方六目半，但當時並沒有貼目的規則。

宮部先生說：「不，這——」試圖拿回黑子。

少佐制止了宮部先生的手，宮部先生只好拿白子。令人驚訝的事還在後面，少佐拿起黑子，在棋盤上放了兩個。

「不，我拿黑子。」

「雖然這樣還有點少，但就先這樣吧。」

宮部先生靜靜地說：「好，請多指教。」

之前曾經豪語，和職業棋士對弈時，只要對方讓兩子，如今他在棋盤上放兩子，代表宮部先生的棋藝和職業棋士不相上下。

這次的對局和剛才不同，雙方從一開始就謹慎地思考每一步。

下到一半時，戰局突然結束了。少佐認輸了。對圍棋一竅不通的我不知道發生了什麼事，即使很會下圍棋的維修兵也偏著頭，搞不清楚發生了什麼狀況。突如其來的結束讓我們這些圍觀者很錯愕，但宮部先生並不感到驚訝，默默地鞠了一躬。

「宮部一飛曹，你太厲害了，」少佐說，「你以前跟職業棋士學過嗎？」

「對，我曾經向瀨越憲作大師拜師。」

「瀨越大師——，他是吳清源的老師。」

大家都知道吳清源的名字。他是來自中國的天才少年，在戰前，曾經令日本的圍棋愛好者爲之瘋狂，就連不下圍棋的人也知道他的名字，甚至還出現了「半玉暗慕吳清源」的川柳（日本詩的一種），半玉是藝妓學徒的少女。我記得吳清源現在還活著，已經九十多歲了，仍然在研究圍棋，眞是太厲害了。

正因爲聽到了吳清源的名字，我才會記得「瀨越憲作」的名字。

「你想當職業棋士嗎？」月野少佐問。

「不，」宮部先生回答，「我曾經有一段時間有這個念頭，但我父親不同意。」

「原來是這樣。」

少佐並沒有多問，整理好棋子說：

「謝謝。眞是受益良多，有機會再向你討教。」

宮部先生也深深地對少佐鞠躬。

但是，他們並沒有再下棋。兩個星期後，月野少佐被調往艦隊，上了驅逐艦「綾波」，那一年的年底，在瓜達康納爾島砲擊的夜戰中，和驅逐艦一起陣亡了。

少佐走回軍官宿舍後，宮部先生也離開了士兵宿舍，坐在椰子樹下。

我追了上去，在宮部先生身旁坐了下來。

「宮部一飛曹，原來你曾經學過圍棋。」

「我父親喜歡下圍棋，一開始也是因爲這個原因讓我去學圍棋，不久之後，我也愛上了，在快上中學時，我想當職業棋士。」

「你父親反對嗎？」

「我父親做生意，所以希望我接他的班。即使父親反對，我仍然繼續學習。我瞞著父親，繼續去瀨越老師那裡學棋，但付不出學費，老師說，不用付學費沒關係，我就沒付了。」

「你老師人眞好。」

「後來才知道，其實是我父親背著我付了學費給老師，我父親喜歡圍棋不落人後，雖然不希望我當職業棋士，但希望我棋藝精進。」

「結果呢？」

「不久之後，我父親做投機生意，結果店倒了。父親欠了別人很多錢，很快就破產，父親對債權者說，要以死謝罪，就上吊自殺了。」

我覺得自己問了不該問的問題，但宮部先生淡淡地繼續說著。

「這下子可苦了活著的人。我中學退學，母親生了病，不久之後就死了。短短半年時間，我就變成了孤獨無依的天涯淪落人。既沒有錢，也沒有依靠，更沒有可以投靠的親戚。我不知道如何是好，所以就志願加入了海軍。」

我第一次聽說宮部先生的過去。

「瀨越老師說，他會照顧我的生活，叫我去當他的弟子，但瀨越老師的家境並不富裕，所以我婉拒了。原本打算如果志願兵的考試落榜，就去某家商店當學徒。」

原來宮部先生也一樣。海軍士官家裡通常都務農，爲了減少家裡吃飯人口而從軍。生爲農家的次子、三子和四子時，不是去都市當學徒，就是從軍餬口，只有一小部分人有機會讀中學。海軍兵學校的學生家境通常也不富裕，兵學校不需要付學費，許多因爲家裡沒錢而無法讀高中的孩子都去了兵學校。那時候，日本眞的很貧窮，而且是現在難以想像的階級社會。

宮部先生雖然不是農家的次子，但因爲家道中落，只能加入軍隊。

我也是佃農家的第三個兒子，在尋常小學校畢業後，去了本地的醬油工廠上班。結果，那家工廠倒閉，我無處可去，只能參加海軍。現代人難以想像當年我們加入海軍是爲了餬口。

「打完仗之後，你想當職業棋士嗎？」我問宮部先生。

「不可能，我已經錯過了當職業棋士的寶貴時機。」
「但只要努力，應該沒問題吧？」
「想要當職業棋士，必須在十幾歲時大量累積經驗，我錯過了這個時機。我已經二十三歲了，即使現在戰爭結束，我再怎麼努力，也無法成爲職業棋士。」
「太惋惜了。」
「沒什麼好惋惜的。」
宮部先生回答得很乾脆。
「小時候，我常爲一些小事難過或開心，中學時，我很煩惱到底要進一高，還是當職業棋士。當這兩個夢想都破滅時，我感到很傷心，但和父母去世相比，實在是不足掛齒。」
宮部先生說到這裡笑了笑。
「不過，從目前的角度來看，即使父母雙亡也不是什麼了不起的事。這次的戰爭中，每天發生的事更加可怕。每天有很多身強力壯的男人在戰場上陣亡，內地不知道有多少家屬接到了家人戰死的通知。」
我無法附和。因爲，在戰場上陣亡是「光榮的死」，應該感到高興，至少不能公開感到難過。宮部先生的話可能會被視爲不愛國。
看到我爲難的表情，宮部先生露出難過的笑容。他停頓了一下說：
「你知道我現在最大的夢想是什麼？」
「是什麼？」
「活著回到家人的身旁。」

我當時對他的回答感到極度失望，我覺得身爲海軍航空隊的戰機飛行員，怎麼可以說這種話？難怪其他人會說他是「膽小鬼」。

當時的我早就告別了「家庭」和「家人」。父母送我上戰場，所以，我覺得說想回家這種話太娘娘腔，完全無法理解「家人」是「男人必須保護的」。

直到戰爭結束，我復員回鄉，結了婚之後，才終於瞭解這件事。不，那時候其實還不瞭解，直到小孩子出生後，才終於知道自己才是人生的主人。對男人來說，必須用全身來背負「家庭」，也才眞正瞭解宮部先生說「想回到家人身旁」這句話的份量——。眞的太慚愧了。

說句題外話，你們知道我的興趣是什麼嗎？——是圍棋。我每星期會去老人會下一次圍棋，這是我目前最大的樂趣。

如果可以，眞希望可以向宮部先生討教一局。

昭和十八年（一九四三年）的夏天之後，拉包爾幾乎每天都遭到空襲。有多位來自台南航空隊高手的萊城機場落入了敵軍手中，周圍的島也被一一奪走，拉包爾宛如風前的燈火般岌岌可危。

十八年的年底，「格魯曼F6F」出現了，這是在性能各方面都大大超越「格魯曼F4F」的戰機。

我記得當年在拉包爾看到墜落的格魯曼F6F時啞然失色。不僅機身很牢固，發動機也大得驚人，簡直就像是妖怪。雖然發動機因爲墜落的衝擊而毀壞了，但維修長推測有兩千馬力，是零戰的兩倍。除了大馬力以外，重型裝備和厚實的防彈裝備也令我印象深刻。

在維修長的命令下，我們拆下了發動機進行研究，發現製造非常精密。維修長搖了搖頭說：

「要在日本製造這種發動機恐怕很難。」

敵軍不僅有格魯曼這麼優秀的戰機，裝了宛如倒海鷗式機翼的「西考斯基」，而且是有大功率發動機的強大新銳戰機，我們這些維修兵有一種時代正在改變的感覺。

航空兵也都一致認爲美軍的新銳戰機非常優秀。

但是，拉包爾的零戰飛行員都勇敢地向這些優秀的戰機迎戰。

那時候，已經不再去瓜達康納爾島攻擊，主要都是迎擊前來攻擊的敵人。戰機飛行員也可以利用地利之便展開戰鬥。他們在戰鬥時不必在意燃油的問題，也不必擔心子彈用盡。萬一被擊中，也可以跳傘求生。之前，幾乎沒有飛行員裝降落傘，從那個時候開始，大家都紛紛裝上降落傘。

但是，戰鬥絕對不輕鬆。我剛才也說了，敵軍的新銳戰機格魯曼F6F和西考斯基比零戰更優秀，而且數量上也有壓倒性的優勢。每次空襲，就會有兩百架左右的敵機來襲，我方最多只有五十架戰機迎擊。無論擊落多少架敵機，敵機的支援都源源不斷。我軍即使補充幾架戰機都很吃力，飛行員的補充就更吃力了。

零戰漸漸無力招架了。

零戰隊的飛行員幾乎每隔一個月，就有半數以上換了新面孔，只有西澤廣義先生、岩井勉先生等少數幾個人是老面孔。西澤先生是帝國海軍王牌飛行員之冠，岩井先生也是高手，岩井先生是昭和十五年（一九四〇年），參加零戰第一次戰役的十三名飛行員之一。在那次成爲傳說的空戰中，零戰機隊在沒有失去任何一架僚機的情況下，擊落了中國空軍整個機隊的二十七架戰機。之後他在擔任教練時，學生幫他取了「零戰之神」的綽號，他的空戰技術簡直就是神技。

西澤先生和岩井先生都曾經說：「只要躲過美軍戰機的第一擊，之後就沒什麼好怕的」，但只有他們才能做到，也有自信在陷入空戰時，不會被擊落。

赫赫有名的岩本徹三先生那個時候也在拉包爾，但他所在的托貝拉機場離我所在的東機場有一段距離，所以我從來沒有和他說過話。聽說他是和西澤先生不分軒輊的高手，所以沒見到他眞的太遺憾了。

宮部先生也是老面孔之一。現在回想起來，他能夠繼續留在那個戰場上，應該不光是因爲他很膽小的關係。

我剛才也說了，十八年（一九四三年）下半年，主要都以迎擊戰爲主，拉包爾的航空隊也擊落了很多架敵機。

美軍的飛行員幾乎都跳傘求生。日本海軍的飛行員都會用自爆的方式和敵人玉石俱焚，他們卻跳傘降落在敵軍陣地，絲毫不認爲成爲俘虜是恥辱。這件事讓我們有點驚訝，因爲我們一直以來，接受的教育都是「寧死不當俘虜」。

有一次，我軍的高射砲部隊擊落了一架空襲的美軍B17戰機，B17墜落在機場遠處。機組員在墜落前跳傘逃生，但因爲高度不足，降落傘無法完全張開，所有人都墜落在海中或島上身亡了。

其中一人掉在拉包爾機場附近，我們維修兵和飛行員走過去察看，發現降落傘卡在樹上。雖然美軍士兵身體並沒有太大損傷，但已經斷了氣。

我們把士兵的屍體從樹木上抬了下來，這時，其中一人大叫著，拚命甩著手上的東西。他手上拿了一張照片。

「那些傢伙居然帶這種東西上戰場。」
他把手上的照片拿給大家看。那是一張女人的裸照，但只有上半身而已。我看到裸露的女人胸部時受到很大的衝擊，不是因爲美軍帶著這種照片上戰場，而是裸照本身對我造成很大的衝擊。在那之前，我從來沒有看過女人的裸照。
我暫時忘記了自己身處戰場，出神地看著白人女人的裸照。剛才吵吵鬧鬧的戰友也都安靜下來，注視著那張照片。
照片在相互傳閱後，傳到宮部先生的手上。宮部先生和其他人一樣，不發一語地注視著照片，突然把照片翻了過來。宮部先生看著背面時，我還傻傻地想「原來背面也有」。
宮部先生把照片放回了美軍士兵屍體胸前的口袋。
一個航空兵伸手想要再度拿照片時，宮部先生大喝一聲：「不要！」但那個航空兵不理會他，把手伸進了口袋。這時，宮部先生揮拳打了他。被打的航空兵嚇了一跳，但打人的宮部先生也被自己的行爲嚇到了。
「對不起。」
宮部先生的聲音帶著哭腔。
「你幹嘛！」
被打的航空兵氣勢洶洶地大吼。
「那是他的太太。」
宮部先生費力地說。
「照片背面寫著，給我親愛的老公——也可能是他的女朋友。總之，我希望讓照片陪著他下葬。」

被打的航空兵聽了，立刻不再說話。

宮部先生再度向他道歉後，獨自走回機場的方向。

我看著死去的美國士兵，他還很年輕，才二十出頭。我立刻想起剛才照片中的女人，她的笑容有點羞澀，又有點僵硬，應該是鼓起勇氣，爲即將上前線的丈夫拍了這張照片。她的丈夫此刻死在南太平洋的小島上，在家裡等待丈夫歸來的妻子卻不知道他的死訊。這張照片將和死去的丈夫一起埋葬在小島的叢林中——

至今我仍然清楚記得當時的事。我在戰場上見過很多屍體，眞的是不計其數。有戰友的屍體，也有美軍士兵的屍體，大部分都消失在記憶黑洞中。

但是，不知道爲什麼，當時的情況在我腦海中留下了強烈的記憶。

之後，他在美國的妻子應該收到了丈夫的死訊。雖然這麼說有點冒犯，但我忍不住想像，不知道之後是否有人觸摸她那對漂亮的乳房。我說這種話，會讓人誤以爲是下流的想像，但對我來說，並不是這麼一回事。

留下心愛的人而死，不知道有多麼痛徹心腑——

我在戰爭結束的翌年回到內地，經由別人牽線結了婚。當時，我並不是眞心想要結婚，只是在生活安定之後，覺得該定下來了。對方也到了適婚年齡，覺得差不多該出嫁了，所以就和我結了婚。當然，我們不是貓狗，在相親時對彼此的印象不壞，才決定結婚吧，只是我已經忘了當時的心情。

結婚一年多後，我才對老婆產生了愛意。

有一天晚上，我不經意地看了一眼老婆。她在只有一顆裸露燈泡的燈光下，縫我長褲上的破洞。當時，我是郵局的職員，每天都騎著腳踏車去送信。

我從來沒有這麼看過專心縫衣服的老婆，我看著自己身上的襯衫，注意到手肘的地方補好了。仔細一看，發現一針一線都縫得很仔細。

我頓時對老婆產生了難以形容的愛。這個女人孤獨無依，也長得不漂亮，在為我縫衣服，每天為我做飯——

我是她第一個男人。我忍不住抱住她。「危險！」她輕輕叫了一聲，擔心手上的針會刺到我，但我不以為意，把她抱在懷裡。

這時，我第一次叫了我老婆的名字。因為很突然，所以她很驚訝，但還是害羞地應了一聲。我在那個瞬間愛上了她。

這時，你們知道我腦海中浮現的是什麼嗎？你們不要驚訝——是那個美國士兵，還有宮部先生把那張照片放回他胸前口袋的身影。

我和老婆做愛。不知道為什麼，我充滿激情。事後她告訴我，我當時哭了。我完全不記得了。但既然她這麼說，應該是真的。

我兒子就是那一次懷上的。就是去接你們的那個兒子，他現在是這個町的町議員。

——為什麼我知道是那一次懷了他？因為我老婆說的，女人會知道這種事嗎？

我兒子成為我另一塊心頭肉。

還有一次，我想起宮部先生的事，忍不住哭了。

那是我兒子讀小學，第一次參加運動會的日子。那是昭和三十年（一九五五年）。

小孩子都穿上白色運動服，在運動場上跑來跑去。

我和我老婆在運動場角落鋪了草蓆，爲兒子加油。大家都很開心，無論大人、小孩，都開心地笑了起來。我兒子在賽跑中跑了倒數第二名，哭喪著臉，但我仍然覺得很開心。

我看著周圍快樂的景象，有一種奇妙的感覺，好像自己闖入了另一個世界。那時，我猛然想起，十年前，這個國家還在打仗。

周圍那些面帶笑容的父親都曾經是在戰場上拿槍的士兵，是在中國打仗，在法屬印度支那打仗，在南太平洋島嶼打仗的士兵。

如今，大家都是公司職員、商人，每天爲家人努力工作，但十年前，大家都爲這個國家在戰場上廝殺。

這時，我突然想起宮部先生。如果宮部先生還活著，就可以和我一樣，和兒女一起參加運動會。不是海軍航空兵，也不是零戰的飛行員，而是身爲一個父親，爲在校園奔跑的女兒加油——不，不光是宮部先生而已，在瓜達康納爾島上，手拿刺槍被敵人槍殺，或是死在英帕爾的叢林中，或是和大和戰艦共存亡的官兵——在那場戰爭中陣亡的無數男人，都被剝奪了這份幸福。

我淚流不止。我老婆一臉不解地看著我，但沒有說任何話。

我起身走到校園的角落，身後響起小孩子的歡笑聲，更令我心如刀割。

我蹲在巨大的櫸樹下哭了。

姊姊從剛才開始就不停地啜泣，我也繃緊了身體。

沉默片刻後，永井開了口。

「到了十八年的年底，拉包爾已經失去了基地的功能，飛行員全都離開了。雖然還有人留在那裡，但已經連迎戰美軍的飛機也沒了。我們每天挖隧道，爲可能會發生的地面戰做準備。只是美軍根本不把拉包爾放在眼裡，一路攻向塞班島。如果美軍當時攻打拉包爾，我今天就不會在這裡了。拉包爾被斷了補給路後，成爲被日美雙方遺忘的島嶼。我們一直留在拉包爾，直到戰爭結束，在那裡的生活相當辛苦——」

我拚命點著頭，永井繼續說道：

「但是，我很幸運地活了下來。我在戰後拚命工作，工作的喜悅讓我瞭解到生命的喜悅，不光是我，許多男人都深刻體會了活著的幸福和工作的幸福。不，不光是男人，我相信女人也一樣。」

永井一字一句地說。

「日本在戰後的復興很驚人，但是，佐伯先生，這是因爲有很多男人對活著、對工作，以及對養育家人充滿了喜悅，這份幸福是宮部先生他們用尊貴的鮮血換來的。」

永井說著，擦著眼淚。

我和姊姊都說不出話，室內陷入了沉默。

「有一件事，我一直想不通。」

永井突然想起似地說。

「什麼事？」我問，他抱著雙臂回答說：

「對宮部先生來說，生命勝於一切，即使被人罵膽小鬼，他仍然選擇求生，這樣的人——」

永井微微偏著頭。

「爲什麼會志願參加特攻隊？如果說奇怪，還眞的很奇怪。」

第七章　瘋狂

和永井見面後，我翻閱了大量有關太平洋戰爭的書籍，希望瞭解在許多戰場上，到底展開了怎樣的戰鬥。

結果，越看越覺得怒不可遏。幾乎在所有的戰場上，士兵和士官都被當成砲灰，白白地送死，大本營和軍令部的高級參謀根本不把士兵的生命放在眼裡，他們甚至不願意想像，士兵也有家人，也有所愛的人，正因爲他們缺乏這種同理心，所以禁止士兵投降，禁止他們當俘虜，強迫他們自決或和敵人玉石俱焚，命令在戰場上廝殺得精疲力竭，最後仍然落敗的士兵「去死」。

在瓜達康納爾島上全軍覆沒的一木支隊，在打完仗的第二天早晨，海岸上有很多受傷的士兵，當美軍走近時，早就動彈不得的他們擠出最後的力氣舉起槍，沒有子彈的人就用手榴彈自盡。最後，美軍只能在無奈之下，用戰車輾死這些受傷的士兵。其實每個戰場上都發生了類似的情況。

許多航空兵也都奮戰到生命的最後一刻。因爲長官教導他們，一旦不幸中彈，無法回到基地，就要自爆。海軍操練所和預科練的名冊變成了無數陣亡者的名冊。

我們的祖父那一代是多麼偉大的世代！他們在那場戰爭中勇敢地奮戰，戰後，又重新建設了變成一片灰燼的祖國。

但特攻的問題仍然充滿疑問，有些書上說，所有特攻隊都是志願參加的，也有些書上寫，是被迫志願參加。我的外祖父到底是前者還是後者？

無論如何，祖父那一代人沒有時間和心情謳歌生命。

前海軍中尉谷川正夫住在岡山的老人院。

姊姊說，她要和我一起去。這項調查工作漸漸由我掌握了主導權，因爲和戰友會之間的聯絡工作都由我負責。

我們搭新幹線前往岡山。

「姊姊，我有言在先——」

在座位上坐好後，我說出了之前就想說的話。

「之前高山先生說，要把我調查外祖父的事寫成報導，我要正式拒絕他。」

姊姊點點頭。

「高山先生可能會不高興，但我不希望外祖父的事被報導出來。」

「高山先生應該會諒解。」

姊姊在說話時的表情很微妙。

「妳和高山先生之間發生了什麼事嗎？」

姊姊說了聲「沒什麼」，轉頭看著窗外，但我立刻知道她在說謊。姊姊向來不擅長掩飾自己的感情，內心的想法都寫在臉上，所以我認爲她不適合當記者。

「他對妳說了什麼嗎？」

姊姊聳了聳肩，似乎終於放棄了。

「高山先生希望我們以結婚爲前提交往。」

我驚訝地看著姊姊的臉，但從她的表情中，看不出到底高不高興。

「妳答應了嗎？」

姊姊搖搖頭。

「我說要考慮一下。」

「故意吊他的胃口嗎？」

「怎麼可能——又不是小孩子，但因爲關係到一輩子，我無法輕易回答。」

「那妳心裡是怎麼想的？」

「高山先生是好人，他的條件無可挑剔，所以——我打算接受他。」

我正打算開口，但姊姊制止了我。

「這個話題到此結束！」

我說了聲「好」，閉上眼睛想要睡覺，但想到姊姊終於要結婚了，心情很激動，根本睡不著。我無法判斷高山是否適合姊姊，當然，這種事根本不需要由我來判斷。

我好幾次偷偷張開眼睛看她，姊姊一直看著窗外。那是三十歲的成熟女子的臉龐。雖然是我姊姊，但我覺得她很漂亮。

這時，八年前的景象突然浮在心頭。

那天，藤木拚命安慰著哭得死去活來的姊姊。那是藤木返鄉的前一天，也是他帶我們去箱根的隔週。我去外公的事務所玩，上到屋頂時看到的。屋頂上有不少盆栽，我很喜歡一個人待在屋頂上。

那時候，我在屋頂的門旁隱約聽到女人的哭聲。我躡手躡腳地走過去，沒有開門，隔著玻璃向屋頂張望，看到姊姊蹲在屋頂上哭，藤木一臉爲難地站在她旁邊。藤木似乎在說什麼，但我聽不到。藤木每次說話，姊姊就哭著搖頭。一開始，我以爲藤木對姊姊做了什麼，但似乎不是這麼一回事。姊姊好像小孩子在耍性子般哭著，我第一次看到個性好強的姊姊哭得那麼傷心，藤木看著姊姊時，也露出我從來沒有見過的悲傷表情。我輕手輕腳地走下樓梯。

我不知道他們之間發生了什麼，只知道那時候還是女大學生的姊姊像少女般愛上了藤木。

老人院位在岡山的郊外。老人院後方是一座山，周圍的自然風景很優美，富有現代感的白色建築乍看之下像是公寓。

姊姊在網路上查了這家老人院，聽姊姊說，只要在進這家老人院時付幾千萬，就可以一直住到死。

我們來到老人院的事務所，說想要見谷川先生。我們被帶去會客室，但房間感覺像是一間小型會議室，正中央放了一張桌子。

不一會兒，護理員推著坐在輪椅上的老人走了進來。

「我是谷川，不好意思，我坐著說話。」

那位老人說。我們也向他打了招呼。

「已經有幾年沒人來看我了。」

谷川說著笑了起來。

護理員爲我們倒了茶。谷川充滿慈愛地拿著茶杯，靜靜地喝著茶。

「我幾乎沒有和人提過戰爭的事，因爲我不希望別人以爲我在吹噓，更不希望被人同情，覺得我很可憐，也討厭別人基於好奇問東問西。我相信這是很多在沙場上打仗過的男人共同的想法。」
姊姊想要說什麼，但谷川伸手制止了她。
「我知道妳想說什麼，這些事的確應該告訴後人，這或許是參加過戰爭的人應盡的義務。我相信很多談論戰爭經驗的人，都是基於這種使命感，努力回想這些痛苦的回憶。」
谷川把茶杯放在桌上。
「我來日不多了。自從我內人辭世，只剩下我一人後，多年來，我一直在想這件事，但至今仍然沒有得到答案。也許不久之後，上天就會召喚我了。」
谷川看著我的眼睛說：
「所以，我今天要說了。」

我和宮部是在中國上海的第十二航空隊認識的，宮部不怕死，是非常勇敢的戰機飛行員，他天生具有超強的飛行技術，和敵人作戰時非常強悍。一旦盯上敵人，就絕對不會輕易放過。我記得當時有人說「宮部簡直就像烏龜，咬住就不肯放」。
那時候的上海有赤松貞明先生、黑岩利雄先生、樫村寬一先生等飛行高手，岩本徹三先生也在那裡，但那時候他還不怎麼厲害。
赤松先生經常打人，他是明治年代出生的豪傑，只要幾杯黃湯下肚就失控了。他喝酒不知道誤了多少事，甚至被沒收了善行章❾。赤松先生在戰後也惹了很多麻煩，風評很差，然而，他在

❾ 戰前日本海軍表彰善行的徽章。

飛行技術方面是絕對的高手。雖然他自稱擊落了三百五十架敵機是誇大其詞，但空戰的本領絕對不是唬人的。

黑岩先生是單機空戰的高手，和年輕時的坂井三郎先生進行模擬空戰時，根本沒把坂井先生放在眼裡。在太平洋戰爭爆發之前就退伍進入了民間航空公司，但在戰爭中擔任運輸任務，昭和十九年（一九四四年），在馬來半島的海上陣亡了。如果他握著戰機的操縱桿，就絕對不可能被擊落。

樫村先生是單翼飛行的名人。在南昌的空戰中，他駕駛的九六艦戰只剩下單側機翼，但他憑著精湛的飛行技術回到了基地。當時，報紙上曾經報導了這則消息，他在戰前是全國最有名的海軍飛行員。他的空戰技術當然也是超一流的，我曾經有幸多次和樫村先生進行模擬空戰，根本不是他的對手。很可惜，樫村先生在十八年（一九四三年）時死在瓜達康納爾。

即使和這些高手在一起，宮部的飛行技術絲毫不比這些前輩遜色，赤松先生曾經說：「這傢伙搞不好是天才。」

黑岩先生卻說：「像他那樣亂來，有幾條命都不夠賠。」

我和宮部的關係既不好，也不壞，因爲剛好同年，在同一年進入海軍，宮部比我先成爲飛行生，所以他開飛機的經驗比我更長，技術也比我更優秀，但我和他之間並沒有競爭意識。有一件事讓我誇耀一下，太平洋戰爭爆發之前的海軍操練所素質很高，在我那一年，有八千名考生，只錄取了五十人，最後能夠成爲艦上機飛行員的只有二十個人出頭，競爭率差不多有四百倍。雖然自己說有點那個，但我們都是一些經過精挑細選的菁英。

十六年（一九四一年）的春天，我們兩個人都被調回內地，成爲航艦上的飛行員，宮部被派去「赤城」，我去了「蒼龍」，兩個人從此分道揚鑣。雖然在珍珠港之後的半年期間，我們都一直在同一個艦隊，卻始終沒有見到面。

我們在珍珠港攻擊的半年期間大展身手，所向無敵，不過，這反而造成了敗因。因爲長官都覺得無論怎樣都不可能輸。

但是，我們飛行員不能有半點馬虎。因爲——我們總是在最前線打仗。雖然整個機動部隊連戰連勝，卻並不等於飛行員的損失也是零。即使是獲得壓倒性勝利的戰鬥，一定會有飛機沒有順利返航。即使在珍珠港攻擊中，也失去了二十九架飛機，所以，我們隨時都在拚命，在天空中只要稍不留神，送命的是自己。

在中途島時，我們零戰隊殲滅了超過一百架敵軍的基地戰機和航艦的艦載機。是南雲和源田讓那場海戰輸了。

從中途島回來之後，我們這些飛行員在內地被軟禁了一個月左右，對於四艘航艦沉沒這件事徹底下了封口令，似乎一旦洩密，就會被軍法審判判處重罪。太荒唐了。怎麼可以不把眞相告訴國民呢？不，不僅如此，海軍甚至不向陸軍透露實情，所以，在瓜達康納爾島時，陸軍一直很納悶，爲什麼海軍的戰力比美軍更具有優勢，卻無法掌握制海權和制空權。

之後，我被分到新編成的航空艦隊，沒有去航艦的人幾乎都去了拉包爾。

我去了改造航艦「飛鷹」，投入奪回瓜達康納爾島的戰鬥。我也參與了「南太平洋海戰」，那場戰鬥很辛苦，經過數波攻擊，擊沉了「大黃蜂」，但也失去了很多資深飛行員，尤其是很多艦轟和艦攻的優秀飛行員。

最後，還是無法奪回瓜達康納爾。經過半年的戰鬥，在中途島倖存的飛行員都死在所羅門的天空中，有八成熟練飛行員都在這場戰役中陣亡了。

帝國海軍犯下了無可挽回的錯誤。

之後，我在內地當了半年的教練，又被派去印尼帝汶島的古邦基地，在那裡持續對澳洲的達爾文港展開攻擊。

那時候，東南太平洋的主導權完全掌握在美國手中，拉包爾成爲美國反攻作戰的前線，在這種情況下，根本不應該攻擊澳洲。

拉包爾被稱爲飛行員的墳墓，但十八年下半年後，少數倖存的飛行員反而個個都是高手，猛烈反擊了敵軍的反攻。因爲之前拉包爾基地的飛行員都要飛到一千公里外的瓜達康納爾島展開進攻，那時候只要迎擊前來進攻的敵軍，等於是在主場迎擊敵人。

當時，岩本徹三先生應該在拉包爾。岩本先生在太平洋戰爭中，是日美公認的最優秀王牌飛行員，總計應該擊落了超過兩百架飛機。

西澤廣義也在拉包爾。西澤一度回到內地，但十八年的時候應該又回到拉包爾。西澤可能比岩本更厲害，也受到美軍的高度評價，美國國防部目前還掛著西澤的照片，沒有第二個飛行員享有這種殊榮。我記得岩井勉和小町定也在那裡。小町還很年輕，卻也是個高手。總之，雖然人數不多，但有好幾個飛行高手，他們都是不可能輕易被擊落的強者，宮部也在那裡。

因爲西澤他們的奮戰，所以保住了拉包爾，但畢竟寡不敵衆，而且制海權掌握在美國人手中，無法順利補給，最後，連拉包爾也不再有價値，所以，敵軍也沒必要勉強攻打拉包爾。最後，美軍讓拉包爾孤立，直接進攻塞班島。

美軍一舉進攻我軍的戰略中心。

十九年（一九四四年）年初，我被派至菲島，成爲航艦「瑞鶴」的機組員。菲島就是菲律賓。「瑞鶴」是從珍珠港攻擊後，就持續作戰的航艦，在珊瑚海擊沉了「列星頓號」，在南太平洋擊沉了「大黃蜂號」航艦，自身卻從來沒有受到任何損傷，是一艘武運昌隆的航艦。當我成爲「瑞鶴」的機組員時，覺得自己很幸運，因爲我覺得只要在這艘航艦上，自己或許可以活下來。士兵往往很迷信。

航艦上聚集了來自各個基地的飛行員。

我在那裡遇到了意想不到的人——宮部。

我們都很驚訝。那時候，日中戰爭當時倖存的人幾乎都死在日美戰場上，能夠和老戰友重逢，眞的太高興了。

雖然我和宮部的交情並沒有特別好，但久別後重逢，有一種遇到知心舊友的喜悅。宮部似乎也有同感。

「原來你還活著。」

「谷川先生，你也平安無事。」

宮部說。

「說話幹嘛這麼拘謹，我們不是同年兵嗎？這樣我很不自在，就相互直接叫名字吧。」

宮部笑了笑。經過十年的海軍生活，我們都升上了飛曹長，是准軍官。

「好，谷川。」

雖然我們沒有談論至今爲止的戰鬥，但雙方都知道對方能夠活到今天有多麼不容易。

「接下來似乎要孤注一擲了。」

我說。

「恐怕會打得很辛苦。」

「這次可能眞的會沒命。」

聽到我這麼說，宮部抿緊了嘴。

美軍機動部隊展開反攻時，迎擊的日軍機動部隊是以在中途島戰役後，參加多次戰鬥的「翔鶴」、「瑞鶴」，以及新造的大型航艦「大鳳」爲中心的九艘航艦，但正規的航艦只有這三艘而已，其他都是由船艦改造的小型航艦。美軍則陸續有「艾塞克斯」級的大型航艦加入。根據偵察機的情報，敵軍有十幾艘航艦，雙方的戰力差距已經無法相提並論。「艾塞克斯」級航艦非常堅固，直到終戰爲止，日軍都無法擊沉任何一艘「艾塞克斯」級航艦。

然而，即使敵軍兵力再強，仍然必須對戰。這就是戰爭。

唯一的安慰，就是「翔鶴」、「瑞鶴」和「大鳳」的第一航空戰隊所搭載的都是最新銳的飛機。戰機是新型零戰五二型，艦轟是彗星，艦攻是天山，舊式的九式艦轟和九七艦攻已經遭到淘汰。這些新型飛機無疑爲飛行員壯了膽，尤其是彗星艦轟，據說比敵軍戰機的速度更快，期待它可以發揮相當強的戰力。

新航艦「大鳳」是四萬噸級的大型航艦，幾乎和戰艦差不多，飛行甲板上鋪了鐵板，可以承受五百公斤級炸彈的急降轟炸。

「如果中途島時有大鳳，我們就贏了。」

我站在「瑞鶴」的甲板上，遠眺著「大鳳」對宮部說。在中途島戰役時，四艘航艦都是被五百公斤級炸彈擊沉了。宮部笑著說：

「你本末倒置了吧，因爲在中途島被修理，所以才會造出這種航艦。」

「那倒是。」

「我更希望有具備防禦能力的飛機。」

我也有同感。我們的飛機因爲沒有防彈板，導致多少優秀的飛行員白白送了性命，被一顆流彈奪走生命實在太不值得了。

格魯曼F6F即使被七點七毫米的機關槍掃射一百顆子彈都不痛不癢，我在古邦基地時，曾經看過一架被擊落的F6F殘骸。當時，被F6F的鋼板厚度嚇到了，尤其是設置在飛行員背後的防彈板很厚實，七點七毫米機關槍的子彈根本打不進去。

我不由得佩服美軍多麼珍惜飛行員的生命。

美軍展開空襲時，必定會在途中配備潛水艇，營救無法順利返航，只能在中途迫降的飛行員。

我把這些事告訴宮部時，他說：

「被擊落後再度回到戰場，就可以把失敗變成教訓。」

「我們只要失敗一次就完了。」

「一方面是這樣，另一方面，他們用這種方式累積經驗，培養熟練的飛行員。」

「但我們經驗豐富的飛行員越來越少。」

那時候，美軍飛行員的飛行技術已經和開戰時無法同日而語，再加上新銳戰機格魯曼F6F和西考斯基都比零戰更優秀，他們用這些優秀的戰機，配合無線電，巧妙地進行編隊空戰，而且在數量上呈壓倒性的優勢，這場戰爭顯然已經毫無勝算了。

反觀我方的飛行員，幾乎都是飛行經驗未滿兩年的年輕飛行員，技術水準的降低十分明顯。停泊在菲律賓島的塔威塔威時，從航艦的起降訓練，就可以清楚地瞭解這一點。一架又一架飛機接連降落失敗。有的撞到艦尾，有的在甲板上翻了身，也有的衝過頭，從艦首掉落下去。在航艦上的起降訓練導致相當數量的飛機和飛行員的損失，我記得應該有超過五十架飛機和相同數量的飛行員，光是起降訓練，就損失了相當於一艘航艦的戰力。

「到底是怎麼回事啊？」

當飛行員休息室只有我和宮部兩個人時，我忍不住說道。

「無法順利降落在航艦上的飛行員能夠參戰嗎？」

宮部坐在椅子上，抱著雙臂。

「我猜想是因爲縮短了訓練時間，就讓他們參加實戰的關係。上次我問了年輕飛行員的飛行時數，他說一百個小時。才一百個小時怎麼可能有辦法降落在航艦上？」

「一百個小時最多只能飛上天。」

宮部點了點頭。我又說：

「我們去珍珠港時，每個人的飛行時數都超過一千小時。」

宮部垂下雙眼。

「這代表一航戰和以前大不相同了。」

航艦上的起降訓練很快就中止了。繼續訓練下去，只會失去更多飛機和飛行員。另一個原因，是因爲敵軍的潛水艇在塔威塔威的海上巡邏，繼續進行起降訓練太危險了。爲了躲過潛水艇，艦艇在海上航行的路線必須呈鋸齒狀，也就是做之字形運動，在飛機起降時，航艦必須向迎風的方向前進，這樣就會成爲潛水艇絕佳的攻擊目標。

日軍的驅逐艦攻擊潛水艇的能力不足，無法擊退猖狂的敵軍潛水艇，甚至曾經發生驅逐艦反而遭到潛水艇攻擊的情況，簡直就是老鼠反過來抓貓。因爲敵軍有性能優良的水中探測器和雷達，雙方在科學技術上有極大的差異。司令部認爲沒必要因爲起降訓練，就讓航艦陷入危險的情況。

得知起降訓練中止的那天晚上，我找了宮部去飛行甲板。

「居然停止訓練了，到底是怎麼回事啊？」我問宮部。

甲板上吹著暖風，那是熱帶夜晚的風。我們坐在甲板上。

宮部說：

「那些參謀可能認爲只要能起飛就好，事實上，起飛應該不是太大的問題。」

「所以，這代表只有一次性攻擊？」

宮部點了點頭。

「司令部可能打算進行特別攻擊。」

「太過分了。」

「可能打算孤注一擲吧。」

我心情格外沉重。

訓練中止對飛行員是很大的損失，飛行員必須靠訓練維持熟練度，就好像運動的訓練一樣。即將面臨重大戰役，我們卻有將近一個月無法飛行。

昭和十九年（一九四四年）六月，美軍終於對塞班島展開了猛烈的攻擊。

美軍的舉動完全出乎大本營那些參謀的預料，塞班島和關島附近有我軍很多陸地基地，飛機的總數也很多，根本沒想到美軍會展開進攻。這也是我方的大意所致。

美軍機動部隊運送了大量飛機到這些基地，針對日軍基地的航空隊各個擊破，使日軍基地幾乎陷入了癱瘓。

然而，日軍無論如何都必須死守塞班。瓜島和拉包爾都是日軍在太平洋戰爭爆發後才占領的島嶼，但塞班不同，那裡從戰前開始就是日本的殖民地，有日本人居住的城鎮，也有很多民間人士住在那裡。一旦塞班島被美軍攻下，日本就可能遭到新型轟炸機B29的攻擊，正因爲這個原因，日軍把塞班島視爲絕對的國防圈。

聯合艦隊司令得知美軍登陸塞班島後，立刻發布了「阿」號作戰命令。「阿」號作戰就是殲滅美軍機動部隊的作戰。

小澤治三郎司令率領第一機動部隊從塔威塔威前往塞班海上，因爲汲取了中途島敗北的教訓，所以連日派出多架偵察機。

十八日，偵察機終於發現了美軍機動部隊，但因爲接近日落時分，距離太遠，所以延到翌日展開攻擊。

翌日，第一機動部隊和美國機動部隊的距離只剩下四百海里，美國艦隊仍然沒有發現我方的機動部隊，對我軍來說是絕佳的機會。但即使被發現也無妨，因爲日本的飛機比美國飛機的續航距離更長，可以在對方無法到達的距離展開攻擊。沒錯，就像是一個手特別長的拳擊手。

這是小澤司令知名的「射程距離外」戰法。由於是在美軍機動部隊無法進行攻擊的距離展開攻擊，所以完全零風險。

聽起來似乎是理想的作戰方法，實際上卻沒那麼順利。對機動部隊來說，的確沒有風險，但對航空隊而言，卻並不是這麼一回事。飛行員在飛行四百海里後攻擊敵軍機動部隊並不是一件容易的事。四百海里大約七百公里，必須飛行兩個多小時，才能到敵軍上空。而且，對象並不是像夏威夷那種不會移動的陸地基地，而是在高速移動的機動部隊，在到達敵軍艦隊上空期間，敵軍艦隊會移動一百公里，所以，甚至無法瞭解最後是否能夠到達敵軍機動部隊。雖然由熟練的飛行員帶路，但如果中途遇到敵軍戰機在空中迎擊，就會打亂編隊，到達敵軍機動部隊上空就變成不可能的任務。

而且，我軍攻擊隊的成員幾乎都是菜鳥飛行員，他們鬥志高昂，比已經對沙場感到疲累的老飛行員有更強烈的戰鬥意願，但是，在天空中無法靠鬥志打仗，而是飛機性能和飛行技術的對決。

順利完成攻擊任務後，對飛回母艦沒有自信的飛行員就降落在關島的陸地基地，在那裡補充燃油和機關槍彈藥後，再度展開攻擊。

於是，攻擊隊就出發了。

旗艦「大鳳」的主桅桿上在前一天就掛上了Z旗。那是聯合艦隊的東鄉平八郎司令曾經在日本海海戰前掛過的光榮信號旗。在這次戰爭中，自從珍珠港攻擊之後，就沒有掛過這面Z旗，此刻迎風飄揚，象徵著「攸關國家生死存亡的一戰」。

我們飛行員的心情也從未這麼緊張過。

六月十九日清晨，第三航空戰隊的第一梯次攻擊隊從母艦起飛，第一航空戰隊也立刻起飛展開第二梯次攻擊。我擔任第二梯次攻擊隊彗星的掩護機。

這一天，我軍的機動部隊派出六波攻擊隊展開攻擊，總共派出超過四百架飛機。以前從來不曾有過這麼大規模的攻擊隊，更超過了之前珍珠港攻擊的規模。而且，攻擊隊的飛機都是零戰五二型、彗星艦轟和天山艦攻等新銳戰機。

可悲的是，駕駛這些新銳戰機的飛行員和珍珠港時不同，在艦上起飛後，就可以立刻察覺這一點。因爲這些飛機無法組成排列密集的編隊，昔日的海軍航空隊已經不復存在。

——結果嗎？就和你想像的一樣。

敵軍靠高性能的雷達，在一百海里外就捕捉到我方的攻擊隊，更令人驚訝的是，敵軍還偵測到我方的高度。當然，這些全都是在戰後才得知的，我不知道小澤司令手下的參謀對美軍的雷達性能瞭解多少，我猜想應該一無所知吧，我們卻用自己的身體瞭解了這一切。

美軍讓機動部隊的所有戰機全體從航艦上起飛，埋伏我軍的攻擊隊。照理說，「射程距離外戰法」要先發制人，沒想到我軍反而遭到了奇襲攻擊。

我軍攻擊隊在高空遭到數量是我方一倍的敵軍戰機攻擊，我雖然好不容易躲避了攻擊，但僚機在轉眼之間就變成一團火球墜落。我試著追擊格魯曼，但當我緊跟著一架飛機時，後方立刻有其他敵機向我開火，我根本無暇擊落敵機。

我軍的飛機接二連三地墜落，訓練不足的飛行員無法閃避敵機，頻頻成爲敵軍戰機攻擊的標靶。

你們知道美軍士兵如何稱那場戰鬥嗎？——他們稱爲「在馬里亞納打火雞」。

我不知道火雞長什麼樣子，但聽說動作很遲鈍，就連小孩子都可以打中火雞。對美軍的戰機飛行員來說，當時日本的飛機就和火雞差不多。

即使躲過了敵軍戰機的第一波攻擊，緊接而來的是敵軍的第二波攻擊。敵軍的戰機攻擊一波又一波。

最後，只有寥寥數架飛機突破了敵人的迎擊線，被擊落的攻擊機相當多。

我奮力掩護了幾架彗星艦轟來到敵軍機動部隊的上空，因爲彗星的速度很快，所以設法突破了重圍，但速度緩慢的天山艦攻幾乎都被敵機擊落了。

來到敵軍艦隊上空時，我不由得產生了戰慄。下方聚集了好幾艘航空母艦，至少有將近十艘，日本海軍只有三艘正規航空母艦投入這場海戰，美軍卻準備了數量是日軍好幾倍的大型航艦，這根本是輕量級的拳擊手在挑戰重量級拳擊手，和手臂的長短完全沒有關係。

艦隊上空出現了密密麻麻的掩護機，我不禁想要放棄，覺得自己的性命恐怕也到此結束了。既然同樣要死，那即使犧牲自己，也要讓艦轟的砲彈命中敵人。

我挺身迎向準備攻擊彗星艦轟的敵軍戰機，不知道是不是被我的氣勢嚇到了，敵軍戰機的子彈始終無法靠近彗星。我緊貼著彗星，趕走敵軍轟炸機，一旦面臨緊要關頭，我打算替彗星擋子彈。

我看到彗星急速下降，艦隊用高射砲展開猛烈的攻擊，我從來沒看過這麼驚人的彈幕。天空一片漆黑。彗星勇敢地衝進槍林彈雨。加油！我不由得在內心祈禱。即使明知道是螳臂擋車，也希望看到彗星狠狠轟炸敵軍艦隊；即使無法和敵人對抗，至少也要砍下第一刀！

但是，下一剎那，我看到了令人難以置信的一幕。彗星艦轟接二連三地化爲火球墜落了。美軍的高射砲火準確地擊落了彗星艦轟，簡直就像是用附有瞄準器的槍在狙擊。我呆然地看著被擊落的彗星。

最後，彗星艦轟的攻擊幾乎沒有任何戰果，我完全不明就裡。這時，格魯曼向我展開攻擊，我只能靠本能閃避敵人，完全無法反擊，只能勉強保護自己。敵軍就像是貓在戲弄老鼠般不斷地攻擊，我才閃過一架，又有另一架出現，只能拚命閃躲敵人的子彈。

我好不容易逃離了敵軍艦隊的上空，幸好格魯曼並沒有追上來。格魯曼應該在執行護衛艦隊的任務，如果他們執拗地追擊，我一定會中彈。

我決定飛回母艦，周圍完全看不到任何一架我軍的戰機。雖然我曾經打算飛去關島的基地，但最後還是決定回母艦。這個決定救了我一命。在我們之後出擊的第三波攻擊隊沒有找到敵軍的航艦，沒有飛回母艦，轉而飛向關島，結果幾乎全被等候在關島上空的敵軍戰機擊落。

當我回到母艦時，沒有看到我軍的航艦。敵軍的攻擊機還沒有出現，「大鳳」和「翔鶴」居然都不見了。

我在「瑞鶴」降落後，向飛行長報告了戰況。

敵方戰機的迎擊導致我方的眾多攻擊機墜落，據我的觀察，攻擊敵軍機動部隊的戰果微乎其微。

飛行長聽完報告後，說了聲「好」，就陷入了沉默。

報告結束後，我向其他機組員詢問了「大鳳」和「翔鶴」的情況，得知兩艘航艦都遭到敵軍潛水艇的雷擊而沉沒了。聽到這個消息，我全身無力。在我軍投入所有戰力發動攻擊無法奏效之際，我方的兩艘航艦被敵人擊沉了——

徹底輸了。我不由得想道。

不一會兒，有一架零戰飛了回來。是宮部。只有他一個人回來，沒有僚機。在這場空戰中，根本難以協助僚機同時回航。宮部的戰機機身也中了彈，他走下飛機時一臉疲憊。

宮部完成戰鬥報告後看到我，嚇了一跳，我從他的眼中看到他似乎在說：「你居然活著回來了。」

我們一起走進飛行員休息室，室內空空蕩蕩，今天出擊的飛行員幾乎都沒有回來。

「大部分人都陣亡了。」

我說。

「應該是雷達的關係，敵軍的雷達似乎很優秀。」宮部回答。

「你有沒有飛到敵軍陣營？」

宮部點點頭。

「所以，你看到那個了嗎？」

宮部停頓了一下後回答：「看到了。」

「你在戰況報告中有提到嗎？」

「我有說了，但飛行長和幕僚都沒有太大的反應。」

「我也一樣。雖然我努力報告得很詳細，但他們似乎並不感興趣。」

「只有親眼看到的人才能夠體會。」

「那到底是什麼？」

宮部搖了搖頭。

「我不知道是什麼，只知道是很可怕的東西——以後可能再也無法擊沉敵軍的航空母艦了。」

我們討論的是敵軍的高射砲彈命中轟炸機的機率相當驚人，簡直令人難以相信，好像有什麼可怕的新武器衝了出來。

我們的推測完全正確。

那個祕密武器就是「近爆引信」，綽號爲「魔術引信」或「VT引信」的這種引信，在砲彈前方成爲一個小型雷達，當飛機進入砲彈周圍幾十公尺的範圍時，引信就會引爆，的確是相當可怕的武器。

這些都是我在戰爭結束幾年後才知道的，美軍在開發這項「VT引信」時，投入了和曼哈頓計畫相同的資金。曼哈頓計畫就是原子彈的開發計畫。

當我得知這件事時，發現美軍和日軍的想法完全不同。「VT引信」是一種防禦武器，可以避免自己受到敵人的攻擊。日軍完全沒有想到這一點，只會一味製造攻擊敵人的武器。最典型的例子就是戰機，日軍只考慮到開發最長的續航距離、優秀的空戰性能和強大的二十毫米機關槍，卻完全沒有任何防禦功能。

日美雙方的「思想」在根本上就大不相同。日軍從一開始就徹底輕視人命，這也成爲之後特攻的基礎。

當時，日軍對「VT引信」一無所知，但是，生還的彗星艦轟隊的人都憑本能知道了「VT引信」有多麼可怕。

「突然在眼前爆炸，其中一定有什麼裝置，使砲彈靠近我們時就發生爆炸。」

這是生還的彗星艦轟的飛行員對我說的話，他也曾駕駛艦轟參加過珍珠港攻擊，因此，他的話很有份量。

然而，即使前線的飛行員說破了嘴，大本營的參謀仍然不相信，認爲美軍只是增加了高射砲的數量而已。話說回來，即使他們知道「VT引信」的事，也無法研究出有效的對策。

帝國海軍在「馬里亞納海戰」的第一天，就損失了三百多架飛機，更損失了兩艘寶貴的航艦，在短短幾個小時內，幾乎喪失了所有的戰力，但美軍方面幾乎沒有任何損失。

第二天，美國機動部隊對開始遁逃的我軍展開了攻擊。不計其數的敵軍艦載機向我軍艦隊展開攻擊，我也駕駛著戰機迎戰，但終究寡不敵衆，非但無法擊落敵軍的轟炸機，還必須努力注意不被敵軍的戰機擊落，面對幾百架敵軍的攻擊機，十幾架戰機當然無法發揮太大的作用。

在這場戰鬥中，「瑞鶴」遭到轟炸，受到了些微的損傷。這是開戰以來，「瑞鶴」第一次受創，但我方最後順利躲過了敵軍的攻擊，只損失了改造航艦「飛鷹」和兩艘供油艦而已。

我在海上迫降，被驅逐艦救起。宮部也在海上被驅逐艦救起。

日軍孤注一擲的馬里亞納海戰導致聯合艦隊喪失了一大半的戰力，完全無法攻擊敵軍在塞班的登陸部隊。

之後，塞班島上的日本陸軍幾乎全軍覆沒，也有很多民間人士失去了生命。許多日本人在塞班海岬跳海身亡。戰後，當我看到美軍拍攝到日本人紛紛跳崖的影像時，我淚流不止，一次又一次在心中道歉吶喊：「原諒我」。

從馬里亞納回到內地後，「瑞鶴」在船塢修理，我們這些飛行員暫時被分去各地的航空隊。那時候，軍方給了我們幾天休假。我忘了宮部去了哪個航空隊，只記得和他臨別時的對話。

「好久沒有見到家人了。」宮部說，「谷川，你有什麼打算？」

「我只有三天的休假，光是來回岡山就結束了，下次有比較長的休假時再回去吧。」

宮部想了一下，問我：

「你沒有想見的人嗎？」

「你是問女人嗎？」

宮部點點頭。

「當然沒有，我想見的只有慰安所的女人。」

「在老家沒有嗎？」

「沒有。」

說完，我笑了起來，這時，一張少女的臉突然浮現在眼前。

「我想起有一個，」我說，「是從小一起長大的女生，小時候不懂事。她應該早就出嫁了。」

說完這句話，我心裡忍不住有點難過。我那時候二十五歲，但十五歲就加入海軍，對海軍以外的世界一無所知，也在海軍度過了所有的青春歲月。

我和宮部只聊了這些，但這番對話改變了我的人生。

我在木更津當了一陣子教練，秋天的時候，再度被派往戰場。這次去的是菲律賓。

接到前往戰場的命令時，因爲運輸船的船期關係，我有一個星期的休假。

我回到了久違的故鄉。村裡的人爲我開了歡迎會，兩年前，我因爲參加珍珠港攻擊，成爲村裡的英雄。

村民問我前線的戰況時，讓我不知道該怎麼回答。大本營公布的戰況都是謊言，但村民都深信不疑，希望我和他們分享前線的輝煌戰果。內地完全沒有任何緊張的氣氛，雖然日常物資很缺乏，但當時本土還沒有遭到空襲，在前線後方的國民並沒有感受到戰爭的可怕。

面對這些鄉親，我當然不可能告訴他們在馬里亞納發生的事，而且，在休假之前，長官警告我們，絕對不能提起海戰的狀況。

在歡迎會上幫忙的女人中，有一個人特別漂亮。她是我小學同學島田加江，是我的初戀女生，也是我和宮部提到的那個女生。

「正夫，你越來越出色了。」

「謝謝。」

她說。

我好不容易才擠出這句話。當時，我還沒碰過女人。雖然同袍好幾次找我去慰安所，但我一次都沒去過。

「難以相信你是國家的英雄。」

說完，她呵呵笑了起來。

「我也不相信。」

看到我一本正經地回答，她笑得更開心了。

「我以前曾經把你弄哭。」

「我記得。」

那是小學一年級的時候。加江個性很強，那時候，我們因爲小事吵架，加江拚命打我的頭，把我弄哭了。因爲我一直覺得這件事很屈辱，所以記得特別清楚。

「但現在的你在戰場上擊落了不少英美的戰機。」

「對。」

「你為國家辛苦了。」

加江雙手著地，深深地向我鞠躬，然後轉身離開，再也沒有進來。

宴會時，我滿腦子都在想她的事。也許是因為喝了酒的關係。我在宴會快結束時問村長：

「島田加江現在還是單身嗎？」

「你喜歡加江嗎？雖然她遲遲沒有出嫁，但可是村裡最漂亮的女人。」

「她已經有對象了嗎？」

「應該沒有。你要娶加江嗎？」

我毫不猶豫地回答：「對。」

「好，我知道了。」村長說完這句話，就沒再多說什麼。第二天，我在家裡休息時，村長和加江的父親上門了。他們和我的父親、哥哥討論後，決定讓我和加江結婚，並決定兩天後結婚。我在三天後歸隊。

事到如今，我當然不可能推辭。我下定了決心。

兩天後，在我家辦了婚事。宴會那天之後，我和加江沒有說過話。喜宴結束，只剩下我們兩個人時，已經是深夜了。

加江深深地向我鞠躬說：「請多關照。」我也一臉正色地鞠躬說：「彼此彼此。」我很緊張，即使在戰場上時，也從來沒有這麼緊張過。

但是，我鼓起勇氣說：

「加江，有一件事我必須告訴妳。」

「好。」
「大本營雖然聲稱日本打了勝仗，但其實我們打了敗仗。」
加江點點頭，我從她的表情中發現，村民其實並不相信大本營公布的消息。即使村莊沒有遭到空襲，也察覺到戰況在逐漸惡化。
「我明天就要歸隊了，這次不知道會被派去哪裡，如果再度被派去戰場，這次恐怕眞的沒辦法活著回來了。」
「是。」
「雖然剛辦完了婚事，這麼說很不應該，但我很對不起妳，全都是因爲我的一句未經深思的話引起的。如果我死在戰場上，妳就會變成寡婦，到時候，不必在意我家，找一個好男人去改嫁吧。」
「你不能活著回來嗎？」
「我無法保證，我希望妳保持處子之身，即使我無法平安回來，妳和別的男人在一起時，這樣會比較好。」
加江不發一語地聽著我說完後，停頓了很久才開口說：
「爲什麼想要娶我？」
「因爲我喜歡妳。」
「知道我爲什麼嫁給你嗎？」
「爲什麼？」
「因爲我喜歡你。」

那天晚上，我和加江成爲眞正的夫妻了。

——不好意思，說這些無聊事給你們聽。

翌日，我告別了加江，在衆多村民的歡送下離開了村莊。

三天後，我離開了日本。

美軍的下一個反攻地點是菲律賓島的雷伊泰島。

聯合艦隊展開了名爲「捷一號」的作戰，迎擊登陸雷伊泰島的美軍。

我被派往呂宋島的馬巴拉卡特基地。

馬巴拉卡特——聽起來就很不吉利。不，其實地名沒有罪，只是對我來說，光聽到這個地名，心情就好像蒙上了一層陰影。

我到達基地後的某一天晚上，士官以外的所有飛行員都在指揮所前集合。副隊長說：

「今天請各位集中在這裡只有一件事，目前，日本面臨了前所未有的危機，戰況極其嚴峻。因此，我們要對美軍展開殊死的特別攻擊。」

我立刻聽懂了其中的意思。副隊長要求我們展開自殺式攻擊。

「但是，特別攻擊是十死零生的作戰，只有志願者參加。」

空氣頓時緊張起來，指揮所周圍一片沉重的寂靜，連呼吸都變得很痛苦。

「志願者向前跨一步！」

站在副隊長身旁的軍官大聲說道。

但是，沒有一個人採取行動。這並不是可以輕易自告奮勇的事，就好像聽到「現在想死的人舉手」這種話，不可能有人馬上舉手。即使在戰場上做好了爲國捐軀的準備，也不見得眞的願意去送死。

「願意，還是不願意！」

一名軍官大聲問道，立刻有幾個人往前走了一步。其他人都跟著向前一步，我也在不知不覺中，跟著大家往前站。

戰後，我看了描寫當時狀況的書籍。書上說，聽到軍官的話，飛行員爭先恐後地上前一步說：「讓我去！」那根本是彌天大謊。

對，那屬於不是命令的命令，完全不讓我們有任何思考的時間。我們是基於軍人的習性，順從了這種命令式的要求。

等回過神時，發現自己在死刑執行書上簽了名。

回到宿舍後，才充分感受到事態的嚴重性。我第一個想到加江，我打破了和她的約定。我想到的不是加江哭泣的臉，而是她憤怒的表情。我想起小時候，她打我時的表情，忍不住在心裡一次又一次道歉。

以前，我從來沒有寫過遺書，那是我第一次寫遺書。我不記得寫了什麼，但清楚記得開始的第一句話就是「親愛的加江」。

老實說，我並不是怕死。這不是逞強。在珍珠港攻擊時，我就覺得這條命保不住了。許多比我優秀的飛行員都死了，在至今爲止的近百次空戰中，我的機身好幾次都挨了子彈。雖然都不是致命傷，但只要偏數十公分，就會墜機身亡了。我能夠活到今天，完全是靠運氣，我很清楚，自己早晚會步上戰友的後塵——

但是，做好陣亡的準備上戰場，和參加註定要死的出擊是兩回事。在此之前，即使生存的可能性再低，仍然能夠抱著一線希望，一旦參加特攻，再大的運氣也沒用，所有生存的努力都沒有用。一旦出擊，必死無疑。

話說回來，既然已經志願參加，就只能乾脆一點，唯一放不下的就是加江。我眞心感到後悔，當初不應該結婚的，但又覺得只要爲了加江，要我死都可以。

我記得第一航空艦隊司令大西瀧治郎是在我們志願參加特攻隊後，才到達馬巴拉卡特。根據史實的記載，大西司令到馬巴拉卡特後想到了特攻的點子，任命關行男大尉擔任特攻隊的隊長，但這種說法並不正確。因爲在此之前，我們就被迫參加了特攻隊，在大西司令抵達之前，已經決定要展開特攻了。

之後，很快就公布了特別攻擊隊的飛行員名單。由關大尉擔任隊長，總共二十四人參加特攻隊。

當發現名單上沒有我的名字時，我鬆了一口氣。雖然已經志願參加，早晚要參加特攻，但看到名單上沒有自己，還是鬆了一口氣。我討厭這樣的自己。

我不知道該對被選上的飛行員說什麼，不能認爲他們可憐，也不能覺得他們運氣不好。你們能瞭解這種心情嗎？

他們面不改色，是眞正的武士。我捫心自問，自己能不能表現得像他們一樣？我相信很多沒有被選上的飛行員都有相同的想法。

大西司令對特攻隊員說：

「目前，日本面臨重大的危機，能夠拯救眼前危機的不是大臣，不是上將，也不是軍令部的總司令，當然，更不是像我這種司令，而是你們這些純潔而充滿鬥志的年輕人。我代表一億國民向你們祈禱作戰成功，因爲你們都是已經放棄自己生命的神，你們沒有任何私慾，唯一的遺憾，就是無法知道自己捨身攻擊的戰果。我將在看到你們奮戰的成果後，晚一步去向你們報告。」

訓示結束後，他從台上走下來，和特攻隊員一一握手。

特別攻擊隊取名爲「神風特別攻擊隊」，但當時不唸「kamikaze」，而是唸成「shinpu」，之後才改成「kamakaze」，不同的特攻隊分別命名爲「敷島隊」、「大和隊」、「朝日隊」和「山櫻隊」，這四個隊名來自本居宣長的詩歌「人和敷島大和心，朝日爛漫山櫻花」。

相同的時候，聯合艦隊下令進行「捷一號」作戰。聯合艦隊要動用所有兵力阻止美軍登陸菲律賓島。

日本已經被逼入絕境了。

美軍攻下塞班後，下一個目標就是菲律賓群島。一旦美軍占領了菲律賓群島，就完全斷絕了日軍和南方的聯絡，也斷絕了石油等資源，所以，陸軍和海軍都必須死守菲律賓群島。

聯合艦隊全體出擊，迎戰美軍的登陸部隊。

聯合艦隊的任務，就是要殲滅敵軍的運輸船團。因此，聯合艦隊用了狠招，把機動艦隊當成誘餌，誘惑美軍的機動部隊上鉤，戰艦「大和」和「武藏」等水上艦隊就可以趁此機會挺進雷伊泰島，一舉埋葬敵軍的運輸船團。那是自我犧牲的殊死作戰方案。

當然，所有這些事都是在戰後才知道的。當時，我們這些在基地的飛行員根本不瞭解整體的戰況，只是聽長官的命令行事。

特別攻擊是爲了從側面掩護進攻雷伊泰灣的水上部隊，只要用特攻破壞美軍航空母艦的飛行甲板，艦載機就無法起降，如此一來可以減少來自空中對水上部隊的攻擊，水上部隊就可以輕易進攻雷伊泰灣。

如果我軍有足夠的飛機，基地航空隊就可以援護水上部隊，或是直接攻擊美軍的機動部隊，但日本的基地航空隊已經無力展開如此大規模的攻擊。

特攻就是在這種狀況下誕生的。

關行男大尉率領的敷島隊在十月二十一日出擊，但是，這天沒有找到敵人的蹤跡，翌日也持續出擊，仍然沒有找到敵人，再度返回基地。

這種情況非常殘酷。

關大尉有一位新婚的妻子，對關大尉來說，拋下新婚妻子去送死一定很痛苦。聽說他在出擊前曾經說：「我不是爲國家而死，而是爲心愛的妻子而死。」我能夠理解他的心境。相信關大尉以外的隊員也在死亡當前之際，用各自的方式思考死亡的意義，經過激烈的掙扎，努力平靜心情後，出發執行出擊任務。

然而，出擊後卻沒有發現敵人，再度回到基地時，不知道是怎樣的心情。得以再度享受僅有的片刻生命，又對他們造成了多大的痛苦。當原本以爲活不過今晚的自己又過了一夜時，不知道又是多大的痛苦。

關大尉和其他隊員絕對沒有在我們面前表現出這種苦惱，我不由得佩服這些偉大的戰友。

他們在第四次出擊時，終於再也沒有回來。

那一天，由前一天從克拉克基地飛回來的西澤飛曹長，率領四架零戰負責掩護敷島隊，沒錯，就是之前被稱爲「拉包爾之冠」的西澤廣義。之所以找他擔任掩護，是希望除了掩護特攻機以外，由他把特攻機一路帶向敵艦所在的位置。

關大尉率領的敷島隊五架飛機全都命中目標，導致敵軍三艘護衛航艦受到重創，戰果相當輝煌。我們從來自宿霧島基地的電報中，得知了這個消息。史上首次特攻大獲成功。西澤飛曹長報告了這次戰果，他的報告非常正確。根據美軍在戰後公布的消息，當時有一艘沉沒，兩艘受到重創。

西澤飛曹長徹底保護了敷島隊免受敵軍戰機的攻擊，並在高射砲的猛火攻擊中，目睹特攻隊命中目標，擊落了兩架糾纏不清的格魯曼F6F，才回到宿霧島基地。

之後，我聽當時在宿霧島基地的飛行員說，西澤飛曹長那天走下戰機時，渾身散發出異樣的殺氣，沒有人敢對他說話。

雖然航空特攻作戰一直持續到終戰，但那次攻擊的戰果最輝煌。趁美軍不備當然是成功的最大原因，但是，由日本海軍首屈一指的戰機飛行員西澤擔任護援工作，也是重要的原因之一。諷刺的是，也許正是那一次的輝煌戰果讓軍令部相信「特攻才是王牌」。

據說西澤在那天晚上淡淡地對好友說：「我也會很快步上後塵。」

那天出擊時，西澤在敵人的高射砲攻擊下，失去了二號機。這是他第一次失去僚機。西澤曾經出擊數百次，擊落超過一百架敵機，最大的功勳就是在那次之前，從未失去過任何一位下屬。除了他以外，只有坂井三郎先生能夠做到這一點，不，西澤在宛如地獄般的拉包爾戰鬥了一年多，從來沒有失去過任何一架僚機，所以，或許已經超越了坂井先生。

西澤應該是想到關大尉的敷島隊，才會說出「步上後塵」這句話，同時，也想藉此告訴失去的僚機。沒想到西澤這句話一語成讖。

翌日，西澤飛曹長準備回馬巴拉卡特基地時，基地的指揮官命令他「把零戰留下」，只有飛行員回馬巴拉卡特基地。西澤和另外兩名飛行員一起搭上道格拉斯運輸機前往馬巴拉卡特，結果，那架運輸機被敵軍的戰機擊落。令美軍飛行員聞風喪膽的「拉包爾魔王」就這樣死於非命。

西澤一定很不甘心。一旦握著零戰的操縱桿，他絕對不可能被擊落，沒想到在生命最後一刻，搭乘的竟然是沒有武器，速度也很緩慢的運輸機。

日本海軍的最高王牌飛行員就在特攻的翌日殞落，年僅二十四歲。

關大尉立刻成爲享譽全日本的軍神。他從小和母親相依爲命，如今他的母親痛失兒子，成爲衆人口中的軍神之母，但在戰後，又突然變成了戰犯之母，遭到衆人排擠，只能靠擺攤勉強餬口，最後被一所小學錄用爲雜工。在昭和二十八年（一九五三年）孤獨地死在雜工休息室內。據說她最後的遺言是「希望爲行男建一個墳墓」。戰後的民主主義就是把爲國捐軀的特攻隊員當成戰犯，甚至不允許爲他建墓。關大尉的妻子在戰後改嫁了。

來聊一下「捷一號」的事。當然，這些事並不是我當時直接的所見所聞。

在敷島隊多次出擊的同時，向雷伊泰灣挺進的栗田艦隊，在錫布延海遭到敵軍航艦艦上機的猛烈空襲，在敵軍的波狀攻擊中，許多艦艇都受到重創，敵軍集中攻擊「武藏」。「武藏」是「大和」的姊妹艦，也是全世界最大的戰艦，被譽爲不沉戰艦，但是，遭到數百架美軍艦上機的攻擊後，「武藏」也被打得滿目瘡痍。

小澤治三郎司令率領的航艦部隊繼續往雷伊泰灣南進，試圖把美軍機動部隊針對栗田艦隊的攻擊轉移到自己身上。他們故意頻頻發出電報，派出大量偵察機，讓敵軍機動部隊發現自己。

最後，他們終於發現了敵軍機動部隊，並派出了攻擊隊。雖然攻擊並不是特攻，但也和特攻相差無幾。因爲航艦是陷阱，最終將會沉船。艦上機展開攻擊後，就無法再回航，也就是說，攻擊隊無法飛回母艦。飛行員接到命令，在攻擊敵軍的機動部隊後，如果無法返航，就前往菲律賓各地的基地。但是，對並不習慣在遼闊的太平洋上飛行的年輕飛行員來說，根本不可能做到。更何況敵軍強大的戰機隊從航艦群上起飛迎戰，想要躲過攻擊都很困難。

事實上，當時的攻擊隊幾乎都被敵軍的戰機擊落了。

小澤司令的殊死作戰獲得了成功。海爾賽司令所率領的美軍機動部隊發現了小澤艦隊，以為小澤艦隊才是主力。

當時，栗田艦隊曾經一度掉頭，海爾賽以為栗田艦隊受到重創而撤退了，所以沒有繼續追擊栗田艦隊，全力對付小澤艦隊。

小澤艦隊判斷美軍機動部隊掌握了自己的位置後，轉而開始北上，讓海爾賽繼續追趕。海爾賽想要殲滅日本的機動部隊，所以繼續追趕小澤艦隊。

海爾賽會做出這樣的判斷情有可原。因為自從珍珠港攻擊後，太平洋上的戰鬥都是以航艦作為主力，而且，小澤艦隊中有聯合艦隊中最大的航艦「瑞鶴」。「瑞鶴」曾經參加珍珠港攻擊，建立了偉大的戰績，之後又擊沉了美軍兩艘航艦。對美軍來說，是過去三年讓他們倍感威脅的可怕航艦。

小澤司令賭上性命的大作戰獲得了成功，海爾賽成功地被他吸引，雷伊泰島周圍的海域完全沒有敵軍的戰艦。

當敵機的空襲消失後，栗田艦隊再度前往雷伊泰島。敵軍的航空攻擊和潛水艇攻擊擊沉了栗田艦隊的「武藏」和幾艘艦艇，剩下的艦艇也都彈痕累累，但世界上最強的「大和」仍然平安無事，其他多艘艦艇也仍然保持了戰鬥力。

由六艘小型護送航艦和七艘驅逐艦組成的美軍艦隊，看到日本艦隊突然出現在薩馬海上，感到錯愕不已。他們發射了煙幕彈，驅逐艦發射魚雷，拚命逃命。原本保護他們的高速機動部隊被小澤艦隊調虎離山，美軍艦隊做好了全軍覆沒的心理準備。

自斷生路的殊死作戰終於奏了效——

但是，對美軍來說，奇蹟發生了。因爲栗田艦隊突然掉了頭。

這就是史上有名的「栗田艦隊神祕轉向」。

栗田艦隊爲什麼要轉向？多年後，對此仍然衆說紛紜，但栗田司令在戰後對此沒有任何解釋就去世了。

栗田司令並不知道海爾賽的機動部隊被小澤艦隊引到離菲律賓很遠的北方，因爲受到敵軍一波波的航空攻擊，或許以爲敵軍機動部隊還在附近，擔心繼續向雷伊泰挺進，可能導致艦隊全軍覆沒。

雖然歷史不存在「如果」，但是，如果當時栗田艦隊繼續挺進雷伊泰，就可以一舉殲滅幾乎沒有任何防禦的美軍運輸船團，這麼一來，就可以重挫美軍進攻菲律賓的作戰，美軍失去大量物資和人員，或許需要一年多時間才能建立新的作戰方案，至少可以有效防止之後雷伊泰島陸地戰中日本陸軍數十萬名官兵的陣亡。

然而，栗田艦隊的轉向錯過了向美軍報一箭之仇的最後機會，浪費了小澤艦隊衆多官兵的犧牲，也浪費了吸引敵軍艦載機的攻擊，和沉沒在蘇里高海峽的「武藏」的英勇奮戰。

在栗田艦隊轉向的翌日，敷島隊展開了特攻，但已經喪失了勝機——

特攻是大西瀧治郎中將想出來的作戰方法，最初是爲了雷伊泰的「捷一號」作戰所設計的，爲了掩護栗田艦隊進入雷伊泰灣，必須用戰機撞向敵軍航艦的甲板，摧毀美軍航艦的飛行甲板，就可以避免敵軍艦載機的攻擊——特攻原本是只限於雷伊泰的作戰方法。

但是，栗田艦隊離開，「捷一號」作戰失敗後，特攻仍然沒有結束。

特攻脫離了原本的計畫繼續發展，軍方高層陷入了瘋狂——

每天都有特攻機從馬巴拉卡特出擊，不知道爲什麼，我沒有被派去參加特攻，而是負責掩護任務。也許是因爲我是少數資深飛行員的關係，但特攻的掩護任務也很嚴峻。美軍經歷了日軍的自殺攻擊後，強化了迎擊體制。敵軍有數十架高性能的美軍戰機迎戰，我方的數架掩護機根本不可能保護特攻機，許多掩護機都爲了保護特攻機而犧牲了，就連日中戰爭以來的資深飛行員南義美少尉，也在執行掩護任務中不幸陣亡。

南義美少尉是經歷過多次戰鬥的飛行員，從珍珠港攻擊之後，曾經參加多次海戰，是海軍航空隊的至寶。他從士官升上少尉，人品很出色，沉默寡言、個性也很溫柔，在上海時，他曾經細心指導我。在雷伊泰灣海戰時，他是航艦飛行員，但失去了回航的母艦，九死一生，好不容易回到了菲律賓群島，卻不幸在特攻的掩護任務中陣亡。

我也做好了陣亡的心理準備。

幾天後，我因爲發動機的狀況不佳，飛回尼可爾斯基地，在那裡和宮部久別重逢。一問之下，得知宮部之前在「瑞鶴」，攻擊了敵軍機動部隊後，降落在這個機場。

宮部也知道特攻的事。軍方在全軍公告了關行男大尉率領的敷島隊特攻的戰績，雖然尼可爾斯基地還沒有任何一架飛機進行特攻，但飛行員個個都很沮喪。

戰後，我從不少書上看到，當全軍公告了敷島隊的特攻戰績時，所有飛行員的士氣大振，但事實絕對不是這麼一回事，飛行員個個士氣低落。這是理所當然的！

我抵達尼可爾斯基地的第二天，飛行員全體集合。

從司令和飛行隊長的緊張神情中，我猜到該來的終究躲不過。其他飛行員應該也有同感。

司令用誇張的言詞告訴大家，日本目前正面臨前所未有的危難後問：

「志願參加特別攻擊的人請向前。」

所有人都向前跨了一步。飛行員都已經聽說敷島隊的事，大家早就做好了心理準備，我也和在馬巴拉卡特時一樣向前跨出一步。事到如今，我當然不可能說不想參加。

這時，我看到了令人難以置信的景象。有一個人站在原地不動。他就是宮部。

飛行隊長漲紅了臉，代替司令大聲地咆哮：

「志願者請向前！」

但是，宮部像石像般一動也不動。飛行隊長氣得渾身發抖。

「宮部飛曹長，」飛行隊長大聲問，「你捨不得放棄生命嗎？」

宮部沒有回答。

「怎麼樣？趕快回答！」

宮部大聲回答：

「我不想放棄生命。」

飛行隊長目瞪口呆，難以置信。

「你——還算是帝國海軍的軍人嗎？」

「我是軍人。」

宮部口齒清楚地回答。飛行隊長看著司令，司令靜靜地說：「解散。」

軍官大吼一聲：「解散！」飛行員各自走回宿舍，但沒有人和宮部說話。

翌日早晨沒有出擊，但隊上籠罩著詭異的氣氛。昨天的「特攻志願」讓飛行員的心情變得格外沉重。

我約了宮部一起爬上離機場有一點距離的山丘上。我們兩個人都不發一語。

來到小山丘時，我坐在草地上，宮部也坐了下來。

然後，宮部開了口。

「我絕對不會志願參加特攻，因爲我和妻子約定，要活著回去。」

我默默點頭。

「我努力奮戰到今天，不是爲了去送死。」

我無話可說。

「即使再嚴酷的戰鬥，只要有一線生機，我都搏命奮戰，但我絕對不會參加註定要死的戰鬥。」

我內心也有同樣的想法。

現在我覺得，當時有數千名飛行員，到底有幾個人敢說這種話？但是，宮部說出的這番話，應該是大部分飛行員內心的眞實想法。

當時，宮部的話令我感到害怕，有一種莫名其妙的、可怕的恐懼，那是看到眞實的自己所產生的恐懼。

宮部突然問我：

「谷川，你是第一次志願參加嗎？」

「第二次，第一次在馬巴拉卡特。」

「我有妻子。」宮部說。

「我也有。」

聽到我這麼說，宮部露出驚訝的表情。

我告訴他，在離開日本的三天前結了婚。

「你愛你太太嗎？」

聽到宮部的問題，我情不自禁點了點頭。原來如此，原來我愛妻子——

「那你爲什麼志願參加特攻？」

宮部用責怪的語氣問。

「因爲我是帝國海軍的飛行員。」

我大聲說道，然後哭了起來。這是我當飛行員後第一次流淚。宮部沒有說話，目不轉睛地看著我。

我準備站起來時，宮部說：

「谷川，你聽我說，如果你接到特攻的命令，就找一個島嶼迫降，不管是哪裡都好。」

我驚訝不已。如果在軍法會議上，這句話足以被判處死刑。

「即使你在特攻中送死，也無法改變戰局。但是——如果你死了，你太太的人生會發生重大改變。」

我腦海中浮現出加江的身影。

「別說了，如果我接到特攻的命令就會去。」

宮部不再說話。

這時，響起警報聲，不一會兒，遠處傳來巨大的引擎聲。敵機來襲了。

我們跑進防空洞。機場上，維修員正把飛機推進掩護戰壕。那時候，遇到空襲時不會派戰機迎擊。因爲寥寥幾架飛機升空迎擊，註定會被敵軍的大編隊擊落，還不如保留飛機備戰。尼可爾斯基地也只剩下幾架飛機可以作戰。

但是，那天的運氣很差。由於發現敵軍戰機的時機太晚，大部分飛機都被槍彈打中，導致在那天空襲後，尼可爾斯基地內已經沒有任何一架可以作戰的飛機。

於是，長官立刻決定讓尼可爾斯基地的飛行員回內地。

我們從克拉克基地搭運輸機經由台灣回到了九州的大村，飛行員在大村解散後，各自回到原本所屬的航空隊。

我和宮部在大村分道揚鑣，我忘了我們最後聊了什麼，那次之後，我們再也沒有見過面。

我在岩國當教練後，又被派去橫須賀航空隊參加本土防空戰。昭和二十年（一九四五年）三月之後，南九州有很多特攻機飛向沖繩，在終戰末期，甚至喊出了「全機特攻」的口號，聽說當時即使飛行員沒有志願報名，也會接到特攻的命令。

我以爲自己早晚會接到特攻的命令，所幸那一天並沒有到來，我在岩國迎接了終戰。過了很久之後，我才得知宮部參加特攻陣亡的消息。

戰爭結束，我回到村裡，村民用異樣的眼神看我，好像我是什麼污穢的東西，沒有人願意靠近我。村民都在背後對我指指點點說：「他是戰犯。」有一天，我在河邊的堤防上散步，村裡的小孩大叫著：「戰犯走過來了。」還向我丟石頭。

我難過不已。那些昨天之前還在罵「英美都是畜牲」的人翻臉居然比翻書還快，整天把「美國萬歲」、「民主主義萬歲」掛在嘴上。曾經是村莊英雄的我一下子變成了瘟神。當時，我父親已經去世，哥哥繼承了家裡的房子，我和加江一起住在離家有一段距離的地方，但哥哥顯然把我當成是麻煩。

不久之後，不知道是誰亂放風聲，說參加珍珠港攻擊的人都是戰犯，要被抓起來上絞刑台，隱匿戰犯的人和村莊都會受到懲罰。我終於下定決心，離開了故鄉。

有一天，哥哥帶了五升的米，說這是給我的程儀，叫我趕快逃去東京。哥哥用這種方式委婉地趕我走。我帶著加江離開了故鄉。

我在十月底來到東京。東京被燒成一片荒野。我和加江住在鐵皮屋，每天都外出找工作，卻遲遲找不到。五升米很快就見了底。我靠打零工勉強餬口。

那時候眞的很辛苦。街上到處都是駐軍的士兵，到處看到美國兵帶著日本女人，難以想像在三個月前，還在和美軍的戰機打仗。

那時候，加江看到一家小型服裝店貼出了「徵求會裁縫的人」的徵人廣告，順利謀得這份工作後，帶我一起住進了店裡，我們才能夠活下來。雖然我們兩個人擠在一坪大的倉庫，但和之前的鐵皮屋相比，簡直就是天堂。

翌年，我在海軍老長官的安排下，去水道局當了臨時職員。沒想到，一年後因爲「公職追放令」⑩的公布遭到開除。經歷了十一年的海軍生活，我的最終軍階是中尉，所以被視爲是職業軍人。加江得知我失業後，安慰我說：

「說你是職業軍人太過分了。你只是爲日本在前線拚命，卻說得好像你是爲了賺錢才去打仗。我絕對無法原諒這種說法。」

當時，加江的話令我高興不已。我決定要爲她而活。

我決定自己做生意，所以嘗試過各種生意，被騙了好幾次，也多次遭到背叛。戰後的人和戰前完全不一樣了，每次上當受騙，我就在入夜後想起死去的戰友，覺得也許他們更加幸福，羨慕他們不必看到這樣的日本。

但這是因爲戰爭剛結束的混亂和貧困造成的短暫現象，大部分日本人充滿同情心，也很熱心、溫暖，有不少人在自己過得很辛苦的時候，仍然願意伸出援手幫助別人。正因爲這樣，我們得以撐過那個悲慘的時代，能夠活下來。正因爲這些人的幫助，我才能在東京擁有一棟小小的大樓。

直到很久之後，日本人才眞的變了。

日本成爲民主主義國家，變成了一個和平的社會，迎接了高度經濟成長，人們謳歌自由和豐沛。但是，也因此喪失了重要的東西。戰後的民主主義和繁榮帶走了日本人的「道德」。

如今，街上到處都是自私自利的人，和六十年前的社會大不相同。

我似乎活太久了。

---

⑩ 日本敗戰後，陸、海軍的職業軍人和戰犯等禁止擔任政府和民間企業的要職。

剛才夕陽映照的會客室，此刻已經暗了下來。

雖然才過了幾個小時，卻好像經歷了更漫長的時間。谷川在說話時宛如年輕人，他神采奕奕，就像一個活力充沛的年輕人。

然而，此刻坐在我面前的谷川只是坐在輪椅上的乾瘦老人。

我看著谷川細瘦的手腕，似乎稍微用力，就可以折斷。這雙手曾經握著零戰的操縱桿，在天空中翱翔，與敵人奮戰。

想到六十年的歲月，我不禁感到熱血沸騰。

谷川靜靜地說：

「現在我仍然不時懷疑，當時在尼可爾斯基地所看到的一切眞的發生過嗎？會不會是我在做夢？」

「我的外祖父拒絕參加特攻隊，是嗎？」

「因爲不是命令，所以照理說不算是抗命，但應該是抗命吧？」

「抗命是什麼？」

「就是不服從命令，在軍隊中，會被判處死刑。」

我忍不住發出呻吟。外祖父居然違抗軍令。

「但我還是不解，爲什麼宮部在終戰那一年奉命參加特攻時沒有迫降。那時候，他對我說，即使迫降也沒有關係，千萬不要自己去送死，爲什麼他自己去送死？」

谷川說完，抱著雙臂。

「在雷伊泰時，有不少經驗豐富的飛行員在特攻中送了命，我猜想應該是在混亂中特攻的關係。另外，南少尉的情況雖然稱不上是特攻，但他從小澤艦隊出擊，在機動部隊受到攻擊後，終於回到了菲律賓群島的艾奇亞吉基地，最後也因爲嚴峻的特攻掩護任務而陣亡了。」

「實質上和特攻差不多。」

谷川點點頭。

「當時，岩井勉少尉等人從小澤艦隊飛來菲律賓群島，差一點被派去參加特攻。但是，昭和二十年（一九四五年）三月開始的沖繩特攻不再派熟練的飛行員上陣，因爲本土防衛和教練都需要熟練飛行員。」

「所以，特攻隊大部分都是年輕飛行員嗎？」

「大部分特攻都是在終戰那一年的沖繩戰，當時，在特攻中送命的幾乎都是預備學生或年輕的飛行兵。我認爲派熟練的飛行員參加特攻是錯誤決定，雖然資深飛行員和菜鳥飛行員的生命都有相同的價值，所以，並不是說，預備學生就該去送死，但我無法原諒那些讓南少尉戰死的軍方高層。」

谷川大聲地說。

「最卑鄙無恥的就是那些命令大批下屬參加特攻，說自己也會很快去找他們，結果一直苟活到戰爭結束的長官。」

谷川拍著桌子，菸灰缸發出了聲音。我嚇了一跳。

「對不起，我太激動了。」

「不會。」

谷川從胸前口袋拿出藥，含進嘴裡。姊姊站了起來，走去會客室內的洗手台，用杯子裝了水，交給谷川。

「謝謝。」

谷川接過杯子，用水把藥吃了下去。

他停頓了一下說：

「我不解的是，宮部爲什麼沒有迫降——以他的技術，想要迫降的話，絕對可以做到。」

「有這種航空兵嗎？」

谷川微微皺起眉頭。

「有特攻隊員以找不到敵人或是發動機狀況不佳爲由返回基地。」

「這——」

聽到姊姊的聲音，谷川用力搖頭。

「無法瞭解到底是不是故意的，只是的確有這樣的飛行員。」

沉默籠罩室內。

我開了口：

「聽說我外祖父戰死在沖繩的海上。如果外祖父的飛行發動機出了狀況，會迫降在哪裡？」

「喜界島，」谷川不加思索地回答，「從南九州起飛的特攻機，如果因爲發動機出了問題，無法完成作戰時，都會降落在喜界島。」

「原來是這樣。」

「但是，在戰爭快結束時，敵軍掌握了喜界島上空的制空權，宮部帶著大量炸藥，恐怕想要迫降在那裡也不容易。」

我點了點頭。

「六十年前的事了，沒有人知道眞相。」

谷川重重地嘆了一口氣，然後伸手按了牆上的開關，打開了室內的日光燈。原本昏暗的房間立刻亮了起來。

谷川緩緩地從口袋裡拿出一張照片。

「這是我內人的照片，她在五年前死了。她爲我付出很多，我復員回到故鄉，加江看到我，放聲大哭起來。她是個好強的女人，這是我第一次，也是最後一次看到她哭。」

谷川看著妻子的照片，眼中泛著淚光。

「如果宮部當時沒有對我說那些話，我們或許不會成爲夫妻。」

「你們很相愛吧。」

谷川聽了姊姊的話，用力點頭。

「雖然我們膝下沒有一男半女，但度過了幸福的人生。」

離開老人院後，我看到姊姊用面紙擦拭眼淚。

「我太不甘心了，」姊姊說，「外公讓大家都得到了幸福，自己卻死了。怎麼會有這種事？太不公平了。」

「並不是只有外公一個人死而已，有三百萬人在那場戰爭中送了命，光是軍人，就有兩百三十萬人死在戰場上，外公只是其中之一。」

姊姊沒有答腔。

在計程車上，姊姊也不發一語。

下了計程車，走向車站月台時，姊姊突然咬牙切齒地說：

「剛才你說外公只是兩百三十萬戰死者之一——但是，對外婆來說，外公是她唯一的丈夫，對媽媽來說，也是獨一無二的父親。」

「我知道對外婆來說，外公是唯一的丈夫，但陣亡的那兩百三十萬人也都有各自重要的家人。」

姊姊驚訝地看著我。

「我這麼說，或許妳會笑我，但我現在可以感受到在那場戰爭中死去的無數人的悲傷。」

姊姊深深地點頭，「我不會笑你。」

我們在新幹線上也沉默不語。

姊姊始終若有所思，我在腦海中回想著谷川的話。當我閉上眼睛，似乎可以看到外祖父的身影，但那個身影如同熱氣般模糊，無法捕捉到清晰的影像。

經過新大阪車站後不久，姊姊突然開了口。

「聽曾經上過戰場的人談論當年的往事，發現士兵真的被那些人棄如敝屣。」

我點了點頭。

「軍方高層覺得，一張紅色徵兵令就隨時可以補充新的兵力，曾經有長官對士兵說，馬還比你們值錢，只要花一錢五厘，就可以找到一大票人代替你們。」

「一錢五厘是什麼意思？」

「紅色徵召令的價格。對軍方高層來說，無論陸軍或海軍的士兵，還有飛行員，都是只要花一錢五厘的明信片費用就可以徵到的。」

「但大家還是勇敢地爲國家奮戰。」

姊姊難過地點點頭。

沉默片刻後，姊姊開了口。

「你願意聽我說嗎？」

「嗯。」我回答。

「我調查了一下太平洋戰爭，結果發現一件事。」

「什麼事？」

「海軍的將官都很懦弱。」

「在日軍中，海軍的所有作戰不是都很強勢嗎？」

「那不是強勢，海軍的確採取了很多魯莽或是不要命的作戰，瓜達康納爾島是一個例子，新幾內亞的戰鬥也是，馬里亞納海戰、雷伊泰海戰都一樣，知名的英帕爾戰役也是。但是，不要忘記，設計出這些作戰的大本營和軍令部的人不必擔心自己會不會死。」

「即使作戰方案再荒唐，反正死的是士兵嗎？」

「沒錯，但是，當自己成爲前線的指揮官，死亡可能發生在自己身上時，他們就變得很怯懦，即使打了勝仗，也擔心遭到報復，所以很快就撤退了。」

「原來如此。」

「不知道該說他們怯懦，還是謹慎——比方說，在攻擊珍珠港時，現場指揮官中有人提出要派第三波攻擊隊，但南雲司令急著逃回來。珊瑚海海戰中，在擊沉敵軍的航艦『列星頓號』後，井上司令帶著莫士比港登陸部隊撤退了，完全不顧原本的作戰目的，就是要支援登陸部隊。在瓜達康納爾島的第一波所羅門海戰時，三川司令攻擊敵軍艦隊後就感到滿足，沒有繼續追擊敵軍運輸船團，反而撤退了，完全不顧原本的目的就是要破壞敵人的運輸船團。如果當時擊沉了敵軍的運輸船團，瓜達康納爾島搞不好就不會發生那樣的悲劇。我記得海賽爾曾經說，在很多場戰鬥中，只要日軍再稍微加把勁，就可以對他們造成沉重的打擊。最典型的例子，就是剛才聽說的在雷伊泰海戰中，栗田司令突然轉向。」

我很驚訝姊姊這麼熟悉戰爭的相關紀錄，我猜想她應該看了不少書。

「為什麼會有那麼多懦弱的軍人？」我問。

「一方面是個人資質問題，但海軍中，這種將官未免也太多了，所以我在想，搞不好是有某些結構上的原因。」

「妳接著說。」

「所有將官都是海軍兵學校畢業的優秀軍官經過進一步選拔，進入海軍大學的菁英，說起來，都是精挑細選的超級菁英。我個人認為，正因為他們是菁英，所以才會那麼懦弱，搞不好他們滿腦子只想到升官的事。」

「升官——在戰爭中也想著升官？」

「這麼說或許是太牽強，但的確有理由讓人這麼想。我調查了各場戰鬥，發現他們的重點不是放在如何擊敗敵人，而是如何不犯下重大疏失。比方說，就像井崎先生提到的，海軍高官在評定勳章時，擊沉軍艦可以獲得最高分，即使破壞了修理艦艇的船塢或是油槽，或是擊沉運輸船，也得不到高分。所以，總是沒有優先處理——」

「但不能因爲這樣就認爲他們只想升官。」

「所以我說，搞不好眞的太牽強了，但是那些十幾歲進入海軍兵學校，在激烈的競爭中獲勝，最後從海大畢業的菁英，一直活在狹小的海軍世界，滿腦子只考慮到升官的事很奇怪嗎？我覺得尤其是那些曾經是優等生的將軍，這種想法會更加強烈——太平洋戰爭當時的司令幾乎都五十多歲，海軍從日本海大海戰以來，將近四十年都沒有發生過海戰。也就是說，當這些司令級的人進入海軍之後，到太平洋戰爭爲止，他們都沒有任何實戰經驗，只生活在海軍內部升官競爭的世界——」

我暗自發出呻吟。姊姊的豐富知識固然讓我驚訝，但我更佩服她敏銳的觀點。

姊姊繼續說道：

「我調查了當時的海軍，發現了一件事。日本海軍的人事基本上是以海軍大學的成績——他們稱爲畢業成績——來決定的。」

「畢業成績決定了一輩子嗎？」

「沒錯，考試成績越好，就越容易升官，和目前的官員一樣。只要不犯大錯，就可以平步青雲，步步高升。這些考試成績優秀的優等生很擅長處理常規的情況，卻無法因應書本上沒有寫的狀況。而且，他們向來不認爲自己的想法有任何錯。」

我把原本倒下的椅背拉直。

「戰爭中隨時充滿無法預測的狀況，指揮官卻是由考試成績來決定的。」

「我認爲這就是日本海軍不堪一擊的原因。」

我用力點頭。

「美國的情況呢？」

「我沒有詳細調查，但升官的問題上，美國也一樣，海軍大學的畢業成績對日後的升官有很大的影響，不過，這僅限於非戰時的情況，一旦發生戰爭，就會拔擢優秀的人才擔任戰鬥的指揮。太平洋艦隊的司令尼米茲就從數十人中脫穎而出。當然，一旦失敗，也必須負起全責。珍珠港的艦隊被日軍殲滅後，太平洋艦隊司令金梅爾就被解除了職務，從上將降爲少將。雖然珍珠港的挫敗是否該歸咎於金梅爾這件事很微妙，但在美軍中，一旦作戰失敗，將官就必須負責。而且，美國海軍中幾乎沒有懦弱的指揮官，每個人都很有攻擊性。」

姊姊到底調查了多少資料？我忍不住想。她認眞做一件事，就會全力以赴。她似乎對這次的調查很認眞，況且，她本來就很聰明。

「原來美國強大是有原因的。」

「我剛才說了日本海軍的情況，其實帝國陸軍也一樣。在某種意義上來說，想要進入戰前的陸軍大學和海軍大學，簡直比考東大更困難，因爲從軍官中被拔擢參加考試，就可以登在官方報紙上，我相信一定很難。至於我爲什麼聊到這個話題，是因爲我在針對日本的軍隊調查後，發現和目前日本的官僚體系很像。」

我再度看著姊姊的臉。也許我一直沒有理解姊姊的本質。

「不瞞妳說，我在調查軍隊後，也發現了一件事。」

「什麼事？」姊姊問。

「妳剛才也提到了，就是日本海軍高級軍官的責任歸屬問題，即使作戰失敗，也沒有一個人爲結果負責。比方說，在中途島時，因爲嚴重的判斷失誤，導致失去四艘航空母艦的南雲司令，還有在馬里亞納海戰前，參謀長福留中將曾經被抗日游擊隊俘虜，讓美軍取得了重要作戰資料。軍方高層卻不追究福留中將成爲敵人俘虜這件事的責任，如果是普通士兵，事情就沒那麼簡單吧。」

「他們命令士兵一旦被俘，就玉石俱焚，自己被俘虜時，卻當作完全沒有這回事。」

「陸軍也不追究高級菁英的責任，在瓜達康納爾島一再推出愚蠢作戰方案的辻正信也沒有被追究任何責任。在英帕爾戰役中，設計出笨到極點作戰方案，導致三萬名士兵餓死的牟田口中將也沒有被正式追究責任。辻正信在之前的諾門罕戰役中，因爲稚拙的作戰，導致我軍官兵大量傷亡，也沒有被追究任何責任，之後仍然持續升官，把責任推給在第一線作戰的低階將領。聽說很多連長級的軍官都被要求以死謝罪。」

「太過分了！」

「如果諾門罕戰役中，辻正信和其他高級參謀爲失敗負起責任，之後在瓜達康納爾的悲劇或許就不會發生。」

姊姊難過地皺起眉頭。

「但是，他們爲什麼不負責？」

「我也不太清楚。」我回答說，「可能因爲是官僚體系的問題。」

姊姊點點頭。

「也對——因爲官官相護，所以才沒有讓當事人負起應有的責任。一旦追究其他人的失敗，當自己失敗時，也會遭到同樣的對待。」

「我相信這也是原因之一。在英帕爾戰役時，違反牟田口的命令，讓士兵撤退的佐藤幸德師長並沒有被送去軍法會議，只說他是精神耗弱，沒有追究責任。一旦召開軍法會議，就會追究牟田口總司令的責任問題。所以，爲了包庇牟田口，就說佐藤師長瘋了，沒有召開軍法會議。而且，一旦召開軍法會議，同意牟田口作戰方案的大本營高級參謀，也就是擔任審判者的這些人自己就必須負起責任。牟田口的長官川邊中將同意他在英帕爾戰役中的作戰方案，之後還升爲上將。」

「太糟糕了。」姊姊輕聲嘀咕，「士兵竟然因爲這些人在戰場上浴血奮戰。」

「說到責任問題，在攻擊珍珠港時，山本五十六司令在出擊前再三叮嚀『絕對不能讓這次行動變成偷襲』，結果卻因爲沒有及時把宣戰詔書交給美國，變成了卑鄙的偷襲行動，最大的原因是華盛頓駐美大使館的怠忽職守，但相關人士在戰後也沒有被追究任何責任。」

「怠忽職守——」

「他們在前一天的歡送會上喝得酩酊大醉，翌日星期天很晚才來上班。前一天，外務省已經發了『對美備忘錄』這份由十三個部分組成、非常重要的預告電報，大使館的人卻沒有及時打字，跑去派對狂歡。翌日早晨收到宣戰的電報，才慌忙開始將『對美備忘錄』打字，結果交到美國國務卿赫爾手上時，珍珠港的攻擊行動已經結束了。宣戰詔書的電報才短短八行字而已。」

「這種疏失足以遭到懲戒免職。」

「應該更嚴重吧。因爲他們的疏失，讓我們背負了『日本人是卑鄙偷襲的民族』這種難以忍受的污名。這是多麼嚴重的後果！比方說，美國在使用原子彈時，就主張說『卑鄙的日本人應該受到這種懲罰』。在九一一時，美國的媒體也說：『這些恐怖分子和當年偷襲珍珠港的日本人一樣！』當時我方駐美大使館高級官員爲日本這個國家帶來這麼大的恥辱，卻沒有追究任何人的責任。一名官員還打算把責任推卸給電報員，那名電報員前一天還提出『要不要留下來値班？』官員回答『不需要』，叫電報員回家，戰後，竟然想把責任推卸給那名電報員。」

姊姊嘆著氣。

「當時的高級官員非但沒有爲此負責，還有幾個人在戰後升上了外務省事務次長。如果當時徹底追究他們的責任，或許就可以洗刷日本人是『卑鄙的民族』的污名，恢復名譽。美國方面也會理解『原來那不是偷襲』，但是，外務省至今仍然沒有公開承認疏失，國際上始終認爲珍珠港奇襲是日本人的偷襲行動。」

姊姊按著額頭。

「日本到底是一個怎樣的國家？」

我無法回答姊姊的問題，姊姊問這句話，應該不是期待我的回答。我說：

「看了軍隊和一部分官僚的所作所爲，就覺得心情很惡劣，但那些默默無聞的民衆總是拚命奮戰，我相信日本這個國家是靠這些人建設起來的。在那場戰爭中，士兵和士官都很英勇。姑且不管在戰場上英勇是不是好事，但他們完成了自己的職責。」

「大家都是爲國家努力奮戰。」

姊姊說完，看著窗外漆黑的夜景，玻璃上映照出她的表情很可怕。然後，她淡淡地說：

「失去一隻手的長谷川先生內心深處一定感到很懊惱，覺得自己的付出很不値得。」

「因爲無法憎恨國家，所以才把這份憎恨轉嫁到外公頭上。」

「周圍的人也對他很冷漠，不是對他失去一隻手的付出感到虧欠，而是覺得那是職業軍人的自作自受。」

我點了點頭。

「所以，妳要原諒他說外公的壞話。」

「我知道。」

姊姊終於露出了笑容，但很快就愁容滿面。

「日本軍隊的高官眞的把士兵的生命當成工具。」

「特攻就是最典型的例子。」

我想到外祖父內心的不甘，忍不住閉上了眼睛。

第八章　櫻花

幾天後，我打了姊姊的手機。

「我聯絡到之前是特攻隊員的人。」

隔著電話，也能感受到姊姊的驚訝。

「那個人也認識外公。」

沒想到姊姊的回答出乎我的意料。

「我不想去。」她說。

「爲什麼？」

姊姊沒有回答。

「你之前不是說，想聽前特攻隊員怎麼說嗎？」

「我想聽啊，但我不想再聽外公的悲慘故事。」

姊姊說話的語氣好像有點不高興。

「我用自己的方式調查了特攻隊，結果難過得都看不下去了。」

「我能理解。」

「所以，認識外公的前特攻隊員可能會提到外公參加特攻時的事，我沒有勇氣聽，健太郎，你能夠平靜地聽嗎？」

「我聽了當然也會很難過，」我說，「但是，我覺得這次的事好像是命運的安排。在六十年期間，沒有任何人知道宮部久藏這個人，如今就這樣漸漸出現在我眼前。」

我可以感受到姊姊在電話那一頭倒抽一口氣。

「我覺得這也許是奇蹟，曾經參加戰爭的人或許漸漸從歷史的舞台上消失。我在這個時候展開這樣的調查，總覺得是命運的安排。如果再晚五年，或許宮部久藏的事就會永遠埋進歷史了。所以，我覺得應該去見每一個認識外公的人，聽他們說以前的事。」

姊姊停頓了一下，「健太郎——你變了。」

「但我能夠理解妳不想聽的心情，我也有同感，所以，這次我去就好。」

姊姊沒有說話。

「妳答應高山先生了嗎？」

我開著車子，問副駕駛座上的姊姊。

前海軍少尉岡部昌男住在千葉縣成田。我向老媽借了車子。

「還沒有，但我打算答應他。」

姊姊回答。

在我準備去拜訪前特攻隊員的前一天，姊姊突然說：「我也要去。」

車子開上高速公路後，我對她說：

「姊姊，妳之前是不是喜歡藤木先生？」

姊姊驚訝地看著我。

「隔了這麼多年，我想說出來應該沒關係了。我曾經剛好看到妳和藤木先生在一起，當時妳在哭。」

姊姊沉默不語。漫長的沉默。我把空調開大了。

沉默片刻後，姊姊開了口。

「你不可以笑我喔。那時候，我喜歡藤木先生。我的夢想就是他通過司法考試，我成爲他的太太。當他決定放棄司法考試回老家時，我眞的很受打擊。當時，我已經找到工作，所以叫他不要走。」

「妳和藤木先生當時在交往嗎？」

姊姊搖了搖頭。

「我們連手都沒有牽過，沒有表白過，兩個人也沒有單獨約會過，所以，根本不算是男女朋友。」

「原來是這樣——」

「硬要說的話，當時我在他面前哭，勉強算是愛的表白。」

姊姊說完，落寞地笑了笑。

「但是，他還是走了，既沒有叫我跟他一起走，也沒有叫我等他。」

藤木絕對不會對姊姊提出這樣的要求。他明知道自己返鄉後會吃苦，不可能要求姊姊跟他走。

「不後悔嗎？」

「後悔？——爲什麼要後悔？我覺得自己當年做了正確的選擇，也很慶幸他當時沒有叫我跟他回老家。那時候我少不更事，搞不好會大學休學，跟他一起走。」

姊姊說完，出聲笑了起來。然後問我：

「你知道藤木先生的工廠經營很困難嗎？」

我點點頭。

「如果我嫁給藤木先生，現在的日子應該過得很辛苦吧。」

姊姊從皮包裡拿出菸，點了火。我有點驚訝。

「妳開始抽菸了？」

「我在媽媽面前沒有抽。」

姊姊說完，打開了車窗。熱風吹了進來。

「昨天，藤木先生向我求婚。」

我一時無法會意，不知道姊姊在說什麼。

「我寫信告訴藤木先生，說有人向我求婚，我打算嫁給他。這是我第一次寫信給他，在我寄信後的十天左右，突然接到藤木先生的電話。」

「爲什麼要這麼做？」

我轉頭對著姊大叫。姊姊露出驚訝的表情，我幾乎快撞到前方的車輛，慌忙踩了煞車。

「因爲當年被甩了，所以想要報仇嗎？」

「我才沒有想到復仇的問題，只是想做一個了斷。你開車要看前面啦！」

「妳怎麼回答他？」

「當然拒絕啊。」

我把車子駛向快車道，用力踩了油門。姊姊默然不語。我想像著藤木先生的心情，不由得感到難過。

下高速公路之前，我們誰都沒有說話。

前海軍少尉岡部昌男曾經是千葉縣的縣議員，而且連續當了四屆。在當上縣議員之前，在千葉縣教育委員會工作。當初聽到他的經歷時，很驚訝前特攻隊員會當上議員，但仔細思考後，就覺得一點都不奇怪。當時的年輕人都去了軍隊，那些從戰場上歸來的士兵建設了戰後的日本，其中當然也包括了前特攻隊員。

岡部住在成田的閒靜住宅區。他的房子不大，很難想像是連續擔任四屆縣議員的人的住家。

「房子看起來很普通嘛。」

姊也同意我的感想。

按了門旁的門鈴，玄關的門立刻打開了，一個個子不高的老人探出頭。

前特攻隊員變成了禿頭老翁，他臉上帶著笑容，看起來很親切。因爲聽說他之前是縣議員，我還以爲是一個威嚴十足的人，所以有點失望。

「內人去公民會教插花了，我一個人在家，沒辦法好好招待你們。」

岡部說著，把我們帶去和室。

「家裡只有我們兩個老人，不知道該爲年輕人準備什麼。」

說著，他拿出了汽水。

「您不必費心。」

我說。

我完全無法想像眼前這個矮小的老人曾經是特攻隊的飛行員，當然，我並不知道特攻隊的飛行員應該長什麼樣子。

「宮部先生是優秀的教練官。」

岡部突然開了口。

「您說的教練官是？」

「練習航空隊的教練官。同樣是教練，軍官稱爲教練官，士官就稱爲教練。在軍隊內，軍官和士官在這種地方也有差別。」

「我不知道我的外祖父曾經當過教練官。」

「宮部先生是在昭和二十年（一九四五年）的年初來到筑波的練習航空隊。」

我當時是飛行科的預備學生。預備學生就是大學畢業的軍官。

海軍原本就持續錄取少量預備學生，但在昭和十八年（一九四三年）之後，軍方公布要大量錄取預備學生。

當年還不是誰都可以上大學的時代，大學的錄取率應該不到百分之一吧。也就是說，大學生是屈指可數的菁英。所以，軍方之前並沒有讓這些菁英進入軍隊，但到了昭和十八年，戰局每況愈下，根本無法管那麼多。十八年是瓜達康納爾戰役失敗，山本五十六司令陣亡那一年。

於是，之前不在徵兵範圍內的大學生也必須服兵役，我們覺得終於到了全民皆兵的時代。

當年，我們這些大學生對自己不在徵兵的範圍內感到很痛苦。和我們同樣年紀的年輕人當了士兵上戰場，我們怎麼可以悠然地在學校讀書？當然，也有人爲了逃避兵役在大學設籍。比方說，當時的職棒選手中，有人設籍在大學的夜間部逃避徵兵。雖然大學生中，也有人爲這種特權感到高興，但我相信大部分人並不是這樣。

那一年，有超過十萬人入伍，據說全國的大學一下子就空了。

命運眞的很諷刺。大部分特攻隊員都是從這一年的十三期預備學生中挑選出來的。因爲海軍安排大部分預備學生成爲飛行生。開飛機無法像開車那麼簡單，在開飛機之前，要學很多東西。因此，戰前的海軍操練所學生或是預科練的飛行生，都是通過很難的考試才能考取的優秀少年。也就是說，只有優秀的人才能當航空兵。

大學生具備了豐富的知識，也很聰明，是培養速成飛行員的絕佳素材。我們也被培養成速成的特攻飛行員。在特攻中總共有四千四百人陣亡，有將近一半是預備學生的飛行員。

我在翌年成爲十四期的飛行科預備學生。十四期中，也有很多人被選爲特攻隊員。

目前大家都認爲關大尉在雷伊泰率領的敷島隊是最初的特攻隊，但眞正的特攻第一號，是同在雷伊泰的大和隊的久納好孚少尉。久納少尉是第十一期的預備學生。

關大尉的敷島隊是在十月二十五日展開特攻行動，久納少尉的大和隊是在二十一日。那一天，大和隊和敷島隊都沒有發現敵人，全機返回基地，但只有久納少尉沒有回來，他單槍匹馬地尋找敵人的蹤跡，最後沒有返回基地。

久納少尉雖然是特攻第一號，但他並沒有得到應有的榮譽。一方面是因爲無法確認戰果，還有另一個更重要的原因，因爲久納少尉是預備學生出身的軍官。海軍希望把「特攻第一號」的榮譽留給海軍兵學校出身的軍官，所以宣布關大尉是第一人。從這件事中也可以發現，海軍重視海軍兵學校的軍官，輕視預備學生。

海軍在十三、十四期的預備學生中培養了大批飛行員，成爲特攻隊員。很少有經驗豐富的飛行員被派去參加特攻。昭和十九年（一九四四年）在菲律賓群島時，曾經有幾名技術熟練的飛行員被派去參加了特攻行動，但在翌年二十年的沖繩戰時，就不再有這種情況。那時候，開戰初期的經驗豐富飛行員幾乎都死了。對軍方來說，具備高度技術的資深飛行員眞的越來越寶貴。

資深飛行員被派去參加本土防空戰，或是擔任特攻隊的護援機，或是指導練習生的教練。我說過很多次，軍方都挑選預備學生或預科練的少年飛行員參加特攻任務，用完即丟。

我在十九年五月，成爲第十四期的預科飛行學生。關大尉率領的敷島隊在半年後展開特攻，但我猜想在此之前，海軍就開始認眞思考特攻作戰，決定讓十三期和十四期預備學生擔任特攻要員。當然，我們當時並不知道這些情況。

我們學習了空戰的方法和轟炸的方法，但即使學這些也沒有用，因爲我們只要帶著炸彈衝向敵人的船艦就好。

飛行訓練很辛苦。我們必須在不到一年的時間內學會原本需要花兩三年進行的訓練，無論教練還是學生都卯足了全力。軍方希望我們能夠早一天飛上天，可以派我們去展開特攻。

教練是士官，所以教我們時很客氣。我們預備學生的軍階介於准軍官和士官之間，軍階比教練高，而且，訓練期間一結束，我們就是少尉。我們完全沒有任何戰鬥經驗，就當上了軍官。普通士兵要熬十年以上才能當上軍官，所以，仔細想一下，就覺得那種情況很不合理。

練習航空隊中，學生的軍階比教練高，對雙方都很不方便，教練對我們也有所顧忌。即使想嚴格指導，也因爲軍階的差異，無法眞正做到嚴格。話說回來，培養我們的目的是當特攻用的飛行員，所以，嚴不嚴格其實也沒什麼差別——

我們並不知道自己會成爲特攻要員，每天積極參加訓練，很希望早日成爲獨當一面的飛行員，在天空中把敵機打下來。現在回想起來眞的很滑稽。

但是，我們在十九年十月得知了敷島隊的事，之後，又從廣播中聽到神風特攻隊在菲律賓群島頻頻出擊，隱約覺得自己搞不好也會被派去參加特攻。

我們的訓練快結束時，宮部先生才來擔任我們的教練官。我記得那是二十年（一九四五年）的年初。

我清楚記得對他的第一印象。因爲他全身散發出異樣的感覺，筑波航空隊有好幾個從戰場上回來的飛行員，都有一種曾經衝破死亡線的威嚴。宮部先生也有這種感覺。

奇怪的是，越是從戰鬥激烈的戰場上回來的人，越不想討論戰場的話題，反而是沒什麼實戰經驗的飛行員，往往表現出一副自以爲了不起的樣子。宮部先生幾乎不談戰場上的事，也從來不提之前的戰績。

宮部教練官的軍階是少尉，和我們說話時都很客氣。少數海軍兵學校畢業的教練官說話很粗魯，經常罵我們，宮部教練官卻從來沒有對學生大聲說話。宮部先生雖然是少尉，但他是「特務少尉」，是低一級的軍官。從士官升爲軍官時，稱爲「特務軍官」，地位不如海兵畢業的軍官。有一次，我曾經看到海兵畢業的年輕少尉斥責一位年長的特務中尉。軍隊內就是這樣。

我們的前輩也都稱爲「預備軍官」或是「預官」，只是地位還是不如海兵畢業的軍官，因此，對特務軍官有一種惺惺相惜的感覺，但是，在士官眼中，我們都算是特權階級。

宮部教練官雖然說話很客氣，但指導很嚴格，我們都知道，他很少會給我們學生打及格的分數。如果在其他教練手上，早就可以及格了，但宮部教練官常常給我們打「不及格」。包括我在內的幾個預備學生都對他很有意見。

「他從戰地回來，在他的眼中，我們的飛行技術還很嫩，但像他那種人比那些因爲有作戰經驗，就自以爲了不起的人更糟糕。」

「他可能對我們是儲備軍官很不滿，所以才用這種方式找麻煩。」

我也從宮部教練官的做法中感受到他似乎在意氣用事，也覺得可能像別人說的那樣，他熬了十多年，才終於當上了少尉，看到我們這些預備學生一畢業就是少尉，覺得心裡很不舒服。我能理解這種心情，但這種事不是我們決定的，怪我們也沒有用。

宮部教練官來了之後，我們的進度大爲落後。有一天，幾名預備學生向前任教練官投訴。

第二天，宮部教練官指導我們進行空中轉向訓練，但又給所有人打了「不及格」的分數。如果大部分人都不及格也就罷了，所有人都不及格根本就是故意找碴。

我們再度向前任教練官投訴，但宮部教練官堅持不改變態度。他一次又一次給我們打不及格，他的態度反而讓我們開始有點欣賞他，漸漸覺得這位教練官很有骨氣。不久之後，宮部教練官就被調走了。

因爲教練官的人數不足，宮部先生很快又被調了回來。宮部教練官雖然指導我們進行飛行訓練，但由其他教練官對我們的技術進行評分，我猜想應該是長官的命令。

宮部教練官對這件事很不滿意。這也難怪，因爲無法評定學生是否及格的老師根本不算是老師，這種做法重重地傷害了宮部教練官的自尊心。之後，他比之前更細心教導我們，我們在內心罵他「活該」。

宮部教練官在說「有進步」時，總是露出很不悅的表情，他的表情讓我們看了很不順眼。

有一天，我完成旋轉訓練後，宮部教練官對我說：「有進步」，但看他的表情，就知道他言不由衷。那天，我自認爲表現不錯，所以鼓起勇氣對他說：

「宮部教練官，你對我有進步感到不滿嗎？」

宮部教練官露出驚訝的表情回答：

「沒這回事，如果讓你有這種感覺，我很抱歉。」

宮部教練官說完，深深地向我鞠了一躬。他的態度也讓我覺得虛情假意。

「如果你眞的這麼認爲，至少可以露出開心一點的表情。」

宮部教練官沒有說話。

「還是你其實覺得我們的飛行技術很爛？」

宮部教練官仍然沒有回答。

「到底是哪一種情況？還是說，你只是討厭我們？」

這時，宮部教練官開了口。

「說實話，我認爲你的飛行技術完全不行。」

我可以察覺到自己漲紅了臉。

「你憑什麼——」

我好不容易才擠出這句話。

「如果你現在上戰場，絕對會被敵機打下來。」

我想要反駁，卻說不出話。

「我給你們打不及格，並不是故意找麻煩，而是我在戰場上，曾經看過無數飛行員失去生命。很多比我更優秀的資深飛行員都被擊落了，零戰已經不再是無敵戰機，敵軍的戰機性能優良，而且數量比我們多很多。戰場上眞的很無情，你以爲我是在倚老賣老嗎？」

「——我不這麼認爲。」

「無論在馬里亞納還是雷伊泰，都有很多年輕的飛行員在訓練不足的情況下上了戰場，幾乎所有人都在第一次出任務時就死了。」

宮部教練官淡淡地告訴我，我什麼話都說不出來。

「我也對飛行隊長說了相同的話，但他不認同我，反而命令我，除非眞的很糟糕，否則就要打及格分數，他們目前很缺飛行員，所以多一個飛行員也好。」

我點了點頭。

「在教你們這些優秀的學生時，老實說，我認爲你們並不適合當飛行員，你們應該去做更出色的工作。我唯一能做的，就是避免你們去送死。」

戰爭結束後，宮部教練官當時的這番話始終留在我心裡。當在工作上遇到痛苦時，我總是想起宮部教練官當時說的話。

「對不起，我太狂妄自大了。」

宮部教練官說完，向我鞠了一躬，走回宿舍的方向。

我羞愧不已，無法原諒自己用膚淺的想法去猜測宮部教練官的行爲。

二月底，我們結束了所有的訓練課程，總計學了不到一年。以前，預科練要接受兩年多的訓練才能畢業，由此可見，我們眞的是速成飛行員。

那天晚上，我們每個人拿到一張紙。上面寫了一個問題，「你是否願意參加特攻隊？」第二天要交回。

該來的終於來了。我忍不住想。實際拿到這張紙時所受到的衝擊，遠遠超過我原本的想像。我成爲預備學生加入航空隊時，就已經做好了捐軀的準備，也曾經和同期的同學多次討論這件事，但這是指在戰場上英勇奮戰後，不幸死亡的情況，志願參加必死無疑的特別攻擊隊，完全超過了我的心理準備。

但是，我在前一年就知道特攻隊的事，所以，看到特攻志願書時並沒有慌亂。報紙上曾經大肆報導十九年秋天，敷島隊在雷伊泰島的事，之後，報紙和大本營的消息也連日報導神風特別攻擊隊，我猜想也許有一天會輪到我們頭上。

——第一次聽到特攻隊消息時的衝擊嗎？老實說，並沒有太大的衝擊，只是心情很緊張。

我猜想應該是那時候對死亡這件事感到麻木了，報紙上也經常看到「玉碎」這兩個字。玉碎是什麼意思嗎？就是全軍覆沒的意思，整個部隊的人都犧牲的意思。用「玉碎」取代了全軍覆沒，掩飾其中的悲慘。當時，日軍很擅長玩這種文字遊戲，從城市逃到鄉下避難稱爲「疏散」，撤退稱爲「轉進」，但「玉碎」這兩個字最過分，刻意美化死亡這件事。不久之後，報紙上甚至出現了「一億玉碎」的字眼。

每天在報紙上看到無數關於死亡的消息，就會覺得生命的份量越來越輕。每天有數千人在戰場上陣亡，即使看到十名特別攻擊隊隊員送了命，也漸漸變得麻木了。

然而，一旦自己面臨這個問題，情況就完全不一樣了。我深刻體會到，人有多麼自私。

我想到了父母，想到了對我疼愛不已的雙親，還有比我小十歲的妹妹。一旦我死了，即使父母可以承受這份悲傷，妹妹一定會放聲大哭。我是妹妹最愛的人，她經常說：「我最喜歡哥哥，比爸爸、媽媽更喜歡。」

我妹妹有輕度智能障礙，她和大部分智能障礙的孩子一樣，個性純眞，從來不懷疑別人，因此，更讓人心生憐憫。

如果我有女朋友或妻子，或許會有完全不同的想法，但幸好我是單身，也沒有喜歡的女孩子，所以，只有父母和妹妹的事讓我心情沉重。

父母應該能夠承受，也會原諒我的不孝，當我爲保衛祖國而死，一定會感到驕傲，但我覺得很對不起妹妹。當父母年華老去，離開人世時，沒有人可以幫助妹妹。這件事成爲我很大的遺憾。

如今，我已經忘了當年拿到志願書時如何下定決心，甚至想不起來當時內心深處是否在明確的覺悟下做出了決定。

快天亮時，我圈了「志願參加」的選項。應該是意識到大部分人都會志願參加，所以自己才這麼寫，我不希望自己一個人變成衆人眼中的卑鄙小人。我清楚地記得，在寫名字時，我努力讓手不要發抖。即使在這種情況下，仍然會想那種事。

所有飛行學生都寫了「志願參加」，但是，不久之後，聽說有幾個人寫了「不志願參加」。長官找了塡寫「不志願參加」的人談話，說服了他們。在當時的日本軍隊中，長官的說服就等於命令，沒有人敢違抗。

你們覺得我們很沒出息嗎？在當今自由空氣下長大的人無法理解這種情況，不，即使在現代，到底有幾個人在公司和組織中，能夠不顧自己的飯碗，向上司和長官大聲說「NO」？我們當時的情況更加嚴峻，聽到有幾個人寫「不志願參加」時，我曾經想，既然在說服之後不得不志願參加，還不如一開始就寫志願參加比較好。

但是，現在我深信，寫下「不志願參加」的人才眞的了不起——

不顧外界的因素，完全憑自己的意志決定自己的生死，才是眞正的男人。如果包括我在內的大多數日本人都能夠像他們一樣，這場戰爭或許可以更早就落幕。

讓他們不得不志願參加的也許不是長官，而是我們。

至於我自己，絕對沒有樂於接受死亡，但是，在那個時代，我們並沒有其他的選擇。軍部絕對不允許我們不志願參加特攻隊，事實上，我也聽說了不少相關的傳聞。在其他練習航空隊中，有人堅決不願意志願參加，結果就被送去前線的陸戰隊，或是派去參加根本沒有任何生機的戰役。當然，這只是傳聞，到底有多少眞實性就不得而知了，但是，曾經經歷過那個時代的我認爲，應該八九不離十。

那時候，軍部根本不在乎士兵的生命。剛才我提到有四千四百個年輕人參加了特攻隊陣亡，但在沖繩戰役中，「大和」戰艦每次海上特攻出擊，都會死這麼多人。

「大和」的出擊根本沒有任何生機。美軍已經登陸了沖繩海岸，在陸地架設了砲台，「大和」的出擊打算要砲轟美軍的陸地砲台，簡直是荒唐無稽的作戰方案，根本是以卵擊石。而且，在沒有戰機護衛的情況下，怎麼可能只憑一艘戰艦和數艘護衛艦就到達沖繩？

所以，「大和」的出擊也是一次特攻，這次特攻將會帶走「大和」三千三百名艦上人員，和其他小型艦艇艦上人員的生命。事實上，「大和」的艦上人員有超過三千人一起命喪黃泉。建立這項作戰計畫的參謀根本把人命當成兒戲，他們無法想像三千三百名艦上人員都有各自的家人，無法想像他們有母親、妻子、兒女和兄弟。軍部的人明知道必輸無疑，但不能坐以待斃，所以就用特別攻擊的方式負隅頑抗，「大和」和數艘輕巡、驅逐艦和數千名官兵就爲了軍部的面子白白送了命。

軍令部和聯合艦隊的幕僚爲了特攻行動，連聯合艦隊引以爲傲的「大和」都捨棄了，他們對捨棄預備學生的生命當然不可能有絲毫的猶豫。如果作戰順利，或許只憑一人一機就可以擊沉美軍的一艘軍艦，只要命中一發，即使犧牲數十架飛機也無妨。

並不是志願參加特攻，就立刻成爲特攻隊員。對軍方來說，志願參加特攻是理所當然的前提，只是一項手續而已。一旦志願參加特攻，就成爲特攻要員，軍方可以從中自由指派特攻隊員。

在訓練期間結束之後，我們仍然繼續接受訓練。當時，即使有特攻要員，飛機也不夠，不，不光是飛機，燃油也不足，甚至無法充分訓練。

沖繩特攻作戰就差不多在這個時候拉開了序幕。

昭和二十年（一九四五年）三月，特攻機連日從九州各基地展開出擊，攻擊沖繩海域的美軍艦隊。

四月的某一天，我們十四期的預備軍官中，有十六名成爲特攻隊員。我的名字不在其中，獲選的都是技術優秀的飛行員。

我的好朋友高橋芳雄也是這十六人之一。他是我在慶應大學的同學，熱愛文學，夢想成爲國文學家。他是講道館三段的柔道高手，身高一百八十公分，身材魁梧，堪稱文武雙全。

有一件關於高橋的往事讓我難以忘記。

有一次，他來我家玩，剛好看到我妹妹哭著回家。問了和妹妹在一起的女生，那個女生說，她們放學回來時，有一群中學生罵妹妹「智障」，還不停地打她的頭，把她打哭了。以前，妹妹也曾經多次因爲智力發育遲緩被人恥笑或是調侃，每次都讓我很難過，但這次我眞的怒不可遏。怎麼可以因爲智力發育遲緩就打她？

我問那個女生，那幾個中學生是哪一所學校的。

這時，我看到了令人驚訝的情景。高橋撫摸著妹妹的頭，流下了眼淚。

「好可憐，好可憐，和子，妳根本沒有任何錯。」

高橋說話時淚流滿面。

我被高橋的善良打動了，暗自下定決心，爲了他，我做什麼都願意。

如今，高橋被選爲特攻隊員。

我對高橋說：「讓我代替你去。」

「別開玩笑了。」

高橋笑著說。

「拜託你，讓我代替你去。」

「不行。」

我一把抓住他的胸口。

「讓我代替你去！」

我大吼道。

「不行！」

高橋也大聲回答。我想把他推倒。

「高橋，讓我代替你。」

「不要。」

高橋說著，把我推開。我站了起來，用力抱住他的腰。他又把我推開，我再度站了起來，哭著抱住他。他也哭著一次又一次把我推開。

最後，我沒力氣了，趴在地上大哭著。

「岡部，你要活下去，爲了和子，你也不能死。」

高橋說著，用力抱著我的肩膀。他也哭了。

這天，並不是只有我哭而已。晚上，喝了酒之後，沒有被選上的人嚎啕大哭，央求被選上的人「讓我去」，甚至有人哭著懇求飛行長：「讓我去參加特攻。」

無論被選上或是沒被選上的人都哭成一團。

翌日之後，獲選的十六名特攻隊員開始用辛烷值較高的實戰用航空燃油訓練，那是名副其實的死亡訓練。

高橋他們眞是太了不起了。

被選爲特攻隊員，就等於被判了死刑，但是，他們在我們面前絕對沒有表現出絲毫的畏懼，也沒有露出沉重的表情，反而表現得很開朗。

這種開朗當然不可能出自眞心。他們是爲了我們，才努力露出笑容。他們在面對死亡時，仍然顧慮到活著的人的心情——他們實在太了不起了。

宮部先生擔任他們的教練官。宮部教練官當然知道高橋他們被挑選爲特攻隊員。

有一次，高橋提到宮部教練官時說：

「他是一個眞心誠意的人。」

我問他這句話是什麼意思。

「他在教我們時感到很痛苦，我可以清楚地感受到這一點。他不願意看到我們去送死。」

「是嗎？」

「看到宮部教練官痛苦的表情，我也感到很痛苦。」

我把宮部教練官之前對我說的話告訴了高橋，高橋頻頻點頭，小聲嘀咕說，他就是這樣的人。

然後，他又說：

「聽說宮部教練官在菲律賓島時曾經拒絕參加特攻。」

我很驚訝。

「我猜想這個傳聞應該是眞的，」高橋說，「我很尊敬他。」

我無言以對。高橋一臉哀傷的表情說：

「我們都太懦弱了。」

五月初，高橋他們出發前往九州的國分基地。由於飛機數量不足，十六名特攻隊員中，只有十一名駕駛了十一架零戰執行特攻任務，由宮部教練官爲他們帶路。

出發前，高橋對我說：

「我走了。」

我不知道該對他說什麼。

「不要難過。」

高橋說完，對我笑了笑。他的笑容爽朗燦爛。

然後，他跑向跑道。

後來我才知道，當時的十一名飛行員不到一個月就全員陣亡了。

宮部教練官繼續留在國分基地，在那裡多次擔任特攻機的掩護機。即將終戰時，他在某次特攻中不幸陣亡。

之後，我被派去茨城縣的神之池基地，在那裡成為櫻花的飛行員。

——你們知道櫻花嗎？那是人工操縱炸彈。

不，那不是飛機，眞的是飛彈，但櫻花飛彈無法自行飛行，無法降落，在空中也無法轉向，只能筆直向前滑。通常懸掛在一式陸攻下方，是從空中攻擊敵機的空對地人肉飛彈。

日本居然製造出這麼不人道的武器。

我在那裡接受了急速下降的訓練，從高空急速降落後，直接衝向目標物——就只是這樣而已。因此，也用零戰進行急速下降訓練。

只有一次，實際使用櫻花進行下降訓練。櫻花沒有降落的起落架，必須在機身裝上滑板，從高空以驚人的速度下降，在地面附近水平飛行一段距離後，降落在跑道上。成功降落者屬於「A」等級，正式成為櫻花的飛行員。這些成功者接二連三被送去九州。

——降落訓練失敗的人去了哪裡？他們當場死亡了。

許多人在降落失敗時送了命。有的飛機無法進行水平飛行而撞到地面，有的大幅超越跑道，用力撞上堤防，有的滑板壞了，和跑道之間發生摩擦後燒了起來，也有的因爲飛彈的釋放裝置故障，導致飛機墜落——

那個訓練眞的不是可怕兩個字能夠形容的。

我也接受了訓練，那份恐懼至今仍然難以忘記。從母機轉移到櫻花上時，雙腿忍不住發軟。一式陸攻的下方打開，在強烈的風壓中，必須跳上懸吊在下方的櫻花駕駛座上。當然沒有安全帶。如果因爲操作疏失或是故障，導致櫻花墜落，自己也小命不保了。

不過，這種恐懼和下降時的恐懼相比，就根本不值得一提了。櫻花離開母機的瞬間，就以驚人的速度下降三百公尺，強大的負G力會讓全身的血都衝向腦袋，感覺好像快被衝破了，內臟也好像會從嘴裡噴出來，必須拚命忍著想要昏過去的感覺，用渾身的力量拉操縱桿，把機身拉起，朝向機場的目標滑翔。在即將靠近地面時再度拉起，開始水平飛行。這也會產生難以想像的重力，眼前會變得一片漆黑，差一點就昏過去了。我猜想很多因爲無法順利拉起而導致失敗送命的戰友，當時可能眞的昏過去了。櫻花降落地面時的衝擊太驚人了，好像整個人被重重摔在地上。

我活了八十年，從來沒有經歷過那麼可怕的經驗。

但是，實際用特攻方式衝向敵艦時，那種恐懼應該更加可怕。

七月時，我身爲櫻花隊員被派往長崎的大村基地。那時候，鹿兒島和宮崎等九州南部的基地群遭到空襲後，已經喪失了基地的功能，所以，只有在特攻出擊時，才會從鹿兒島的基地起飛。

我記得在大村時見過宮部教練官，但忘了有沒有和他聊天。那時候的事好像在做夢，只有模糊的記憶。早上看到飛行員表上沒有自己的名字，就覺得又多活了一天。

我還沒接到出擊命令，戰爭就結束了。

——得知戰爭結束時的心情嗎？的確感到鬆了一口氣，但也覺得自己沒有趕上。對只有自己活下來感到後悔，又覺得很對不起死去的戰友。

這種想法始終沒有消失——至今仍然沒有消失。

一陣漫長的沉默，遠處傳來蟬鳴。

「設計出櫻花的不是人！」姊姊帶著哭腔說道。

岡部深深地點頭。

「聽說我接受訓練的神之池基地目前建了櫻花公園，那裡也陳列了櫻花，但我這輩子再也不想見到櫻花了。」

「我能瞭解。」我聽了岡部的話後回答。

「但是，十年前，我意外看到了櫻花。我去美國旅行時，在史密森尼博物館看到櫻花吊在天花板上。看到櫻花的體積那麼小，我很驚訝。更令我深受打擊的是美國人爲櫻花取的名字。你們知道是什麼嗎？——叫笨蛋炸彈。」

「笨蛋炸彈——？」

姊姊問道。

「BAKA BOMB，也就是笨蛋炸彈的意思。我不顧兒子、媳婦就在旁邊，忍不住放聲大哭起來。我太懊惱，太不甘心了——哭了很久，仍然淚流不止，但其實『BAKA』這個名字太貼切了。特攻作戰本身就是瘋狂的軍部所設計出史上最大的『笨蛋作戰』，可是我並不是因爲這原因哭泣，而是覺得爲了這種笨蛋作戰而死去的高橋他們太可憐、太可憐了，所以眼淚一直流不停。」

岡部突然皺著臉，淚水撲簌簌地流了下來。

我可以感受到他的懊惱和不甘，我聽到「BAKA」這個名字，也受到很大的衝擊，簡直就像有人在罵外祖父是「笨蛋」。

「以櫻花爲中心的神雷部隊中，因櫻花而陣亡的超過一百五十人，神雷部隊整體有超過八百個人陣亡。因爲還包括了搭載櫻花的一式陸攻機組員。」

「和母機一起被擊落了嗎？」

聽到我的發問，岡部回答說：「沒錯。」

「一架櫻花重量將近兩公噸，當一式陸攻懸吊著櫻花飛行時，速度完全快不起來，簡直就好像在等敵人擊落。櫻花的最大射程距離是三十公里，但搭載了櫻花的一式陸攻根本不可能突破敵軍戰機的迎擊，飛到離敵軍艦隊三十公里的地方。只能說，設計櫻花的人根本不瞭解航空戰的實際情況。」

岡部一臉氣憤地說。

「櫻花在昭和二十年三月第一次執行攻擊任務，十八架一式陸攻搭載了十五架櫻花出擊，全數被敵軍的戰機擊落。當時，神雷部隊的指揮官野中五郎少佐認爲這項作戰太魯莽了，徹底表示反對，但宇垣纏司令強勢推動這項作戰。野中少佐要求在出擊時，派七十五架零戰進行護援，結果只派了三十架零戰。野中少佐不忍心讓部下參加根本沒有存活希望的困難作戰，親自擔任指揮官，率領部下出擊。」

「啊。」姊姊叫了起來。

「認識野中少佐的人都說他是很優秀的長官，他的口頭禪是『他媽的，給我好好地幹一場』，很會照顧別人，眞心爲部下著想。他的部隊稱爲野中家族，許多部下都把他當成自己的父親。」

「眞是一個了不起的人。」

「照理說，野中少佐根本不需要親自出擊，但他仍然親自上陣，是因爲他不忍心看著部下去送死，同時，希望用自己的生命告訴軍方高層，這個作戰方案有多麼荒唐。」

「他是眞正的軍人。」

岡部點了點頭。

「即使野中家族全都陣亡了，之後，神雷部隊仍然多次搭載櫻花出擊，不用說，當然都在到達敵軍的機動部隊之前，連同母機一起被擊落了。因此，神雷部隊總共有八百名官兵陣亡。」

三個人都沉默起來。

過了一會兒，姊姊說：

「岡部先生，你是怎麼接受特攻的？」

「接受是指？」

「被派去特攻時，是怎麼說服自己接受死亡的？」

「這個問題很難回答。」

岡部抱著雙臂。

「只有具備超越死亡的目的，才能夠接受死亡。對你來說，這種崇高的目的是什麼？」
姊姊的問題令我感到意外，也許她事先就準備了這個問題。
岡部沉默了片刻後終於開了口。
「雖然聽起來很冠冕堂皇，但當時我覺得如果自己的死可以保護家人，我很樂於奉獻自己的生命。」
「你覺得你的死可以保護家人嗎？」
岡部不發一語地注視著姊姊。
「妳的意思是說，特攻隊都是白白送死嗎？」
「不。」
姊姊慌張地搖著頭，岡部說：
「我可以告訴你們另一件事嗎？」
「好。」
「美國是自由主義國家，比任何一個國家更重視國民的生命。美國在第二次世界大戰時，爲了維護自由主義，和納粹德國開戰。在一九四三年，B17轟炸機在沒有戰機的護衛下，在大白天去轟炸德國的兵工廠。之所以沒有戰機的護衛，是因爲當時美國缺乏有足夠續航距離的戰機。因爲夜間無法瞄準兵工廠，所以只能在白天轟炸。」
「是。」
「但是，這項任務相當危險。B17遭到德國空軍迎擊，展開激烈的空戰，每次都有超過百分之四十的轟炸機無法返航。據說沒有任何一名機組員能夠在四次出擊後仍然活下來的。但是，美軍爲了打倒希特勒和納粹，繼續在白天派兵進行轟炸。美軍的士兵也勇敢地挺進德國的天空，總計有超過五千名B17的機組員陣亡，死亡人數超過了神風特攻隊陣亡的四千人。」

「這麼多——」

「這就是戰爭。美國士兵爲了祖國的勝利挺身而戰，我們也爲了祖國而挺身作戰。即使自己會死，只要能夠保衛國家，保護家人，我們的死就有意義，我們在戰場上深信這一點。我知道你們在戰後和平的環境下長大，無法理解這一點，但是，我們深信這一點而戰。如果不這麼想，怎麼能夠參加特攻去送死呢？如果認爲自己的死沒有意義，沒有價值，怎麼能夠死呢？也無法對死去的戰友說，你的死根本沒有意義。」

姊姊沒有說話。

屋內瀰漫著凝重的氣氛。岡部打破了沉默。

「即使如此，我仍然反對特攻，堅決反對。」

岡部用強烈的語氣說道。

「特攻是十死零生的作戰，美國的B17轟炸機的機組員有很多都陣亡了，但他們還有活著回來的可能，所以他們勇敢作戰。必死無疑的作戰根本不是作戰。我在戰後聽人說，提出全機特攻的五航艦宇垣纏司令，在特攻隊員出擊前，握著每一個隊員的手，流著淚激勵他們後，問他們：『有沒有什麼問題？』這時，一名曾經參加中途島戰役的資深飛行員問：『如果炸彈命中敵艦，可以再飛回來嗎？』宇垣司令回答說：『不行。』」

我忍不住驚叫起來。

「這就是特攻的眞相。特攻並不是爲了獲勝的作戰，而是讓飛行員當人肉炸彈。在沖繩戰的後期，不管願不願意，都會接到長官的命令。」

第九章　神風特攻

前海軍中尉武田貴則和我們相約在白金的觀光飯店見面。爲了這次見面，他特地住進了這家飯店。

令人驚訝的是，武田是我也知道的一家知名股票上市公司的老闆。姊姊也說，曾經聽過他的名字。武田在東大求學期間成爲飛行預備學生，戰後又回到大學繼續求學。讀完研究所後，進入企業工作，是戰後經濟復興中，在第一線打拚的人。

前特攻隊員成爲經濟界大人物這件事感覺很奇妙，但從武田的經歷來看，也許成爲海軍軍人的一年多時間反而是很大的意外。

我和姊姊約在大廳見面，但我接到她的簡訊，說會晚一點到，於是，我打電話到武田的房間。

不一會兒，武田和他妻子一起下樓了。

「我是武田。」

他用宏亮的聲音和我打招呼。武田身材高大，一頭白髮，鼻子下留著白色鬍子，完全是一個瀟灑的老人，看不出已經八十多歲了。

「我叫佐伯健太郎，是宮部久藏的外孫。」

我告訴他，和我同行的人會晚一點到，同時爲他特地訂了這家飯店表示歉意和感謝。

「不，我們夫妻偶爾也想悠閒一下，好久沒出門了，擇日不如撞日。」

武田說完，看著妻子笑了笑。

「那在你朋友到之前，我們去喝杯咖啡。」

武田說。

我們三個人一起走去咖啡廳。

當我們坐下點完飲料時，姊姊來了，令人驚訝的是，高山也出現在她身旁。

「高山先生很希望聽武田先生的談話，所以我就帶他來了，他可以一起聽嗎？」

武田沒有回答，轉頭看著我。

「姊姊，這樣不好吧，這是私事，和高山先生無關。」

姊姊露出爲難的表情，但無論姊姊怎麼拜託，我都不打算改變主意。

「好，沒關係，請坐吧。」

武田說。

「打擾了。」

高山恭敬地鞠了一躬後坐了下來，把名片遞給武田後自我介紹。

「原來你是報社記者。」

武田看著名片輕聲嘀咕，他微微皺起眉頭。

「今天並不是採訪，只是一起來聽私人的回憶，拜託你了。」

高山深深地鞠躬，武田不發一語地點頭。

這時，服務生剛好送來飲料。

「正事就等回房間慢慢聊。」

聽到武田這麼說，高山和姊姊也分別向服務生點了飲料。

「但我在電話中也說了，我不會談我私人的事，也不談特攻的事，只談關於宮部久藏的回憶。」

武田把牛奶倒進紅茶時說。

高山突然開了口。

「爲什麼不談特攻的事？」

武田看著高山。

「我對您曾經是特攻隊員這件事很有興趣。」

「我不是特攻隊員，只是特攻要員，只有被選中加入特攻隊的人才是特攻隊員。」

「恕我無禮，我認爲像您這樣的人談論特攻經驗很寶貴。」

「我不想談什麼特攻經驗，尤其是在你面前。」

「爲什麼？」

武田重重地嘆了一口氣，正視著高山的臉。

「因爲我不相信你的報社。」

高山的表情嚴肅起來。

「你那家報社在戰後變節，譁衆取寵，爲了迎合大衆，否定了戰前的一切，也剝奪了民衆的愛國心。」

「這是因爲報社檢討了戰前的錯誤，對戰爭和軍隊抱持否定的態度，並爲了和平，導正了民衆錯誤的愛國心。」

「希望你不要輕易談什麼和平。」

聽到武田的話，高山臉色大變。

一陣凝重的沉默後，高山說：

「我想請教一個問題，特攻隊員是從特攻要員中挑選的嗎？」

「對。」

「特攻要員都是志願的嗎？」

「形式上是這樣。」

「所以，您也是志願參加的嗎？」

武田沒有回答，把紅茶杯拿到嘴邊。

「所以，您也曾經是強烈的愛國者。」

武田拿著杯子的手停了下來，高山不理會他，繼續說：

「您在戰後成為優秀的企業戰士，但就連您也有過曾經是愛國者的時代，我對此有濃厚的興趣。在那個時代，所有國民都被洗腦了，就連您也沒能躲過一劫。」

武田放下杯子，杯子碰到湯匙，發出很大的聲音。

「我雖然曾經是愛國者，但並沒有被洗腦。我那些死去的戰友也沒有。」

「我認為特攻隊員被暫時洗腦了，這不是他們的錯，而是那個時代的問題，是軍部的錯，但是，在戰後，這種洗腦狀態解除了。因此，戰後的日本成為民主主義，也完成了驚人的復興。」

武田小聲地嘀咕：「你在說什麼？」

高山仍然窮追不捨地說：

「我認爲特攻就和恐怖攻擊差不多。恕我直言，我覺得特攻隊員就像是恐怖分子，只要看他們留下的遺書就可以清楚知道這一點。他們對爲國捐軀這件事並沒有感到難過，而是驕傲，覺得自己爲國家奉獻，爲國家犧牲，甚至可以從其中感受到一種英雄主義。」

「閉嘴！」

武田突然咆哮道。服務生驚訝地回頭看著他。

「你別自以爲是！我們沒有被洗腦！」

「但是，只要看特攻隊員的遺書，可以清楚地感受到他們的殉教精神。」

「愚蠢！你以爲那些遺書是出自特攻隊員的眞心嗎？」

武田因爲憤怒，滿臉漲得通紅，周圍人都看著我們，但武田毫不在意。

「當時，長官會檢查大部分書信，有時候連日記或遺書也會檢查，不允許有任何批判戰爭或軍部的言論，也不允許寫一些不符合軍人形象的懦弱話。特攻隊員必須在這種嚴格制約中，把自己的眞實心情寫進字裡行間，瞭解他們的人，自然可以從中感受到他們的眞實心情，不要被報國或是效忠國家之類的文字騙了，難道你看到他們在遺書上寫欣然赴死，就以爲他們眞的很高興嗎？你這樣也算是記者嗎？你有想像力嗎？不，你有身爲一個人的良心嗎？」

武田的聲音因爲憤怒而顫抖著，他的妻子輕輕地拉著他的手臂。

高山充滿挑釁地探出身體。

「既然不是欣然赴死，就沒必要特地寫這種話。」

「難道要在寫給家人的信中寫『我不想死！我好痛苦！我好難過！』嗎？父母看了這種內容，會多難過？看到含辛茹苦養育的兒子，帶著這種痛苦離開人世，會造成多大的悲傷？既然已經死到臨頭，至少讓父母以爲兒子是帶著平靜的心情走向死亡，難道你不懂這種心情嗎！」

武田大聲咆哮。

「即使遺書上沒有寫自己不想死，但家人可以從字裡行間感受到。因爲，許多遺書上都寫著對所愛的人無限的思念，欣然赴死的人會寫這麼深情的內容嗎！」

武田流著眼淚，服務生從剛才就一直看著他。

「既然是報社記者，難道你無法從那些遺書上讀到即將走向死亡的人，努力克制內心的起伏，用所剩不多的時間寫給家人的信中所隱藏的眞實想法嗎？」

武田流著眼淚說道，但高山嘴角露出冷笑。

「我只是根據看到的文字解讀，文字不就是這樣嗎？有特攻隊員在出擊的那一天寫道，今天是萬分喜悅的日子，也有人爲能夠爲天皇捐軀感到喜悅，有很多隊員都寫了類似的內容。他們的這種心情和自殺式攻擊的恐怖分子一樣。」

「愚蠢！」

武田拍著桌子，杯子發出了聲音，服務生情不自禁地向這裡跨了一步。周圍的人從剛才就一直看著我們。

「恐怖分子──你說話要適可而止。自殺式恐怖攻擊分子是把一般民衆當成殺戮的對象，奪走的是無辜民衆的性命，紐約的飛機恐怖攻擊不正是這樣嗎？你說啊！」

「沒錯，所以稱爲恐怖攻擊。」

「我們特攻隊的目標並不是無辜民衆生活的大樓，而是載著轟炸機和戰機的航空母艦。美軍的航艦空襲我國的領土，掃射手無寸鐵的民衆，難道他們是無辜的嗎？」

高山一時答不出話，武田繼續說道：

「航艦是可怕的殺戮武器，我們攻擊的是這種最強大的殺戮武器，而且，特攻隊員駕駛性能不佳的飛機，還載著沉重的炸彈，在少得可憐的幾架戰機護衛下出擊，被數量是好幾倍的敵軍戰機攻擊，好不容易穿越戰機封鎖網，接踵而來的是高射砲的攻擊，和攻擊毫無防備的雙子星大廈絕對不一樣！」

「但是，兩者在爲信念而奉獻生命上有共同點——」

「閉嘴！」

武田打斷了他。

「報社記者！你以爲自己是正義的使者嗎？我認爲報社正是引起那場戰爭的罪魁禍首。日俄戰爭結束後，簽署了樸資茅斯和平條約，許多報社對談判條件表達了憤怒，在報紙上公開抨擊，怎麼可以接受這種條件？大部分國民受到報社的煽動，在全國各地發生了反政府暴動，日比谷公會堂被燒毀，簽署和平條約的小村壽太郎的住家也被燒了。只有德富蘇峰的國民新聞主張反戰，結果，國民新聞報社也被燒了。」

「這是因爲——」高山說到一半，武田不理會他，繼續說道：

「我認爲這一連串的事件是日本的分水嶺。在這起事件後，大部分國民開始讚美戰爭，之後發生了五一五事件（由帝國海軍基層軍官發動的政變）。當時的政府首腦逐漸收起侵略路線，逐漸向軍縮的方向發展，結果，軍部的年輕軍官就殺了這些政府首腦。雖然首相願意溝通，但那些年輕軍官不由分說地槍殺了首相。這不是軍事政變是什麼？但是，許多報社稱讚他們是英雄，主張爲他們減刑。在報社的煽動下，減刑請願運動成爲國民運動，有上百萬封請願書寄到法院。在輿論的影響下，主謀只被判處很輕的罪。有人認為這種異常的減刑正是引發之後二二六事件（皇道派陸軍官兵發起的流產政變。）的原因，即使到了現代，仍然有人認為二二六事件的主謀『心地善良，是為國家著想的憂國之士』，不難猜想對當時的輿論造成了多大的影響。之後，無論政治人物還是媒體人，都沒有人敢和軍部作對，日本完全變成了軍國主義，當發現情況不妙時，已經為時太晚了。但是，讓軍部變成這種妖魔的正是報社，以及被報社煽動的國民。」

「媒體人在戰前的確曾經犯下疏失，但戰後就不同了，媒體導正了國民瘋狂的愛國心。」

高山挺起胸膛說。

武田的妻子再度輕輕拉著丈夫的手臂。武田看著妻子，輕輕點了點頭，然後，小聲地說：

「戰後很多報紙都大肆宣揚，要求國民捨棄愛國心，好像愛這個國家是一種罪惡。乍看之下，好像和戰前所做的事完全相反，但骨子裡仍然自以為是正義的使者，想要教導愚蠢的國民。結果呢？沒有任何一個國家像日本一樣，培養出一大票輕視自己的國家，只會迎合鄰近國家的賣國奴政客和文化人。」

然後，他看著高山，一字一句地說：

「我無意過問你的政治思想，但是，請你不要用一些無聊的意識形態來談論特攻隊，如果你無法從那些特攻隊員在決定赴死之際，為了家人和國家著想，顧及活著的人的心情而留下的遺書中，解讀到他們的眞心，就不配當記者！」

聽到武田的話，高山傲然地挺起胸膛，然後抱著雙臂說：

「無論再怎麼粉飾，大部分特攻隊員都是恐怖分子。」

武田目不轉睛地看著高山，然後靜靜地說：

「和你這種人說再多都是白費口舌，你走吧。」
「好，那我就告辭了。」
高山一臉悵然地站了起來。姊姊遲疑了一下，立刻追了上去。
「你不走嗎？」
武田問我。
「我的外祖父參加特攻隊死了。」
「對喔，你是宮部先生的孫子。」
「我不瞭解外祖父最後的身影，我家也沒有外祖父留下的遺書，但是，聽到您剛才那番話，我似乎可以稍微體會外祖父的痛苦。」
武田緩緩搖頭。
「只有特攻隊員才能體會特攻隊員的痛苦，像我這種特攻要員和他們之間也有著無法踰越的鴻溝。」
這時，姊回來了。
「高山先生走了，我可以留下來繼續聽嗎？」
「如果妳想聽，當然沒問題。」
「我想聽。」姊姊說。
武田點了點頭說：「那就換個地方吧。」然後站了起來。
幾分鐘後，我們來到武田的房間。我第一次踏進一流飯店的蜜月套房。
武田的妻子用房間內的茶葉爲我們泡了茶。茶很好喝。

武田默默地喝著茶，似乎想要平靜激動的心情。我們也默默地喝著茶。

不一會兒，武田靜靜地開了口。

「在說宮部先生的事之前，我先要告訴你們一些事。」

戰後，輿論對特攻隊員有各種不同的毀譽褒貶，一下子稱他們是爲國捐軀的眞正英雄，一下子又說他們是瘋狂的愛國者。

但是，兩者都說錯了，他們既不是英雄，也不是瘋子，只是爲了如何接受逃不掉的死亡，讓自己短暫的生命變得更有意義而深陷苦惱的人。我曾經近距離和他們相處，他們爲家人著想，爲國家著想。他們並不笨，知道一旦參加了特攻，就再也回不來了。

他們和二二六事件中那些失去冷靜判斷能力的年輕將官不同，沒有人陶醉於爲國捐軀的英雄主義。當然，或許有人爲了說服自己接受死亡，刻意讓自己處於這樣的心境，但是，即使眞的有這種人，誰能夠指責他們？在面對難以接受的死亡，爲了說服自己，爲了逃避恐懼而讓自己沉浸在英雄主義中，難道不行嗎？

所有特攻隊員被選上時，都沒有絲毫的慌亂，在出擊時，也沒有人嚎啕大哭，大部分人甚至面帶笑容出擊。這並不是在強顏歡笑，而是他們已經心如止水。

我曾經聽說被宣判死刑的罪犯在執行當天都會因爲害怕而哭喊，有些人甚至無法自己走向刑場，必須在獄方人員的攙扶下走向刑場。雖然他們是因爲自己犯下的滔天罪行才會被判處死刑，但仍然無法接受死亡。

有些廢死論者認爲這種心理恐懼太殘酷，所以提倡廢死，我相信這種心理恐懼的確很可怕。

在宣告「要殺死你」之後，死刑犯每天都活在恐懼中，那是一種難以想像的恐懼。早晨，當牢房的門打開，有人來押送時，就是死亡的日子。如果沒有人來，就可以多活一天，但也只是延長恐懼而已。這種倒數計時的折磨，正是如同煉獄般的痛苦。

特攻要員被選爲特攻隊員的瞬間，就處於和死刑犯相同的狀況。早上，在指揮所的黑板上公布的飛行員名單中看到自己的名字時，就是死亡的日子。名單上沒有自己，就可以多活一天。這一天不知道什麼時候會出現，黑板上有自己的名字時，人生就畫上了句點，再也無法見到心愛的人，再也無法做自己想做的事，未來在數小時內就會畫上休止符。那是多大的恐懼——這種恐懼應該遠遠超越我的想像範圍。

但是，他們從容地接受了，好幾位戰友笑著踏上生命最後一段旅程。他們經歷了多少掙扎，才能夠接受這一切？無法想像這種掙扎的人，根本沒資格談論他們，所以我剛才說，特攻隊員和特攻要員完全不同。

我們這些特攻要員當然也做好了捐軀的心理準備，一旦被指名爲特攻隊員，就會很乾脆地執行任務，但是，有沒有眞的身處這種境遇，兩者之間有很大的差別。

我們之中沒有一個人認爲自己是爲天皇陛下捐軀。

戰後，很多文化人和知識分子都在文章中提到，戰前有很多日本人都把天皇當神，這種論調簡直愚蠢透頂。根本沒有人把天皇當神，就連掌握軍部實權的年輕將官也不這麼認爲吧。

我一再重申，是媒體記者把日本變成目前這樣的國家。

戰前，報社一字不漏地照登大本營發布的消息，每天都寫一些戰意高昂的報導。戰後，當日本受到美國盟軍司令部支配時，報社就聽從盟軍司令部的命令，大肆刊登民主主義萬歲的報導，抨擊戰前的日本是多麼愚蠢，好像所有國民都愚昧無知，我對那些記者覺得只有自己才是正義，看不起民衆的態度感到噁心。

言歸正傳。

都這把年紀了，再抱怨這種事也沒用。只是看到剛才那個人，就忍不住想起當年軍隊裡的很多軍官。那些軍官盲目相信自己的組織，完全不用自己的腦袋思考，以爲自己所做的事永遠都是正確的，只知道效忠組織。

大部分在特攻作戰中擔任指揮的都屬於這種人，他們口口聲聲說：「你們並不孤獨，我也會很快追隨你們的。」

但是，那些人幾乎沒有人眞的投入特攻，戰爭結束後，每個人都當作自己沒說過這種話，好像自己沒有任何責任，甚至有很多人說什麼「特攻隊員都是志願參加的，他們基於純潔的心，願意爲國家奉獻生命」。他們試圖美化特攻隊員，逃避自己的責任，或是淡化良心的苛責。因爲他們這些狡辯，輿論開始對特攻隊員毀譽參半。

我剛才說，幾乎沒有一個軍官追隨特攻隊員參加特攻，但被稱爲「特攻之父」的大西瀧治郎中將在終戰那一天切腹自殺，有不少人稱讚他的死是「負起責任」，認爲很了不起，但我一點都不覺得有什麼了不起。讓那麼多前途無量的年輕人送了命，一個老人的自殺怎麼可能負起責任。

退一百步，在雷伊泰戰役時，特攻或許是不得已的殊死作戰，但在沖繩戰役之後的特攻根本沒有意義。既然有勇氣去死，爲什麼不切腹自殺表明「用生命反對特攻」？

目前都認爲特攻作戰是大西中將在昭和十九年（一九四四年）十月提議後採用的作戰方案，但果眞如此嗎？他自己稱特攻「有悖統帥之道」。

海軍在終戰那一年使用了「回天」和「櫻花」這些特攻武器，這些武器都是在十九年的年初開發的，如果軍方沒有制定方針，當然不可能開發新武器。所以，大西中將只是代罪羔羊而已。大西中將在死之前，都沒有爲自己辯解，他是爲了袒護無數人而死，但既然袒護，爲什麼不袒護那些年輕人？

「回天」是靠人工操縱的魚雷。現代魚雷都搭配電腦，即使敵艦逃走，也可以正確地追蹤，命中敵艦，但「回天」必須由人發揮電腦的功能。除了日本以外，沒有任何一個國家的軍隊會設計出這種魚雷。

海軍或許早就有了「特攻」的基礎。在開戰第一戰的珍珠港時，就曾經用「甲標的」進行特別攻擊。

「甲標的」是兩人座的微型潛艇。海軍攻擊珍珠港時，潛水艇搭載著甲標的來到夏威夷近海，再讓甲標的衝進珍珠港。美軍的海港戒備森嚴，小型潛艇根本無法順利潛入，即使僥倖成功，也很難順利逃出，被等在海上的潛水艇救回。所以，這和特攻隊幾乎沒什麼兩樣。當時，「甲標的」的十名隊員在出擊時不抱任何生存的希望，這五艘「甲標的」全數遭到消滅。此舉或許奠定了日後「特攻」的基礎。

當時，其中一艘「甲標的」在海口觸礁，其中一人被敵軍俘虜。大本營將戰死的九個人稱爲九軍神，大肆公布這個消息，卻完全無視活著成爲俘虜的酒卷少尉的存在。不久之後，酒卷少尉的名字曝了光，他的老家被人丟石頭，還收到來自全國各地的信，罵他「國民之恥」、「爲什麼不自我了斷？」

酒卷少尉的那艘潛艇上，航行時不可或缺的迴轉羅盤儀壞了，母艦的潛水艇艇長問他：「怎麼辦？」他回答：「我要去！」當被問到「怎麼辦？」時，沒有軍人會拒絕，艇長爲什麼不命令他「中止出擊」呢？最後，酒卷少尉因爲迴轉羅盤儀的故障，無法順利操作潛艇，導致迷失方向而觸礁，潛艇上的另一名戰友則死了。

酒卷少尉被人罵「國民之恥」，九軍神的老家前，聚集了很多村民和孩子，大肆稱讚他們是英雄。但是，到了戰後，九軍神的老家又變成了「戰犯」的老家，遭到村民的白眼。每次聽到這些事，就覺得心情特別惡劣。

有太多關於特攻的人和事都讓人聽了很生氣，但我最無法原諒五航艦的司令宇垣纏。宇垣得知終戰後，帶領十七名部下展開特攻，爲自己尋求葬身之地，帶著原本根本不需要送死的年輕人爲他陪葬。隊員之一的中都留大尉的父親說：「他想死，自己去死就好」，我完全同意這種說法。

但是，還有一個人不能忘記。他就是堅決反對特攻的美濃部正少佐。

昭和二十年（一九四五年）十二月，八十多名指揮官在木更津召開聯合艦隊沖繩方面作戰會議。當首席參謀提出「全力特攻」的方針時，美濃部少佐當場表示反對。

軍人向來認爲「長官的命令高於一切」，一旦因爲抗命罪送去軍法會議，甚至可能被判死刑，但是，美濃部少佐冒著生命危險提出反對意思，當長官勃然大怒地痛斥他時，他反駁說：「在座的各位有辦法做到嗎？」還進一步說：「絕對不可以讓練習機參加特攻，如果你們不相信我說的，不妨開著練習機來攻擊看看，我可以用零戰把所有練習機打得一個不剩。」

我在戰後看到美濃部少佐當時的發言，由衷地感動不已，原來帝國海軍也有這麼富有勇氣的指揮官。如果那次會議上，有多幾個像美濃部少佐那樣的軍官，也許沖繩特攻就不會發生。

美濃部正的名字沒有讓更多日本人知道，正是媒體記者的怠慢。

——爲什麼日本人都不知道他？

我猜和他戰後的經歷有關。美濃部少佐在戰後成爲自衛隊的幹部，那些對自衛隊抱著負面看法的進步媒體人，當然不可能稱讚自衛隊的幹部。另一個原因，是因爲美濃部本身也沒有完全否定特攻。他曾經在戰後說：「如果除了特攻以外，缺乏有效的攻擊方法時，特攻就勢在必行。」這句話或許被解讀爲「肯定特攻作戰」，但是，美濃部少佐的部隊沒有派出任何一架特攻機。

美濃部正的名字雖然在日本沒有受到重視，在國外卻受到高度評價。這實在是很令人遺憾的事，美濃部正才是眞正有骨氣的日本人，絕對不能忘記的人。

進藤三郎少佐也是優秀的戰機指揮官，當年，十三架零戰在中國大陸第一次出擊，交出亮麗的成績單時，就是由進藤擔任指揮官。之後，他又去了拉包爾、馬里亞納和雷伊泰，在終戰那一年，成爲鹿兒島二〇三航空隊的飛行長，不顧軍方高層「全機特攻」的命令，沒有派出任何一架特攻機。岡嶋清熊少佐在戰鬥三〇三飛行隊中，不顧司令部罵他是「國賊」，堅決拒絕派出特攻機。從海軍兵學校畢業的軍官中，也有優秀的人，只是人數非常少。

來談談宮部先生的事。

他眞的是一個出色的教練官，是許多預備學生景仰的對象。他溫文儒雅，彬彬有禮，完全不像是軍人，全身卻散發出一種難以形容的威嚴。我們這些預備學生經常私下說，那才是專家應有的風範。

我們沒有接受空戰的訓練，因爲預備學生都是特攻飛行員。

訓練結束的那天，我們塡寫了特攻志願表。這是志願表形式的命令，因此，特攻隊員被那些命令他們去特攻的人說成「他們都是憑自己的意志執行特攻任務」，即使經過了六十年，仍然有人像剛才那個人一樣，說同樣的話。

我敢發誓，除了一小部分以外，所有的特攻都是命令。我不想談論在寫「志願參加」時內心的痛苦和掙扎，即使我說了，別人也難以理解。

我們飛行學生結業，成爲少尉後，仍然沒有實戰配備，繼續接受操縱訓練。那時候沒有航空燃油，學生很少有機會在天上飛，畢業只是形式而已。

訓練時，我們使用的是名爲「紅蜻蜓」的複葉練習機或舊式九六艦戰機，用劣等汽油、從松樹根中榨取的松根油或酒精當作燃油使用。之後，我從別人口中得知，那時候就連實戰機也沒有辛烷值較高的航空燃油可以使用了。

戰後，美軍測試日本戰機的性能時，把美軍使用的高辛烷值燃油加入陸軍的四式戰機，發現四式戰機比**P51**野馬的性能更佳。**P51**被認爲是第二次世界大戰中最厲害的戰機。聽到這個消息時，我深刻體會到戰爭是綜合國力的競爭，即使某一項或是某兩項優秀也沒有用。

但是，我們仍然在戰場上戮力奮戰。即使明知道自己力量微薄，仍然志願爲國家出力，爲了保衛祖國，願意奉獻自己的生命。難道這種想法是瘋狂的愛國者嗎？

成爲特攻要員後，我在訓練時第一次駕駛了零戰。優異的性能和練習機完全不同，令我驚訝不已。想到這就是接連打下美軍軍機的零戰，坐在駕駛座上，就感動不已。

我們的訓練內容只是駕駛著零戰急速下降而已。這是特攻訓練，是帶著炸彈衝向敵機的死亡訓練。即使如此，我們仍然認眞訓練。

——爲什麼嗎？因爲人就是這樣。

有一天，在急速下降狀態下把機頭拉起的訓練中，我覺得自己完成得很出色。訓練結束後，我在機場對宮部教練官說：

「今天完成得很不錯吧？」

「太驚訝了，完成得非常好。」宮部教練官笑著說。

「眞的嗎？」

「對，絕對不是奉承話。包括你在內，大家都非常優秀。我能夠理解海軍爲什麼讓大部分大學生都來當飛行員，但是——」

宮部教練官收起笑容。

「技術越好的人，就會越早被派去戰場。」

我瞭解他的意思。上戰場就是去執行特攻任務。宮部教練官說：

「對我來說，操縱訓練是爲了生存而進行的訓練，學習如何擊中敵機，如何逃過敵機。戰機飛行員的訓練都應該是爲了這個目的，但是，你們不一樣，你們的訓練只是爲了去送死，而且，技術越好的人就越早離開。既然這樣，不如一直不要進步。」

我不知道該如何回答。

「日本需要你們，一旦戰爭結束，日本需要你們這些人才。」

宮部教練官明確地說道。

但是，我很確信，宮部先生才是國家需要的人才。他絕對不能死。

「戰爭會結束嗎？」

「會結束，在不久的將來就會結束。」

「我們會贏嗎？」

宮部教練官笑了笑，他的笑容很落寞。

「這我就不知道了，」宮部教練官說，「自從珍珠港攻擊後，我一直在太平洋和美軍作戰，他們的戰力很可怕。」

「是物資很豐沛嗎？」

「不光是物資豐沛而已，美軍在各方面都比我軍更有優勢。」

「零戰呢？」

「在開戰當時，零戰曾經是無敵的戰機，那時候，我曾經覺得只要有零戰，就絕對不可能輸，但在十八年（一九四三年）的下半年開始，美軍終於開發出比零戰更優秀的戰機，格魯曼F6F和西考斯基性能比零戰更優秀。」

宮部教練官的這番話讓我很受打擊。因爲軍方一直告訴我們，零戰是世界上最強大的戰機，足以打敗美軍各種戰機。

「零戰在戰場上太久了，」宮部教練官說，「從日中戰爭開始至今，連續在第一線奮戰了五年。雖然曾經多次改造，但性能並沒有飛躍性的提升。零戰的悲劇，就在於沒有培養出值得託付一切的後繼機。零戰曾經是無敵的戰士，如今——已經是老兵了。」

我覺得宮部教練官口中的零戰和他重疊在一起，也許零戰是宮部教練官的另一個身影——戰局持續惡化，我們仍然每天努力訓練。雖然是訓練，但也是賭上性命的訓練，只要稍有閃失，就會送命。事實上，也有許多學生在飛行訓練中意外身亡。

我最好的朋友伊藤也在練習中喪生了。他在急速下降訓練中拉起機首失敗，直接撞到地面。

伊藤個性開朗，大家都很喜歡他。他很會吟唱都都逸歌⑪，在結束痛苦的訓練，心情沮喪時，他經常用歌聲撫慰大家。他就在我眼前意外身亡，我受到的打擊難以用言語形容。

那次負責訓練的教練官是宮部先生，宮部教練官走下飛機時的臉色蒼白。

那天晚上，集合了全體學生，一名海軍兵學校畢業的中尉用歇斯底里的聲音尖叫：

「我相信你們都知道今天發生了意外。」

我們以爲中尉會悼念伊藤，沒想到他說的話完全出人意料。

「那個預備軍官缺乏毅力，所以才會送命，這樣怎麼能夠上戰場！」

中尉聲嘶力竭地大叫著，用軍刀的刀柄敲著地面。他故意用預備軍官稱呼伊藤，顯示他對我們的蔑視。

「在訓練中就送命的傢伙簡直是丟軍人的臉，還毀了寶貴的飛機！我告訴你們，不可以再有類似的情況發生！」

我們忍不住在內心流下氣憤的眼淚。這就是戰爭嗎？這就是軍隊嗎？在這裡，人命居然比飛機更不值錢。

就在這時，聽到宮部教練官的聲音。

「中尉，喪生的伊藤少尉很優秀，他絕對沒有丟軍人的臉。」

現場的氣氛頓時凝結。

中尉氣得滿臉通紅，渾身發抖。

「你說什麼！」

中尉從台上跳下來，揮拳打向宮部教練官。宮部教練官雙腳穩穩地站在地上，忍受著中尉的拳頭。中尉繼續揮拳，宮部教練官的鼻子和嘴巴都流著血，但他沒有被打倒。中尉個子很低，即使他用力揮拳，宮部教練官非但沒有被他打倒，反而低頭看著他。中尉的表情好像快哭出來了。

「伊藤少尉很優秀。」

宮部教練官用絲毫不輸給中尉的聲音大聲說道，中尉的身體抖了一下。

「你不過是特務軍官，有什麼資格說話。」

中尉說完，又打了宮部教練官一拳，然後轉身走向宿舍。飛行隊長露出爲難的表情宣布：「解散。」我們紛紛解散。

宮部教練官滿臉是傷，嘴唇被打破好幾個地方，眼睛上方也流著血。

我們都感動不已，默默在心裡對維護伊藤名譽的宮部教練官說：「謝謝。」

當時，我在心中下定決心，如果我參加特攻行動可以保護他，我一定挺身而出。

並非只有我這麼想而已，事實上，的確有人捨身保護了宮部教練官。

那是在伊藤意外身亡後不久。

那天，宮部教練官帶著三架預備軍官的飛機進行急速下降訓練，當宮部教練官的飛機在低空飛行時，有四架西考斯基從他後方的雲層中竄了出來。

那天並沒有空襲警報，應該是在近海的航艦派出艦載機展開強行偵察。當時，艦載機也不時飛到日本領土上空，當偵察員發現時，敵軍往往已經出現在低空。

⑪ 源於江戶末期的一種詩歌形式。

宮部教練官太大意了。他沒有察覺敵機，專心守護著正在進行下降訓練的預備軍官機。西考斯基和宮部教練官飛機之間的距離越來越近，我們扯著嗓子大叫，但宮部教練官沒有聽到。

這時，一名完成下降訓練後上升的預備學生駕駛著零戰，飛進宮部教練官的戰機和西考斯基之間，預備軍官機上的機關槍沒有裝子彈，所以無法射擊敵機，但他仍然一心想要救宮部教練官，奮不顧身地衝向敵機。

四架西考斯基中，有兩架仍然逼向宮部教練官的戰機，前面那一架用機關槍掃射。宮部教練官立刻發現了，機身微微傾斜，但似乎晚了一步。

預備軍官的零戰飛向西考斯基時，兩架敵機閃開了，其中一架直接拉高了高度。這個判斷成爲致命傷。宮部教練官的戰機從下方開了機關槍，西考斯基立刻燒了起來。

另一架西考斯基在天空轉向後，試圖往上空逃走，但宮部教練官的飛機已經拉高了。因爲是在低空作戰，敵人無法用他們擅長的急降戰術逃走。

當敵軍轉向時，宮部教練官的戰機立刻迎了上去。兩架飛機擦身而過，敵機的機身一斜，隨即墜落。沒有看到降落傘，宮部教練官應該從正面朝駕駛座射擊。後方兩架西考斯基立刻逃向上空，也可能是想引誘宮部教練官上鉤。宮部教練官沒有追上去。

宮部教練官要求預備學生的戰機在上空集合後，自己飛到高處，充分偵察周圍的情況後，才帶領他們降落。

宮部教練官最後才降落，看到他的戰機，我感到不寒而慄。兩側機翼和機身都被打成了蜂窩。後來在檢查時發現，離機翼內油箱一公分處有一個彈痕，一旦打中翼內燃油箱，宮部教練官的戰機就會燒起來。

「我太大意了。」

宮部教練官的聲音發抖，臉色蒼白。

「是誰救了我？」

敵軍的子彈打中挺身相救的預備軍官那架飛機的駕駛座，防風罩碎裂，儀器都被打壞了。飛行員也中彈了，但奇蹟似地活了下來。

宮部教練官跑到被擔架抬走的他身旁。

「為什麼要做這種蠢事？」

預備軍官躺在擔架上，抬起滿是鮮血的臉。

「教練官，幸好你沒事。」

「為什麼那麼魯莽？」

「宮部教練官，國家需要你，你不可以死。」

聽到這句話時，我感動不已。因為我深刻瞭解這句話的意義。他願意為宮部教練官去死，我也有相同的想法。

宮部教練官的空戰技術絕對不是精湛這兩個字能夠形容的，他在轉眼之間，擊落了兩架性能遠遠超過零戰的西考斯基，他才是日本海軍的至寶。

但是，海軍不允許他活下來。

不久之後，宮部教練官就帶著幾名預備軍官前往九州基地。

聽說當時飛去九州的預備軍官在特攻中全員陣亡。

事隔不久，我也奉命前往九州。

我來到鹿兒島的國分基地。我知道自己的死期快到了，但並沒有立刻接到特攻命令，仍然是特攻要員，在基地待命。其他特攻隊員駕駛著我們飛來的零戰執行出擊任務。

那時候，國分基地幾乎每天都有特攻機出擊，我送走了很多戰友，覺得下一個就是自己。我寫了遺書給父母，雖然很希望在出發前見他們一面，但我知道應該無法如願。

沖繩戰結束之後，國分基地曾經多次遭到美軍的空襲，地面掃射和轟炸破壞了我方多架飛機，包括我在內的數人奉命前往大分的宇佐航空隊。

當我走出基地時，一對年邁的夫妻叫住了我，問我一名預備學生的消息。那名少尉已經在數天前參加特攻出擊，我把這件事告訴了那對老夫婦。那個男人深深地向我鞠了一躬，老婦人蹲在地上。那個男人告訴我，他們是少尉的父母。

「我們聽說他在國分，就來看看他，沒想到還是沒趕上。」

那位父親滿臉遺憾地說。

「他勇敢地笑著上戰場，像個男子漢英勇地出發。」

「謝謝你，聽你這麼說，我們就放心了。」

那位父親說完，再度深深地鞠了一躬。蹲在地上的母親發出嗚咽。

「他是我們的獨生子。」

那位父親自言自語道，然後，他扶著妻子站了起來，再度向我行了一禮，轉身離開基地。

在國分基地，這種景象司空見慣。

軍方禁止特攻隊員通知家屬出擊的消息，通常都透過朋友等基地外的人轉寄信件，通知家人，但很少能夠在出擊前見上一面，家人通常都在出擊後才趕到，帶著莫大的悲傷離開基地。

我在國分和宇佐都曾經看過很多在基地得知丈夫死訊的年輕太太，有人因爲悲傷和打擊而無法站立。每次看到她們，都很慶幸自己沒有結婚，但同時也爲自己沒有愛過女人就要結束生命感到悲哀。

我在宇佐基地時，仍然是特攻要員。被選上的人都一一陣亡。

——當時的心情嗎？應該很害怕，可是我什麼都不記得了。

我清楚地記得送戰友上前線時難過的心情，即使想要遺忘，也無法忘記那份悲傷。

我在國分和宇佐時，都沒有見到宮部先生。

一陣沉默。

武田太太最先開了口。

「這是你第一次談特攻的事。」

聽到妻子的話，武田用力點頭。

「我沒有向任何人提過特攻的事，因爲別人不可能理解，也不希望因爲自己沒說清楚而導致不必要的誤會。」

「你覺得我也無法理解嗎？」

武田搖了搖頭。

「我曾經好幾次想告訴妳，但一直拖到今天。我既希望妳瞭解我的痛苦和悲傷，又不希望妳知道。」

「我也有一件事一直沒告訴你。」

武田太太看著丈夫的雙眼說道。

「我們在職場認識後，在昭和二十五年（一九五〇年）結了婚。我曾經聽說你之前是特攻隊員，但我完全無法想像。因爲你平時總是笑得很開朗。」

武田點點頭。

「你和我結婚之前，也沒有提過特攻隊的事，但和你結婚後，我嚇了一跳。因爲你每天晚上都會做惡夢。半夜的時候，突然痛苦地發出叫聲，露出白天從來沒有看過的可怕表情——有時候甚至會發出慘叫。我每次看到，不禁想像你曾經遭遇過多大的痛苦，忍不住淚流不止。」

「我完全不知道——」武田說，「妳爲什麼沒告訴我？」

「即使說了也無法解決，因爲我無法分擔你的痛苦。這種狀態持續了超過十年，在大兒子上中學後，你才終於不再做惡夢。看到你睡得安詳的臉，我覺得你終於從戰場上回來了。」

武田小聲道謝後，把手放在妻子的手上。

臨別時，武田說：

「宮部先生眞的很優秀，雖然我和他相處才短短幾個月，但他太了不起了。」

「謝謝。」

「他才是非活下來不可的人。」

「聽您這麼說，眞是太高興了。」

武田收起了笑容。

「宮部教練官走向零戰，準備前往九州時，我對他說，希望他平安無事。」

「是。」

「宮部教練官突然露出嚴肅的表情說，我絕對不會死。我在宮部教練官的眼中看到了對生命的強烈執著，我相信他絕對不會死。」

「但是，戰爭不允許我們的外祖父活下來。」

「不是戰爭，」姊姊尖聲說道：「是海軍殺了外公。」

武田點點頭。

「妳說得對，也許眞的是海軍殺了他。」

第十章　阿修羅

「他該死啊。」

前海軍上等飛行兵曹景浦介山看著我的雙眼說道。

「我知道他很希望能夠活下來，但他斷絕了自己的希望。」

我感受到心臟劇烈跳動，試圖從景浦的臉上解讀他的心思，但從他漠無表情的臉上看不到任何感情。

景浦介山曾經混過黑道，目前住在中野的閒靜住宅區。大門上沒有掛門牌，周圍的牆上設置了好幾台監視攝影機。雖然他說早就金盆洗手，不過，在去他家之前，我還是猶豫了很久。姊姊說，想和我一起去，但我不想帶她去有殺人前科的前黑道分子家裡。

按了門鈴之後，一個理平頭的年輕男人走了出來。他說話很客氣，眼神卻很銳利。我報上姓名和造訪目的後，他恭敬地帶我來到客廳。

客廳並不豪華，但牆壁和天花板都使用了高級材質，室內完全沒有任何裝飾品。

景浦身材魁梧壯碩。據說今年七十九歲，但完全看不出來。除了頭頂有點稀疏以外，皮膚的色澤和他的打扮，看起來像六十歲左右。

剛才爲我開門的年輕人一直站在景浦的身後，可能是他的跟班吧。

「你是宮部的孫子吧？」

景浦面無表情地說。他的聲音平靜而低沉，卻充滿威嚴。

我被他的氣勢嚇到了，但還是再度說明了今天造訪的目的。景浦聽完之後，對我說：

「我痛恨他。」

我默默點頭。之前通電話時，我就察覺到這件事。因爲早就知道有人討厭外祖父，所以即使當面聽到，也不會感到慌亂。

「戰爭至今已經過了六十年，當時遇見的人幾乎都忘了，但至今仍然清楚記得他的事，太奇妙了。」

我很討厭宮部，想到他就覺得火大。

我記得他執行了特攻出擊任務，因爲我當時擔任掩護機。

遺憾的是，我沒有看到最後的瞬間。沖繩戰之後，特攻機幾乎都無法抵達美軍艦隊的上空，敵軍的戰機分批埋伏在離機動部隊很遠的地方。特攻機載著沉重的炸彈，根本不可能接近敵軍艦隊，就連輕巧的掩護機，也有很多一去無回。我猜想他八成是被敵軍的戰機打中了。

我說了很多次，我發自內心地痛恨他。

——理由？沒什麼特別的理由。你也會莫名其妙地討厭某個人吧？有時候看到一個人，就覺得渾身不舒服。對我來說，宮部就是這種人。

他把老婆和孩子的照片像寶貝似地珍藏著。我知道你要說，現在的年輕人都這樣，我對此沒有意見。反正目前這種只會安於現狀的社會也沒什麼好說的，那些不中用的上班族把妻兒的照片當成護身符，放在月票夾裡，反而讓人覺得有點可愛的味道，但六十年前，情況就不一樣了。我們是在搏命打仗。

雖然現代人也常說「搏命」這兩個字，但只是嘴巴說說而已，只是用誇張的方式來表示努力，眞是笑死人了。眞想讓說這種話的人親身體會一下，什麼才是眞正的搏命。我們那時候眞的是賭上自己的性命在打仗。宮部那傢伙居然在戰場上，像現在的上班族一樣整天看著照片，整天說什麼「我想活著回去」。別人在搏命打仗，他居然還在兒女情長地說這種話。

——我是不是親耳聽到？我的確不記得他曾經在我面前說過，但即使沒有說出口，誰都可以看出他心裡就是這麼想的。

我在昭和十八年（一九四三年）初從霞之浦的預科練畢業。

一開始被派到台灣，之後去了菲律賓群島，然後去了爪哇、婆羅島的巴厘巴板。當時，戰況節節敗退，但對我來說，這根本不重要。我只要盡身爲戰機飛行員的本分就好。戰機飛行員的本分是什麼？——就是多打落一架敵機。

我很幸運，最初的戰場是在巴厘巴板。那裡有油田，燃油很豐富，所以可以盡情訓練，我的飛行技術也因此有了很大的進步。

我在巴厘巴板第一次出擊，就擊落了敵人的戰機。是一架噴火戰機。那時候，和我一起從日本去的同期年輕飛行員，幾乎都在第一次空戰中陣亡了，之後來的人也一樣，簡直就像是特地來送死的。很少有人在經過三次空戰後，仍然可以活下來的。敵軍戰機的性能超越了零戰，飛行員的技術也很強，再加上他們有雷達，數量也遠遠超過我們，就連資深飛行員也很難在空戰中活下來。

我第一個星期內出擊了四次，擊落了兩架敵機。

從此之後，大家對我刮目相看。不是我在吹噓，我有當戰機飛行員的才華。最初的半年，包括未確認機在內，我擊落了將近十架敵機。

昭和十八年（一九四三年）的秋天，我去了拉包爾。

那時候駐守在拉包爾的已經不是曾經風光一時的拉包爾航空隊。周圍的島嶼接連被美軍奪走，拉包爾只能一味防守，很多人都說拉包爾的調令是單程車票。

拉包爾基地每天都有空襲，而且規模很驚人。由一百五十到兩百架戰機、轟炸機組成的敵機隊，幾乎每天都來疲勞轟炸，多的時候差不多有三百架。我方最多只有五十架而已。幾乎每次戰鬥都是迎擊戰，但這種作戰反而更適合我。老實說，我討厭擔任航速很慢的轟炸機護衛工作，簡直就像被鐵鍊綁住一樣。在迎擊戰時，可以隨心所欲地展開空戰。我覺得自己來對了地方。

在迎擊戰中，基本上是先戰先贏。接到敵機來襲的通報後，飛行員火速跑向戰機，跳上維修兵已經發動的戰機，飛向上空。

我向來對大型機不屑一顧。我的敵人是戰機。雖然迎擊機的本分是擊落來基地空襲的轟炸機，但這和我無關，我有自己的作戰方式。

敵軍的戰機很牢固，七點七毫米機關槍根本打不下來。用二十毫米時，他們就招架不住了，但因為二十毫米機關槍的初速很慢，再加上射程很短，所以不容易打中目標，但我都用二十毫米把敵機打落。

——我怎麼做到的？我靠預測射擊，專打沒有進入照準儀的敵機。

我告訴你，飛機的速度相當快，而且，空戰時，我自己的飛機也會傾斜，所以即使用照準儀瞄準後射擊，子彈也會偏，或是會失速，很難打中目標。所以，我都先預測對方未來的位置，朝向完全沒有任何飛機的空間開槍，結果，敵機就自己飛進來中彈了。

在飛行訓練時，誰都沒有教過我這一招。不，熟練飛行員恐怕也沒幾個人會這招。這算是一種變化射擊。雖然這種話不應該自己說，但我應該有這方面的天分，聽說德國的馬爾賽也是預測射擊的高手。

我平時經常訓練自己的這種本領，一次又一次練習徒手抓蒼蠅。多練幾次之後，就真的可以抓到蒼蠅。我的這項特技在隊上也小有名氣，大家都試著挑戰，卻很少有人能夠成功。

我在拉包爾擊落了超過二十架飛機。

這並不是官方紀錄。因為當時的海軍並不允許有個人紀錄，不認同個人的功績，只有部隊整體的擊落紀錄。這種做法很有日本的特色。

我認為海軍不認同個人紀錄的眞正原因，是一旦公開發表個人的擊落紀錄，就可以清楚看出誰最厲害，誰最不中用，對無能的軍官造成很大的威脅。

指揮編隊的分隊長都由軍官擔任，和飛行技術毫無關係。雖然偶爾也有優秀的軍官，但大部分海兵畢業的分隊長缺乏經驗，都很無能。因為指揮官的錯誤判斷，導致整個編隊陷入危機的情況不勝枚舉。我也多次遇到危險。但是，在軍隊中，絕對不能違抗長官的命令，明知道飛去那裡很危險，只要編隊的指揮官飛去那裡，就不得不追隨。結果不出所料，果眞遇到了敵機的奇襲。

一旦公開擊落的敵機數量，就可以清楚發現，無能的指揮官在率領有能力的士官。

美軍的情況似乎不同。所有飛行員都是軍官，而且由優秀的飛行員擔任指揮官，也會大肆公布個人的擊落成績加以表揚。每個飛行員為了提升自己的成績，都會努力奮戰。當兩架戰機同時擊落一架敵機時，雙方各有零點五機的分數。這種做法不是很美國式嗎？這麼一來，就不會排斥和其他飛行員合作，鬥志也會完全不一樣。這樣打仗才會贏嘛。

帝國海軍卻完全不一樣。無論飛行員再優秀，士官也絕對不可能成爲指揮官，最多只能當上小隊長而已。我的軍階是一等飛行兵，是倒數第三的士兵。無論我打落多少架敵機，都不會改變升遷速度。在帝國海軍，絕對不會讓個人的表現太突出。

但是，有人勇敢地對抗海軍的這種傳統。岩本徹三在自己的戰機上畫了擊落敵機數量的記號，他的飛機上畫了無數朵櫻花。遠遠看去，那個部分的顏色和其他地方不一樣。

雖然他看起來是個不起眼的大叔，一旦飛上天空，整架飛機都閃亮起來。他自稱是「天下窮浪人」，是一個很奇特的人。

有一次，當一位駕駛新型的夜間戰機「月光」，擊落B17的飛行員獲賜刀鞘上寫著「武功超群」的軍刀時，西澤廣義故意大聲地挖苦他：「我要擊落幾架飛機，才能獲賜這把軍刀？」西澤平時沉默寡言，但全身散發出一種難以形容的威嚴。他從來不會誇耀自己擊落的敵機數量，之所以會說那句挖苦的話，是對於在前線持續作戰的零戰飛行員沒有得到應有肯定的現狀感到不滿。回想起來，他才是帝國海軍的名刀，海軍卻讓他在菲律賓群島搭乘運輸機，白白葬送了這把寶刀。簡直太愚蠢了！

我雖然沒有在機身上做記號，卻清楚記得自己擊落的敵機數量。即使別人不知道也無妨，只要我自己知道就好。

我每擊落一架飛機，就在心裡計算。我打算擊落一兩百架飛機。當時，聽說西澤和岩本擊落的敵機數已經超過兩百架。我以他們兩個人爲目標，他們從日中戰爭開始，經歷過多場戰役，花了幾年的時間，才累積到這個數字。我才剛加入，但總有一天要超越他們——

當時並沒有官方紀錄，所以擊落敵機的數字都出自各人之口。西澤和岩本也是在和談得來的戰友聊天時，說出了這些數字，經過口耳相傳傳開了。但正因爲是他們，所以別人都認同他們應該曾經擊落那麼多架敵機，大家都知道他們的本領，才不會去懷疑他們的豪言壯語是謊言。

我喜歡空戰。天空才是我生存的世界，即使被敵機打中身亡，我也沒有絲毫的遺憾。

我在戰後混黑道。並不是因爲對黑道有什麼嚮往，反而覺得仗勢欺人的傢伙最討厭。但是，我在戰後的荒唐生活讓我漸漸淪入這個世界，我四處徬徨，尋找自己的埋骨之所，當我回過神時，自己已經變成了無賴。

我曾經殺過人，多次進出監獄，也好幾次差點被殺，但所謂「好人不長命，壞人活千年」，我居然活到了這個歲數。黑道世界的打打殺殺，和空戰比起來簡直太小兒科了。有時候可以用錢解決，有時候找幾個保鑣就能保住性命。

空戰不允許任何妥協，只要稍有閃失，就會送命，但死在比我技術更好的敵人手上，我死而無悔。

敵軍的戰機的確很優秀，但他們的攻擊方法一成不變，每次都是打完就跑。只要能夠躲過第一次攻擊，之後就沒什麼好怕了。他們很少會和我們纏鬥，雖然零戰已經老了，但他們都瞭解零戰的纏鬥能力。

我常常誘騙敵人和我展開空戰。當遭到敵人攻擊時，我故意逃向危險的下方，讓敵人來追我。重要的是，必須避開敵人的軸線。軸線就是機首對準的那條線。因爲子彈會沿著那條線飛過來。只要避開軸線，無論對方發射再多顆子彈，都不會打中我。敵人以爲再加把勁，就可以把我擊落，所以就中了我的計。我拉起機頭，把對方引向水平的旋轉戰。當敵人發現不妙，已經爲時太晚了。第一次旋轉，就繞到敵人背後，從後方開槍。我用這種方式擊落了好幾架敵機。
很少有人用這種方法。像岩本幾乎很少和敵人纏鬥，他是打完就跑的天才。他可以比任何人更早發現敵機，悄悄繞到敵人背後，從後上方攻擊後，立刻掉頭就跑。這也是美軍採用的戰術。而且，他常常鎖定單槍匹馬的敵機。在迎擊戰中，他一開始不會出手，等到敵人準備撤退，才從後方突襲，出手迅雷不及掩耳。和擅長用正攻法和敵人纏鬥的西澤完全相反。回想起來，岩本熱衷於空戰，他所有的精力都投注在埋葬敵機這件事上。我也把自己的生命交給了空戰，但我是在昭和十八年（一九四三年）才成爲戰機飛行員，當時，岩本已經在戰場上打滾了七年。
如果說，西澤是相州正宗的名刀，岩本就是村正妖刀。當然，這只是我不負責任的見解，但我認爲八九不離十。
妖刀村正會讓持刀者變成可怕的殺戮者，對岩本來說，零戰或許就是村正。岩本在戰後無法融入社會，被世人遺忘，因爲在戰爭中受的傷，死得很淒涼。戰後的日本也許並不適合王牌飛行員生存。
我並不是爲國家而戰，當然也不是爲國民而戰，更不是爲了家人，更不可能爲了天皇陛下，絕對不可能。
我舉目無親，所以，並不是爲了某個人而戰。
我是私生子，我母親是別人的小老婆。母親年幼即喪母，十五歲時，她的父親也死了。她可能爲了生存，當了別人的小老婆。我父親是做貿易的。
母親在我上中學那年死了。父親把我接去他家，大房子內住著他的大老婆和我同父異母的哥哥，但他們看我的眼神好像在看什麼髒東西。父親沒有給我愛，也沒有給我姓氏，反而把我當成麻煩。父親是入贅的，個性懦弱，很怕老婆，我看不起這種男人。

攻擊珍珠港時，我讀中學五年級。翌年從中學畢業時，就考上了預科練。和美國開戰後，預科練開始大量招生，所以像我這種劣等生也可以考取。

之後，我從來沒有和家人見過面。不，我根本沒有家人。

我成爲飛行員時，就立志要當「武士」。那是我母親的話。母親的祖父是長岡的藩士，死於戊申之戰。母親的父親承受了「逆賊之子」的污名，在維新之後，吃了很多苦，在貧困中，留下十五歲的母親死了。

母親經常對年幼的我說：

「你身上流著武士的血，所以要活得像武士一樣出色。」

所以，對我來說，那場戰爭不是爲了別人，而是爲自己而打，只是爲了自己上戰場。就好像宮本武藏爲劍而戰，我也爲身爲一個飛行員而戰。

我沒有朋友，從小時候就從來沒有任何朋友。友情是什麼？只是利益的結合。世間的友情只是一起玩，一起喝酒而已。我從來沒想過要交這種朋友。

——老婆嗎？我沒有老婆。到了這把年紀，都從來沒結過婚，當然也沒有兒女。

我有女人。我身邊從來不缺女人，也曾經和女人同居。這些都是戰後的事，當時沒有女朋友，也沒有喜歡的女人，我是處男。我是在戰後找了街頭的妓女，才知道男女之間的事。

我從來不想要兒女，我沒有兄弟，所以景浦家到我這一代就結束了。

但那又怎麼樣？兒女只是安慰而已，無法找到自己生存證明的男人才會生男育女，把兒女當作寶貝疼得不得了。

我沒有生孩子。雖然和我在一起的女人曾經好幾次懷孕，但我每次都叫她們拿掉了。四十歲時，從一個熟人口中得知可以做結紮手術後，我也去做了，從此無牽無掛，再也不必爲這件事煩惱。不知道爲什麼，我覺得隨時都死而無憾，很後悔爲什麼沒有更早就去動手術。

一旦有了孩子，就無法活得像個男人。當然，娶老婆也一樣。女人只是在塵世的玩樂對象，我曾經和一個女人同居多年，但我從來沒有愛過女人，女人應該也沒有愛過我。

宮部在不知道哪一天會死的戰爭中，仍然把家人放在首位。武士在戰場上廝殺時，會想到家人嗎？我無法原諒在國家面臨重大危機時，把老婆、孩子放在首位的男人。

如果他只是膽小鬼，我還可以笑他，最讓我難以忍受的是，他是技術高超的戰機飛行員。

我無法原諒他把家人放在首位，而且具備了精湛的空戰技術這件事。爲什麼無法原諒嗎？只能說，當時我太年輕了。

但是，當包括我在內的所有人都搏命奮戰時，有一個人想著妻兒，把空戰當成小試牛刀，而且空戰技術還比其他人更優秀，讓我覺得忍無可忍。

我沒有親眼見識過宮部的本領，但西澤和其他資深飛行員都對他刮目相看，只是他擊落的敵機數量成謎。有人說上百架，也有人說只有十幾架。因爲他在戰鬥報告中，幾乎從來不提「擊落敵機」這件事。只有能夠確認擊落的敵機在空中爆炸，或是飛行員跳傘，或是飛機沉入大海時，才可以認爲是「確實擊落」，除此以外，看到敵機墜落，或是噴火，都算是「不確實」。宮部幾乎都屬於「不確實擊落」。

有一天，我直接問宮部：

「宮部飛曹長，你的擊落數量到底是多少？」

「我不記得了。」

他回答得很乾脆。宮部說話很客氣，即使對比他軍階低三級的人說話時，也好像在對長官說話，這種態度讓我更生氣。

我緊追不放。

「我聽過不少傳聞，有人說十架，也有人說一百架，實際到底是多少？」

「應該超過十架吧。」

他的回答令我意外。我原本打算從他的回答中推測實際的數量，如果他笑著顧左右而言他，就代表數量很少；如果說出很大的數目，就鐵定在吹牛，但宮部的回答完全出乎我的預料。

宮部說：

「無論擊落多少架敵機，只要被擊落一次就完了。」

我一時說不出話。

「對航空隊來說，擊落幾架敵機的確很重要，因爲戰爭就是相互造成損失。只要我方損失較少，對方損失較多，司令部就認爲贏了。如果我方只損失一架，對方損失十架，就是大獲全勝，但如果那一架剛好是你的飛機怎麼辦？」

聽到宮部的問題，我不知如何回答。

「我只是打我自己的仗。」我說。

宮部笑著說：

「我也是這麼想的，所以，比起擊落幾架飛機，我努力讓自己不被敵機擊落。」

我覺得他好像在諷刺我。

我認爲空戰就像劍豪之戰，我完全不怕死。如果用盡各種招數後落敗，這種死法正合我意，宮部的話似乎給了我這種決心當頭一棒。

「但是，」我才剛開口，宮部抓住我的肩膀說：

「景浦一飛，你似乎自認是宮本武藏，但武藏一輩子曾經有好幾次逃避。而且，還有另一件事——武藏絕對不和贏不了的對手交戰，這才是劍道的眞諦。」

我感到自己臉頰發燙。他在嘲笑我寫在圍巾上的「劍禪一如」這句話——我覺得他似乎在說：「你在我眼中，根本就是毛頭小鬼。」劍禪一如是宮本武藏的話。

宮部離開後，我撕破自己的圍巾，流下懊惱的眼淚。

一定要成爲比宮部更優秀的戰機飛行員。我暗自下定決心。

我對他恨之入骨。

無論睡著還是醒著，滿腦子都想著宮部的事，甚至還曾經夢見過他。半夜三更，我在夢中聽到他的笑聲，滿身大汗地從床上跳起來。

有一天，我終於對宮部說：

「宮部飛曹長，我想拜託你一件事。」

宮部露出一如往常的淡然表情問：「什麼事？」

「請你和我練一次模擬空戰。」

「沒必要，你的技術很優秀。」

「我聽說你的模擬空戰本領無人能敵，請務必賜教。」

「模擬空戰只是練習而已，不是實戰，你的實戰技術超越了我。」

「拜託你了。」

「這裡是前線，如今，我軍沒有這種餘力，司令部也不會同意。」

我跪在宮部面前說：「拜託你。」

「我拒絕！」

宮部斷然拒絕了我，然後快步離去。

我從來沒有承受過這麼大的屈辱。至今爲止，我活了六十年，那是我這輩子所承受的最大屈辱，我差一點就撲過去打他了。有幾個維修員在遠處看著我，否則，搞不好我眞的會撲上去打他。

接下來的幾天，我好像中了邪似地整天想著和宮部對戰的事，甚至想過如果我是美軍的飛行員，就可以和宮部進行空戰。

幾天後，當我跑向戰機，準備參加迎擊戰時，看到宮部就在我身旁。

爲了避免被引擎聲淹沒，我大聲地說：

「宮部飛曹長，今天的防空戰結束之後，請你和我練習模擬空戰。」

宮部繼續往前跑，沒有轉頭看我一眼，很堅決地回答：「我拒絕。」

我大聲地叫著：「即使你拒絕，我也要和你空戰。」

宮部瞥了我一眼，不發一語，跑向飛機的方向。我之前從來沒有看過他這麼嚴肅的表情。

那天的防空戰鬥中，我們要對付三十多架B17和一百五十架格魯曼，只有四十架零戰迎戰。

雖然數量比敵人少很多，但因爲在基地上空，所以我們有主場優勢。

敵人在三千公尺的高度就開始轟炸，敵機轟炸結束後，我們迎擊隊展開了攻擊。格魯曼撲了過來，試圖抵擋我們的攻擊。我假裝向下方閃避，引誘敵人。敵人上鉤了。我立刻拉高機首，開始和對方纏鬥。對方跟了上來，我在很短的半徑內旋轉，一下子就繞到了敵機後方。敵機察覺情況不妙，急速下降準備逃離。我就在等這一刻。我預測了敵人逃離的方向，用二十毫米機關槍射擊。敵機好像被吸進去般飛了進去，隨即噴出黃色的火。我瞥見飛行員跳傘脫逃，立刻開始尋找其他敵機。

我看到上方有兩架零戰正在攻擊B17，我拉起機首，迎向他們。我不是要加入攻擊，而是要攻擊準備撲向零戰的格魯曼。

那架格魯曼在零戰背後，用機關槍拚命掃射。我繞到格魯曼背後，用二十毫米和七點七毫米機關槍掃射。格魯曼墜機，但遭到格魯曼攻擊的零戰也墜機了。

B17沒有被擊落，轉頭逃跑。

我們在十幾分鐘內完成了迎擊戰。下方的海面上，有好幾個飛機墜落引起的大漣漪。我不知道哪一方損失了更多飛機。

我的周圍見不到任何僚機。

當我準備回拉包爾時，看到下方有一架零戰。是宮部的戰機。我決定一試身手。

我立刻急速下降，攻擊宮部戰機的後方，在一千公尺的距離發射了機關槍。那並不是絕對不可能打中的距離，我用這種方式表明「來進行模擬空戰吧」。

宮部拉起機首掉了頭，有那麼一下子，兩架飛機面對面，但距離太近了，隨即擦身而過，轉眼之間，就拉開了兩千公尺的距離。雙方都在空中轉了一圈，再度面對面——我們配合得天衣無縫。

宮部也決定迎戰。我們的高度相同，也就是所謂的同位戰。

兩架飛機之間的距離越來越近，我繞了一大圈向左旋轉，試圖繞到宮部的後方，他也同時旋轉。我們之間的距離越來越短，雙方都咬住了對方的後方。這就是所謂的纏鬥，英語中稱爲dog fight，就好像兩條狗不停地打轉，試圖咬住對方的尾巴。

雙方都斜著機翼，持續急速旋轉。兩架零戰好像在研磨盤中打轉，身體承受了驚人的重力，內臟和眼珠子好像都快被壓扁了。沒有親身經歷過的人絕對無法瞭解這種重力造成的痛苦，只能說，痛苦得快死了，就好像身上壓了數百公斤的石頭。如果沒有鍛鍊背肌和腹肌的人，脊椎骨會斷掉。臉上的肌肉都被拉向後方，根本不像是人的臉。眼珠也被以驚人的力量壓到後方，就像骷髏一樣，眼珠子會凹下去。視野急速變窄，好像把望遠鏡反過來看時的感覺。一旦無法克服這種重力造成的痛苦而停止旋轉，空戰就結束了。

雖然是模擬空戰，但我死也不會停止旋轉。即使眞的死了也無所謂，我因爲痛苦忍不住叫了起來，但雙眼盯著後方的宮部戰機，用力拉著操縱桿，不讓它動一下。

他突然停止旋轉，開始水平飛行。我贏了——我咬住他的後方，他的飛機進入了我的照準儀。下一剎那，他在空中翻了跟斗。在處於劣勢位置，而且速度也放慢的狀態下，翻跟斗簡直是自殺行爲。我繼續追他，抬眼看著他的飛機拉著操縱桿。當他翻完跟斗時，他的飛機就會進入我的照準儀，那時候，他的性命就掌握在我的手中——

這時，發生了令人難以置信的事——他的飛機消失了。照準儀中看不到，完全從我的視野中消失了。

我翻跟斗時東張西望，怎麼也找不到他的飛機。我不加思索地急速下降，這時，一陣寒意貫穿我的背脊。我回頭一看——他緊跟在我身後。
我至今仍然難以忘記當時的衝擊。我在戰後曾經多次遭遇生命危險，也不止一次覺得「完蛋了」，卻從來沒有像那時那麼恐懼。
他的飛機差一點就碰到我的飛機，根本不用瞄準，只要扣下扳機，就可以把我打飛掉。勝負已定。我氣瘋了。用現代人的話來說，就是整個人都抓狂了。
他確認我回頭看到他後，加快了速度，飛到我旁邊，然後往前飛走了。這時，他的飛機進入了我的照準儀。當我回過神時，已經晚了。我扣下了機關槍的發射扳機——
我不想自我辯解。
我做了不該做的事。我的行爲就像是在用竹刀進行劍道比賽時，當對方一轉身，就用眞劍砍向對方。
我痛恨他，而且輸得一敗塗地，當擊落對方的機會出現在我面前時，我無法抵抗——即使別人這麼說，我也無法否認，我知道自己是卑鄙小人。
令人驚訝的是下一剎那發生的事。他的飛機明明在我的照準儀內，但我擊發的曳光彈好像害怕他的飛機似地閃開了。我好像在做惡夢，好像進入了魔界——他是妖魔嗎？
他立刻在空中翻了跟斗，再度繞到我的後方。這一次，我不再回頭，也不想逃走。我希望宮部把我擊落。在我扣下機關槍的發射扳機那一刻，我就是一個不值得活在世上的人。被宮部擊落正合我意。我的夢想就是被眞正的戰機飛行員擊落，無論是美國人還是日本人，都無所謂。
但是，宮部沒有開槍。
「開槍啊！」

我大叫著。

「開槍！開槍！」

我聲嘶力竭地大叫。

當我發現他無意開槍，立刻傾斜機身急速下降。事已至今，我只能自爆了。沒想到再度發生了令人難以置信的事。他的零戰先發制人，從我面前飛過。我急速旋轉，避開了他的飛機。他打開駕駛座的防風罩，用手勢示意我：「別做傻事。」

看到他的手勢，我立刻喪失了自爆的意志。我從駕駛座上向他示意：「我知道了。」自爆是膽小鬼的行爲。我要回到機場，在全隊人面前承認我攻擊他，然後切腹自殺。我無意向他道歉，這不是道歉能夠解決的問題。而且，說幾句道歉的話根本無濟於事，我打算用切腹表達我的心意。

我降落在基地的跑道上，下了飛機，走向指揮所，比我晚降落的宮部跑過來對我說：

「聽我說，你什麼都別說，這是命令。」

宮部一臉可怕的表情說道。

「你雖然向我射擊，但我還活著，所以你什麼都別說。」

然後，他又補充了一句：「不要白白送死。」

他看透了我。他完全看透了我的心思。我內心的死意萎縮了。

我沒死。

你覺得我很卑鄙嗎？如果是我的祖父，一定會將腹部割成十字，也不需要介錯人⑫在旁協助。但是，我沒有切腹。你知道爲什麼嗎？——因爲我的性命掌握在宮部的手中。

但是，他的飛行技術到底是怎麼回事？

我很快就知道了答案——是左旋轉。這是日本海軍的戰機飛行員特有的絕招。當敵機繞到自己後方時，在翻跟斗的頂點向左旋轉，就可以反向繞到敵機身後。我還是飛行生時，曾經多次聽過這個名稱，但連教練官也不會。有教練官說，以前曾經在模擬空戰中見識過這項技術，運用這項技術的是日中戰爭以來的資深飛行員。

「飛機突然在空中消失了，那項絕招簡直就像是魔法。」

教練官還補充說：

「海軍航空隊中，身懷這項絕招的人幾乎都死了。」

那天，宮部用了這個絕招。我難以相信飛機可以完成這樣的動作。

之後的事更令我驚訝。我的照準儀捕捉到他的飛機，我的子彈卻打飛了。不過，我很快就知道了原因。因爲我的飛機在飄。

要說明這一點很困難，總之，他並沒有筆直飛行。

飛行員的第一堂課，就是練習筆直飛行。第一次飛行時，機身都會往某一側偏，這種情況稱爲「飄」。教練會徹底糾正飛行生，絕對不能讓飛機「飄」。當戰機的機身在飄的時候，機關槍無法瞄準敵機。而且，轟炸機的砲彈絕對無法命中目標，雷擊機的魚雷也打不中。所以，教練要求我們一定要筆直飛行。

但是，宮部在我前面飛的時候，機身在飄。我憑著本能追在他後方，當我在他後方追趕時，

⑫ 站在切腹者身旁，在其最痛苦時爲其斬首的人。

我的機身也在不知不覺中飄了起來。

你聽得懂嗎？我緊跟在他的飛機後方，兩架零戰縱向飛行，但其實這兩架飛機在飄的時候保持平行。我在那種狀態下開了槍，子彈當然就偏了。

他並不是因爲大意飛到我前方——他在測試我。

我終於知道他爲什麼可以從珍珠港攻擊活到那一天。以他的飛行技術，美軍飛行員根本不是他的對手。他根本就是宛如阿修羅般的飛行員。

我感到極大的挫敗。我不僅在空戰中輸了，還被他測試。當我發現這件事時，憤怒在內心翻騰。我暗自發誓，有朝一日，一定要擊落他。那天晚上，我彷彿在漆黑的房間內看到宮部的飛機噴著火，墜落的情景。

對我來說，根本不分美國和日本，我的敵人是戰機飛行員。我要成爲超越任何人的戰機飛行員。這是我的夢想。我說了好幾次，我一點都不怕死。如果奮力作戰後被敵人擊落，反而正合我意。在空襲中陣亡比因爲感染瘧疾或是登革熱這種無聊的疾病而死痛快多了，我更不希望老死。難道不是嗎？

但是，我沒有死在空中。戰後，我也有好幾次差點送命，但我從來不怕死。我身上有好幾處刀傷，也有彈痕，但不知道是不是死神放棄了我，我一次都沒死。我做夢都沒想到會活到這個年紀。

我身旁的這年輕人是堂口的幹部派來向我學習的，我想是派他來當我的保鑣，但眞的是多管閒事。誰想要我的命，我隨時可以雙手奉上。不過，這麼一來，又會引起不必要的紛爭，所以就讓他繼續留在我身邊。

我曾經輸給宮部一次，但其實並沒有眞的輸。他並沒有擊落我，所以，我並不算眞的輸。你覺得我在爲自己留面子嗎？不是這樣，這不是說說而已，而是他無法殺我。

那天之後，我就很愛惜生命，不願意白白送死。這輩子中，只有那一刻，我很愛惜自己的生命。

在我親自擊落宮部的飛機之前，我絕對不能死。在這一天來臨之前，如果我死了，也會死不瞑目。我的夢想就是和宮部作戰，用我的機關槍把他的機身打成蜂窩，把他擊落。

我知道我做不到，所以，我希望比宮部活得更久。我希望可以聽到宮部被敵機擊落，好好嘲笑他。那時候，才是我眞正的勝利。

他死了。我贏了。

我說這些話，你覺得我很可惡嗎？但你沒理由恨我。他是參加特攻時死的，並不是我殺了他。

拉包爾航空隊的飛行員很快就返回了內地，所有飛行員都重新編隊。我和宮部也分開了。

說起來很奇怪，我一直祈禱「宮部，你不可以死」，我要親眼看他死，我一定要等到那一天。

我在岩國基地當了教練，教了大批預備學生。

教練的工作無聊得想要吐。預備學生要接受一年的飛行訓練，一年的時間根本無法培養出飛行員。雖然那些預備學生都很優秀，也充滿熱忱，但一年的時間太短了。我搞不懂軍方爲什麼要培養這麼多根本派不上用場的飛行員，其實軍方一開始錄用他們，就是要他們參加特攻。

我多次要求飛行隊長派我上前線，但始終沒有如願。

昭和十九年（一九四四年）十月，我帶著那些小雞前往朝鮮的元山。到了那裡之後，我繼續當教練。

差不多在那個時候，我得知了敷島隊的事。

我絕對不願意參加特攻。如果在戰場上被敵人擊落，我死而無憾，但絕對不想參加特攻而死。我死也要當戰機飛行員，要死在飛行技術比我更厲害的人手上。

不久之後，司令也在元山召募志願參加特攻隊的人。所有人都拿到信封和紙，紙上有三個選項──「熱切期望」、「志願參加」、「不志願參加」，然後在其中一個選項上畫圈。

司令說：

「軍方會尊重各人的自由意願，也可以寫不志願參加，請各位在慎重思考後填寫。」

我在「熱切期望」的選項上畫了圈。如果在其他選項上畫圈，誰知道之後會發生什麼事。軍隊就是這種地方，派我上前線無所謂，但我擔心他們會沒收我的飛機，派我去島上當什麼守備隊。

──如果真的派我去參加特攻怎麼辦？到那時候再來考慮也不遲。有一件事很明確，我不會輕易去送死。

翌年一月，元山航空隊突然成立了特攻隊。

第一波特攻隊中並沒有我的名字，十幾個都是預備學生結業的軍官，他們都被調往內地，要從九州的特攻基地出發。十幾名隊員向其他人道別後，笑著離開了。

之後又成立了第二波、第三波特攻隊，接二連三地向內地出擊。

我目送他們離開時，暗自覺得日本快完蛋了。因爲讓這些沒有實戰經驗的菜鳥飛行員出擊，根本不可能發揮作用，絕對會被敵人的迎擊機擊落。

不久之後，我也被調回內地，來到鹿兒島的鹿屋基地。但我並不是特攻隊員，而是擔任特攻隊的制空隊和掩護隊。

軍方雖然不承認個人擊落敵機的數量，但司令部顯然知道我擊落了不少敵機。那時候，開戰初期的熟練飛行員幾乎都死光了，曾經在拉包爾參加過戰鬥的我也算是資深飛行員。

自從美軍艦隊三月出現在沖繩周圍後，鹿屋幾乎每天都會派特攻隊出擊。

大部分特攻隊員都是預備學生或是預科練的少年飛行兵。

那些預備學生眞的很可憐。他們加入軍隊後，一下子就當上軍官，但只學了飛機的操縱方法，就立刻被派去參加特攻。而且，我相信他們大部分人根本沒機會撞到敵艦。因爲一年不到的訓練根本無法自由自在地操縱飛機。

面對不計其數的敵軍戰機的攻擊，他們根本逃不了。不，縱使是經驗豐富的飛行員，也不可能帶著沉重的炸彈，躲過敵機的攻擊。

不僅那時候的海軍，其實陸軍也一樣，特攻出擊似乎變成了唯一的目的，就連舊式九六戰機和水上機也參加了特攻出擊，聽說最離譜的時候，甚至用練習機展開特攻。

我向來不會輕易同情他人，但眞的覺得他們太可憐了。他們爲了日本，爲了家人在苦惱，又苦惱之後死在戰場上，他們的死卻沒有獲得任何回報，死得像一條狗一樣，沒有任何價値。

特攻的出擊的確莊嚴而壯烈，然而，時間一久，見多了之後，就變得麻木了。那些維修員一開始流淚揮帽道別，時間一久，也習以爲常了。

雖然這麼說聽起來很冷酷，但是如果沒辦法習慣，精神就會出問題。命令這些年輕人去特攻的人一開始也心如刀割，幾次之後，恐怕就當成是一件工作來處理了。我並不認爲這樣有什麼不對，人本來就是這麼一回事。

但是，參加特攻的人就沒那麼輕鬆了。因爲命只有一條。

他們眞的很了不起。原本以爲這些大學畢業的預備軍官都是一些軟骨頭，沒想到都很有男人的氣魄。

我看過很多海兵畢業的軍官嘴上說得英勇無比，一旦上了戰場，就完全不中用。預備軍官雖然操縱技術不佳，但他們都英勇上戰場。我曾經看過一名海兵畢業的軍官接到特攻的命令時，大聲地反問：「我也要去嗎？」簡直窩囊透了。

我在戰後曾經看過不少黑道，其實那些預備學生勇敢強悍多了。他們並沒有經過特別精挑細選，都是海軍大量錄取的學生，在一年之前，還只是普通的大學生，但實在太有男子漢氣概了，爲什麼普通的大學生可以這麼堅強勇敢？

爲所愛的人而死，這種想法可以讓一個普通的男人變得這麼堅強嗎？

——你有什麼看法？

你也不可能知道。生活在平成世代的人根本不可能瞭解他們的堅強，我也無法瞭解。

特攻隊中也有十七、八歲的少年兵，他們的眼睛都很清澈，都很勇敢地說：「我欣然爲國捐軀」，只是我知道他們在內心拚命對抗恐懼。每天早晨見到他們時，大部分人的眼睛都是腫的。他們會不知不覺地躲在被子裡哭，但在別人面前，沒有表現出絲毫的脆弱。媽的，他們太了不起了！

但是——我還是要重申一次。

他們是白白送死。特攻作戰完全是爲了軍方的面子，在沖繩戰時，海軍已經沒有可以和美軍作戰的艦隊。照理說，既然已經打不過人家，就該舉雙手投降，但軍方不願意這麼做。因爲還有飛機。所以，就決定把所有飛機都用來特攻。特攻隊員就是這樣被白白犧牲掉的。

「大和」也一樣。和在沖繩登陸的美軍交鋒根本不可能有勝算，但也不能坐以待斃。看見陸軍在沖繩打一場完全沒有勝算的仗，海軍當然不能隔岸觀火，而且，其他船艦都被擊沉了，怎麼可以只留下「大和」？因此，即使明知道不可能贏的情況下，還是照樣出擊。

戰後，我曾經開過幾次賭場，發現越不會賭博的人越熱衷於賭。當身上大部分錢都輸光時，覺得即使留下小錢也沒什麼用，結果就賭上了全部財產，輸光最後一分錢才甘心。

對軍令部那些人來說，船艦、飛機和士兵就像是賭博的錢。贏的時候捨不得下大賭注，導致錯失了大勝的機會。之後的運氣越來越差，開始輸錢時，就失去了理智，投入所有的賭注。這是徹頭徹尾的外行人才會做的事。

「大和」的特攻毫無意義嗎？在沖繩戰中死去的特攻隊員都白白送了命嗎？——應該不是。在沖繩時，許多士兵和市民都在打一場絕望的戰鬥。面對在各方面都有壓倒性優勢的美軍，他們做好了玉石俱焚的心理準備。雖然明知道去了也無濟於事，但怎麼能夠置身事外？明知道是去送死，仍然捨命相救，這不正是武士的精神嗎？

我在說什麼啊。唉，他媽的。我今天有點不對勁。

「大和」的海上特攻是不是完全沒有發揮作用？——以結果來說，的確沒有發揮作用，但是，包括伊藤指揮官在內的三千名官兵是爲了沖繩而殉身。神風特攻隊也一樣。

雖然他們因軍令部和聯合艦隊司令部而死，但他們自己是爲了國家，爲了沖繩而奉獻了生命。

——算了，「大和」的事已經聊得夠多了。

我的任務是掩護特攻機，擊落攻擊特攻機的敵機，但是，那時候我們已經寡不敵衆，我軍根本沒有任何勝算。美軍的機動部隊在離艦隊很遠的地方就派出好幾艘監視用的驅逐艦，用雷達捕捉到特攻機的位置。敵機連特攻機的高度都知道得一清二楚。我們在三千公尺的高度，對方就等在四千公尺的地方；我們飛到五千公尺，對方就在六千公尺的上空等候我們。

然後，當我們靠近時，敵人就在優勢的位置展開攻擊。熟練的掩護機可以閃過敵機的第一波攻擊，但大部分特攻機都躲不過，在第一波攻擊時，就被擊落了一大半。

很少有特攻機能夠抵達敵軍機動部隊的上空。

有些特攻機判斷無法抵達敵軍的機動部隊，就直接撞向監視區的驅逐艦。與其以航艦爲目標，結果在中途被擊落，這種死法還比較有價值。

敵軍的驅逐艦似乎也有點招架不住，有些驅逐艦在甲板上畫了大大的箭頭，好像在說「航艦在那個方向」。我第一次看到時，忍不住目瞪口呆，但事後不由得感到佩服，能夠做這種事的軍隊才是眞正強大。

特攻機雖然沒有擊沉美軍的大型艦船，但應該擊沉了幾艘驅逐艦和運輸船等小型船艦。在離機動部隊很遙遠的前方，迎戰特攻機的美國驅逐艦上的人員也很勇敢。

我們這些掩護機的任務是保護特攻機。雖然長官命令，在緊要關頭要爲特攻機擋子彈，但我絕對不會做這種事。

掩護機所能做的，就是趕走想要攻擊特攻機的敵機。但是，無論怎麼趕，敵機仍然一波又一波地撲過來，每次都有一兩架特攻機被擊落。

有時候也會看到所有特攻機都在眼前一架又一架地墜落。眞的很悲哀。提到特攻機，大家都以爲他們撞向敵艦後英勇犧牲，但其實大部分都在遠離敵人艦隊的大海上空被敵軍的戰機擊落。在馬里亞納時，美軍覺得打日本的攻擊機簡直就像兒戲，還嘲笑我們說是「在馬里亞納打火雞」，在沖繩戰時，擊落特攻機比那時候更容易了。

只有一小部分人能夠衝進敵軍機動部隊所在的區域，即使被高射砲打下來，能夠到達那個區域，也算是如願了。

一旦特攻機遭到擊落，掩護機就可以自由地展開空戰，但我們根本沒有這種餘力。在衆多敵機的包圍下，想要保護自己就已經很吃力了，而且，敵軍的戰機是比零戰性能更優良的格魯曼F6F和西考斯基。如果我方戰機和敵機數量相同，還能夠一較高下，但在敵衆我寡的情況下，根本沒有勝算。

即使鎖定一架敵機，也會立刻被其他敵機從背後盯上。只要持續射擊，應該可以擊落眼前那架敵機，但自己也難逃死命。而且，敵機挨幾槍不會墜落，我們的戰機只要中一槍就完蛋了。敵軍飛行員的技術比兩年前在拉包爾時大有進步，所以，很多負責掩護的我方戰機都被擊落了。曾經發生過所有掩護機都遭到敵軍殲滅的情況，只是那一次並沒有派我執行出擊任務。

那時候，我軍戰機的可用率也變得極低。內地的工廠遭到空襲，無法製造出高品質的飛機，有很多飛機都飛不起來，也有不少在發動後，中途出了狀況。事實上，每天出擊的特攻機中，都有一定比例因為發動機的問題而飛回來，也有不少在喜界島迫降。運氣差的人來不及迫降，就掉進了海裡。

我在執行特攻掩護任務時，仍然沒有忘記宮部。

入夜之後，我躺在跑道附近的堤防上，仰望著天空的星星，不時想起宮部的事。此時此刻，他也在看這些星星嗎？我在心裡對他說：「宮部，你別死啊。」

我要親眼看著你死。

沖繩戰持續了約三個月。

在這三個月內，我多次完成了掩護任務，或是擔任制空隊，牽領特攻機出擊，和等候在空中的敵軍戰機展開空戰，有時候擊落敵機後回到基地。

六月底，沖繩完全被美軍占領，包括陸軍在內，共有超過兩千架特攻機陣亡。

三月時，硫磺島已經被美軍攻占，在沖繩也被占領後，日本本土更加岌岌可危。

之前，來自硫磺島的美軍B29連日對日本各都市展開空襲，即使各地所剩不多的戰機迎擊，在敵軍的大編隊面前根本就是螳臂擋車。

我也參加過幾次防空戰，但擔任B29護衛任務的P51是很出色的戰機，簡直就像是空中怪物。

P51不但很牢固，和零戰的性能差異也有天壤之別。P51的巡航速度是時速六百公里，零戰的最高速度也無法達到六百公里。巡航速度是指採用耗燃油最少的方式飛行時的速度，零戰的巡航速度只有三百公里出頭，P51的最高速度超過七百公里，防彈和武裝配備都遠遠超越零戰，而且，這個空中怪物可以從硫磺島飛到日本本土，和日軍的戰機打一仗之後，再飛回硫磺島。這個距離遠遠超過當初零戰從拉包爾飛到瓜達康納爾的距離。

P51的高空性能超群，在八千公尺的高空也可以輕鬆展開空戰。日本的戰機在這個高度只能勉強飛行。在氧氣稀薄的高空，發動機運轉很吃力，再加上氣溫太低，飛行員無法展開空戰。駕駛座雖然有氧氣面罩，但沒有防寒設備，無法承受負幾十度的環境。所以，當P51護衛B29時，我們完全束手無策，這個世界上沒有任何戰機可以在八千公尺的高空戰勝P51。

我們殊死奮戰，但這些迎擊的戰機每次都無情地被敵軍擊落。

敵軍的P51和格魯曼都大膽地飛到低空，用機關槍掃射地面上的一切。建築物、火車、汽車和人，他們毫不留情地對著四處逃竄的民間人士射擊，根本不把日本人當人看待，完全是一種在野外打獵的心情。

當他們飛到低空時，就是反擊的大好機會。我曾經有一次擊落了P51。那是昭和二十年（一九四五年）六月，聽到敵機空襲警報後，立刻升空迎擊，但無法追上敵機，在返回基地的途中，發現了四架P51正在掃射火車。

我從上方向P51展開攻擊，敵人立刻發現了我。令人驚訝的是，四架飛機中，只有一架向我飛來，其他三架袖手旁觀。他們根本沒把日本機放在眼裡。

那個時候，日軍的飛行員都是一些乳臭未乾的年輕人，幾乎沒有人能夠和高性能的美軍軍機對抗，更何況P51是無敵戰機，迎向我的那個傢伙一定用無線電告訴其他三架飛機：「這傢伙想擊落我，你們別插手。」其他三架戰機的飛行員也都笑著隔山觀虎鬥。雖然在低空，但P51仍然向我挑戰。

來吧，我可不是菜鳥。我是曾經在拉包爾作戰，在那個戰場活下來的人。而且，零戰在低空很善戰，我躲過了P51的彈雨，猛然旋轉，繞到敵機的後方。敵機把機身一偏，想要逃走，但已經來不及了。敵機的機翼中了我的二十毫米機關槍，機翼被打飛了。

看到僚機被擊落，其他三架立刻組成編隊，從上空向我飛來。我在上升的同時閃避，其中有兩架被我閃過，飛到我的前方，但最後一架追在我後方。P51運用馬力越追越近，這時，我突然翻跟斗。敵機也跟著翻跟斗。笨蛋！我小幅旋轉後，繞到敵機後方。敵機慌忙急速下降，試圖逃走。這是他們慣用的手法，但我早就料到了。我用二十毫米機關槍朝向敵機急速下降的方向預測射擊，P51自動迎向我射擊的子彈。二十毫米的機關槍彈射中了P51的機身，我看到駕駛座的防風罩被打破了，P51打著轉，向下墜落。

剩下的兩架戰機從上方向我包抄攻擊。我拉起機首，朝向其中一架飛機飛去。敵機用機關槍連續射擊，但我看著敵機的軸線，曳光彈都飄向上方。敵機察覺到我要撞上去，想要往右逃。這是自殺行爲，我擊出所有的子彈，P51的機腹冒著黑煙，朝山的方向墜落了。

最後一架逃向遠方。

這是我唯一一次擊落P51，這沒什麼好誇耀的。對方犯了在低空挑戰零戰的錯誤，而且操縱技術拙劣。如果在高空，而且對方的飛行技術精湛，我不可能擊落P51。

我在戰後得知，赫赫有名的赤松貞明曾經單機挑戰七十五架P51的大編隊，並擊落一架後回到基地。雖然他是前所未有的吹牛大王，但當時有衆多目擊證人。而且，他的空戰本領不容質疑。他從日中戰爭活到現在，的確有兩把刷子。

我並不認爲自己打不過P51，如果是一對一，我有自信不會輸，即使同時有多架P51，我也有自信不會被他們擊落。他們在攻擊時總是打完就跑，只要能夠躲過最初的攻擊，他們就不再是可怕的敵人。只是要擊落他們並不是一件容易的事，但對年輕的飛行員來說，躲過P51的攻擊並不容易。

昭和二十年（一九四五年）春天之後，東京、大阪、名古屋、福岡等日本主要城市都遭到B29地毯式的轟炸，全都燒成了一片荒原。我們在鹿屋基地也得知了這個消息，很顯然，無論再怎麼掙扎，都無法打贏這場戰爭。兵工廠幾乎都遭到破壞，這場戰爭甚至無法繼續打下去。

五月時，德國投降，只有日本繼續與世界為敵，但這種命運也將走向終點。當時，南九州的航空基地遭到來自沖繩的美軍空襲毀滅性的打擊，幾乎所有的飛機都轉移到北九州的基地。我也轉移到大村。

七月時，海軍所有的航空隊都編了特攻隊，年輕飛行員全數參加了特攻，資深飛行員也參加槍擊轟炸隊，似乎在宣告戰機的任務已經結束了。

八月時，聽說廣島被投下新型炸彈，整個城市在轉眼之間被夷為平地。不久之後，長崎也被投了新型炸彈。大村離長崎很近，我們很快就瞭解了當地的慘況，但我即使聽到之後，仍然沒有絲毫慌亂。我要打我自己的仗，即使只剩下最後一架飛機，我也要迎擊美軍的軍機。

在終戰前不久，我奉命從大村前往鹿屋，掩護從鹿屋出擊的特攻機。

我在那裡見到了曾經出現在我夢中的人。沒錯，就是宮部。我和他相隔一年半，終於再度見面了。

但是，我看到宮部時，一下子沒認出他。以前他總是把鬍子刮得很乾淨，但現在他的臉頰削瘦，留著鬍碴，只有雙眼發出異樣的光芒，和以前完全變了樣。我看了他的軍階章，發現他已經升上了少尉。

你想不想知道我見到宮部時的心情？我很高興。連我都不知道爲什麼。

也許是因爲在這一年多的時間內，我看過太多死亡了。許多資深飛行員被派去執行危險的特攻掩護任務，所以看到宮部時，我感到很高興，很慶幸他還活著。

「宮部少尉，」

我向他打招呼，但宮部看了我一眼，什麼話都沒說。

「那次之後，我的技術進步了不少，不會再輕易輸給你。」

宮部露出訝異的表情看著我，不置可否地點點頭，沒有吭氣，就轉身離開了。

他不記得我了——一年前的憤怒和屈辱在我內心甦醒。

我發自內心地希望親眼看到他死，然後我想起自己活到今天，就是想親眼看著他死去。

翌日天還沒亮，所有飛行員就在指揮所前集合。跑道上排著前一天來自九州各地的各種飛機，所有飛機的發動機都已經發動了。

昏暗中，在發動機發出的轟隆聲中，我看到了指揮所前黑板上所寫的特攻隊員和制空隊員的名單。我在前一天就接到通知，將執行掩護任務，也在掩護隊名單中看到了自己的名字。

司令在信心喊話之後，特攻隊員喝完離別的最後一杯水道別後，紛紛走向飛機。我不經意地看了他們一眼，頓時整個人都凍結了。特攻隊員中怎麼會有宮部的身影——？

下一剎那，我跑了起來。我追上宮部對他說：

「宮部少尉——」

宮部驚訝地轉過頭。

「你要參加特攻嗎?」
宮部不置可否地點頭,我不知說什麼才好。
「景浦,由你擔任護援,我很放心。」
宮部笑了笑,拍著我的肩膀。然後走向裝了炸藥的零戰。
眼前的狀況完全出乎我的意料,宮部怎麼會參加特攻——我呆然地望著宮部的背影。
幾分鐘後,所有的飛機都起飛了。
我的雙眼緊盯著宮部的飛機不放。令人意外的是,宮部駕駛的零戰不是五二型,而是老舊的二一型。是珍珠港時期的舊式零戰。不知道去哪裡找來那麼舊的零戰,而且下方載著兩百五十公斤的炸彈。
我滿腦子只想著一件事,絕對要護援宮部——我只有這個念頭。
無論遇到任何狀況,都要保護宮部的戰機到最後,絕對不讓敵人的一顆子彈打中他。我會擊沉所有試圖攻擊宮部的敵機,如果子彈沒了,我就和敵機同歸於盡。
但是,飛了不久之後,我的機身突然劇烈震動,發動機冒著煙。
「這堆破鐵!你給我振作點!」
我大吼道,但發動機的情況並沒有好轉。我的速度越來越慢,宮部他們的編隊漸漸離去。
我用盡全身的力氣大叫,不顧一切地大叫。日本輸了算了!帝國海軍滅亡吧!軍隊滅亡吧!所有軍人統統去死!
我叫了半天之後,用嘶啞的聲音輕聲嘀咕:「宮部先生,請你原諒我。」
當我發現自己說這句話時,淚水不停地流了下來。

一星期後，戰爭結束了。

聽到玉音放送⑬時，我趴在地上哭了起來。我嚎啕大哭，雖然有幾個人和我一樣哭了，但沒有人像我一樣放聲大哭。我並不是因爲日本打敗仗而哭，日本是輸是贏根本不重要，況且我早就知道日本會輸。

我不是爲了別人，而是爲了宮部而哭。他只要多活一個星期，就可以活下來，可以回到他深愛的妻子身邊。

我在戰後混黑道，我要向這個瘋狂的世界報仇，我討厭有權者肆虐的社會。

我殺過人，殺了好幾個人，難以想像我可以活到今天。

我忘了宮部的事，在今天之前，我從來沒有想起他。

「我說完了。」

景浦冷冷地說。

他說到一半時，戴起了墨鏡，我無法看到他的表情。站在景浦身後的年輕人緊閉著雙唇。

「那時候——」景浦突然嘟噥道，「他的雙眼並沒有做好赴死的心理準備。」

景浦注視著天花板。

我無言以對。景浦的意思是，外祖父直到最後，都沒有喪失對生命的希望嗎？景浦抱著雙臂，注視著我，但不知道他墨鏡後方的雙眼看著哪裡。

過了一會兒，景浦問：

「你之前說，你外祖母死了？」

「她在六年前去世了。」
「她的人生幸福嗎？」
「我相信她很幸福。」
景浦似乎露出了鬆了一口氣的表情，但也許只是我的錯覺。
「太好了。」
「您曾經見過我的外祖母嗎？」
「沒有，」景浦立刻否認，「我對宮部的家人沒有興趣。」
景浦突然站了起來，大聲地說：
「我的話說完了，你請回吧。」
他說話時，有一種不容別人爭辯的威嚴。
我起身向他道謝。這時，突然發生了意想不到的狀況。景浦用力抱住了我。我不知道該怎麼辦，只能呆然而立，感受著這個乾瘦老人的體溫。
景浦放開了我，說了聲：「對不起。」
然後，他露齒一笑說：「我喜歡年輕男人。」，轉頭對保鑣說：「送他去門口。」，走出了房間。
那個年輕人送我到玄關，最後，他對我說：
「謝謝你讓我有機會聽這麼棒的故事。」

⓭ 一九四五年八月十五日正午，廣播中播放日本天皇讀終戰詔書的錄音。

他深深向我鞠了一躬。

我也向他鞠了一躬，離開了景浦家。

第十一章　臨終

酷暑即將結束。

探訪外祖父生前軌跡之旅也漸漸接近尾聲。

夏天結束時，我開始寫外祖父的故事，準備讓老媽看。我把錄音筆接在電腦上，一次又一次聽著外祖父的故事。我拜託姊姊，由我整理外祖父生前的故事。原本以為姊姊可能會拒絕，沒想到她一口答應。

「這次調查，你自始至終都很積極，當然該由你來動筆。」

我不打算匆匆落筆。我無意美化外祖父，只是在無法刻劃出他正確的身影之前，我不打算寫成文字，但在一次又一次聽錄音筆中的回憶後，我覺得應該讓老媽聽到所有這些回憶。

八月中旬，接到江村鈴子的通知，得知了井崎源次郎的死訊。

「他死得很安詳。」

在葬禮上向江村致意時，她告訴我。燒香時，看到了井崎的外孫誠一，我差點認不出他。因為他和之前在病房時看到的樣子完全不同。他剪掉一頭長髮，金髮也變黑了。雖然我們沒有交談，但他看到我時，深深地向我鞠躬。

我內心也起了微小的變化。

我又拿起已經蒙上灰塵的法律書。我打算再度挑戰司法考試。

我再度找回了當年想要為他人服務，立志當律師的鬥志。之前，我一直為自己這種幼稚的動機和夢想感到丟臉，如今卻由衷地這麼認爲，連我自己都覺得很不可思議。

八月底，姊姊邀我去喝一杯。她向來很少找我去喝酒，但看到她的表情，我猜想一定發生了什麼事。

「高山先生又向我求婚了。」

走進店裡，點完兌水酒後，姊姊不經意地說道。

「妳怎麼回答他？」

姊姊沒有回答。

「我可不想叫他姊夫。」

「你別這麼說嘛，高山先生也反省了上次的行爲。他說，因爲武田先生批評他的報社，所以一下子情緒失控——」

「他侮辱了外祖父。雖然不是直接，但他侮辱了所有特攻隊員。」

「高山先生已經反省了，聽了武田先生的那番話，發現自己的想法錯了。也許你不相信，他說話時流著淚。」

我難以想像他流淚的樣子，但姊姊不可能說謊。

「妳覺得嫁給他會幸福嗎？」

我的問題似乎令姊姊有點不悅。

「應該會幸福。高山先生很愛我，而且——」

「也是理想的結婚對象？」

「這樣不行嗎？」

我搖了搖頭，對女人來說，結婚是「現實」，而且，高山愛姊姊。他的想法或許很偏頗，但並不一定是壞人。況且，像他那樣的菁英會流著淚承認自己的錯，也許這個人很眞誠。

姊姊的夢想是出書，他或許有助於完成姊姊的夢想。

「我在意一個問題，」我說，「妳沒有提到最關鍵的問題。」

「什麼問題？」

「妳愛不愛高山先生？」

姊姊沒有回答，默默喝了一口兌水酒。杯子空了，姊姊把杯子舉到視線的高度，看著杯中的冰塊。

「藤木先生怎麼辦？」

姊姊臉色大變。

「對藤木先生來說，一定是抱著破釜沉舟的決心，才會開口向妳求婚，我相信他鼓起了極大的勇氣，才敢說那些話。」

姊姊低著頭，小聲地說：「我也這麼覺得，我眞的太幼稚了。」

「妳的行爲，簡直就像是小孩子在報仇，但既然已經知道自己做錯了，我就沒什麼好多說了，希望妳好好向藤木先生道歉。」

姊姊點點頭。

「人生屬於妳自己，對於婚事我沒什麼好多說的，妳自己決定吧。」

「好。」姊姊說。

我改變話題，談論自己的事。我告訴姊姊，打算發憤用功，明年再度挑戰司法考試。姊姊有點驚訝，但淡淡地笑了笑說：「加油囉。」

考試這件事並不至於讓我太緊張。現在回想起來，第一次參加司法考試時太追求名利，失敗之後，又產生了焦慮，最後因爲女朋友提出分手，幾乎產生了一種悲壯感，但是，現在可以心情平靜地認眞讀書，盡完人事之後，一切就聽天由命了。如果再次榜上無名，就先去找工作。先出去上班其實也不壞，我反而覺得應該先出社會，只要有心，可以像外公一樣，三十多歲之後再來挑戰。

「對了，外公最後爲什麼會參加特攻而死？」

姊姊突然問我。

「根據我的想像——」

我說到一半閉了嘴。

「說吧，沒關係。」

「景浦提到——當初明知道大和會沉艦，仍然出發去沖繩。雖然白白送死，但不忍心袖手旁觀，覺得對不起在沖繩作戰的人。」

姊姊露出認眞的眼神看著我。

「外公送走很多特攻機——其中有不少曾經是他的學生，他可能覺得不應該只有自己活下來。」

姊姊把視線移向桌子，注視著眼前的杯子，然後小聲地說：

「我不認爲是這樣。」

我等待姊姊的下文，但她沒有說下去。
「關於景浦先生，我能夠瞭解他的心情。」
姊姊突然說道。
「他發自內心崇拜外公。」
我也覺得有這種可能。
「所以，外公的調查告一段落了嗎？」姊姊問。
「不瞞妳說，前幾天又接到了戰友會的人打來的電話。有一個之前在九州的鹿屋基地擔任通訊員，他對外公有模糊的記憶——但他記得的事情不多，只是記憶的角落有一些片斷而已。」
「所以，你不打算去嗎？」
「不，我打算去看看外公最後啟程的地方，所以想順便去見見那個人，然後結束探訪外公之旅。」
「你什麼時候去？」
「這個週末。」
姊姊想了一下，用堅定的語氣說：
「我可以一起去嗎？不，你一定要帶我去。」
當年的海軍鹿屋基地目前是自衛隊的基地，位在大隅半島的正中央，西南方可以看到開聞岳。
站在附近的一座小山霧島之丘的半山腰，可以看到基地內的整片跑道。一問之下才知道，目前沿用了當年的跑道，六十年前挖的掩護戰壕也仍然保留著。

想到我目前看到的，正是外公當年所見的景象，不由得陷入了感傷。

自衛隊基地旁有一個資料館，展示了以前海軍航空隊的相關資料，我第一次看到了眞正的零戰，沒想到比我想像的更小。館內也陳列了特攻隊員留下的遺書，但我無法正視。

我帶著沉痛的心情走出資料館，姊姊看了幾封遺書，走出來時眼眶紅紅的。我沒有問她感想，她也沒有說什麼。我和姊姊都可以感受到特攻隊員的悲傷和痛苦。

之後，我們參拜了特攻隊的慰靈塔，離開了鹿屋市。

前海軍一等兵曹大西保彥住在鹿兒島市區，和鹿屋剛好位在鹿兒島灣的兩側。從鹿屋搭公車後再轉渡輪，花了三個小時才到。

大西經營一家小旅館，但現在已經退休，交給兒子打理旅館的生意。

我和姊姊被帶到旅館的客房，朝南的房間光線充足，可以看到一個小庭院。

見到大西時，我很驚訝他說了一口東京話。姊姊說：「你的東京話說得眞好。」他笑著說：「我原本是東京人。」

大西的桌上放了很多舊筆記本，每一本封面都泛黃而破舊。

「這是我在戰後根據回憶寫下來的。」

大西翻著筆記本說道。

「我記下了從鹿屋基地出發的所有特攻隊員的名字。」

我是在昭和十九年（一九四四年）去鹿屋的，至今已經六十年了，我至今仍然不太會說本地話，但開旅館時，會東京話很方便。

終戰後，我原本打算回東京，但老家在空襲中付之一炬，家人都疏散到千葉的親戚家，即使我回去東京也無家可歸，當時剛好和我內人相互喜歡，就繼續留在這裡。我內人原本是女子挺身隊[14]成員，在鹿屋基地防空戰壕內工作，但戰爭時，我們從來沒有說過話，直到戰爭結束後，才第一次交談。

內人的老家開旅館，她有兩個哥哥，但都死在戰場上，所以我入贅她家，繼承了她家的旅館。對，我們感情一直很好。

我在鹿屋的任務是擔任通訊員。

通訊員要負責和其他部隊之間的通訊聯絡，和攻擊隊之間的通訊等各種工作，但在昭和二十年（一九四五年）春天之後，接收特攻機的通訊成為主要的工作內容。這項工作很痛苦。

那時候，特攻機隊內幾乎不會有戰果確認機，即使特攻機撞到了敵艦，如果沒有人親眼目睹後回報，我們根本不知道戰果。

在菲律賓時，一定會同時派戰果確認機，但到了沖繩戰時，即使派出戰果確認機，也會同時被敵軍擊落，所以就乾脆不派戰果確認機同行。

聽說敷島隊出征時，大西司令曾經對他們說，將在看到他們的成果後，晚一步去向他們報告，請他們放心，但他之後根本就沒有做到。特攻機隊員不為人知地孤獨死去，真的太可憐了。

[14] 戰時日本國內由婦女組成的自願勞動組織，其中亦包含慰安婦。

至於戰果的確認問題，都由特攻機自行回報。特攻機上裝了無線電通訊機，在特攻的瞬間，用電訊通知我們。當時，日本海軍的無線電全是雜音，根本無法使用，只能仰賴摩斯密碼，沒錯，就是用滴、答的訊號。

特攻機用連續短音，也就是連續的「滴」聲代表「發現敵軍戰機」，在撞向航艦時，用發出超長音，也就是連續「答」聲，代表「本機即將撞擊」，並持續按著電鍵，直到衝撞的那一剎那。

我們每次聽到這個聲音，就覺得渾身發毛。這個聲音代表飛行員用自己的生命去衝撞敵人。當聲音消失時，他們的生命已經殞落。但是，我們無暇陷入悼念他們的感傷中，必須計算特攻機開始發出超長音到結束的時間，判斷那架飛機是否成功撞擊到目標，還是被高射砲擊落了。如果發出超長音後立刻消失，就認爲中了高射砲；如果持續一段時間後才消失，就判斷撞擊成功。我們通訊員必須根據摩斯密碼的聲音確認戰果。

特攻隊員留在這個世界上的最後訊息，是向司令部報告戰果。現在回想起來，覺得實在太殘酷了。照理說，必須由他人確認戰果，讓特攻機的飛行員拋開一切雜念，專心衝撞敵艦，軍方卻要求特攻隊員親自發出死亡訊息，確認戰果，全天下還有比這更殘酷的事嗎？

但是，特攻隊員都很優秀，大部分人都在衝進敵人的封鎖網時發出了「超長音」。即使在臨死之前，都忠實地完成自己的任務。他們閃避敵人的猛烈迎擊，在高射砲的槍林彈雨中操縱著飛機，朝向敵艦飛去，還要用摩斯密碼發出訊號。別的國家根本不可能發生這種情況，而且，發報機在右側前方，想要按電鍵時，必須用左手握著操縱桿。在死到臨頭的極限狀態下，他們居然如此冷靜——而且，這不是不斷累積經驗學會的，他們在這輩子沒有第二次的情境中，完成了這項任務。

當時，我並沒有察覺到這一點，如今卻深刻體會到他們有多麼堅強，沒有任何人在死前驚慌失措或是心慌意亂。

我曾經聽過很多次超長音。我集中所有的注意力，用全身傾聽他們這輩子最後發出的訊息。在聽到「答——」的長音時，屏住呼吸，直到那個聲音停止，那種沉重的感覺無法用言語形容。在那個聲音停止的剎那，就代表一個年輕人的生命也畫上了句點。那種悲傷和恐懼難以用言語形容，好像把釘子釘在心上。

這個聲音至今仍然在我耳邊縈繞，我不知道那個聲音是多少赫茲，但現在不時聽到那個「聲音」時，就會渾身僵硬，心跳加速，無法站立。我不太喜歡聽音樂，因為會不小心在許多樂器中，聽到和當時的超長音相同的聲音。一聽到那個聲音就完了。

對了，要說宮部先生的事。

我記得他的事。因為他是曾經參加過珍珠港攻擊後多次戰役的飛行員，所以在鹿屋的基地，大家都對他刮目相看。

我的夢想是當飛行員，因為想當飛行員，所以去參加了預科練的入學考試，卻榜上無名。雖然這麼說很對不起那些去世的飛行員，但現在反而慶幸當初沒有考上，如果那時候考上了，之後一定會奉命參加特攻送了命。

我常在通訊室見到宮部少尉。

宮部少尉是副分隊長，經常來通訊室瞭解偵察隊和攻擊隊的通訊狀況。宮部先生雖然是少尉，但屬於特務少尉，不像海兵畢業的士官那樣耀武揚威，頤指氣使，也會親切地和我們這些士兵聊天，所以我很喜歡他。

宮部少尉在鹿屋擔任特攻的掩護任務。

掩護機並不是特攻機，必須保護特攻機安全抵達敵軍航艦，我只是區區通訊員，對飛機的事一竅不通，但不難想像在壓倒性多數，而且性能優良的敵軍戰機包圍下，要保護特攻機是多麼不容易的事。

每次執行出擊任務後，都會有幾架掩護機陣亡，甚至曾經出現過全機陣亡的情況。也就是說，即使不是特攻機，也和特攻隊差不多。當時，就連速度很快的偵察機也會被敵軍擊落。

我曾經和宮部少尉提起這件事。

「掩護機也和特攻隊差不多。」

宮部少尉當下否定。

「完全不同。在這種情況下，護衛工作的確很辛苦，但仍然算是九死一生，即使再絕望，依然可以爲生存而戰，特攻隊員卻是十死零生。」

——十死零生。當時經常用這句話來形容神風特攻隊。日文中用「必死」這個字來形容抱著誓死的決心全力以赴，雖然「必死」看起來像是「必死無疑」，但其實並不是這樣，十死零生才是真的毫無生機，一開始就註定要死。有一句古話叫做「斷而敢行，鬼神避之」，十死零生超越了這種決心。

特攻隊中，最悲慘的就是神雷部隊。

神雷部隊就是櫻花部隊，在各種特攻中，就數神雷部隊的特攻最慘絕人寰。由一式陸攻搭載人工操縱炸彈櫻花去攻擊敵人，但那根本是亂來。神雷部隊在三月第一次出擊時，十八架一式陸攻全數被敵軍殲滅。負責掩護的三十架零戰中，也有十架陣亡。由於護援的戰機不足，好幾位司令和參謀向宇垣中將進言將計畫延期，但中將拒絕了。率領一式陸攻的野中少佐在出擊前曾經說：「從來沒見過這麼荒唐的作戰。」

那天，我一直在等待一式陸攻發回來的訊號，最後一個都沒接收到，甚至連「發現敵軍戰機」的訊號都沒有。太奇妙了。一式陸攻上有專業的通訊員，即使遇到敵軍戰機的迎擊，通常都會發回「發現敵機」的訊號，但那十八架一式陸攻完全沒有發出任何訊號。

我認爲這是野中少佐無言的抗議。

之後，神雷部隊仍然持續多次攻擊。

我記得那是五月的時候。那天是宮部少尉來到鹿屋後，第一次奉命掩護神雷部隊。六架零戰負責保護六架搭載櫻花的一式陸攻，其中一架一式陸攻並沒有搭載櫻花，而是負責帶路。那天出擊時，宮部少尉難得臉色蒼白。

結果，只有宮部的飛機回到基地。宮部少尉報告說，一式陸攻全數遭到殲滅。他的機身上也有很多彈痕，尤其尾部簡直就是千瘡百孔的狀態。宮部少尉的飛機很少會有這種情況。

那天晚上，我走出通訊室，準備回宿舍時，看到一名飛行員坐在跑道附近的堤防上。那晚的月光很皎潔，我發現是宮部少尉。

宮部少尉看到我，向我揮了揮手。

「村田，要不要坐一下？」

宮部少尉叫住了我。我以前姓村田。

「那我就不客氣了。」

我在宮部少尉身旁坐了下來。

宮部少尉滿身酒味。仔細一看，發現他旁邊放著一升的酒瓶。

「你要不要喝？」

宮部少尉拿起酒瓶遞給我。

「沒有杯子，你就直接喝。」

我說這樣太可惜，我就不喝了。宮部少尉並沒有生氣，自己拿起酒瓶喝了起來。

「櫻花不可能成功。」

宮部少尉咬牙切齒地說，他說話太大聲了，我嚇了一跳。

「就連特攻機也很難靠近機動部隊，搭載櫻花的中攻怎麼可能有辦法靠近？」

「特攻機也很難靠近嗎？」

「美軍用雷達發現了我們，派出很多戰機埋伏，光憑幾架護援機根本無法突破，更何況特攻機帶著沉重的炸彈，飛行員也都沒什麼經驗。」

「但是，其中有特攻機抵達了機動部隊。」

因爲我接受到通訊，所以在這一點上很堅持。

「的確偶爾有特攻機可以突破重圍，問題是幾十架中也不見得有一架能夠成功，沖繩戰中派出了超過兩千架特攻機，但接收到幾架的訊號？」

我無法回答。我曾經聽過數十次，但談到兩千架特攻機中有多少比例成功突圍，不得不說，成功率低得令人沮喪。

「即使很幸運地躲過敵軍戰機的追擊，抵達敵軍的航艦上空，也會有猛烈的防空砲火封鎖。我曾經看過幾架特攻機突破重圍，但美軍的高射砲太猛烈了。馬里亞納時已經夠猛烈了，美軍目前的高射砲比那時候更驚人，司令部完全不瞭解第一線的實際情況。不，是明明知道，卻假裝不知道。」

宮部少尉流著眼淚。

「急速下降衝撞敵艦需要技術，如果是當初攻擊珍珠港的那些艦轟飛行員或許可以成功，但目前這些年輕飛行員根本不行。只有壓低角度衝進去，才能躲避敵人的高射砲。如果角度太淺，就會被高射砲打中，但壓低角度急速下降時，會因爲速度太快，導致機身飄起來。即使想要穩住機身，當速度太快時，襟翼就會變得很重，而且方向舵也會不聽使喚。即使想在衝撞之前改變角度和方向，也往往無法如願，結果就衝進了大海。」

宮部少尉好像在對飛行生說話。他顯然已經醉了，我第一次看到他這樣。

這時，宮部少尉突然抓起酒瓶，丟向跑道的方向。酒瓶在月光的照射下，在空中劃著弧度，掉落在地面。酒瓶摔得粉碎。

「今天，我眼看著六架中攻全數遭到殲滅，卻無能爲力。」

宮部少尉說完，大聲叫了起來。他的叫聲很可怕，我聽了忍不住發抖。

「今天的櫻花飛行員中，有我在筑波時教過的學生。出擊前，他看著我說，有宮部教練官護援，我就安心了。但是，他的一式陸攻在我面前噴著火墜落了，中攻的機組人員在墜落的飛機中向我敬禮。」

宮部少尉瞪著我說。

「我連一架都無法保護，」宮部先生用悲痛的聲音說道，「連一架都無法保護！」

「這也是無可奈何的事。」

「無可奈何？」

宮部少尉咆哮道：

「你知道死了多少人？掩護機的任務就是要保護特攻機，即使自己被擊落，也要保護他們，但是，我眼看著他們死在我面前。」

宮部少尉抱著雙腿，垂頭喪氣，他的肩膀微微顫抖。

我無言以對，可以感受到宮部少尉內心的自責和黯淡的絕望。

「他們的犧牲成全了我的性命。」

「恕我直言，我認為不是這樣。」

「就是這樣，因為他們死，我才能活下來！」

聽到這句話時，我才瞭解宮部少尉的內心是多麼痛苦。他太善良了。

宮部少尉默默站了起來，搖搖晃晃地走向宿舍。我看著他的背影離去，無法說任何話。

宮部少尉從沖繩戰的後半階段開始，整個人就完全變了樣。他留起鬍碴，只有雙眼發出異樣的光芒。他原本就又高又瘦，那時候更瘦了，臉頰凹陷，整個人都變了。而且——他失去了笑容。

每次擔任特攻機的掩護工作，似乎就耗損了宮部少尉的生命。

有一天下午，我看到宮部少尉站在跑道上，不由得心裡發毛。宮部少尉站在蒸騰的熱氣中，感覺不像是這個世界的人，一隻腳似乎已經踏進了另一個世界。

沖繩被美軍占領後，仍然斷斷續續地展開特攻。

不久之後，來自沖繩的大量美軍軍機連日空襲，包括鹿屋在內的南九州各地的飛機和飛行員幾乎都轉移至北九州的基地，只有在特攻部隊出任務時，會利用鹿屋基地。那時候，我仍然留在鹿屋。

我知道日本輸定了。八月時，廣島和長崎被投下新型炸彈，令人產生了日本可能會亡國的絕望。

從沖繩戰的後半階段開始，喊出了「全機特攻」的口號，司令部已經把特攻命令視爲正常攻擊，除了預備學生和少年飛行兵以外，預科練畢業的老飛行員和海兵畢業的飛行員也都接到了特攻命令，一旦違抗命令，當然就以抗命罪論處。

那時，因爲發動機故障而飛回基地的飛行層出不窮，聽說有不少飛機還沒有抵達敵軍艦隊就墜海身亡。我也曾經親眼看過飛機從鹿屋起飛後，立刻墜入海中。即使維修員再怎麼賣力維修，平均每三架飛機中，就有一架因爲發動機故障飛回來。嚴重時，甚至發生所有飛機都回到基地的情況。日本已經連機材和燃油都陷入了嚴重不足的狀況。

宮部少尉就是在這種狀況下，接到了出擊命令。

出擊的那天拂曉時，我去向宮部少尉道別。

四周黑漆漆的，根本分不清誰是誰，我好不容易才找到宮部少尉的身影。

我不知道該對他說什麼，好不容易擠出幾個字：「祝您武運——」宮部少尉點了點頭，但因爲天色太黑了，我看不到他的表情。

飛機的發動機發動，特攻隊員紛紛跑向各自的飛機。

這時，奇妙的事情發生了。

宮部少尉拜託一名預備軍官：「請你和我換飛機。」

宮部少尉的飛機是零戰五二型，預備軍官的零戰是舊式的二一型。當時，二一型很少見，可能是在某個基地找到的廢棄機，經過維修後送來充數的。我第一次看到那種舊型零戰。

宮部少尉說，他想開那架二一型，他說，他想開以前在拉包爾時開過的二一型上戰場。二一型的性能根本無法和五二型相比，五二型的馬力很大，速度也比較快。二一型的作戰性能比較強，但特攻和作戰性能無關，速度越快、馬力越大的飛機越好。

那名預備軍官也知道這些情況，所以不願意和宮部少尉交換。

「宮部少尉，你必須開五二型，你的技術比我好太多了，技術好的飛行員當然應該開更好的飛機。」

預備軍官明確回答。

宮部少尉說了聲：「好吧。」，回到了自己的飛機，但很快又跑回來，再度要求交換飛機。

宮部少尉用不輸給發動機的聲音大聲地說：

「我的技術一流，所以，即使開二一型，也可以完成任務。」

聽到這句話時，我懷疑自己聽錯了。因爲這完全不像是宮部少尉說的話。宮部少尉從來不會在別人面前誇耀自己的技術，不，他向來不會說這種話。

我清楚地記得，當時我在想，他在最後關頭，還是想要誇耀自己的本領。

話說回來，宮部少尉說想要駕駛二一型，也許是他想要爭一口氣，可能對日本海軍命令他這麼優秀的飛行員去特攻產生了憤怒。

好，那我就去特攻，但要開著舊式的二一型上戰場。

也可能眞的像宮部少尉自己說的，想要開著充滿懷念的二一型執行任務。

回想起來，零戰這架戰機是帝國海軍的象徵。開戰當時，的確是天下無敵的戰機，卻因爲沒有可以接班的戰機，一直在第一線打仗。曾經是飛天的千里馬最終淪爲年邁的載貨馬。二一型在誕生後的兩年期間，在中國大陸和太平洋英勇奮戰，創造了無敵的零戰神話。宮部少尉看見二一型時，也許產生了遇到老戰友的懷念之情。

宮部少尉和年輕預備軍官爭執半天後，預備軍官終於讓步，和他交換了飛機。我清楚地記得當時的情景。一方面是因爲他們的對話很奇妙，更因爲之後發生的事更令人印象深刻。特攻隊在拂曉前出發了，宮部少尉再也沒有回來。

大西露出可怕的表情不再說話。漫長的沉默後，大西說：

「這件事還有令人難過的下文。」

「什麼下文？」

大西似乎遲疑著該不該說。

「請你告訴我們，請你把所有事都告訴我們。」

聽到我的話，大西終於下定決心似地開了口。

「那時，有六架裝了炸藥的零戰出擊執行特攻任務，只有一架因爲引擎故障迫降在喜界島。」

一陣寒意貫穿背脊。

「那架——該不會？」

「對，沒錯，就是宮部少尉原本的那架飛機，零戰五二型，飛行員就是把二一型讓給宮部先生的人。」

我說不出話。

「如果宮部先生沒有要求換飛機，也許就得救了。」

「怎麼會！」

姊姊驚叫起來。

「這是命吧，命運女神在最後關頭沒有眷顧宮部先生。」

「太殘酷了！」姊姊叫了起來。

我呆然無語。

「如果這是命，也是外祖父自己選擇走上死路。」

聽到我這麼說，大西沒有回答。

外祖父在最後一次出擊時，看到懷念的二一型，打算開著它赴死嗎？外祖父在珍珠港和瓜達康納爾島都駕駛二一型作戰，他希望和老戰友共赴黃泉嗎？如果沒有那架二一型，外祖父就不會和別人換飛機，也許就可以繼續活下來嗎？

二一型是誘使外祖父走向死亡世界的死神嗎？世界上有這麼可怕的命運嗎？

不，不可能——不可能有這種事，未必太巧了。

這時，一陣電流貫穿我的心。

「大西先生，那個人叫什麼名字？」

我大聲問道。

大西一下子沒有理解我的意思。

「那名迫降的飛行員叫什麼名字？」

「那一陣子，每天都有很多預備學生死在戰場上，我來不及記住他們的名字。」

「沒有記錄嗎？」

「有啊。」

大西戴上老花眼鏡，翻開眼前的筆記本。

「找到了，就是他。」

大西用手指著。那裡除了昭和二十年（一九四五年）八月的日期以外，還寫著參加特攻陣亡者的名字。我探頭看著筆記本，在五名隊員的名字旁，寫著「迫降在喜界島」幾個字，和一個男人的名字。

「這裡嗎？」

大西的老花眼鏡似乎度數不合，遲遲看不清楚。

「可以借我看一下嗎？」

大西點頭的同時，我從他手上搶過筆記本。上面用工整的字寫著「大石賢一郎少尉、二十三歲。預備學生十三期、早稻田大學」。

我「啊」地叫了起來。

「怎麼了？」

姊姊被嚇到了，探頭看著筆記本，也跟著叫了起來。

我想對姊姊說話，但發不出聲音。牙齒不停地打顫。

我好不容易才擠出聲音。

「大石賢一郎——是我們的外公！」

第十二章　流星

外公靠在書房的椅子上，閉著眼睛。

然後，緩緩張開眼睛說：

「我之前就打算找機會告訴你們。」

我不發一語地點頭，姊姊在我身旁。

「我得知你要調查宮部先生的事時，就預感到這一天即將來臨。」

外公說完，從小瓶子拿出一顆心臟藥，喝了口水，一起吞了下去。

「松乃說，沒必要告訴孩子，但我一直打算找適當的機會告訴你們。如果沒有機會親口告訴你們，我也已經把一切都寫在信上了，十多年前，就已經交給一位年輕的律師。如果我突然死了，那封信會交到清子手上。」

我在筑波的航空隊認識了宮部。

我們在那裡接受了特攻隊員的訓練，並不是一開始就知道那是特攻隊員的訓練，最初是基本的飛行訓練。宮部先生是那裡的教練官。

飛行課程結束時，每個飛行學生都領到一張紙，問我們是否志願參加特攻隊。我塡寫志願參加。說句心裡話，我並不想參加，每個人應該都一樣，但大家都塡寫志願參加。我們缺乏勇氣嗎？應該不是這樣吧？

當時，無論在大陸和太平洋的島嶼上，每天都有很多士兵死亡。雖然報紙上連日刊登大本營發表的捷報，但同時出現了「玉碎」這個字眼。因此，我覺得即使犧牲自己，只要能夠保護祖國和自己所愛的人，即使死也沒有關係，即使參加特攻也沒有關係。但同時又不想死。我們不是瘋子，也不是成群結隊衝進海裡集體自殺的旅鼠，只是努力讓自己的死變得有意義。

宮部先生的言談舉止都溫文儒雅，和其他教練官不一樣，難以想像他曾經經歷過無數個生死關頭。

我從宮部先生身上察覺到，他對指導我們這件事產生了矛盾。我一再重申，我們是特攻要員，宮部先生對教我們飛行技術感到痛苦。當我們的技術進步時，宮部先生總是稱讚我們，但他的笑容背後隱藏著悲傷。

宮部先生很有惻隱之心。

在某次飛行訓練中，有一名戰友意外身亡。我們都難過不已，有一名軍官卻口出惡言，當時，宮部先生挺身維護了那名死去的預備學生的名譽。

我們都願意爲了這樣的教練官奉獻自己的生命。

如果當時宮部先生沒有爲那名戰友挺身而出，我和宮部先生都將會有不同的命運。人的命運會因爲很小的事情發生極大的改變，我深深體會到命運是如此不可思議。

一個月後，發生了一件事。

那天，我們在進行飛行訓練時，突然遭到敵機的襲擊。宮部教練官專心指導我們，沒有發現敵機。即使像他那麼資深的優秀飛行員，偶爾也會發生這種情況。

我發現了敵機。那時候我剛好練完急速下降，正準備回到編隊。於是，我奮不顧身地衝進敵機和教練官之間。我不知道那時候我在想什麼，只是不顧一切地衝進去。如果說我想爲宮部教練官擋子彈，或許聽起來帥氣，但其實我眞的不知道自己當時的想法，只是我不想讓敵人碰宮部教練官一根手指頭。

我們學生的飛機上沒有機關槍，但我仍然衝到敵人前面，敵人的機關槍子彈打在我的機身上，把駕駛座都打爛了。我昏了過去，飛機往下掉，在即將撞向地面時，突然恢復意識，重新拉起機首。抬頭一看，發現敵機從空中墜落。另一架敵機也很快被宮部教練官擊落了。

之後的事，我記不太清楚了。因爲在降落之後，我眞的昏過去了。

我住進了海軍醫院。宮部先生曾經來探視我一次。那時，他給了我一件大衣。當時，我的大衣已經磨破了，原來宮部先生都看在眼裡。他的大衣也是軍方發的，但自己改製過，內側鋪了棉絮，領子上也包了皮革。

但是，很快就入春了，我根本沒機會穿那件大衣。出院後回到隊上，已經不見宮部教練官的身影，也沒有見到同期的學生。他們已經陣亡了。

我決定要跟上他們的腳步。

當時的心情很複雜。一開始無法接受死亡，覺得太不盡人情了，但是，內心開始漸漸接受死亡這件事，並不是受到大環境的影響，也不是輕易決定自己接受死亡，而是經歷了各種痛苦和掙扎後，才終於產生那樣的心境。這種心境無法以一言蔽之，至於是否花時間慢慢解釋，就可以說清楚，我認爲也很難。我在戰後也一直思考這個問題，到了晚年之後，仍然在思考，卻無法重現當年的想法——

我原本以爲當時是經過深思熟慮後才得出了結論，但之後對這個問題沒有太大的自信。也許是在瘋狂的時代中，產生了瘋狂的思考。

但是，有一件事很明確，我們並不是狂熱地接受死亡這件事，並不是充滿欣喜地參加特攻攻擊，那是我這輩子最思念家人，最想念國家的時候，我從來沒有這麼認眞地思考自己離開之後，自己所愛的人該怎麼辦。

我在七月時，接到了出擊命令，於是前往九州的大村基地。

就在接到命令之後，收到了母親的信，通知我一個悲傷的消息。我的未婚妻去世了。她是我的表妹，我們從小感情就很好，長大之後，大家自然而然地把她當成我的結婚對象，我們也象徵性地訂了婚。雖然我們相互喜歡，但那並不是戀愛的感情，而是連手都沒有牽過的純眞感情。在我成爲飛行預備學生時，我主動提出解除婚約。因爲我覺得自己上了戰場之後，可能活不久。

母親在信中告訴我，我的未婚妻在五月的東京空襲中燒傷，兩週後就離開了人世。雖然我爲了拯救心愛的人志願參加特攻，我要保護的對象卻已經離開了。知道她臨死之前呼喚著我的名字，我淚流不止。

八月時，聽說廣島和長崎被投下了新型炸彈。

大村離長崎咫尺之距，我們立刻得知了現場的慘狀。曾經在京大讀物理的同期預備學生說：「長崎的炸彈搞不好是原子彈。」

「原子彈是什麼？」有人問。

京大畢業的學生告訴大家，原子彈是利用原子核分裂製成的可怕炸彈，具有和傳統的火藥炸彈無法相提並論的破壞力。

「在長崎投下的眞的是原子彈嗎？」

「不知道，但如果目前聽說的危害狀況屬實，恐怕很有可能就是原子彈，在廣島投下的新型炸彈也可能是原子彈。」

我暗想，果眞如此的話，日本這個國家搞不好眞的會滅亡。如果我們參加特攻捐軀可以拯救國家，那就沒什麼好猶豫的。而且，只要死了，就可以見到未婚妻——

不久之後，我就接到了特攻命令。同期的寺西也接到了命令，因爲我早就下定決心，所以並沒有絲毫的慌亂。我們相互激勵：「一起上路吧。」

我們去了鹿屋。

我在那裡與宮部先生重逢。

一段時間不見，宮部先生簡直變了一個人。該怎麼說——他好像一隻腳已經踏進了另一個世界。他雙眼通紅，全身散發出殺氣，我第一次看到這樣的他。

我不敢叫他，但宮部先生發現了我。

「你的傷好了嗎？」

宮部先生面無表情地問我。

「託你的福，都好了。」

「太好了。」

我和他之間的對話僅此而已。

到鹿屋的那一天，就接到兩天後出擊的命令。我沒有慌亂，唯一的遺憾，就是無法和母親道別。那天晚上，我寫了遺書給母親。

第二天，我在基地外散步。我離開基地，走向山裡。

天氣很炎熱，即使滿身大汗，仍然覺得很舒服。明天之後，就再也無法流汗了。

我對放眼望去的一切都又愛又憐，覺得所有的一切都那麼美，就連路邊的野草都很美。當我蹲下時，看到雜草中綻放出白色的小花，比小指尖更小的花。我發自內心地覺得眞美。那是我第一次見到那種花，我覺得是世界上最美的花。

旁邊有一條小河，我脫下鞋子，把雙腳伸進河裡。冰涼的水很舒服。

我把兩隻腳泡在水裡，躺了下來。閉上眼睛，聽到蟬鳴聲。我第一次發現，蟬鳴聲這麼悅耳動聽。這些蟬的孩子在十七年後的夏天，也會像這樣大聲地叫吧。這時，我忍不住想到日本的未來，頓時感到心如刀割。

翌日拂曉，我們聚集在指揮所前，聽司令在出擊前的訓示。

當我在特攻隊員中看到宮部先生的身影時嚇了一跳。因為我原本以為他擔任掩護，難以想像海軍連他也不放過。

訣別結束後，當大家都走向飛機時，我和寺西去向宮部先生致意。

「宮部教練官，很高興能夠和你一起赴死。」

寺西說道，宮部先生聽了，默默點頭，把手放在我們肩上。他的手很有力，鬍子刮得很乾淨。

我對宮部先生說：

「宮部教練官，我還沒有歸還你借我的大衣。」
——那時候，我爲什麼會說這種話？
宮部先生笑著回答：
「夏天不需要大衣。」
我也忍不住笑了起來。
「那就出發吧。」
宮部先生說完，走向跑道的方向。
發動機已經發動了。當我想要坐進飛機時，宮部先生走過來對我說：
「大石少尉，我想拜託你一件事。」
「什麼事？」
「可不可以請你和我交換飛機？」
宮部先生希望用他的五二型和我換二一型。五二型比二一型的速度快，我認爲宮部先生應該用好飛機，所以拒絕了他的要求。
宮部先生暫時作罷，但很快又再度走回來，再次要求換飛機。爭執半天後，我終於答應和他換飛機。
我走下二一型，坐上了五二型。
維修員立刻拿開輪擋，飛機緩緩向前，終於起飛了。
宮部先生飛在我旁邊，我看到他坐在駕駛座上，淚水突然湧了出來。我死沒有關係，但我希望宮部先生可以活下去。一旦失去他，日本就完了。能不能用我的死，換取他活下去的機會——

我決心捨身保護宮部先生，要跟在宮部先生身旁，直到最後一刻。如果有敵軍的戰機想瞄準宮部先生，我就要爲他擋子彈，要擋下所有高射砲的砲彈。

編隊向南飛行。我看到東方的天空微微泛白。看著微微亮起的天空，我想起「曙光」這兩個字。

曙光——我覺得古人創造的文字意境眞美。

我轉頭向後望，看到鹿兒島灣波光閃爍，後方的九州山脈在朝陽下抹上一層綠色。好美。我忍不住小聲地嘀咕。

爲了保護如此美麗的祖國，我死而無憾。

如今，我將和一個眞正優秀的人共赴黃泉。

我想起了未婚妻。我很快就會和她相見——

媽，對不起。我在心裡叫著。我的一生很幸福，在母愛的關懷下成長。如果有來生，我希望再當妳的兒子。如果可以，我希望下輩子當女兒，可以一輩子陪伴在妳身旁。

我在心裡對著母親大喊，斬斷了所有的眷戀。

我告別了美麗的山河、對未婚妻的思念和對母親的眷戀。

如今，衝撞敵艦，和敵艦同歸於盡才是一切。我要爲宮部先生而死。

在出擊後不到一個小時，我發現飛機狀況不太對勁。機身不時開始震動，發動機內的潤滑油噴了出來。潤滑油噴在防風罩上，前方頓時變成一片黑乎乎的，完全看不到前方的視野。

我不時改變機身的角度，繼續跟著編隊飛行。只不過前方視野變差而已，那又怎麼樣？

但是，發動機的狀況越來越不對勁。動力越來越不足，速度也越來越慢，即使打開節流閥，想要加快速度，也越來越跟不上編隊。

分隊長機飛到我旁邊，揮著手問我：「怎麼了？」我告訴他，發動機的情況不對勁。分隊長看到我的防風罩都被染黑了，用手勢指示我：「飛回去。」我回答說：「不要。」但我的話音剛落，機身就答答答地震動起來。

隊長再度指示：「飛回去！」後，就離開了。

我試了很久，發動機仍然無法恢復。我已經被編隊拋下了。

「宮部先生！」我聲嘶力竭地大叫著，哭著掉了頭。

但是，這架飛機快完蛋了，根本無法飛回鹿屋。我在地圖上尋找喜界島，發現在西方五十海里的地方。發動機能撐多久，只能靠運氣了。如果抵達喜界島前，發動機就停止，我就會葬身大海；一旦中途遇到敵軍的戰機，我也只有死路一條。一切只能靠運氣。

爲了讓機身變輕，我打算丟掉炸彈，所以拉了投下索，但炸彈沒有掉落。我試了好幾次，仍然徒勞無功。原來飛機已經設定成無法投下炸彈。多麼冷酷的做法？這麼一來，不是連迫降都有困難嗎？司令部的眞正意圖，是讓執行特攻任務的所有人都去送死。

二十分鐘後，我看到了喜界島。上空沒有敵機的影子。

當我看見喜界島時，發動機也停了，只能靠滑翔飛行，但防風罩上全都是黑色的潤滑油，視野是零。只要降落的角度不對，機身下方的炸彈就會爆炸。由於無法再上升，所以也無法重新降落。

我做好了死亡的心理準備。這時，我聽到宮部先生的聲音。

「大石少尉，絕對不能放棄，無論如何都要活下去！」

我清楚聽到了這個聲音。即使過了六十年，我仍然清楚記得這個聲音。那不是幻聽，我真的聽到了他的聲音。

我在進入跑道前，微微傾斜機身，察看了整個機場，記住了距離和角度，把機身拉直，然後閉上了眼睛。我決定用心靈的眼睛讓自己降落。

我的腦海中清楚地記住了機場的地形，清楚得好像雙眼直接看到一樣，就連飛機接近跑道的樣子都清晰不已。我把下降的機身拉回水平位置，準備三點降落。飛機繼續下降。五十公尺、二十公尺、五公尺——我覺得還剩下一公尺時，機輪碰觸到跑道。機身繼續向前滑行，最後終於停了下來。

即使現在回想起來，我仍然覺得那是奇蹟。如果叫我再來一次，我絕對不可能辦到。那是一次稀有的經驗，好像當時被什麼附了身。

我得救了。但是，即使暫時得救，又要回到內地，再度擔任特攻隊出擊。

那架飛機的發動機徹底報廢，恐怕無法輕易修好。

傍晚時，我從基地的通訊員口中得知，那天除了我以外，所有的特攻機都沒有回到基地。

宮部先生死了——

我在喜界島聽到了玉音放送。

「這是外祖父的命運——」

姊姊輕聲嘀咕。

「不是命運，」外公明確地說，「在喜界島，當我走出駕駛艙時，發現那裡有一張紙。上面是宮部先生潦草的字。」

我忍不住發出驚叫聲。

「那張紙上寫著，『大石少尉，如果你幸運地在這場戰爭中活下來，我有一事相託。當我的家人身陷痛苦，走投無路時，請你伸出援手。』我猜想他是在一度回到五二型時寫的。你們覺得這是偶然嗎？」

我搖了搖頭。我果然沒有猜錯。

我終於開了口。

「到底爲什麼——」

外公緩緩搖頭。

「我也不知道，只不過——」

外公注視著我的雙眼。

「我猜想宮部先生坐上五二型時，發現了引擎有問題。他知道自己抽中了可以活下來的籤——」

我在心裡發出無聲的叫聲。命運之神在緊要關頭給了宮部這麼殘酷的選擇。

宮部一度走回五二型，他在最後關頭猶豫了，但是，他擺脫了猶豫，把可以活下來的籤交給了大石——

姊姊在我身旁低下了頭，她已經淚流滿面。

外公再度靜靜地訴說下去。

我足足花了三年的時間，才找到宮部先生的太太。

宮部先生的家在橫濱，但在五月的大空襲後，整個橫濱燒成一片荒原，左鄰右舍也沒有人知道她的消息。

我回到大學繼續求學，只要一有時間，就四處尋找宮部太太，卻始終沒有關於她的消息。兩年後，我大學畢業，進入國鐵工作。

那時候，宮部太太的老鄰居都紛紛回到了以前住的地方，但仍然不見她的身影。我經常和同期的戰友聯絡，因爲我猜想如果宮部太太遇到什麼困難，或許會和哪一位戰友聯絡。

一年又過去了，仍然沒有任何線索。

當時，每個人的生活都很辛苦。我很幸運，得以在終戰後回大學繼續求學。我母親在東京當小學老師，所以生活無虞。

但是，我們的日子過得並不輕鬆。我身上穿的是用軍服改的衣服，宮部先生給我的那件大衣也一直陪伴著我。

最後，一位在厚生省工作的朋友通知我，找到了宮部先生家人的下落。

宮部太太向厚生省復員局申請遺族年金。雖然之後才建立遺族年金的制度，但那時候，復員局已經開始做相關的準備工作。

那位朋友告訴我，宮部太太的住址在大阪。我立刻前往大阪。那一年是昭和二十四年（一九四九年）的冬天。

當時，從東京到大阪要十幾個小時，現在都可以去美國了。

我記得那時候天氣很冷，我按照地址找上門，發現那一帶簡直就像貧民窟。

那裡有很多像兵營般的大雜院，居民也都是窮人，整個街道都散發出一股刺鼻的臭氣。我的心被揪緊了。宮部先生那麼想要保護的妻女，居然生活在這麼底層的地方，這件事讓我難過不已。不，已經不是難過而已，而是變成了憤怒。

我走進小巷，看到一個女孩站在那裡。她穿著滿是補丁的衣服，戴了一條紅色毛線圍巾。她長得很討人喜歡，一雙可愛的眼睛看著我。一看到她的臉，我立刻想到宮部先生。

「妳叫宮部嗎？」

我問。女孩立刻轉身跑走了。我跟在她的身後。

女孩走進大雜院內的其中一戶，那只能勉強稱爲「家」。大雜院的房子牆壁用很多老舊木板補強，屋頂釘了鐵皮。

我在門口停了下來。吃完魚板後的木片當作門牌釘在家門口，上面用漂亮的字寫著「宮部」兩個字。

「有人在家嗎？」我叫了一聲。

「來了。」屋內立刻傳來了回應，一個女人走了出來。

那個女人身穿燈籠褲，用手巾包著頭。雖然一身清寒打扮，但容貌出衆。

我望著她出了神，說不出話。

奇怪的是，她也呆然地盯著我看，好像看到幽靈似的，好像看到了什麼可怕的東西。

「我叫大石賢一郎，在戰爭中承蒙妳丈夫的照顧。」

她猛然驚醒般深深地向我鞠了一躬。

「我是宮部的妻子，宮部受你照顧了。」

「不，是我受他的照顧。」

剛才的女孩站在她身旁看著我。

「如果你不介意，進來坐吧。」

我決定進屋打擾。一走進玄關，發現立刻就是房間，而且只有一間兩坪大的房間而已。仔細一看，地上不是榻榻米，而是木板上直接鋪著草蓆。

房間內有無數的鈕釦堆成了小山。

「我在做家庭代工，不好意思，家裡很亂。」

她從胸前拿出口金零錢包，拿出了錢，叫女兒去買果汁。

「果汁！眞的嗎！」

女孩叫了起來。

「不，不用破費了。」

我慌忙說道，從自己的皮夾裡拿出錢，塞到女孩手裡。

「用這些錢去買果汁或是喜歡吃的零食。」

「這怎麼行？」

「沒關係，因爲我沒帶伴手禮就不請自來，請務必讓我出錢。」

在我的一再要求下，她終於點頭：「那就讓你破費了。」

我告訴她，我在當飛行預備學生時，宮部教練官曾經教過我，之後去鹿屋基地時，也和宮部先生在一起。

但是，我無法把特攻出擊那天的事告訴她，我無論如何都無法開口把宮部先生代我送死的事告訴她，只說宮部先生在空戰中救了我一命。她靜靜地聽我說完。

「如今，我能夠活著，全都是拜宮部先生所賜。」

「是嗎？宮部……他幫助了別人。」

她深有感慨地說。

「宮部先生不僅幫助了我，還幫助了很多人。」

「這麼說，他沒有白白地死。」

聽到她這句話，我的淚水奪眶而出。

「請妳原諒我。」

我雙手伏地，跪在地上。

「我眞希望可以替他去死。」

眼淚滴在我的手背上。

「請你抬起頭，」她說，「宮部是爲了我們而死。不，不光是宮部，在那場戰爭中死去的所有人，不都是爲了我們而死嗎？」

我抬起頭，她面帶微笑。

「宮部臨死之前的情況怎麼樣？」

「他死得很有軍人的風範。」

「聽了眞高興。」

說完，她又笑了笑，我覺得她太堅強了。

「不過，他騙了我。」她突然用冷漠的語氣說道，「他向我保證，一定會回來。」

說完，淚水湧入她的眼眶。她閉上眼睛，大顆的淚水從她臉頰滑落。

我心如刀割，再度後悔不已。這三年來，這種後悔始終揮之不去。

爲什麼那時候會同意和宮部先生交換飛機？爲什麼沒有堅定地拒絕宮部先生的要求？如果我拒絕，她就可以和宮部先生過著幸福的生活——

這時，那個小女孩回來了。

她看到母親在哭泣，似乎嚇壞了。

「沒事。」

她對女兒說。

「因爲我們在談爸爸的事，所以有點難過。」

「我的爸爸嗎？」

「對啊。」

「我爸爸是怎樣的人？」

我代替她回答：

「是一個很優秀的人，比任何人更勇敢、更善良。」

「但是爸爸死了。」

我再度感到一陣揪心。

臨別時，我把帶來的信封交給宮部太太。

「這是一點心意，請妳收下。」

「這是什麼？」

「戰爭期間，宮部先生很照顧我，這只是一點點回報。」

「我不能收下。」

但我堅持要她收下。

「如果無法回報我的救命恩人，我就太沒有人性了。」

她終於被我說服了。

這就是我第一次見到松乃的情況。

之後，我每隔幾個月，就向母親謊稱要去出差，去大阪找她，每次都帶錢給她。松乃不願意收我的錢，但我還是執意交給她。金額我忘了，應該是我一半的薪水。我騙松乃說，大學畢業生進入國鐵工作薪水很高。

因爲這個原因，讓我母親爲錢的事費了不少神。我大學畢業，進入國鐵工作的同時，母親身體出了狀況，辭去了小學的教職。

母親以爲我迷上了什麼不正當的玩樂，但她什麼都沒說。她知道我之前曾經是特攻隊員，以爲我在靠這種放蕩的生活忘記過去的痛苦。

國鐵的同事都覺得我是吝嗇鬼。我從來不和同事一起去玩，仍然穿著之前修改的軍服。我也聽到同事紛紛耳語：「那傢伙存了不少錢」，但我並不在意別人怎麼看我，甚至有人傳言：「他好像迷上了女人。」

這句話似乎說對了一半，因爲我眞的被松乃深深地吸引。

我每次都是搭夜車去大阪。

早晨到松乃的家，然後帶著松乃和清子一起上街。

我們幾乎走遍了大阪。新世界、大阪城、道頓堀、天六、千日前。

每次來大阪，就發現這個城市在進步。人們的表情漸漸開朗，街上越來越熱鬧，但仍然到處可以看到戰爭的傷痕。空襲中遭到破壞的大樓還留在原地，燒成廢墟的荒野上所建的黑市臨時屋也依然存在。

大阪車站前經常可以看到傷殘軍人。有人缺了手，有人斷了腿，也有人手腳都斷了，他們穿著白色傷病衣坐在路上。在東京也到處可以看到這樣的景象。

每次看到那些傷殘軍人，我都覺得很難過。他們爲了國家而戰，失去了身體的一部分，接下來的漫長人生都會過得很痛苦，但城市正在復興，似乎想要趕快忘記戰爭的事，這種落差令我感到害怕。

每次看到傷殘軍人，松乃就會叫清子拿錢投入他們的募款箱。

我們去餐廳吃飯，我告訴她飛行學生時代的事，告訴她宮部教練官有多麼親切。松乃聽的時候時而高興，時而難過。

松乃幾乎沒有提任何宮部先生的事，只有一次提到他們的婚事。她說，她和宮部先生是相親結婚。宮部先生在昭和十六年（一九四一年）從中國回國，暫時留在橫濱的航空隊時，在那裡開餐廳的松乃父親很中意宮部先生，把獨生女許配給他。松乃的父親一眼就發現宮部先生很適合女兒，我覺得他很了不起，可惜在昭和二十年（一九四五年）的橫濱空襲中身亡了。宮部先生和松乃在婚前沒有說過一句話。

我和松乃，還有清子無論去哪裡，都被誤以爲是夫婦帶著小孩出門。清子很喜歡我，我經常讓她坐在我的肩上。陪她們母女玩了一天後，我再度搭夜班車回東京。

每隔幾個月，我就會去大阪找她們。

在我不知道第幾次去大阪時，發現松乃換上了裙子。因爲我只看過她穿燈籠褲的樣子，這種新鮮的感覺令我驚訝。

「上次我朋友在賣便宜的布料，所以我就做了件裙子。」

松乃有點羞澀地說。

「很不錯，而且——」

我原本想說「很漂亮」，但最終還是沒有說出口。

那天，清子不在。聽說她和學校的同學一起去玩了。

我和松乃一起走去心齋橋。這是我們第一次單獨出門，所以我心情很激動，但也同時有一種罪惡感。

傍晚的時候，在高島屋的餐廳吃飯時，她問我：

「大石先生，你爲什麼對我這麼好？」

她的表情很嚴肅。

「因爲宮部先生救了我的命。」

「在戰場上，這不是很正常的事嗎？」

「不，宮部先生眞的是捨身救了我。」

「什麼時候？在哪裡？」

她逼問道。

「我之前也問過你，但你一直沒回答我。」

我說不出話。

「請你對我說實話。」

我下定了決心。

「好，那我就說了。」

我把那天的事告訴了松乃，把宮部先生和我在最後出擊那一天的事，一五一十地告訴了她。

我說到一半時，松乃就低下了頭。

當我說完後，她仍然低著頭不發一語。

「我在戰後一直在思考宮部先生在那時候的事，那個時候，宮部先生在絕望的狀況中，看到眼前有一根或許可以讓自己活命的蜘蛛絲，只要他伸手抓住，或許可以活下來——但其他的人就會死。宮部先生放棄了出現在自己面前的機會。」

松乃始終低著頭不說話，然後小聲地問：

「宮部為什麼選擇了你？」

「不知道，只是——我想到一個可能。」

我把飛行學生時代的事告訴了她，告訴她我偶然救了宮部教練官的命，以及身受重傷時，他來醫院探視，把大衣送我的事。

松乃小聲地說：「那件大衣是我為他改的。」

我想起大衣的內側鋪了棉絮，衣領上也縫了皮革。

「原來是這樣——宮部先生把這麼重要的東西送給了我。」

松乃抬起頭說：

「特攻那一天，宮部遇到你是命運的安排。」

松乃注視著我的眼睛，當我看到她充滿悲傷的雙眼，再度感到強烈的後悔。爲什麼那時候要和他交換飛機——

「請妳原諒我。」

我說。松乃默默低下頭。

「我能夠活到今天，都是託宮部先生的福，請讓我爲妳們做點事。宮部先生把妳和清子託付給我，所以我才能活下來，如果無法做到，我的人生就失去了意義。」

松乃沒有回答，但沒有拒絕我的援助。無論她內心怎麼想，我都無意停止對她的援助。

於是，我繼續定期前往大阪。

兩年後，她從大阪市區搬到豐中。雖然只是小公寓，但包括廚房在內，有兩個房間。松乃去豐中市區的一家運輸公司上班，那家公司是國鐵的關係企業，是我透過關係爲她安排了這份工作。

我有一件事騙了她。

我之前說，爲了遵守宮部先生的遺言而照顧松乃和清子，這句話並沒有半點虛假，但並非僅此而已。我也想見到松乃——

其實，我根本沒必要頻頻前往大阪。如果想提供經濟上的援助，只要把錢寄給她們就好，之所以特地搭夜班車親自送去，是因爲我想見松乃。

松乃應該也心知肚明。不，也許並不知道，因爲我努力不讓她察覺我的心意。

話說回來，只要稍微想一下，應該可以猜到我不可能沒有別的意圖，但即使她察覺到了，也不可能要求我「只要把錢寄來就好」。

我們之間這種奇妙的關係持續了五年。

在這五年內，我的母親離開了人世，清子升上中學，變成一個聰明漂亮的女生。我三十歲，松乃三十三歲。

那是昭和二十九年（一九五四年）八月。

那天是宮部先生的忌日。

我和松乃一起去掃墓。兩年前，松乃在大阪北部買了一塊公有墓地，爲丈夫建了一個小型的墓。松乃並沒有爲丈夫取法名，墓碑上只刻了「宮部久藏之墓」幾個字。

那是一片將丘陵開墾後建的公有墓地，綠意環繞，離墓地有一段距離的地方有一座寺院，我們在掃墓之後，去了那家寺院。

寺院內沒有人，我們坐在正殿的簷廊上。

松乃突然對我說：

「大石先生，謝謝你這麼多年來的照顧。」

因爲太突然了，我很驚訝，不知道她到底想說什麼。

「大石先生，你對我們的照顧已經足夠了。」

松乃說著，深深向我鞠了一躬。

「我不能再讓你繼續費心下去。」

「我還沒有報答宮部先生的恩情。」

松乃直視著我的臉問：

「那你打算還到什麼時候?」

我說不出話。

「如果宮部眞的對你有恩,你也早就還清了。」

「不,還沒有。」

我好不容易才說出這句話。

「你打算一輩子都爲我們而活嗎?」

「不行嗎?宮部先生救了我的命,不,宮部先生是爲我而死。」

「那你的人生呢?你的幸福呢?」

「我曾經有過未婚妻,在我成爲預備學生時,和她解除了婚約,但仍然打算如果可以活著回來,就會和她結婚。」

「她現在呢?」

「她在空襲中死了。」

松乃沒有說話。

我們陷入了很長的沉默,最後,松乃打破了這份沉默。

「你這麼多年來對我們的付出,只是因爲報答宮部的恩情嗎?」

我無言以對。

松乃直視著我的眼睛,銳利的眼神似乎可以穿透我的心。我忍不住移開了視線。

「我太慚愧了。」

我背對著松乃。

「我的確是爲了報答宮部先生的恩情，但我對妳的付出不光是因爲這個原因，我是一個齷齪的男人。」

遠處傳來蟬鳴。自己的醜陋和羞愧，讓我忍不住流下了眼淚。

這時，有什麼東西輕輕觸碰了我的肩膀。回頭一看，松乃把手放在我的肩上。

松乃的眼中也流下大顆的淚水。

「你願意聽我說嗎？」

松乃問。我點了點頭。

「我最後一次見到宮部時——他從南方回到內地，申請了幾天休假，回到了橫濱。他在臨走時對我說，他一定會活著回來，即使斷了手，斷了腳，也一定會回到我身邊。」

我點點頭。

「宮部還說，即使死了，他仍然會回來，即使下一輩子，也一定會回到我身邊。」

松乃看著我，我第一次看到她露出那麼可怕的眼神。

「我第一次看到你時，以爲宮部重生後出現在我面前。那一天，你穿著宮部的大衣站在家門口時，我以爲宮部遵守了他的諾言。」

我緊緊抱著松乃，松乃也緊緊抱住了我。我哭了，她也靜靜地哭泣著。

「你們覺得這只是男女感情問題嗎？」

外公說完後問我們。我搖了搖頭，但說不出話。

「於是，我和松乃結了婚。那時候，戰爭結束已經九年。在我們結婚之後，從來沒有提過宮部先生的名字，但我們從來沒有忘記過他。松乃到死之前，都完完全全地爲我付出。」
我閉上眼睛，回想著外婆的面容。沒想到整天帶著親切笑容的外婆，竟然度過了這樣的人生——
外公靜靜地說：
「有一件事，我只想告訴你們姊弟，不想告訴清子，原本我打算把這件事帶進墳墓。」
我默默點頭。
「松乃在戰後吃了很多苦，那時候，一個無依無靠的女人帶著幼女生活很辛苦，你們能夠瞭解我說的意思嗎？」
我的心跳加速。
「松乃在結婚前，把她在戰後的生活，一切的一切都告訴了我。她可能不想騙我，我是在知道所有一切之後，接受了她，沒有絲毫的猶豫。」
外公重重地嘆了一口氣。
「松乃上了當——成爲黑道大哥的禁臠。松乃雖然沒有說得很清楚，我猜想應該是在金錢和暴力面前屈服了，也許是失去宮部先生後變得自暴自棄。」
姊姊雙手捂住了臉。
「照理說，一旦被這種惡魔支配，就很難脫身，沒想到發生了令人驚訝的事，簡直難以相信這個世界上居然有這麼離奇的事。」
外公用低沉的聲音說道。
「那個黑道大哥在包養松乃的房子內被人殺了，兩名保鑣的黑道分子也身受重傷。」

一陣寒意貫穿我的背脊。

「當時，松乃遇到了奇妙的事。松乃也在殺人現場——她看到了凶手，凶手手拿著沾滿血的刀子。松乃不認識那個人，那個男人濺得滿身是血，把錢包丟給嚇得瑟瑟發抖的松乃，叫她要活下去。」

我的腦海中立刻浮現出某個男人的身影。

「松乃也覺得那個男人是宮部先生重生後，出現在她面前。雖然明知道這是不可能的事，但這個世上眞的有奇蹟。也許是宮部先生對松乃的深情感動了上天，宮部先生一直在保護松乃。就好像安排了我和松乃見面一樣，宮部先生似乎也在控制那個凶手。」

我猜想那個凶手八成就是他。雖然沒有證據，但我深信不疑。他也在戰後一直尋找外祖父的妻子——

他也願意爲了宮部久藏犧牲自己。

淚水從我的眼中流了下來。外公注視著我問：「你很受打擊嗎？」

我搖搖頭，外公默默點頭。

「松乃在臨終時對我說謝謝。」

我也記得那一幕。那是外婆臨終的遺言。外婆的口齒很清晰，難以想像是將死的人說的話。

外婆說完後，閉上了眼睛。

「你們還記得我當時哭了嗎？」

我點點頭。當時，外公嚎啕大哭。他緊緊抱著外婆，哭得很傷心，整個病房都是外公的哭聲。

「我想告訴松乃，是我該對她說謝謝。但是，我當時哭，還有另一個原因。那時候，我看到了宮部先生，宮部先生穿著飛行服，站在松乃的身旁。他來迎接松乃——你們一定不相信吧？」

外公露出凝望遠方的眼神。

「你們不相信也沒有關係，我自己也覺得好像看到了幻影，應該就是幻影吧。但是，我在那時候清楚地感覺到，宮部先生和松乃一起走了。松乃在離去時，對我說了聲謝謝。」

「外公，不是你想的那樣。」我說，「因爲外婆很愛你。」

「我也這麼覺得！」

姊姊說。

外公沒有回答，他的眼中流下一行眼淚。

「我可能活不久了。年輕的時候，我很怕死，在接到特攻的出擊命令時，我也很害怕。那時候拚命對抗內心的恐懼，但是，現在我一點都不害怕。我這輩子過得很幸福，我死的時候，松乃應該會來接我。那時候，宮部先生應該也會一起來。」

外公說完，對我們說：「我想一個人靜一靜。」

我和姊姊走了出去。

離開外公家時，天已經黑了。

一走出大門，姊姊就放聲大哭起來。她哭得很傷心，好像淚水終於潰堤。

我抱著姊姊的肩膀。姊姊倒在我的懷裡哭了起來。自從長大後，我就不曾這樣面對面抱過姊姊，我不知道姊姊原來這麼嬌小。寧靜昏暗的住宅區內，只聽到姊姊的哭泣聲。不知道傍晚是否下了陣雨，地面濕濕的。

過了一會兒，姊姊終於平靜下來。

姊姊說了聲：「對不起」，我對她搖搖頭。

「我要拒絕高山先生的求婚，」姊姊說，「我之前一直在煩惱，但今天終於想清楚了。」

姊姊的臉被淚水濕了，但水銀燈下，她的表情很開朗。

「這麼一來，妳可能就無法出書了。」

聽到我的玩笑，姊姊說：「那又怎麼樣？」然後笑了起來。

姊姊靜靜地告訴我：

「我之前沒有告訴你，藤木先生寫了一封長信給我。」

「嗯。」

「他爲在電話中向我求婚道歉，也說希望我得到幸福。他在信中寫了很多關於過去的回憶，也有很多我已經忘記的美好回憶——藤木先生一直很珍惜我。」

姊姊說著說著，又哭了起來。我沒有說話。姊姊擦了擦眼淚，笑著對我說：

「如果不和自己喜歡的人結婚，太對不起外公了。」

姊姊說著，滿臉是淚地對我露出微笑。

我點了點頭，不經意地仰望夜空，驚訝地發現滿天都是星星。我第一次在東京看到這麼美的星星。姊姊也抬頭看著天空。

這時，東方的天空中出現了流星。流星留下一條很短的光線後消失了。

即使現在回想起來，仍然覺得那架零戰是惡魔在駕駛的。

難以相信零戰搭載了五百五十磅炸彈，居然還能這麼靈活。我以爲駕駛艙內的不是人，而是惡魔。

零戰從低空飛來，幾乎貼著海面飛行，而且從航艦的正後方出現。我們用附有近爆引信的砲火攻擊，但海面反射了電波，還沒有到達目標就發生了爆炸。難道他知道近爆引信的弱點嗎？

即使近爆引信不管用，一旦靠近，就可以用機槍掃射。那時候，艾塞克斯級的航艦上裝有不計其數的高射砲和機關槍，有十二門五英寸砲、七十二挺四十毫米機關槍，五十二挺二十毫米機關槍，簡直就像刺蝟般。要靠近這個刺蝟根本是不可能的事。

當零戰來到四千碼的距離時，四十毫米的機關槍同時發射。數千發機關槍的子彈同時射向一架飛機，不同的機關槍發射出不同顏色的無數曳光彈同時飛向零戰。

我終於看到零戰噴火了。太好了。我叫了起來。吐著黑煙的零戰猛然急速上升。機關槍手慌忙對準零戰射擊，但無法跟上零戰的速度。零戰竄著火苗上升，機身一轉，背對著這個方向。來到航艦的上空時，仍然背對著這個方向，倒著墜落下來。我們不知所措，看著惡魔從上空降落。以前從來沒有見過這種急速下降的方式，不，已經著火的飛機怎麼可能做到？

零戰以直角墜落下來，在命中飛行甲板的剎那，我閉上了眼睛。

那架零戰撞到飛行甲板的正中央，發出巨大的聲響，但炸彈並沒有爆炸。是啞彈。零戰在甲板正中央燒了起來，四周都是零戰的碎片。事後我聽幾個水兵說，零戰在撞向甲板之前，機翼就飛走了。

所有人都渾身發抖，說不出話。

零戰飛行員的上半身掉在甲板上。那不是惡魔，而是和我們一樣的人。有人大叫著，對著屍體開槍。

甲板上的火很快就熄滅了。艦長走了下來。

艦長目不轉睛地看著只剩下一半的屍體，對著屍體說：

「你居然能夠穿越我軍優秀的迎擊戰機和高射砲來到這裡。」

我們也有同感。那架零戰出色地突破了我們的猛烈砲火。

艦長大聲地對所有人說：

「我認為應該向他表達敬意，所以，我們明天早上為他海葬。」

周圍的人一陣慌亂。我也很驚訝，覺得太荒謬了。如果他的炸彈不是啞彈，我們不知道會死多少人。

但是，艦長瞪著我們，他的眼神在說：「沒有任何人可以阻擋我的決定。」

我們蒐集了四散的屍塊。這時，有人從那個日本兵的胸前口袋裡拿出一張照片。

「是嬰兒。」

聽到他的叫聲，所有人都看著照片。我也看了。照片上，一個穿著和服的女人抱著嬰兒。

「他媽的，我也有小孩！」

魯·安柏森士官長氣鼓鼓地說道，然後，小心翼翼地將照片放回屍體胸前的口袋，對部下的士兵說：

「讓照片陪著他一起埋葬。」

我們用白布裹住屍體，放在艦橋下的待命所。我在用白布裹屍體時，爲飛行員闔上了眼睛，他原本猙獰的臉立刻變得很安詳。

零戰的殘骸丟進了大海。殘留在駕駛艙內的一半屍體拉不出來，就連同零戰的殘骸一起丟進了大海。零戰搭載的炸彈拔除引信後，也一起丟進海裡。

翌日早晨，所有手上沒有工作的人都聚集在甲板上。

如今，我覺得艦長當時的態度很了不起。我在戰後才知道艦長的兒子在珍珠港陣亡了，得知這個消息之後，我更覺得那位艦長很了不起。

經過了一個晚上，大家都對這個不知名的日本人產生了敬意。尤其是那些飛行員，對他產生了敬畏。聽他們說，那名零戰的飛行員爲了避開雷達，貼著海面飛行了好幾百公里。這需要超人的技巧和集中力，更需要極大的勇氣。

「他才是眞正的王牌飛行員。」

卡爾．雷賓遜中尉說。雷賓遜中尉是「提康德羅加」的王牌飛行員。許多飛行員都紛紛點頭。

「如果日本有武士——他就是武士。」

我也同意。如果這位飛行員是武士，那我們也要成爲騎士。

所有沒在工作的人員都排在甲板上，鳴槍弔慰。艦長以下的軍官都對著屍體行舉手禮，裹著白布的屍體沿著鋪板滑向海中。

綁上鐵鍊的屍體緩緩沉入海底。

〈完〉

春日
ハルヒブンコ
文庫

02

永遠の0ゼロ

永遠的0／百田尚樹著；王蘊潔譯.
－初版.－臺北市：春天出版國際, 2013.11
面； 公分
譯自：永遠の0
ISBN 978-986-6000-89-8（平裝）

857.7

ISBN 978-986-6000-89-8
Printed in Taiwan

作　　者　百田尚樹
譯　　者　王蘊潔
總 編 輯　莊宜勳
主　　編　孟繁珍、鍾靈

出 版 者　春天出版國際文化有限公司
地　　址　台北市信義路四段458號3樓
電　　話　02-7718-0898
傳　　眞　02-7718-2388
E－mail　frank.spring@msa.hinet.net
網　　址　http://www.bookspring.com.tw
部 落 格　http://blog.pixnet.net/bookspring
郵政帳號　19705538
戶　　名　春天出版國際文化有限公司
法律顧問　蕭顯忠律師事務所
出版日期　二〇一三年十一月初版
　　　　　二〇一四年二月初版十七刷

定　　價　380元

總 經 銷　楨德圖書事業有限公司
地　　址　新北市新店區寶興路45巷6弄6號5樓
電　　話　02-8919-3186
傳　　眞　02-8914-5524
香港總代理　一代匯集
地　　址　九龍旺角塘尾道64號 龍駒企業大廈10 B&D室
電　　話　852-2783-8102
傳　　眞　852-2396-0050
排　　版　浩瀚電腦排版股份有限公司